講談社文庫

悲報伝

西尾維新

講談社

HIHODEN

NISIOISIN

DENSETSU SERIES 04

悲報伝

DENSETSU
SERIES
04

HIHODEN
NISIOISIN

悲 報 伝

DENSETSU SERIES ∅4

HIH⊕DEN

NISI⊕ISIN

第1話「英雄の地！秘密兵器の到着」

守るもののない正義こそ、最強。

0

1

日本史を振り返ってみたとき、『英雄』の称号に相応しい人物というのは、意外と少ない——有名、かつ人気のある歴史上の人物は多数いれど、どうしても彼らは悪名高さや征服者、精々統治者としての側面を帯びがちであり、あまり『英雄』といった感じではない。たぶんそれは、この国が価値観が引っ繰り返るような大きな変動を、二度三度と経験しているがゆえなのだろうが——そんな中でもほとんど唯一、『英雄』という称号があつらえたようによく似合う人物が坂本竜馬だと言ったところで、それほど多くの異論はあるまい。

その『英雄』の銅像が立つ、四国四県でもっとも広大な面積を誇る高知県が桂浜に——二〇一三年十月二十九日の夕刻、少なくとも今のところは地球撲滅軍にとってのみの小さな英雄、いやそれすらも疑わしい十三歳の少年、空々空は到着した。徳島県大歩危峡からの、足掛け二日に及ぶ長い長い旅路に、いささかぐったりしながら——である。無感情な性格だからと言って、疲労と無縁ということはもちろんない——もしも人目がなければ、海岸の砂浜をベッドに見立て、思い切り倒れ込みたいくらいだった。

まさか高知県がこんなに広いとは……。

本来ならば中学校に通っている年齢の空々は、地理の勉強を自分の身体でした思いだった。身をもって知るとはこのことだ。たとえ学校に通っていなくとも、通っていた学校を焼かれてしまっても、人生、すべてが勉強である。

もっとも大歩危峡から桂浜までの距離を、交通機関が完全に麻痺した今の四国で、たったの二日で来られたというのは、むしろスピーディなくらいである——四国にのみ存在する、空々にとってはほんの数日前まで認知していなかった不思議な力……不思議な絵空事、『魔法』なくしては、不可能な移動だっただろう。

……それも空々にとっては、実のところ疲労の種だったが。

肉体的疲労というより精神的疲労である——魔法を使うためには、つまりこの桂浜まで、魔法の力に頼って飛行移動をするためには、女の子が着るようなふりふりの可愛らしいコスチュームを着用しなければならなかったのだから。

十三歳の少年にとって、女装を強いられるというのは、なかなか胸に来るものがあった——ただ、この服に関しても、人目があるがゆえに、到着したからと言ってここで脱ぐというわけにもいかない。

ガーリーでゴスロリめいたコスチュームを、人目があるから脱ぐわけにはいかないというのは、事情を知らない者にとってはやや違和感を孕んだものの言いかたに聞こえるかもしれないけれど、この場合の人目とは六歳の児童の目のことであり、空々は己のことを信頼させるために、彼女に対しては女の子の振りをしていたので、だから脱ぐわけにはいかないという事情だった。

ちなみにその児童の名は酒々井かんづめ。

空々が徳島県で保護した幼稚園児だった——大歩危峡から桂浜まで、背中に乗せて飛んできた幼い少女である。

人間的感情に欠ける空々空が彼女を保護したのは、当然のことながら人情ではなく、彼の仕事が四国の調査、フィールドワークであり、そしてかんづめが『四国の現状を二週間以上生き延びた貴重なサンプル』だからという理由がメインではあったのだが、しかし今となっては空々は、彼女が只者ではないことを知っている。彼女が四国を生き抜いていた成果が、ただの偶然ではなかったことを知っている——その特異さをアテにし過ぎて、徳島県では一度死んだほどだ。

もっとも、その正体を完全に看破しているとは言えないし、どころか真実に近接しているとさえも言えないけれど……とにかく空々空は、彼女との今距離を保つために、かんづめの前では女の子の振りをしなければならないのだったし、ゆえに服も脱げなければ、『僕』という一人称を使うこともできないのだった。

とは言え、たとえそうでなくとも、空高く飛行できるだけでなく、防御力も高いコスチュームは、四国においては着ていないよりは着ているほうが得な衣装ではあるのだが——まあ、これは損得の問題ではない。

感情の問題だ——無感情でも。

それに、付け加えるならば、気疲れと言うのであれば、空々にとってはかんづめではない、もうひとりの同行者のほうがよっぽどその原因だった。

その原因——地濃鑿は元気なもので、

「うわあ、桂浜ですかあ。久し振り過ぎて泣けそうです。ここに来るとついつい革命を起こしたくなりますねえ。私に流れる坂本竜馬の血が、そうさせるのでしょうか」

などと、広がる海を前に感慨無量の風である。

ちなみに彼女が坂本竜馬の末裔であるなんて事実はなく、流れる血云々の言は単に、徳島県で出会った彼女が、そもそもは高知県の出身であることからの物言いであろう。

とにかく、空々と同じ道程を飛んできたにもかかわらず、地濃は元気潑剌だった——あまり他人に対してそういう気持ちを持たない空々をして、鬱陶しいと思わせるくらいに。

まあ、地濃が空々に較べて元気なのは、ある意味当然である——彼女もまた、空々同様、特殊なコスチュームを着用することによって、飛行してここまでやってきたという点においては条件こそ同じだが、しかしその熟練度が違う。

地濃は四国に二十人ほどいるらしい『魔法少女』のうちの一人なのだから——魔法少女のコスチューム、魔法衣を使いこなすテクニックが空々よりも上なのは、これは当たり前のことだ。

今は同行していない空々の同盟相手、同じく二十人ほどいるらしい『魔法少女』の一人であり、地濃の知己でもある杵槻鋼矢にはむろん及ばないにしろ……。

「…………」

二十人ほどいるらしい『魔法少女』。

というのは、しかし今となっては数字に修正が必要なことに、空々は、かんづめを背から降ろしつつ、思い至る——空々が知っているだけでも、既にそのうち、七人が命を落としている。

空々が初めて会った魔法少女『メタファー』こと、登澱證。

二番目に会った魔法少女『パトス』こと、秘々木まばら。

会ったときには既に死体だった魔法少女『コラーゲン』こと……、そう言えば彼女の名前は、いまだ知らないままだ。

そして地濃鑿のチームメイト四名も、既に死んでいると聞く——四国ゲームの最中において。

つまり残る魔法少女は十三名前後。

もっとも、四国住民三百万人がほぼ全滅しているというこの四国ゲームの最中に、二十人中十三人も生き残っているというのは、かなりの生存率なのだが。

否、その十三名だって、全員が生きているとは素直には考えにくい——魔法少女『パンプキン』こと杵槻鋼矢だって、いまだ合流できずにいることからしても、現状、生きているかどうかは大いに怪しいところだ。

案外、ひょっとすると地濃は魔法少女最後の生き残りかもしれないのである——そう思うと、つまり彼女の希少さを思うと、『調査サンプル』として評価する限り、その多少の鬱陶しさも我慢できようというものだ。

まあ、あくまで多少、なら……。

もちろん、最後の生き残りかもしれないというのは極端な言いかただ——空々の読みでは、この高知県や愛媛県にだって、生き残りの魔法少女はきっといるだろうし、たとえそうでなくとも、『彼女』がいる。

そう、『二十人くらい』の中に数えられていない魔法少女。

黒衣の魔法少女……。

「空々さん。勢い、海岸に降り立ってしまいましたけれど、あの階段を登っていけば坂本さんの銅像がありますよ。なんだったらその前で記念撮影でも如何でしょう？」

「……記念撮影をするような状況でも、気分でもないだろうよ」

空々が言いたいことを千ほど飲み込んで、そう言うだけに留めると、地濃は不思議そうに、

「いえ、私は別に、そういう気分ですけどねー」

と言うのだった。

きみの気分なんて聞いていない、という言葉も千のついでに飲み込んで、空々は考える。魔法衣を着ていたところで魔法少女でもなく、四国にとっては部外者である彼にとっては、考えることが仕事である。どれほど気疲れする環境と、気疲れする仲間に囲まれていたところでだ。

いずれにしても、魔法少女なんて非現実的な存在を擁する絶対平和リーグの思惑を

調査しないことには、四国からの脱出はなせないのだ。

絶対平和リーグの思惑の調査。

空々空が所属する地球撲滅軍のライバル的存在である絶対平和リーグ自体は、今回の四国事件で半潰滅状態にあるのだが……、しかし、当初、少なくとも空々のところに調査命令が下りて来た時点では『地球』の仕業と目されていた四国ゲームの仕掛人が、どうやらその絶対平和リーグ内にいたらしいという疑いが濃い現状では、他にするべきことがないとも言える。

そんなわけで彼らは高知県を訪れたのだ。

別に観光に来たわけでも、まして坂本竜馬の銅像と記念撮影をしにきたわけでもない——大歩危峡の、絶対平和リーグ徳島本部跡の調査は、妨害にあって失敗に終わった。

しかし妨害があったということは、やはり外部の者に知られてはまずい何かが絶対平和リーグにはあるということだろうと推断し、空々達は今度は高知本部を目指したというのが、昨日の話である——以降、彼らは休みなく桂浜を目指して飛んできたわけだ。

とは言え、ここ桂浜に絶対平和リーグの高知本部があるという確信があるわけではない——そういう無根拠な噂があるという地濃鑿の言を、まず採っただけのことだ。

下っ端の魔法少女であるにしろ、絶対平和リーグの所属であり、高知県に土地勘もある彼女の言うことだ、他にアテもない状況では、まずあたってみる価値があるだろうと、空々は桂浜行きを決めたのだった……かんづめがそれを是としたのも、判断要因としては大きい。

もっとも、かんづめの持つ謎の先見性を頼りにし過ぎて、一度は死んでしまった空々だから、そのあたりは、必要以上に慎重に判断したものだが――しかし。

「ここは、外れかもしれないね」

「え？　なんでまだ調査もしていないのに、そんなことを言い出すんですか？　空々さん。あなたは私のモチベーションを下げることに命をかけているんですか？」

「きみにそもそもモチベーションがあるのかどうかは置いておくとして」

空々のこの言いかたは彼女の性格に対するあてこすりなのだが、しかし現実として、モチベーションにおいて地濃が、空々との統一を見ていないことも真実ではあった。空々は彼女にはまだ、四国ゲームの仕掛け人が、彼女の属する組織の中にいるかもしれないという示唆を与えていないわけで、だからどうして絶対平和リーグの主要施設を空々が調べようとしているのか、調べなければならないのかという点を、地濃はよくわかっていないのだ。

よくわかっていないにもかかわらず、同行し、空々の調査に協力しているのは、ひとえに彼女の人間性ゆえというしかない——もっとも名目上は空々に捕らえられた捕虜であり、サンプルである彼女だし、空々について回っていれば、いずれは知己である魔法少女『パンプキン』と合流できるかもしれないというくらいの企図はあるのかもしれない。

「ほら、大歩危峡のときと違って、ここまで一切邪魔が入らなかったじゃないか」

「そうですね。順風満帆な旅路でした。雨も降りませんでしたしね。晴れがましいです」

「もしもここに知られたくない何かがあるんだとしたら、あのときと同じように邪魔が入るとばかり思えって身構えていたんだけれど……、それがなく、無事に到着できたということは、逆説的にここは外れかもしれないってこと」

「はあ。見事な三段論法ですね」

別にこれといって三段でもなかったし、論法と言えるほどではなかったが、地濃はあっさり納得したようだった。というより、気色ばんで見せたのは、自分の道案内が間違いだったと批難されたと思ってのことだったらしい——外れだったとしても別に怒られる流れではないとわかったら、桂浜が当たりでも外れでも、彼女にとってはどうでもいいことのようだった。

まったく、いい性格をしている。

空々はそんな風に思いつつ、だが、ここが外れだとすれば、これからどのように行動したものかと途方に暮れたくなった。彼は途方に暮れるということが上手にできない性格なので、あくまでも『暮れたくなる』だけだが……。

もちろん、妨害が入らない理由は他にも色々と考えられるし（中でももっとも楽観めいた希望的観測として挙げられるのは、『うまく敵側を出し抜けた』というものだろう）、これから桂浜を調査しないということはないのだけれど……、しかしなにせ、時間の問題がある。

四国調査のタイムリミット。

一週間と区切られたタイムリミット――それを過ぎれば地球撲滅軍は、正確には地球撲滅軍内の一部署・不明室は、空々の帰還及び調査結果を待たずに、四国に『新兵器』を投入する手筈になっている。

その『新兵器』とやらがどういうものなのかについては、空々の立場では知る権限のないところだが――四国を沈めるに足る破壊力を持つ『何か』であることは確からしい。

住民が全員失踪するという『よくわからないこと』が起こっている四国の被害が、これ以上拡大する前に四国ごと破壊しようという乱暴な発想だが、その戦略についての是非を論じるつもりは空々にはない――地球撲滅軍のその手の『乱暴さ』、もっと有体（ありてい）に言えば『粗雑さ』は、とっくの昔に体感し、とっくの昔に理解している。それくらいのことは普通にするだろうと思うだけだ——だから今回重要なのは、任じられている調査を迅速に終わらせないと、自分が四国にいるうちに、その『新兵器』が投入されかねないということだ。

それだけは避けたい。

色々と投げやりで、その人生から既にほとんどのものを失っている空々少年ではあるが、それでもまだ死にたいわけではないのだ——無感情で無表情な態度からはわかりにくいが、彼は生きることに関しては、相当貪欲（どんよく）なほうである。

自殺願望なんて欠片（かけら）もない。

だが、そのタイムリミットも、もう半分以上が過ぎた。まさか高知県がこんなに広いとは……桂浜がこんなに遠いとは。

こんなの、もしもなんの妨害も入らず、まともに調査だけを実行していたとしても、移動時間だけで一週間なんて、簡単に過ぎてしまうじゃないか——そう、愚痴（ぐち）りたくもなった。

もっとも、一週間とタイムリミットを切ったのが誰かと言えば彼自身なわけで、その辺りは彼らしい自業自得だったが。

空々が四国に上陸したのは十月二十五日。

そして現在、十月二十九日も既に夕刻。

タイムリミットまで、あと二日強と言ったところか——それまでに空々は、四国ゲームの真実をつかみ、なんとか地球撲滅軍に帰還しなければならない。

いや、厳密に言えば、現状判明している調査内容を報告するだけでも、地球撲滅軍の『新兵器』投入を止めることはできそうだったから、一度は調査を打ち切って脱出を図ったりもしたのだが——その脱出は阻まれたのだった。

他の魔法少女とは明らかに一線を画す魔法少女——黒衣の魔法少女『スペース』によって。

ゆえに空々は一旦脱出を諦め、本筋の調査に戻ったという流れだ——むろん、その調査の中、埒外の魔法を使用する黒衣の魔法少女に関する対策を見つけられたら最高だと思っているのだが。

「ちなみに地濃さん……、ここ、桂浜が絶対平和リーグ高知本部だという噂には、どういう信憑性があったの？」

「信憑性と言いますか。えーっと、ご存知ですかね。結構有名だと思うんですけれど、高知って、闘犬の本場なんですよ」

「刀剣？　刀とか剣とか？」

「じゃなくて、犬とかです。土佐犬と土佐犬ががおーって戦う奴です」

威嚇するようなポーズをとって、説明する地濃。

わかりやすい。

もっとも実際の闘犬では、鳴いたほうが負けになるので、『がおー』と言いながら戦いはしないのだけれど——まあ、空々には伝わった。もちろん、詳しいわけではないが、名前くらいは知っている……。

「それにあやかったのかどうかはわかりませんが、この土地で、毎年開催されていたんです。魔法少女同士のトーナメントが」

「トーナメント？」

「ええ。魔法少女の魔法比べと言いますか……、あはは、ちょっと少年漫画みたいですよね」

ちょっとどころではない。

もろに少年漫画だ。

いや、今はもう露骨なトーナメントなんて、あまり少年漫画でもやらなくなったかもしれないが——魔法少女同士が戦う、鎬を削る、そんなイベントがここで行われていたというのか。

「まあ、とは言え遊びの範疇ですけれどね。一年に一度のお祭り的なイベントと言いますか……、地球と戦ってばっかりだと、雰囲気が暗くなっちゃいますからねえ」

「…………」

遊び。お祭り。

と言うよりも——それは、実験の一環という気もする。

それは——それも。

空々のように外部の、また似たような組織に属する者から見れば、絶対平和リーグは、そんな娯楽を内部に提供するほど、福利厚生制度がしっかりした組織ではあるまい。

トーナメント形式というのはまあ遊び心にしたって、内部に競争を発生させることで、独自の技術である『魔法』に更なる磨きをかけようとしていただけなのでは——そしてその延長線上に、今回の四国ゲームがあるように思えてならない。

聞けば四国ゲームは、絶対平和リーグの『実験失敗』の結果だと言うし——ゲームによって生じた様々な『ルール』は、魔法の産物として見るほうがしっくりくる。

ゆえに魔法を使う魔法少女は、一般市民に較べて生き残りやすかった、と……。

「まあ私なんかは使う魔法が魔法なんで、全然勝ち抜けませんでしたけどねー。ほとんど見学していました」

あっけらかんと地濃は言う。

「だろうね……」

と、空々は同意しつつ、しかし彼女の魔法、即ち『不死』によって命を救われた身としては、その魔法で勝ち抜けないようなトーナメントには意味はないと思う。『不死』——死人を生き返らせる魔法。ほとんど魔法の究極形みたいなものだとしか考えられないのだが……。

だが、絶対平和リーグが求める魔法は、彼らが求めた究極は、どうやらそんなものではないらしい。人類対地球の長き戦いに終止符を打てるような——そんな魔法だと言うのだから。

それを求めての実験の結果。

実験失敗の結果——今の四国がある。

「『パンプキン』は？」

「はい？」

「魔法少女『パンプキン』……鋼矢は、そのトーナメント、どんなリザルトだったのかなって」

「いえ、あくまでも希望者のみの参加なので。『パンプキン』はお高くとまって不参加でした」

「………………」

お高くとまって、という表現は不要だろう。

とにかくひと言多い地濃である。

「私を尾行していた黒衣のかたに至っては、会場でもお見掛けしませんでしたし。新入りなんですかね、あの人は」

「新入りって。どう考えても組織の中核だろ、あれは……会場？　じゃあ、少なくとも会場は桂浜にあるってこと？」

「あ、いえ。この砂浜を借り切って、設営して、です。文字通り坂本竜馬のお膝元で行われる大会でした」

「観光名所を借り切るとか……、まあ、健在だった頃の絶対平和リーグだったら、それくらいの組織力はあるか」

今、自分が立つこの砂浜で、ファンシーな衣装を着た少女達が、一大魔法バトルトーナメントを開いていたというのは、どうにもシュールな光景だけれど。だったらいっそ水着で、ビーチバレーみたいにやったほうが自然なんじゃないかとさえ思わされる――もっとも、水着では魔法は使えまいが。

……根本的な疑問に突き当たる。

そう思ったとき、思わされたとき、馬鹿馬鹿しくも根本的な疑問に突き当たる――どうして『少女』なのだ？　如何にもな衣装は少女という年齢に合わせたデザインだとしても――そもそも地球と戦うための戦士を『少女』に限る理由は？

確かに地球撲滅軍だって、前線で戦うのは少年兵ばかりだ――消耗率を考えるとそうなってしまうのは、感覚的にはともかく理屈としてはわからなくもないのだが、しかし、少なくとも地球撲滅軍には男女比の偏りはない。

仮に。

偏らせる理由が、絶対平和リーグにはあるのだとすれば……？

「空々さん、実際の闘犬って、その様子じゃあご覧になったことはないんですよね？　だったら一見の価値ありですよ。一見どころか、十見でも二十見でもしたくなりますよ。なんだったら闘犬センターがすぐそこにありますから、帰りに見ていかれたら如何です？」

「いや、この状況で闘犬センターが営業しているわけがないだろう……」

興味がないとは言わないが。

四国がこうなった以上、闘犬の伝統も途絶えてしまうのではないかと思うと、それを見る機会を失ったことを残念に思う気持ちが空々にはないわけではないけれど、しかし今は、どう考えてもそういう状況ではない。

この状況で観光を勧めてくる地濃の精神はやはり尋常ではないと再認識しつつ、

「要するに、そんな象徴的なトーナメントが行われるような場所だから、高知本部はこの辺りにあるんじゃないかって噂が立ったってことかな？」

と訊(き)いた。

「ええ、まあ。ここか、ここからそう遠くない場所か」

頷(うなず)く地濃。

「どの道、本部の場所も教えてもらえない下っ端の間に流れる、無根拠な噂ではあるんですが。いわば好き勝手な推理ですよ」

「確かに……好き勝手な推理ではあるね。そういうイベントを行う場所は、本部からむしろ離すって考えかたもあるだろうし」

だとすると、どうも想像以上に、『ただの噂』に振り回された感がある——もちろん、それで地濃を責めるのは筋違いだろうけれども、なまじ先に訪れた大歩危峡が『当たり』だっただけに、あまりその辺りを精査することなく、ビギナーズラックに乗っかって、桂浜まで来てしまった。

これが無駄足だったとなると、制限時間のあるゲームの最中においてはかなりの大損害となりそうだが……。

「地濃さん、他に噂は？」

「はい？」

意味がわからないというように訊き返す地濃だった——これくらいの意思疎通ができる程度のやり取りは積み重ねてきたはずなのだが、と思いつつ、空々は丁寧(ていねい)に、根

気強く、

「他に、高知本部のありそうな場所の噂とかはないかな？」

　と言い直した。

「うーん。ないでもないですけれど……、それらを全部、虱潰しに当たるとなると、もう高知中を巡ることになりますよ」

「高知中……」

　高知の広さを既に体感した空々からすれば、それは絶望的な告知だった。そんなことをしている時間は、言うまでもなく、ない。こうなると根本的に作戦の変更を余儀なくされる感じだ。

「いっそ、もう愛媛の、絶対平和リーグ総本部に向かったほうがいいのかもしれないね……リスクを考えると、正直、気は進まないけれど」

「まあ総本部が松山にあることははっきりしていますからね――そうしますか？」

「いや、もちろんその前に、この桂浜を検分するけれど。今晩一晩、休息もかねつつ検分して、それで何も見つからなかったら、覚悟を決めて愛媛に向かうことにしよう」

　言って空々は、先刻からずっと――桂浜に到着してからずっと黙っている児童、酒々井かんづめのほうへと目をやった。

空々と地濃の会話に入れずにいるのかと思ったら、そういうわけでもないようで、どころか彼らの話には興味がないとでもいうように、児童はじっと、海の方角を見ていた。

水平線。

そこに沈んでいく太陽を見ていた。

「………？」

なんだろう。

夕日に見蕩れているのだろうか？

内陸育ちの空々にとって海は新鮮であり、シチュエーションが許せば、風景を楽しむ時間を設けることに異議はないのだけれど……ただ、制限時間を思うと、できればかんづめには会話に入ってきて欲しいのだが。

この件についてのかんづめの意見を聞きたい。

幼稚園児の意見を仰ごうというのはややもすると情けない、溺れる者が藁をも摑もうとしているような印象になろうが、しかし空々はもう、その辺りに関しての躊躇はなかった——むしろかんづめに頼り過ぎない自制を自らに求めているほどだった。

高知に来たのも、桂浜に来たのも、かんづめの後押しがあったからこそだ——だからこそ、次の行動を考えるにあたっては、かんづめを参考にしないわけにはいかない。

　幼児ゆえに、とにかく舌足らずで言葉足らずなこともあり、その意見をすべて容れるというわけにはいかないにしても、酒々井かんづめはセカンドオピニオンとして優秀過ぎるのだ。

「えっと……」

　かんづめちゃん、と呼びかけかけて、空々は留まる。さすがにここまでの道中で、かんづめが地濃に対して、どうやら自分の名前を隠していることには気付いたのである。

　その理由まではわからないが――空々と地濃に、幼児の目から見た差があるとは思えないのだが――本人が隠しているものをあえて空々が暴露(ばくろ)する理由もない。

　気楽でマイペースな地濃もそろそろ、かんづめの正体が気になり始めている風なので、いつまでも名を伏せているわけにもいくまいが、とりあえずここでは空々は、呼びかけを飛ばして、

「そんな感じなんだけど、どう思う？」

と、かんづめに訊いた。

　漠然(ばくぜん)とした訊きかたになったのは、漠然とした答を求めたからなのだけれど――今の状況に対しての全体的なアドバイスを求めてのことだったのだが、当のかんづめは

夕日を見たまま目を逸らさず、

「きにせんでええけん」

と言った。

ん？

気にしなくていい——と言ったのか？

何を？

「せいげんじかんはもうきにせんでええ」

夕日を見たままなので、空々の怪訝そうな表情を受けたわけではなかろうが、しかしここは自分でもさすがに言葉足らずだと思ったのか、かんづめはそう付け加えた。

ただ、そう付け加えられたところで空々にはわからない——彼女のいう言葉の意味がわからない。

制限時間はもう気にしなくていい？

どういう意味だ——いや、言葉の意味自体は明確だ。制限時間を気にしなくていいというのなら、それは制限時間を気にしなくていいという意味なのだろう。

そして今言う制限時間とは、当然、地球撲滅軍が四国に『新兵器』を投入するまでの制限時間を指すはず——それを気にしなくていいというのは、どういうことだ？

何か根拠や理由でも——と質問を重ねかけて、空々はやめた。根拠や理由を、かんづめに求めるのはまったくの徒労だ。それはここまでのやり取りで十分わかっている。

かんづめは言うだけであって、それを解釈したり、根拠を見出したりするのは、聞いた側の責任なのだ——それを信じるかどうかも含めて。

ただこの場合、出し抜けに『制限時間を気にしなくていい』と言われたところで、もちろん鵜呑みにするわけにはいかない——ここで、じゃあゆっくり桂浜を探索しようか、などと言えるような暢気なメンタルでは、空々は半年前に死んでいる。

「へええ、制限時間はもう気にしなくていいんですか。じゃあゆっくり桂浜を探索しましょうね、空々さん」

暢気なメンタルな奴が言った。

この子はなんでまだ生きているんだと思ったが、なまじ相手が命の恩人であるだけに、ここで強気には出られない。

「色々名物もあるんですよ、高知には。折角なので楽しんでいかれては」

「高知の名物……なんだっけな。長焼きっていう、粉ものがあるんだっけ？」

「ながやきは方言です」

「あ、そう……いごっそうは？」

「いごっそうも方言です——ところで空々さん。折角なのでというのなら、折角こんな海岸まで来たんですから、このまま四国を脱出しちゃうっていうのはないんですか？」

あっさり言った。

地濃鑿は。

2

何を馬鹿なことを、これだから素人は困るんだ——と思いかけて、ことのついでのように口にされたそのアイディアが思いがけず名案であることに、空々は気付かないわけにはいかなかった。

大体、素人というのならば、四国ゲームにおいて、より初心者であるのは空々のほうである。開催当初からゲームに参加している先輩プレイヤー・地濃鑿の意見には、本来傾注すべきなのだ。

え？

脱出？

空々は改めて、今まで見ていたのとは別の視点で、眼前に広がる大海原を見る——なるほど、海だ。遮るもののない海だ。

水平線が見える、太平洋を望む桂浜。

　ここから四国を脱出する。

　普通ならばありえない発想だ——だが、言われてみれば思い至ってもいい発想だった。なにせ今、空々達は『空を飛べる』のだ——即ち海上飛行が可能なのである。ならば四国からの脱出は、敵からの妨害がない現状、あっさりとなる公算が高い——四国ゲームから逃れる方法は大きくふたつ。

　ひとつはもちろんゲームのクリアで、そのためには四国ゲームのルールをすべて把握する必要がある。プレイヤー（つまり四国内で今生きている人間）が、今の四国を支配する八十八のルールをすべて蒐集すれば、ゲームは終了する。即ち四国ゲームの本質を蒐集ゲームであると見たときの方法だ。そしてもうひとつは、四国ゲームを脱出ゲームとして見たときの方法——つまり、四国から出て行くという逃れかたである。

　厳密にはもうひとつ、『死んで逃れる』という、一番簡単な方法があるけれど、まさかそれを採用するわけにはいかないとして——ルールをすべて蒐集してクリアするという方法は、現状半分ほどしかルールを集めていない空々達には今のところ不可能なわけだが、後者の方法には、本来制限がない。

　ゲーム開始当初に、四国から抜け出した一般人も少数ながらいたはずなのだ——それと知らずに四国から抜け出した人間も。

ルールをすべて蒐集することをゲームのクリアと評するならば、四国から脱出することはゲームからのリタイアということになるのだが……。

「……どこまでをいわゆる『四国』の範囲とするかにもよるだろうけれど」

まさか海岸、波打ち際からもう『四国外』ということはないにせよ、ならば厳密に領海内までが四国ということもないだろう。ある程度海の奥まで出られれば、それでプレイヤーのリタイアは成立するはずだ。だからこそ、以前鋼矢と脱出しようとしたとき、黒衣の魔法少女『スペース』は、空々達を陸上で捕らえたのだろうし……。

「…………」

いや。

それを言うなら、あのとき黒衣の魔法少女『スペース』が脱出を妨げたのは、空々『達』ではなく、あくまでも杵槻鋼矢——魔法少女『パンプキン』である。

事情の本当のところはわからないが、空々が見る限り、『スペース』は鋼矢に、四国ゲームをリタイアするのではなく、クリアするように促しているようだった。裏を返せば、空々のことなど『スペース』は、歯牙にもかけていないようだった。

彼が四国から脱出しようとしなかろうと、どうでもいいという風——今、桂浜で何の妨害も受けず、何の攻撃も受けていない現状は、噂に違ってここに絶対平和リーグの高知本部なんてないから、たとえあったとしてもそこに重要な資料なんてないから——という線が強いけれど、仮にそれもあるのだとすれば、それは即ち、四国脱出のチャンス、四国ゲームリタイアの絶好のチャンスということではないのか？

盲点（もうてん）を突かれた思いだった。

本来、そんな裏技めいた発想は空々こそが思いつきそうなものだったが、まさかの地濃に先んじられた形だ——いや、空々自身としてはそれは忸怩（じくじ）たる思いだろうが、彼の不注意をフォローするなら、しかしこれは無理からぬところなのかもしれない。

空々空の売りのひとつはどんな状況下においても目的達成のために尽力できる集中力にあるのだけれど、だが、それは逆に言えば、目的以外のことを蔑（ないがし）ろにしがちだということだ。そこまで気が回らない——あまりに姿勢がブレな過ぎて、周りが見えなくなってしまうこともないとは言えない。むしろ多々ある。

今の空々は絶対平和リーグの調査のほうに完全に意識が向いてしまっていて目の前の海、海という大きな脱出路を、考えに入れていなかった——そこへいくと地濃は、現状はっきりとした目的を持たずに空々について回っているだけの身の上なので、色んなものが見えるし、色んな考えかたができるのだろう。

彼女にとっては気分転換に高知の観光を提案するのも、海からの脱出を提案するのも、似たようなものなのだ。

なんにせよ、お手柄と言えばお手柄。

ただし地濃がどこまで本気で言ったかもわからない、そんな思い付きを検討するのは――つまり考えるのは、当然、空々の仕事となる。

思いつくのが地濃なら、考えるのは空々だ。

海という経路を使用しての四国脱出。

課題は当然、そんな長時間飛行に自分達が耐えられるかということになろう――わかりやすくするために、このまま黒衣の魔法少女の邪魔は入らないという前提で考えを進めるとして、一旦は断念した四国からの脱出を実行するのならば、それはただ脱出すればいいというものではない。

脱出したのち、地球撲滅軍と接点を持たねばならないのだ――空々空は感情が死んでいる、奇妙というより異常な少年ではあるが、常識が欠けているわけではない。自分さえ助かれば四国がその後どうなろうと――『新兵器』の投入によってどうなろうと知ったことではないと言えるほど、豪胆な精神の持ち合わせはない。一応、鋼矢という現在所在不明の同盟相手もいるのだし――四国の破壊は、止められるものなら止めたいものだと思っている。

それが仕事でもある。

仕事をしているうちは、空々を煙たがっている上層部から処分されることはないのだから——脱出に成功したなら、空々は地球撲滅軍に現状を報告しなければならない。

今の四国の状況は地球の仕業によるものではなく、絶対平和リーグの手によるものであって、よって地球撲滅軍が介入する必要は一切なし——という報告。

これで『新兵器』投入にはストップがかかるはずだ——『新兵器』を使いたがっている不明室は臍を噬む思いだろうが、それこそが空々の知ったことではない。

つまり空々は海に向けて脱出したのち、四国を大きく迂回して、本州の和歌山県あたりなのか、それとも逆回りに九州の大分県あたりなのかに着陸しなければならないということだ。そこから地球撲滅軍に連絡を入れる……。

右回りするにしても左回りするにしても、相当の距離だ。

地理的素養がなくとも、それくらいはわかる。

果たして自分に、魔法初心者である自分に、そんな長距離飛行が可能だろうか？

大歩危峡から桂浜までだってあんなに辛かったのに、今度の旅程は——どちら回りにしても——それどころでは済まないだろう。

魔法の力で飛ぶのだから、肉体的な疲労はゼロに近いのだけれど——それでも人を一人背負って飛ぶのに、負担がないわけがない。ノンストレスなわけがない。休憩しながらの飛行ではタイムアップを迎えかねないし、そうでなくとも、飛行に失敗し、墜落(ついらく)した際に下に地面がない状況では、もう死ぬしかなくなってしまう。

だからこそ以前鋼矢と脱出しようとしたときには、大鳴門(なると)橋の上空の飛行を目論(もくろ)んだわけだが……、ただ、この際、そのリスク——墜落死のリスクは看過すべきか？

初心者ではあるが、空々もだいぶん飛行には慣れてきてはいるはずだし……、海上で迷子にさえならなければ、いつかどこかには到着するはずだ。その『いつか』が、あまりに遅過ぎると四国に『新兵器』が投入されることになるのだが、それはこのまま四国内で調査を続けていてもまったくもって同じことである。

ならば、成功率がより高い戦略を選ぶのが常套(じょうとう)。

どちらが本当に成功率がより高いのかは、正直、定かではないのだけれど——より低くないと言ったほうがいいのかもしれない——しかし気持ちとしては、少なくとも黒衣の魔法少女の邪魔が入らないほうを選びたいものである。

徳島県大歩危峡で受けた『攻撃』は、魔法少女『スペース』のものとはやや印象が違ったけれども、しかし規模としては似通っていた——あんな攻撃をもう二度三度と食らって、なお生きていられるとはとても思えない。

ならば——脱出か。

なんだか、目の前にいきなり提出されたアイディアに飛びつくみたいで、どうしても警戒心のほうが先立ってしまうけれど（たぶん、地濃が出したアイディアだというすることも空々を躊躇させる大きな一因だ）、考えれば考えるほど、それしかない、そうするべきだという気持ちになってくる。

色んな角度から問題点を洗い直してみても、それは実行をためらわせるほどのものではない――どの道どこかではギャンブルに出ざるをえないのだ。強いて言うならば、かんづめを背負って飛ぶかどうかという点に、選択の余地があるというくらいか――かんづめを背負うのを、飛ぶのが空々より得意な地濃に任せる、あるいはかんづめを一旦四国に残して飛ぶ。ただこれはどちらも不安が残る。かんづめを地濃に任せるのは、得体のしれない彼女の性格を差し引いても危ういという気がするし（彼女自身に自覚はなくとも、彼女は今の四国を作り出した組織の一員なのだから）、今の四国にかんづめを一人残していくことが、空々が彼女を背負って飛ぶよりも安全なのかどうかを問われると、首を横に振らざるを得ない。もちろん、酒々井かんづめは、これまで四国をたった一人で生き抜いてきた幼児なのだから、更に数日くらいならば一人でも問題はないのかもしれないが……つまりこれは単純に空々が、かんづめを、たとえ一時的にであれ、手放したくないと思っているということなのかもしれない。

保護しているうちに情が移った――という話ではない。

情を移そうにも、そもそも情など空々にはない。

そうではなく、仮に四国を脱出したのちも、かんづめは重要になってくることを、肌で感じ取っていると言うべきか……。

快適な飛行のためには、地濃に関してこそ、いっそ置いていってもいいかもしれないと思わなくもないが、しかしやはり、最短距離での着陸を目指すのであれば、彼女の先導は必要になるだろうし——だとすればやはり、空々がかんづめを背負い、地濃と一緒に飛ぶというフォーメーションは崩しようがない。

となると……。

「どうしました空々さん。考え込んでしまって」

「いや……ありだなって思って」

「あり？　何がですか？」

地濃は、まさか自分の取って出し的なアイディアが空々をそうも悩ましているとはつゆとも思っていないようで、どころか自分が何を言ったのかももう忘れてしまったかのように、首を傾(かし)げる。

「高知観光がですか？」

「もうひとつのほうだよ。ここから直接、海上に向けて脱出するという奴……」

「えー？　無理でしょ、そんなの」

自分で言い出したアイディアなのに、怖気(おじけ)づいたようなことを言い出す地濃だった。なんともちぐはぐである。

「海に落ちたらどうするんですか」

「もちろんそれは考えたけれど、このままここで手をこまねいているよりは、マシだろう」

「はあ。でも『パンプキン』との合流はどうするんですか？」

そもそも彼女との合流を望んでいた——焼山寺（しょうさんじ）での彼女との待ち合わせを果たせずにいる魔法少女にとっては、そこは気になるところなのだろう。もちろん空々も、それを見落としていたわけではない——ちゃんと説明する。

「鋼矢は鋼矢で四国からの脱出を目論んでいるはずだよ……彼女が脱出よりも僕との合流を優先しているということはない」

「まあ、そりゃそうでしょうけれど」

「合流しようとしているうちにゲームオーバーになっちゃうよりは、合流を後回しに、いったん脱出したほうが、両者の安全は保てるだろう」

一応、鋼矢の身も考えているようなことを言っておくが、代わりに『そもそももう鋼矢は死んでいるかもしれないので』という推測は黙っておくことにした。

地濃はそれについて深く考察することもなく、

「はあ、まあ、そういうものですかねえ」

と頷いた。

鋼矢がゲームオーバーを迎えているわけがないという信頼の表れなのか、それとも、大切なのは約束であって、別に彼女の身命そのものはどうであろうと構わないのかは定かではない——なんとなく後者な気がする空々だったが。

まあ地濃の自分本位さは出会ったときからわかっていることだし（その固有魔法『不死』によって空々の命を救ったときも、その動機は『パンプキンに怒られたくないから』だった）、シビアさで言うならば、鋼矢の死を想定している空々と五十歩百歩である。案外——そんなことを他人から言われたら案外ではなくはなはだ心外だと思うだろうが——空々空と地濃鑿は、いいコンビなのかもしれない。

その地濃が続けて言う。

「確かに、空々さんが脱出して、地球撲滅軍の『新兵器』投入を止めてしまえば、もうタイムリミットを気にする必要がなくなるわけですからね」

「そう、タイムリミットを気にする必要が……」

ん。

これはさっきかんづめが言った台詞（せりふ）である。

ならばひょっとして、彼女はこのことをいっていたのか？　高知・桂浜行きに賛成したのも、そこに高知本部があるからではなく、そういう脱出ルートを想定してのことだったのか？　空々はそう解釈しかけたけれど——しかしこれは間違っていた。

酒々井かんづめの先見性は。

空々空はまだ知るよしもないが、絶対平和リーグが追い求めている魔性の才能――『魔法少女』の上に置く『魔女』の先見性は、そんな範囲にはとてもとても収まらない。

もっともっととんでもない。

今、空々が気付くのはせいぜい、かんづめの視線の先――身動ぎもせずにかんづめがずっとじっと見続ける、水平線の向こうに沈む夕日に、異変が生じたことくらいである。

「……ん？」

もっとも、それに気付いただけでも十分に大したものだ――なにせ、最初はただの点だった。道具を使わずとも観測できるという、太陽の肉眼黒点かと見紛うくらいに、ただの点だった――その点が徐々に大きくなる。

それは大きくなったのではなく、水平線の向こうからこの海岸に向かって、近付いて来ているのだということに気付くのには、そう時間はかからなかったが――近付いてくるその点が、点ではなく、人の形をしているということに気付くには、相当の時間を要した。

視神経がはっきりと人の形を捉えても。

まさかそれを『人間』だとは思えなかった。

だってそうだろう、今の四国でなくとも、いつの四国であろうとも、水平線の向こうから、人が生身で泳いでくるなんてことがあったはずがない。階段の上に立っているという坂本竜馬の像だって、そんな存在は初見のはずだ。

初見というより。

度外視のはずだ。

現実適応能力の高い空々でさえ、信じられないものを見る思いだった——なにせ今、この海を飛行して渡るというアイディアさえ、熟慮を必要としていた彼である。出て行くと、向かってくるとの違いはあれど、飛ぶどころか、泳いでくるとは——いったい『あの人間』は、どこから泳いできたのだ？

その方向には太平洋しかないはずだが……。

船らしきものも見当たらないし——いや、異様なのはそれだけではない。海の向こうからああして泳いで来ているというのが既に相当の異様ではあるが、それに次いで異様なのは、スピードだ。

点だった『それ』は、いつの間にか『人の形』になり——もう『彼女』であることが明らかになる距離にまで接近している。

ノットで表現すべき速度。

人間があんなスピードで泳げるわけがない――しかも彼女、平泳ぎである。バタフライやバサロ泳法ならばまだ絵にもなろうが――超高速の平泳ぎなど、シュール過ぎる。しかしビデオの早回しのような絵面で、彼女はどんどん、空々達のいる海岸へと近付いてくる。

繰り返しになるが、およそ人間業（にんげんわざ）ではない。

ならば魔法か？

新たなる魔法少女が、海の向こうから現れたのか？　てっきり、もうないものだと思い込んでいた、敵の襲来なのか？　生き残りの魔法少女なのか、それとも絶対平和リーグの中核に属するであろう黒衣の魔法少女なのか……、考えられるとすれば、大歩危峡で空々達を襲った『水』の魔法少女？　黒衣の魔法少女による妨害？　やはりこんなあっさりと脱出できるほど、四国ゲームは甘くないのか――と空々は身構える。しかしその推測も、泳いでこちらに向かいつつある『彼女』が魔法少女であるという推測も、数秒後には間違いだと知れる。

というのは、『彼女』の高速平泳ぎにより、互いの距離が更に縮まったことにより、彼女が生身どころか、裸であることがわかったからだ。

彼女は裸で泳いでいるのだ。

つまり――空々がこれまで出会った魔法少女達のごとく、あるいは彼自身が今着用しているように、コスチュームを着ていない。

黒衣でもない。

もちろん、ステッキも持っていない。

ならば——あれは純然たる肉体機能。

人間業かどうかはともかくとして——力業での平泳ぎである。

腕力。脚力。筋力。機動力。

それだけで『彼女』は泳いでいて——そして。

「!!」

そして空々空がまったく反応できないままに——『彼女』が『点』の状態だった頃からその接近に気付いておきながら、呆然と、何もできないままに、事態を何一つ掌握できないままに。

『彼女』。

すっぱだかの女の子は、四国桂浜に着岸したのだった——海面からジャンプ一番で飛び出し、回転しながら砂浜に両脚をついたそのポーズは、着岸というよりも着陸といったほうが正確かもしれなかったが。

「………………!」

空々は考える——瞬間で考える。

思考停止に陥っていた脳が、ようやくのこと、海の向こうからやってきたすっぱだかの女の子に対し、空々達の眼前に着地した女の子に対し、どう立ち振る舞うべきかを考え始める——憂慮すべきは案外、彼女がすっぱだかであることよりも、今、空々が（空々のほうこそ）、魔法少女のコスチュームに身を包んでいるという点かもしれないけれど……、それはともかくさておくとして、いったい何者だ？　この少女。

見た目、空々と同世代か、やや年上と言った風……、魔法少女で言えば、秘々木まばらくらいの年頃に見えるが、正確なところはわからない。

わからないというか……違和感があった。

秘々木まばらに限らず、これまで空々が接してきたどんな同世代の少女と比べても、どんな少女と並べても、似ている点よりもむしろ似ていない点ばかりが際だってしまうような、結果全然似ていないとしか思えないような、そんな違和感……。

強いて言うなら、そう。

い、い、い、い、

僕に似ているような……？

「……いや」

何を言っているのだ。

似ているわけがない。

いくら魔法少女の衣装を着ていたところで、今の僕を女子と見間違うのは幼稚園児くらいのものである――

「空々さん、失礼ですよ。女子の裸をそんなにじろじろ凝視したりしたら」

と、後ろから地濃が言ってきた。

彼女はまったくの通常運転のようだ――もちろん、海から飛び出してきたすっぱだかの女の子に驚きはしているはずなのだが、この子、本当に自分以外はどうでもいいのだろうか。

「ああ、いや……」

ただ、女子の裸云々（うんぬん）に関して言えば、言われてみればまったくその通りだったので、空々は慌てて目を逸らした。ただし何だろう、海から飛び出してきた彼女の裸体には、そう言ったエロチシズムはまったく感じられなかったので、今の今まで、そういったことに気が回らなかったというのが偽（いつわ）らざる本音だ。

マネキンの裸でも見ているよう……と言って悪ければ、高名な画家の手による裸婦画でも見ているかのようだった、とでも言えばいいのか……とにかく、いやらしさみたいなものがない。ともかく、流線形で、泳ぐのに適したなめらかな肢体（したい）だとは思ったものの、それ以上のことは思わなかったし、感じなかった。

そんな空々を。

そして地濃を、かんづめを。

すっぱだかの女の子は、順繰りに見る——一人一人、順番に、そして繰り返し。不躾なくらいに感情のこもらないチェック作業のようで、どうしてだか緊張するもののしさがあった。

たじろぐ、と言うか……。

反応に困る視線である。

「あ、あのう——きみは」

空々は沈黙に耐えきれず、切り出した。

ええい、ままよ、と言う奴だ。

このまま黙りこくっていても埒が明かない……彼女がたとえ何者にせよ、泳ぐのに邪魔だったからという理由で一時的にコスチュームを脱いでいるだけの魔法少女（黒衣か、そうでないかもわからないが）にせよ、太平洋側の、いったいどこから泳いできたにせよ——コミュニケーションを取らないことには話が先に進まない。

それに失敗したばかりに、数々の魔法少女と、無意味とも無益とも言える争いを繰り広げることになった、香川県のことを思い出せ。

「きみは……、何だい？」

そう訊いた。

『きみは誰だい？』ではなくて、『きみは何だい？』と——意図してそんな言葉を選んだわけではないけれど、しかしそう言ってしまったということは、空々にはもう、根っこのところでは、彼女の正体、あるいはそれに近いものが、わかってしまっていたのかもしれない。

答えた。

すっぱだかの女の子は答えた。

「一台です」

的外れに答えた。

何だいと訊かれて——一台と。

「お初にお目にかかります、空々空室長——わたくしは地球撲滅軍不明室所属、左右左危博士開発の新型人造人間『悲恋』です。四国を跡形もなく潰滅させる任務を帯びて、十月二十九日一八:〇〇、上陸に成功いたしました。これよりあなたの指揮下に入りたく思いますので、どうか何卒、よろしくお願いいたします。どうぞお好きなようにご命令ください」

3

想定していなかったわけではない。

むしろ大いに危惧していたつもりだ──不明室が空々との約束を反故にして、『新兵器』の投入を前倒しするという事態を想定していなかったわけではない。

だから空々は、そのこと自体にはさして驚かなかった──いや、もしもその事態が、それ単体で起こっていれば、やっぱりそれなりに驚いていたかもしれない。だが、それ以外の驚くべきことがあまりにも同時に多発していたので、『新兵器』の前倒しそのものに驚くタイミングを逸してしまった感があった。

『新兵器』──悲恋が、ミサイルや爆弾ではなく、人造人間だったこと（人造人間!?）。そしてその人造人間が女の子のヴィジュアル・デザインだったこと（女の子!?）──裸で海の向こうから泳いで四国に上陸してきたこと（裸!?　泳いで!?）。

それに──空々空を認識していること。

いや、これは、彼女──人造人間に彼・彼女があるのかはわからないが、デザインが女子である以上、便宜上『彼女』──が、地球撲滅軍開発の『新兵器』であるならば、地球撲滅軍所属の空々をデータとして知っていることは不思議ではないのかもしれないけれど、しかし、その空々の『指揮下に入りたく思う』とは、いったいどういう意味だ？

上層部が『新兵器』を投入したがっている理由のひとつに、組織にとって有用でありながら、それ以上に厄介な空々空を──敵よりも味方を多く殺す戦士という不名誉な称号を、空々は得ている。不名誉ではあるが、案外間違ってはいない――、四国ごと抹殺するという狙いがあったはずだが……、それは空々の思い違い、被害妄想のようなものだったのだろうか？

まさか、まさかまさか、四国で調査を行う空々への援軍として、この『新兵器』は送り込まれたということなのだろうか――いや、断言できる。そんな牧歌的な組織では、地球撲滅軍はない。

たぶん何かイレギュラーがあったのだ、と、だから空々は推理した。前倒しで『新兵器』が投入されたという、危惧していたような事態ではこれはなく、何らかの計算違いが、外部であったのだ。

向こうで何が起こったのか。

それは推して知るしかないところだが……少なくとも彼女は、四国を潰滅させる任務を帯びてはいても、空々空を抹殺する任務を帯びてはいない。どころかその指揮下に入ろうとしている――これは空々にとっては、いいことのはずだ。そりゃあもちろん誰だって、抹殺されるより悪いことというのはなかなかないだろうが。

ひょっとすると『焚き火』あたりが向こうでうまくやってくれたのだろうか――どうせ今の立ち位置からではことの真相などわかるはずもないので、そんな風に適当に想像した空々だったが、これは実のところ、当たらずといえども遠からずである。

地球撲滅軍第九機動室所属、空々空の直属の部下である『焚き火』こと氷上竝生が、地球撲滅軍不明室室長左右左危と長年のわだかまりを乗り越えて結託し、『新兵器』の投入を阻止しようとした結果として、七つあるステップを半分もクリアしないままの中途半端な状態で、悲恋が『発射』されてしまったことなど、わかるはずもないが――

「…………」

しかし、わからないことはわからないこととして――わかったことも、同時にある。彼女――人造人間悲恋から感じる、違和感だ。

いわゆる不気味の谷現象。

ロボットを人間に似せれば似せるほど、小さな違和感が大きくなって、『気持ち悪く』見えてくるという現象――似過ぎることによって似なくなる、逆説的に違いが際立つという現象。

地球撲滅軍に入るまで、ずっと『人間の振り』を続けていた空々空だからこそ、その違いを更に強く、強烈に感じてしまうのかもしれない――人間というより、自分に似ていると感じてしまうのかもしれなかった。

継ぎ目や螺子があるわけでもなく、どこがどう違うと具体的にいえるわけでもないが――しかし些細というより微細な、目で見てもわからないような違和感が、見る側の心をささくれ立たせる。まあ、ロボットと人造人間ではまた違うものなのだろうが――裸の女子でありながらもエロチシズムとは無縁の裸婦画、リアルなマネキンを前にしているような気分になるのも、彼女、悲恋が『作り物』であるがゆえなのか。

もちろん、そんなのは彼女自身が自らを『人造人間』と名乗ったがゆえに、後からだからいくらでも言えることであって、そうでなければ空々は――他の誰だって――彼女を『人間でない』とは思えなかっただろうが。

あの異常な泳力を目にしていたところでだ。

『新兵器』。

兵器。

そういう触れ込みではあったが――そしてその触れ込みを、空々は『焚き火』から、破壊兵器のように聞いていたけれど、案外悲恋は、スパイ・潜入捜査用の兵器なのだろうか……？　少なくとも、『四国を沈める』というような破壊力を秘めているようにはとても思えない……、海をあのスピードで泳いでくるという埒外のパワーはどうやら、と言うより確実にあるらしいが、それで、それだけで『四国を潰滅』させられるかどうかと言えば大いに疑問だ。むしろ人間そっくりの兵器を作る動機があるとすれば、潜入調査のような――今回空々が任されているような任務をさせるためというほうが、しっくりくるわけで。

だとすればその投入を、あんなに怯えていた自分が馬鹿みたいだが……。

否。

それだ。

その辺りは軽々に判断できないこととして、しかし彼女の着岸によってわかったことの中で、もっとも肝要、今後の空々の行動に大きな影響を及ぼす事実と言えば——空々が四国の調査を開始してから、ずっと重荷、そして枷になっていたタイムリミットが、これでなくなったも同然ということだ。

なくなったも同然、はいささか言い過ぎかもしれない——もしも悲恋の登場が地球撲滅軍にとってイレギュラーなのであれば、そのイレギュラーをフォローすべく、二の矢三の矢が、このあと飛んでくる公算が大きいのだから。だが、一週間以内に実地調査を終えなければ『新兵器』が投入される——それを阻止しなければならない——という、本来はフィールドワークとは関係のない制限は少なくとも消滅した。なにせ、イレギュラーにしろ前倒しにしろ、既に投入されてしまったのだ。

ある意味空々が自分で設定した、自業自得的なタイムリミットではあったが——その事実上の消滅は、今後の彼の指針を大きく変化させる。選択肢の幅が広がる——と言うより、向いている方向自体が変わってしまうような話だ。

まず、さっきまで考えていたような、『海に向けて脱出』という選択肢はなくなる。もう、四国ゲームをリタイアして、一旦地球撲滅軍に経過報告をする必要はなくなった。リタイアしてまで経過報告すべき理由は、『新兵器』投入を差し止めるためだけだったのだから。

むしろここで空々が四国を脱出することは、四国調査という任務を途中放棄したに等しく、彼を煙たがる上層部に、彼を処分する格好の理由を与えてしまうことになりかねない——つまり空々は行動のベクトルを、ここから、四国ゲームのクリアに向けなければならないのだった。

四国ゲームの主催が絶対平和リーグであり、地球ではないということが判明した時点で、これ以上の調査は必要がないという言いかたも、強引ながらできないこともないのだが……、ただ、絶対平和リーグがこの四国ゲームを開催した目的を思うと、そういうわけにもいくまい。

絶対平和リーグの目的。

即ち、地球を撲滅しうる、究極魔法の獲得……。

そんな垂涎(すいぜん)の情報を前に撤退したなど、マイナス評価にしかなるまい——むしろここで大きな手柄を挙げておくことは、空々の今後の地球撲滅軍内での立場を思えば、必要不可欠なことかもしれないのだった。

地球撲滅軍が差し向けてくるかもしれない二の矢三の矢についての危惧はあくまで

あるけれど——ただ、空々はともかく、不明室が開発した『新兵器』——悲恋がいる四国を、根こそぎ破壊してしまうような真似は、いかに地球撲滅軍といえども、躊躇するのではないだろうか。

こうなると、あれほど恐れていた『新兵器』が、空々にとってはとんだお守りになってしまうわけだが……。

「すごいですねー、空々さん。すっぽんぽんの女の子が指揮下に入ってくれるだなんて。ご命令くださいだなんて。経緯はよくわかりませんけれど、男冥利に尽きるというものじゃありませんか」

どうやら状況が全然わかっていない——名乗られておきながら、悲恋が『新兵器』であると、まだ繋がっていないらしい地濃が、相変わらずズレたことを言った。

いや。

待て。

空々が語ってきた『新兵器』のイメージと、目の前の裸の女の子が繋がらないのは無理からぬことだから、それはいい。

だが、『男冥利に尽きる』という発言。

それは駄目だろう！

空々は今、かんづめに対して性別を偽っているのに、それがバレ——

地球撲滅軍不明室開発の『新兵器』——悲恋が、動いた。

作動した。

駆動した。

「!!」

地濃の迂闊な発言に、空々の心がやや乱れた瞬間。らしからぬ動揺をした瞬間だった。

水平線の向こうから海岸に向けての平泳ぎをノット級のスピードだったとするならば、今度の、陸上での動きはマッハ級のスピードだった。目にも止まらぬ音速で、彼女は空々の腹部に突っ込んで来たのだ。

それを空々は攻撃動作、だと思った。

そりゃあそうだ、普通、目の前の人間がタックルをするように、自分の胴体に突っ込んできたら、誰だってそれを攻撃だと思う——しまった、油断した。やはり彼女は、この『新兵器』は、僕ごと四国を破壊するという任務を受けて上陸したのか——相手の言うことを鵜呑みにした己の浅はかさを痛感した。いつから自分はそんな素直な人間になったのだろう。もしも悲恋が潜入用の兵器だったとするならば、虚言を弄するのは当たり前だろうに。ロボットが人間を騙さないなんてSF的な幻想を、信奉していたつもりはないのに——しかし。

これは誤解だった。

悲恋は空々に、攻撃をしかけたのではない。

むしろ彼女は——空々を助けるために動いたのだ——緊急回避行動を起こしたのだった。『上官』として認識した空々の身を守ることが、今の彼女にとっての至上なのだった——そのことに気付いたのは、タックルの末に、空々が波打ち際に叩きつけられた直後のことだった。

「きゃあああああああああああああああ！」

そんな、似合いもしない女の子らしい悲鳴をあげたのは、先ほど迂闊な発言をした地濃鑿である——そりゃあ、似合おうが似合うまいが、悲鳴をあげもするだろう。

なぜなら彼女のブーツが——即ち両脚が、桂浜の砂に囚われていたのだから。

「…………！」

足首どころか、既に膝のあたりまでが——沈んでいる。今もずぶずぶと、沈んでいく最中だ——砂がまるで沼でもあるかのように、彼女の身体を飲み込んでいく。

悲鳴をあげこそしていなかったものの、幼児、酒々井かんづめの身体も同様に沈みつつあった——彼女の場合身体が小さいので、もう上半身までが砂に埋まっていた。

沼でもあるかのように。

いや、あれは……流砂？

い。自然現象として、あまりに急過ぎる。

蟻地獄のような……？　だが、桂浜の海岸で流砂が起きるなんて聞いたこともな

急というより急激だ。

ならば自然現象ではない、不自然を越えた超自然——魔法？

「そ、空々さん——」

ずぶずぶと沈んでいく地濃が、腰まで沈んだ地濃が、こちらに向けて手を伸ばす。

もちろん、その位置から手を伸ばされても、波打ち際で倒れている空々に届くわけがないのだが……。

「わ、私を助けるチャンスですよ空々さん！　さあ、私が大歩危峡で命を助けてさしあげた恩をここで返しましょう！」

……モチベーションを一滴残らず奪うような助けの求めかただったが、しかし確かに、ここで二人を見捨てるわけにはいかない。空々が身を起こそうとしたが、その動きは止められた。

未だ彼の腰元を抱える裸の女子。

悲恋によって。

「危険です、空々上官。状況が収まるまで、ここを動かないでください」

「じょ、状況が収まるまでって——」

感情を感じさせない彼女の言葉に、空々はようやく、今更のように、自分が悲恋によって救われたのだということに気付いた――あのタックルは、足元が『流砂』になる前に、直前に、空々をその場から移動させるために行ったものだったのだ。

なるほどそれはありがたいが――だが、あんな超スピードで動けるのであれば、まとめて地濃やかんづめを救うこともできたはずだ。

なのに悲恋は迷わず、空々だけを助けた。

確かに地濃は絶対平和リーグ所属で、かんづめは一般人で、二人とも、地球撲滅軍から見れば部外者だ――悲恋としては助ける理由はなかったのかもしれない。迷わずというより、最初から数に含めていなかっただけかもしれない。

「ここにいる限りは安全なようです。このまま状況の推移を見守りましょう」

「いや――」

確かに、この波打ち際までは流砂の範囲外のようではあるけれど――だからと言って、このまま地濃とかんづめが、砂に沈んでいくのを見守るなんて話があるか。

「――駄目だ、あの二人を助けないと！」

まるでヒューマニストみたいな、空々らしからぬ台詞を言う展開になってしまったけれど、しかしこの先、仮に四国ゲームのクリアを目指して動くとするのなら、戦力的な意味でも、彼女達を失うわけにはいかなかった。

どれだけ性格が鬱陶しかろうと、地濃鑿——魔法少女『ジャイアントインパクト』の使う固有魔法『不死』は有用だし、酒々井かんづめの先見性だって、余人をもってかえがたいそれだ。

ここでそれを両方、突然、こんな形で喪失するなんてことがあってはならない——

「あの二人を助けるのですね。了解しました、サー。命令を実行します」

思わず発した空々の叫びに、そんな風に悲恋はあっさりと応じた。言葉の上だけで応じたのではない、返事をすると同時に、もう彼女はアクションを起こしていた。

空々の胴体から離れ——一息に、沈みつつある彼女達の元まで駆けつけていた。いや、人造人間である彼女が、呼吸をするのかどうかは定かではないけれど——とにかく、流砂の中央にまで躊躇なく駆けていき、そして地濃とかんづめの手首を、左右の手でそれぞれ、がしとつかんだ。

その迷いのない行動力。

感情が切り離されたような、冷徹な行動力に、空々は鏡を見ているような気持ちになった——他の人から見れば、自分の行動はあれくらい、名状しがたいものに見えるのだろうかと思った。だったら嫌われもするだろう、と……。

あの流砂の中にああも迷いなく突っ込むなんて、突っ切るなんて、行動としてあまりに非人間的過ぎる——が、状況が許せば、自分でもまったく同じことをするに違いないと思うと、上層部が空々を疎（うと）む理由に、大いに納得がいく気持ちになった。

他人の振り見て我が振り直せ。

ありふれた諺（ことわざ）ではあるが……ただ、ここで付け加えるべき注釈がふたつほどあって、ひとつは、悲恋は本来、そういう、人間には不可能な危険任務を実行するために作られた人造人間なのだから、たとえ同じ行動を取ろうとそれは空々がするのとは意味合いが違うという注釈。

そして。

今はその行動を別に、状況は許していなかったという注釈だ——空々は今度は、超スピードの平泳ぎや、流砂の中に躊躇なく駆けていく姿とは、別の意味で信じられないものを目にすることになった。

不明室開発の『新兵器』、悲恋。

鳴り物入りで登場した彼女が、地濃とかんづめの手をがしとつかんだまま、そのまま諸共（もろとも）にずぶずぶと、流砂に飲まれていく姿である。

「……え？」

え？　と言うか。

一緒に沈んで……？

あそこからどうやって浮かび上がってくるのかと思ったが、むしろ沈むスピードは速くなったようにも見えた。機械生命ゆえにそれなりに重量があるのだろうか？　いや、そういう問題ではなく……、空々がそんな風に考えているうちに。

いや、この場合は考えているうちに、というよりは、呆然としているうちに——酒々井かんづめの身体がまず完全に砂に埋まり、そして次に地濃鑿、最後に悲恋の身体が、流砂の中に埋没(まいぼつ)してしまった。

後には何も残らなかった。

流砂の形跡など一筋も残らず。

さながら何事もなかったように。

通常の観光名所——なだらかな桂浜となった。

「………」

ぞくりとする。

流砂そのものよりも——三人がそれに飲まれてしまったことよりも——悲恋が、人造人間が、どうやら何の対策もなく、特に目論見もなく、ただただ空々からの命令を『了解』して、流砂に突っ込んでいったのだということに、ぞくりとする。

人助けのために自己犠牲的な行動に出たのだと考えれば、高尚(こうしょう)な行為のようでもあるけれど——しかし悲恋が我が身を捨てて飛び込んだのは、ついさっき、見捨てたばかりの二人なのだ。行動原理がちぐはぐというか、矛盾(むじゅん)してしまっている。

違う、矛盾はしていないのだ。

空々の身命を重んじ、そして空々の言葉を重んじた——それだけのことで、あくまでも彼女の行動原理は首尾一貫していた。

それだけのことだ。

兵器、か……。

拳銃やナイフ、ミサイルや爆弾と同じ……。

兵器の性能は使う者次第であるという点においては、今回、空々はとんだヘボだったということになるが——だがこれで少なくとも、不明室開発の『新兵器』が、スパイ・潜入調査用のそれであるという可能性はなくなったように思えた。あんな考えなしで作動する機械に、スパイ活動が務まるわけがないではないか。

なんにせよ、鳴り物入りで登場した『新兵器』は、四国を破壊するどころか、いきなり、四国の底に沈んでしまったわけだが……。

肩透(かたす)かしというならこんな肩透かしもない。

しかし肩透かしの一言でまとめられるようなシチュエーションでもない——危機は継続中である。

「……落ち着け」

口に出して言った。

　自分の場合、これが言えたということは、もう既に落ち着いているということだ――海水に濡れたコスチュームの重さを感じつつ、空々は立ち上がって、考える。

「まだみんな、砂に沈んだというだけのことだ――死んだってわけじゃない。否、たとえ砂の圧力で窒息しようと、魔法少女『ジャイアントインパクト』の固有魔法『不死』があれば、蘇生は可能なはず。悲恋に至っては、呼吸しているかどうかも怪しいし……」

『不死』の魔法も決して万能ではないが、窒息死に対しては有効なはずだ――魔法を使用する地濃自身が死んでいた場合は、空々が使うことになってしまうが、できないということはないはずだ。魔法少女のコスチュームを着れば誰でも飛行できるよう、コスチュームと連動したステッキを振るえば、誰でも固有魔法は使えるはずなのだから。もっとも、窒息死ならともかく、砂の重さで圧死する可能性も考えれば、あまりのんびりもしていられないけれど――だが、まだ慌てる場面ではない。

　余裕はある。

　この状況下で『余裕はある』と思えるのは、しかし古今東西、空々空くらいのものだろう――仲間の命もさることながら、己の命だって、まったく安全圏にないこの状況下で。

「いきなり流砂が起こって……、三人を飲み込んだら、急に収まるとか……、魔法以外じゃあ考えられないけれど……」

しかしどうしてこのタイミングで？　大鳴門橋から脱出しようとしたとき、大歩危峡で、徳島本部を調査しようとしたときに、それぞれ妨害が入ったのと同じか？　確かにそれはあっても不思議ではないものだと考えてはいたのだが、しかしだとすればタイミングにややズレを感じる――いや、むしろタイミングがよ過ぎると言ったほうがよいのかもしれない。まるで悲恋の到着を待って、攻撃に出たかのようなタイミングのよさ。

だが、悲恋の到着は、同じく地球撲滅軍に属する空々にとっても完全に予想外の『前倒し』のはずであって……。

「…………」

ともかく、この波打ち際では流砂は起きないようだけれど、いつまでもここに留まっていても何も改善されないと、空々は決意し、先ほどまで流砂が起こっていた地点――地濃鑿、酒々井かんづめ、そして悲恋が飲み込まれた位置へと移動した。

もちろん、無用心に近付いたりはしない。

悲恋の轍は踏まない――というより、そもそも砂浜すら踏まない。コスチュームの、魔法の力を借りて、地上五センチほどの高さを浮遊しての移動である。

四国上陸初日、魔法少女『メタファー』こと登澱證に、魔法飛行を見せられた最初は、その未知の技術に驚き、戦慄したものだったが、今となっては空々にとっては、飛行そのものは慣れたものだった。『パンプキン』のような長距離飛行、高速飛行、高高度飛行となると、また話は別だけれど——思えば最初に砂に飲まれそうになったとき、気付いた直後に『飛行』を発動させていれば、地濃は砂に飲まれずに済んだのではないだろうか。

まあ、あんなパニック状態の際に飛行魔法を発動させていたら、そっちのほうがまずかったかもしれないけれど——錐揉み飛行になった挙句に高度から墜落していたかもしれない。

その点は魔法もまた兵器と同じで、使う者次第ということになるのかもしれない——いや、しかし地濃は飛行に関しては一定の技量を持っていたはずだ。なのにどうしてあのとき……やはりパニックか？

パニックでないとしたら……。

彼女が飛ばなかった理由があるとしたら……。

「…………」

流砂の起こった地点。

空々がその真上に立ち——否、その真上に浮かび、検分を始めようとしたときだった。

「……遠目にはわからなかったけれど」

と。

そんな声がした。

「あんた、男の子？」

声のした方向を見れば――そこには階段から、竜馬像のほうから砂浜に下りてくる、ひとりの魔法少女の姿があった。

4

「私は魔法少女『ベリファイ』――チーム『スプリング』の一人」

名乗った。

思い返してみれば、空々がこれまで会ってきた魔法少女は、概ね、出会った最初に名乗りがちだ。たぶんそれは、魔法少女というより、絶対平和リーグの文化なのだろう――地球撲滅軍の戦士にはない傾向だ。

そんなことを思いつつ、空々は彼女と対峙する。

友好的な雰囲気はない。

少なくとも彼女の側にはない――空々を見るその目は、警戒心に満ち満ちている。

そりゃあまあ、魔法少女の衣装を着る同世代の男子を前に、警戒心をむき出さない女子はいまいが、しかし、それだけではない敵意が彼女の目にはあった。

魔法少女『ベリファイ』。

ベリファイというのは、どういう意味だったか……、父親の影響で、年齢に比して語彙の多い空々ではあったが、しかし横文字は得意分野ではない。『確かめる』とか『確認する』とか、そんな感じだったような……、いや、まあ、魔法少女のコードネームに、記号以上の意味合いを求めるのは不毛かもしれない。それを言い出したら、地濃鑿には『ジャイアントインパクト』なんて、およそ不似合いなコードネームが付与されていることだし――『A』『B』『C』と名付けられているのと、本質的には変わらないはずだ。

その辺りも、地球撲滅軍とは違う……。

それよりも空々にとって今、重要なのは――注視すべきは、彼女、魔法少女『ベリファイ』の、コスチュームの色だ。

どぎつい原色のコスチュームは、太陽が沈み終えたこの時間でも目に優しいとは言えないけれども、しかし、少なくとも黒衣でないという点において、精神には優しかった。

この魔法少女は、黒衣の魔法少女『スペース』に類する者ではない――それはほとんど最上と言っていいほどに、素晴らしい情報だった。もしもここで現れたのが『スペース』だったなら、はっきり言って空々には打つ手がなかった。

もっとも、『スペース』でなければ打つ手があるかと言えば、それは不明なのだが——確認するように空々は、

「……きみが『砂』の魔法少女かい？」

と訊いた。

きみは『砂』の魔法少女かい？　ではなく、『きみが』という訊きかたにしたのは、巧みというよりは地味な会話術だった——あらかじめ彼女のことを把握していたような振りをして、少しでも立場を強く見せようという、言うなら虚勢である。仲間を三人（うち一人は、仲間と言っていいのか、人で数えていいのかもわからない存在だが）、囚われている中で虚勢を張ることにどれほどの意味があるのかはわからないけれど、今はできることがあったら全部やっておくべきだろう。

心残りを作るべきではない。

負けるにしろ、死ぬにしろ。

「…………」

そんな空々の、戦略とも言えないような戦略をどう受け止めたのか、彼女——魔法少女『ベリファイ』は、一瞬の沈黙ののち、

「私も有名になったものね──」

と、韜晦とも何ともつかぬ態度を取った。

「なまじ前回の大会で好成績を残しちゃったのがよくなかったかな──魔法少女が有名になっていいことなんて、ないんだけれど」

「……？」

前回の大会？

なんのことだ、と、危うく訊きそうになったけれど、それは地濃が言っていた、『二大トーナメント』のことだろう。この桂浜、正にここで開催されたという……。好成績を収めた、という言いかたからすると、優勝したというわけでもないのだろうが──期せずして彼女が強敵であることが明らかになり、空々としては追い詰められたみたいな気分になる。魔法少女『スペース』に較べればマシ、という突破口が、徐々に埋まっていくのを感じる……。

チーム『スプリング』？

そう言ったか。

四国四県にはそれぞれ、魔法少女のチームが存在して──香川県には杵槻鋼矢の所属するチーム『サマー』。徳島県には地濃鑿の所属するチーム『ウインター』。ならばこの高知県にある魔法少女のグループが、チーム『スプリング』なのか？

「ところで、名乗ったらどう？」

と、『ベリファイ』は言う。

「それがマナーってものでしょ——とっとと名乗らないと、適当な仇名をつけちゃうわよ」

「……『醜悪』」

やや間を置いて、空々はそう名乗った。

名乗らないことも考えたのだが、しかし適当というか、変なニックネームをつけられては敵わないし、とりあえず会話を繋いでおきたかった。

魔法少女の中には、地球撲滅軍に属する空々のことを、あらかじめ知っている者と知らない者がいた。

『ベリファイ』はどうだろう？

その探りを入れるために、あえて名前ではなく、コードネームだけで名乗ってみたのだが、

「『シューアク』——」

と、彼女は復唱するだけだった。

「魔法少女『シューアク』？　聞いたことがないわね。新入り？　……っていうか、だから、男子の魔法少女がいるってことに、私はまったく納得していないんだけれど

……何者なの？　そのコスチュームの色合いからすると、チーム『サマー』……」

「……その辺りを具体的に説明すると長くなるんだけれども」

　曖昧（あいまい）にぼかす。

　空々から見れば、とりとめのない色違いなのだけれど、その言いかたからすると、どうやらチームごとにベースとなるチームカラーみたいなものがあるようだ……まあ、それはどうでもいい。

　空々は真下を指差した。

「僕の仲間を、解放してはもらえないかな？　あのままだと全員、窒息しちゃうと思うんだけれど」

「そりゃあ、窒息させるつもりだからね――」

『ベリファイ』は言う。

　冷酷に。

「――それとも私が、あんた達を助けに来たように見える？　仲良しになりに来たとでも？」

「そうだったら、とても嬉（うれ）しいんだけれど……」

　ただ会話を繋ぐ目的でありつつも、一応は本音を述べる空々――ただ、いつまでもこうして会話を引き伸ばしていればいいというものでもない。砂中に埋もれた彼の仲まい。
間の寿命は刻一刻と消耗（しょうもう）しているだろうし、蘇生だって、ずっと可能なわけではある
掘り起こす手段を持たない空々としては、彼女達を『ベリファイ』に解放してもら
うしか——もしくは、解放させるしかないのだ。
「わからないかな？　私がどうしてこうして姿を現したのか——」
彼女は得意げに——言うなら、ややサディスティックに言う。この問いに対する返
答としては、『空々を始末するため。死人に口なし、姿を見られようと構わないか
ら』というのが正解だっただろうが、空々は違う答を返した。
「僕が飛んでるからだろ？」
「！」
「僕を流砂で飲み込むのに失敗したから——姿を現さざるを得なかった。そういうこ
とだろう？　本当は隠れたまま、こっそりと僕達を始末するつもりだったのに」
「…………」
失敗、という言葉を使われたのが気に入らなかったのだろう——『ベリファイ』は
眉（まゆ）を顰（ひそ）める。もちろん、空々は不快にさせるつもりで言ったのだ。
「だからわからないのは、どうしてきみがあのタイミングで僕達を攻撃してきたかだ
——どういう目的できみは、僕達を攻撃した？　僕達に戦う理由なんてないはずだ」

「……そりゃあ、四国から出て行こうと言うのなら見逃してあげてもよかったんだけれど」

空々の挑発に乗ったのか、『ベリファイ』は、空々の疑問に答えた――その手のステッキを振りかざしつつ。

「出て行くどころか増援と合流したような輩を、見逃せるはずがないじゃない――私達、チーム『スプリング』の『ゲームクリア』を邪魔する奴らは、全員私にぶっ殺されるのよ！」

マルチステッキ『マッドサンド』。

言って。

振りかざしたステッキを振り下ろすと――それが指揮棒であったかのように、彼女の周囲が乱れた。周囲の砂が――乱れた。

渦巻き、盛り上がり、そして形を作っていく――あっという間に、魔法少女『ベリファイ』の周りに五体の砂像が形成された。

五体の砂像。

五匹の犬――とも言える。

土佐犬のフォルムが、桂浜海岸の砂が集合することによって再現されたのだ――しかもそれらの砂像は、まるで生きているがごとく、空々に対して牙を剝いている。

牙を剝いて――唸っている。

「…………！」

「そう、私は『砂使い』――あんたがどこの何者かは知らないけれど、戦うために作られた犬を、知らないってことはないでしょうね？」

『砂使い』。

だとすれば、この砂浜で行われた魔法少女のトーナメントで好成績を収めていないほうが不思議である――そしてこれから空々は、そんな相手と戦わねばならないのだった。

魔法のステッキもなく。

科学の産物、『破壊丸』も『切断王』もない。

ほとんど丸腰の状態であり、また仲間も全員囚われたという状況で――彼の、高知県におけるバトルは開始されたのだった。

「砂に嚙まれて死になさい！」

そんな掛け声と共に――砂像が五体同時に襲い掛かってくる。

自分のような人間はどんな死に様を晒しても不思議ではない、文句は言えないと思っているけれど、しかしそんな謎めいた死にかただけは御免だと、十三歳の少年は思ったのだった。

5

不明室開発『新兵器』——悲恋の、あまりに早過ぎる、あまりにイレギュラーな到着。

それによって四国ゲームから、タイムリミットという枷が外されたことは間違いない——だがしかし、それで我らが英雄・空々空のこれからに光が差したかと言えば、そんなことはまったくない。むしろ彼の、対魔法少女の戦いは——四国での戦いは、ここからが本番だった。しかも恐るべきことにそれは、人類の敵たる地球との戦いに際した、前哨戦(ぜんしょうせん)でしかないのである。

（第1話）

（終）

第2話「築け、砂上の楼閣! 出会うは新たなる困難」

軽んじられたんじゃない、懐の広さを示すチャンスをいただいたんだ。

01

英雄『グロテスク』VS.魔法少女『ベリファイ』。

高知県桂浜海岸でのそのバトルは、今や人口密度がゼロに限りなく近い四国において行われながら、しかしオーディエンスがまったくいないわけではなかった。

一対。

たった一対ではあるが——そのバトルを見据える目があった。

どちらにとって幸いなことなのかはわからないけれど、今のところその目の持ち主は、二人のバトルに関わるつもりはないようだ——あくまでも静観を決め込んでいる。どちらかに加勢するつもりもないし、また、たとえどのように戦いが推移しようとも、それを停めるつもりはないようだった。

あくまでも見据えるだけ。

いつからそこにいたのかはわからないが――しかし、少なくとも決着がつくまでは、そこを動くつもりはないらしい。

「…………」

その目の持ち主は。

彼女は黒衣のコスチュームを着用していた。

2

土佐犬。

確かにそれは戦うために作られた犬だ――数々の犬種の血統を織り交ぜ、精密に練り上げられた生物であり、それを五匹も前にすれば、人間なんてひとたまりもない。

ただしそれは相手が本当の土佐犬だった場合である――あくまでも砂像は砂像だと、空々はむしろ、彼女がステッキを振るい、それらを作り上げたことに、安心したくらいだった。

見た目にわかりやすいハッタリを相手が使ってきたこと——そんな安心材料はない。ハッタリは、裏を返せば、それに足る内実に欠けるということなのだから。

襲い掛かってきた五匹の犬を、空々は身軽にかわす——否、かわせたのは、五匹のうち四匹までだった。さすがに多方向から飛んでくる攻撃をすべて軽快にかわせるほど、空々は飛行に慣れていない。

ただし最初から二匹分くらいは食らっても仕方がないと思っていたので、むしろよく避けたほうだと自己評価した。

「ぐっ……」

砂の塊を胴体に食らったことで、彼は少し呻いたが、しかし逆に言えばそれだけだった——呻いた程度だ。対して、空々に嚙み付いたその砂像は、それによって崩れてしまう——砂のように。

砂のように、というより、実際に砂なのだ。

砂上の楼閣どころか、海岸に作られた砂のお城のようなもの——どれほど屈強な土佐犬の姿を取ろうとも、そんなに崩れやすいものはない。

ひと波くれば形を失う。

まして『切断王』でも傷ひとつつけられないような防御力を誇る魔法少女のコスチュームに、砂が牙を突きたてられるはずもない。

「ふっ……ちょこまか動き回るじゃない――だけどそれも無駄な足掻きよ！　次は喉元にかぶりつくわ！」

『ベリファイ』が、勝ち気に叫ぶ。

思えばそんな態度もハッタリの一部なのだろう――喉に嚙みつかれたところで、砂じゃあ大したダメージがあるとは思えない。

空々の読み通りだ。

本来、この砂像による多重攻撃において気を配るべきは、それらで眼球や口腔内を攻撃されること、あるいは、複数の砂像で押し潰されること、この二点だけなのだ。

もしも彼女の魔法が砂自体に攻撃力・破壊力、あるいは速度を付与できるそれであるのならば、わざわざ見た目に恐ろしい土佐犬を形作る必要なんてない――もっとシンプルに、ただの砂の塊を、砂の粒を、こちらにぶつけてくればいいのだ。

それをしない、できないというのならば、彼女の『砂使い』はかなり限定的な使途のものなのだ――たとえば流砂を作るように、砂の『形』を変える、ないしは『流れ』を変えるものであって、それ以上ではない。

ならば目や口を守りつつ、砂像の攻撃を、少なくとも同時には食らわないように心を配れば――そしてあと一点、足を砂に取られないよう、着地せずに戦い続ければ、魔法少女『ベリファイ』の攻撃は恐るるに足りない。

「……そう、攻撃は」

砂像犬の攻撃を器用にかわしつつ、空々は小さな声で呟く——攻撃は恐るるに足りない、と。つまり——彼女が恐るるに足りないわけではまったくない、と、そう呟く。

むしろこうなると、逆に怖い。

目一杯恐るるべき。

安心材料の裏に潜む不安要素。

これまで幾人もの魔法少女と戦い、あるいは行動を共にしていく中で判明していることだ——魔法少女と、その使う魔法の相関関係。

魔法少女本人——本体というべきか——が、戦士として優秀であり、聡くあればあるほどに、絶対平和リーグがその魔法少女に付与するマルチステッキは、相対的に程度の低いものとなり、そしてそれは、逆もまた然りなのだった。

むろん、黒衣の魔法少女——『風使い』、魔法少女『スペース』のような例外もいるけれど——たとえば、絶対平和リーグの思惑を見透かすような才覚を持つ杵槻鋼矢には、『自然体』という、およそ戦いには不向きなそれが与えられ、適当でいい加減なスタイルの戦士である地濃鑿には、『不死』なんて、どう考えても人類の裁量を遥かに越えた魔法を与えている。

最初は、考えなしの無茶苦茶な配分をしたのかと思ったけれど、絶対平和リーグは、魔法少女が必要以上の力を持たないよう配慮しているらしいと、考えを改めたところだった——そしてその改めた考えに基づくならば。

砂の形、流れを操作するという、思えば砂浜以外の場所では酷く使い勝手が悪そうなこの魔法を与えられている魔法少女『ベリファイ』の器量が、半端なものであるはずがない。

空々の采配ミスもあったとは言え、彼女がたったひとりで、同じ魔法少女である地濃鑿や、謎の先見性を持つ生き残りの児童である酒々井かんづめ、そして地球撲滅軍の肝煎りであった『新兵器』悲恋を、無力化したことを忘れてはならない——一体は崩せたとは言え、残り四体の砂像を、いつまでもかわし続けられるものでもないだろう。

いや、かわし続けるだけならいつまでもできるかもしれないけれど——それをしていたら、砂中に埋もれた仲間達が窒息してしまう。あれからどれくらい時間が経過した？

窒息までざっと五分かかると考えて——通常の蘇生が可能な時間は十五分？　地濃のマルチステッキ『リビングデッド』での蘇生となると、それよりももう少し余裕があるか、ないか……折角、『新兵器』投入までのタイムリミットから解放されたというのに、どうしてまた、時間制限に苦しめられなければならないのだろう。いずれにしても、決着は早ければ早いほどよいことは間違いがない。

「話がある！」

空々は大声で叫んだ。

もちろん砂像の攻撃をかわしながらだ——長期戦に持ち込めば、別の勝機も見えてくるかもしれないけれど、それが無理ならば、次善の策に手を出すまでだ。

「話？」

果たして『ベリファイ』は、そう繰り返した。

相手を優秀な戦士だと予想し、ならば話し合いの余地はあるはずと思っての声かけだったのだが、とりあえず応えてはくれたわけだ——話ができることと、話し合いができることは、まったく別のことだが、とにかく空々は続けた。

「僕は——僕達にはきみ達のプレイを邪魔するつもりなんてない！　きみ達がゲームをクリアして、究極魔法を手に入れたいというのなら、好きにすればいい！　競うつもりはない、なんだったら協力してもいいくらいだ！　だからこんな不毛なことは、もうやめよう！」

「はっ……そんなの信じると思うの？」

冷笑された。

確かに、自分でも言っていて歯の浮くような停戦交渉だったけれど、しかしそれにしたって拒絶の仕方が、あまりににべもない、と空々は思った。

この過剰(かじょう)な攻撃性は、香川で会った魔法少女『パトス』を思い出すけれど、彼女の場合は、空々の側に大きな責任があった——少なくとも先に仕掛けたのは空々のほうだった。

今回は違う。

空々の性別も判然としないくらいの遠目から攻撃を仕掛けてきたことも、よく考えれば不自然と言えば不自然だ。いくらチームが違えど、魔法少女が魔法少女を、どうして攻撃する？　同じ組織に属する仲間のはずでは——しかも今は非常時だぞ？

……それについて考えられるとすれば。

「まるで」

空々は鎌をかけにかかる。

鎌をかけるというより、ただの賭けだが。

「まるで既に一度以上、誰かを信じて騙されたことがあるかのような物言いだね、それは——」

「…………！」

図星をつかれたような表情になる『ベリファイ』。

むろん、そんな表情からだけでは真実は何もわからない――だけど空々のその言葉が、彼女を逆上させてしまったことは確かなようだった。

「マルチステッキ『マッドサンド』！」

怒鳴るように彼女はステッキを振るい、更にもう二四、土佐犬の砂像を作り上げた。差し引き、これで六匹の土佐犬。

本物だと思うとぞっとする。

が、所詮は砂――冷静に対処すれば避け続けることはできるし、それにいざとなれば、飛行の高度をもっと上げれば、彼らの牙は空々の身にはまったく届かなくなるだろう。

が、その戦略は取らない。

現状を維持する――維持しつつ、空々は考え続ける。

翻弄されている振りを続け、反撃に打って出ないのは、空々が敵に対して決定的な攻撃手段を持たないことが大きな理由なのだが、もうひとつ、この戦いの落としどころをどこにするのかを、決めかねているからと言うのもあった。

落としどころを考えながら戦うというのは、十三歳の少年らしからぬ発想だが、そうでなければこの半年、生き抜いて来られなかったのだから仕方がない――ただ勝つだけでは駄目なのだ。

たとえばここで魔法少女『ベリファイ』を出し抜き、彼女を無力化することに成功したとしても、それが砂中の三人の救出に繋がらなければ、勝利の意味が半減する。

つまり無力化——極端に言えば、相手を殺傷する形での勝利には、メリットが少ない。生け捕りにするような形での勝利が望ましい——そして魔法を使わせ、三人を掘り起こさせるためには、その勝利はクリーンであるべきだ。

贅沢を言って、最上の形を述べるのであれば、戦いが終わった後に彼女——魔法少女『ベリファイ』と、そのチームメイト達と、同盟を結べるような勝ちかたをしたいものだが——それは本当に贅を尽くした形であって、最低限の努力目標としては、『三人の救出』となるだろう。

無力化したのちに彼女のマルチステッキ『マッドサンド』を奪い、空々がそれを使うという最後の手段もあるが——『リビングデッド』のように使いかたの単純な魔法ではなさそうだから、それは難しいかもしれない。

もちろん、最悪のケースは、三人は窒息死、もしくは圧死し、空々も魔法少女『ベリファイ』に敗北するというケースだ……、そうなるケースも、十分にありえる。

「…………」

六体の砂像。六匹の犬。

差し引き——か。

その攻撃を避け続けながら、考え続け、空々はようやく、ひとつの戦略へと到達する――否、それはやっぱり戦略というほどには頼り甲斐のあるものではなく、むしろ砂のように、頼り甲斐のない脆い線に頼った企みではあったが……。

だが。

それでも十分に『あり』の選択のはずだ――あの不明室が開発した『新兵器』、悲恋を信用するというのは……。

「これが最後の交渉だ！」

空々は、可能な限りの大声で言った――魔法による飛行・浮遊には疲労がなくとも、六方向からの犬の攻撃を避け続けるというのは精神的には張り詰めるので、大声というほどの大声にはもうならなかったけれど、それでも『ベリファイ』に届くには十分な声量だったはずだ。

「僕達と同盟を組もう――一緒にゲームをプレイしよう！　僕はこの四国ゲームが終わればそれでいいんだ、結果得られるものは全部きみ達が持って行っていいから！」

地球撲滅軍からすれば、あまりに譲歩した空々の『交渉』だったが、しかし空々の認識からすれば、もともといらなかったものを相手に譲っただけのことである――もしも彼女がこの交渉に応じていたなら、約束を破るつもりは一切なかった。

誠実さとはすっかり縁のない空々少年ではあるが、必要もないのに約束を破るほどには、性格が破綻してはいない——約束を破るのは、その必要があるときだけだ。

だが魔法少女『ベリファイ』は、

「くれるって言うなら、まずはあんたの命を寄越しな！」

そう言って——更に二匹、彼女は土佐犬を形成した。その二匹もすぐに攻撃に参加し、計八匹の土佐犬が空々少年を目掛けて牙を剝く。

オーケー。

義務は果たした。

人間と人間の戦いとして、最低限の、ひょっとすると最大限の礼儀は尽くした——あとはもう、やりたいようにやるだけだ。

やりたいことなんてないけれど。

空々は本人の意識としては冷静に、客観的には冷酷にそう判断し、動く——これまでのような、砂像の攻撃を『かわす』動きではない。

むしろ自分からぶつかりにいく。

向かってくる土佐犬に、こちらから衝突しにいく——正面衝突、しかし向こうは砂の塊であり、こちらは鉄壁の防御力を誇るコスチュームでの、言うならば『打撃』だ。

砕けるのはもちろん砂像のほうで、そして空々はほぼノーダメージである——続けて空々は、一番近くにいた土佐犬の横っ腹を目掛けて、飛行によるボディアタックを敢行した。

増えた分の二匹を、あっという間に粉砕した——入り混じり、もうどの犬が増えたのかはわからないので、あくまでも差し引きの話だが。

「なっ……」

驚いた風の『ベリファイ』。

翻弄されていると見ていた相手がいきなり攻撃に転じたのだ、それは面食らいもする——しかも、そのアタックが妙に的確だ。彼女にしてみれば意外極まる。

だが、すぐに顔を引き締めた。

空々をただならぬ相手として認めたのだろう——しかしその意識の切り替えが終わるまでのわずかな間に、空々はもう三匹、土佐犬を砕いていた。

残るは五匹。

最初の数に戻った勘定だ。

「戦い慣れてるってわけ、あんた——」

「戦い慣れてはいないけれど」

そう応じ。

空々は『ベリファイ』のほうへと、飛行の進路を向けた。

「殺し慣れてはいる」

「…………っ！」

自分のほうへ攻撃の矛先が向いたことを察した『ベリファイ』が、即座に五匹の犬に空々を追わせる——そうするだろうと思っていた。空々はドッグファイトのごとく追って来る五匹の姿を確認しないままに反転し、一気にＵターンした。

そのまま直進。

まるで瓦割りでもするかのごとく、彼の軌跡は砂像を連続で破砕した——空々を追い、直線に並ぶフォーメーションになっていた五匹の土佐犬達のうち、四匹までを、砂塵に返した。

「残るは、一匹——」

唯一生き残った、フォーメーションのもっとも後ろにいた犬を目掛け、空々が最後のアタックを敢行する——それですべての土佐犬を打ち砕ける、そういう予定だった。

つまりは複数の砂像を一体ずつ始末するという、シンプル極まる策だったのだが、しかし、空々のこの策にはひとつ大きな見落としがあった。

見落としと言うよりは、根本的な欠陥だ——前提が間違っていた。魔法少女『ベリファイ』の使う魔法を、彼はある意味では過小評価していたし、またある意味では過大評価していた。

『砂使い』。

砂の形、流れを操る魔法。

砂像を作り上げ、それをして敵を攻撃させる――その攻撃はしかし、避けるだけなら避け続けられるものだと判断していた。こちらから衝突し、それを打破することも、虚をつけばできるだろうと――それが過小評価である。

確かに、実際にそれができたように、砂像の数が多いうちならそれが可能だった――しかし砂像が残り一体となったとき。

つまり。

操る砂像が一体でよくなった、ときーーその操作性が格段に増すことを考えなかった。

そりゃあ砂像に限らず何にしたって、誰にしたって、魔法少女だろうがそうでなかろうが、複数のことを同時にやるよりも、ひとつのことに集中したほうが、効率が増すのは当たり前だ。

過大評価というのはそこで――五匹の土佐犬だろうが八匹の土佐犬だろうが、そして一匹の土佐犬だろうが、変わらぬコストパフォーマンスで操れるのだろうと、空々は魔法少女『ベリファイ』のスキルを読んでいた。

事実はそうでなく——当然のごとく、一匹になった土佐犬は、これまでにない駆動性で、空々のボディアタックをかわした。

そしてこれまでとは格段に違う精密な動作で、コスチュームに守られた空々の胴体ではなく、急所が集中する顔面を狙ってきた——炸裂する。

「やった！」

ガッツポーズを取る魔法少女『ベリファイ』。

キュートな魔法少女の衣装にガッツポーズはあまりに不似合いだったけれども、そうしたくなる気持ちもわかろうというものだ——彼女からしてみれば、複数の砂像による同時攻撃というのは確立された勝利の方程式であって、それを中途までとは言え打破した空々は、最早倒すべき邪魔者というよりは、打倒すべき脅威者だったのだから。

ただ、ガッツポーズを取るのはまだ早い。

時期尚早と言うべきだ——しかし無理もない、彼女は空々空を知らない。『醜悪』という名前さえ初耳で、また、これまでの彼の紆余曲折極まる人生はもちろん、波乱の四国でどのように生き抜いてきたのかさえ知らない——空々空の、本人さえも望んでいない悪運の強さを知らない。

こんなところで死ねるほど。

坂本竜馬のお膝元で死ねるほど、空々空が恵まれた少年でないことを知らない――彼の顔面にかぶりつき、その目や口に食い込むはずだった土佐犬一匹分の砂は、しかしぼろぼろと崩れ落ちたのだった。

制御を失ったように。

動力を失ったように――否。

これまで砕けた、空々が砕いた犬とはまた違う崩壊の仕方をした――それが、既に勝利を確信していた『ベリファイ』を動揺させた。一度『やった!』と思った分だけ、その動揺は激しい。

普段ならばすぐに思い出しただろう。

初手の流砂をかわした際、波打ち際に倒れた空々空が、全身海水に浸っていたことを思い出しただろう――そして、たとえ砂であろうと波打ち際の砂を流砂にはできなかったように、たっぷり濡れてしまえば、『砂使い』と言えど、それを使えなくなってしまうことを思い出しただろう。

ずぶ濡れだった空々空を攻撃するには。

土佐犬一匹分の砂量では足りなかったのだ。

「ぶはっ!」

それでも多少は口腔内に入った砂を、空々は吐き出す――目を閉じているのは、そちらでも砂粒の全てをかわすことはできなかったからだろう。だが、『目に砂が入ったから』と言って、彼は戦闘行動を中断したりはしない。

そのまま、目を閉じたままで、今度こそフェイントではなく、魔法少女『ベリファイ』に特攻してくるに違いない。

「くっ……ならば、もう一撃……だっ！」

空々空も、『ベリファイ』も、双方もうなりふり構ってはいられない状況だった——その意味では、決着直前のこの戦況は、イーブンだったと言える。しかし空々が、他に攻撃手段がないという風に、これまでと同じく、飛行によるボディアタックを敢行しようとするのに対して、魔法少女『ベリファイ』には、『砂使い』である彼女には、もうひとつ切り札があった。

切り札。

正直なところ、彼女の美意識としては、あまり切りたくない札ではある——そういう力業みたいな、美しくないことをしたくないから、彼女は砂像を作るのだ。何もハッタリのためだけではない。

だけれど——なりふり構ってはいられない。

切るべきときに切るから切り札なのだ。

「『マッドドッグ』——フルパワー！」

最早『指揮棒のように』ではない。

まるで棍棒でも振り回すかのごとく、力強く――それに呼応して、桂浜の海岸が動いた。海岸全体が動いた――うねるように砂浜が、山のように盛り上がる。

土佐犬の形にはならない。

ただの無骨な砂山だ――ただし異様に巨大。

「………………！」

目を閉じていても気配で伝わる、そのあまりの巨大さに絶句する空々を尻目に、砂使いの魔法少女『ベリファイ』は、

「大量の砂の、ただの物量で押し潰す――こんな不細工な戦略を私にとらしたことを、あの世で誇るがいいわ！」

そう見得を切り、更にステッキを振るった。

鈍重に、なめらかさの欠片もなく、ずずずず――と、砂山が動く。これほどの砂量を操るのには、もう彼女は精密さを発揮することができないのだろうが――しかし、これほどの砂量を操るのならば、もう精密さなど必要ないのかもしれなかった。

飛んで逃げるのも間に合うまい――砂山を越える高度まで飛行する前に、押し潰されるだろう。

「もっとも！　最初からこうしていれば、決着はもっと早かったけれどね――！」

「……その通り」

空々は相手の言うことを否定しなかった。

腕をだらりと下ろして、もう諦めたかのようなポーズである——あまりの戦力差に圧倒され、戦意を喪失したかのように。

ただし。

空々少年が戦意を喪失したのは、必ずしも圧倒されたからではない——もう戦う必要がなくなったから、突然の流れとして、戦意を、矛を収めただけの話だ。実際、最初からそうしてくれていれば——決着はもっと早かっただろう。

空々空の勝ちで。

決着していただろう。

「だからこの世で誇らしてもらうよ、魔法少女『ベリファイ』。きみに砂をそうも無駄遣いさせたことを——」

「無駄遣——!?」

空々の言葉を、『ベリファイ』は理解できなかった——それはとりもなおさず、彼女は自分の敗因を、最期(さいご)まで理解できなかったということだ。

コスチューム。

魔法少女『ベリファイ』が着る、鉄壁の防御力を誇るコスチュームの胸元を背中から貫くその手は、薄くなった砂中から這い出してきた地球撲滅軍の『新兵器』——悲恋のものだった。

3

決定的な攻撃手段を持たない空々空は、戦闘中、単調なアタックのみを繰り返していたが——けれど切り札を隠し持っていなかったわけではない。というより、最初からそれを狙って、魔法少女との戦闘に臨んでいた。

つまり『砂使い』に、『砂』を『無駄遣い』させるという戦略だ——彼女が巨大な山を作ったのを見たときは、予想以上の巨大さに絶句してしまったけれど、とにかく桂浜の、限られた砂量を空々への攻撃に使わせることで、流砂に飲まれた三人の仲間への拘束を緩めようと目論んだのだ。

つまり空々は彼女に、間接的に、三人を掘り起こさせた。

魔法少女『ベリファイ』にとっては、流砂に飲み込んだ三人の件はもう『終わったこと』だったのだろう、そこまでは意識が回らなかったようだが——無限に思える海岸の砂だって物質である以上は有限なのだ。砂漠、せめて砂丘と言うならばまだしも、ここはあくまでも砂浜である。

山なんて作れば、それはもう、折角砂中に埋めた三人を、自ら掘削したも同然である——敵対的姿勢の魔法少女を倒すという目的と、三人を救出するという目的を同時に果たす、一石二鳥の作戦だった。『砂使い』の魔法少女が、もっとも効率的な『物量で押し潰す』という攻撃手段を思いついていないはずがないという、相手の戦士性に依った、不安定な作戦ではあったけれど——

それに較べれば、砂中に埋もれていた悲恋が、即座に行動を開始できるかどうかという点については、空々はあまり心配していなかった。不明室開発の、あの不明室開発の『新兵器』が、あんな風に流砂に飲まれて、それで終わりなんてあっけないことがあるわけがない。

信頼に値する。

彼らの狂気は——信頼に値する。

もっとも。

コスチュームを貫き、魔法少女を瞬殺できるほどの性能を有するというのは予想外というよりは期待外れだった。

いや、期待外れというのは言葉が強い——むしろ、指示もしていないのに空々の思惑を察し、砂中からの脱出後、背後から『ベリファイ』に忍び寄り、一撃で仕留めるというのは、性能の遺憾なき発揮と言える。あんな風に、一種滑稽に、流砂に飲まれていったのは、あくまでも空々の命令が滑稽だったせいであり、むしろ命令のない状況下においては悲恋は、臨機応変に空々の動きに対応してくれたのだから、文句を言うのは筋違いだ——しかし文句ではなく欲を言うなら、できれば殺さずに、生け捕りにして欲しかった。

あんな風に的確に心臓を貫いてしまえば、蘇生は難しい——高知で初めて会った魔法少女。あの攻撃的態度、敵対的姿勢のことも含め、聞きたいこと、聞き出したいことはたくさんあったのに——だがまあ、生き残れただけでも幸運と思うべきか。

人造人間悲恋は、片腕で魔法少女を貫きながら、もう片腕では、地濃とかんづめを抱えていた。殺害と同時に救出を行ったわけで、そこもまた評価すべきだろう。地濃もかんづめも、意識を失っているようだが、幸い、命を落としてはいなかった。体感では随分時間をかけてしまったような気もしたが、どうやら彼女達の窒息死には間に合ったらしい。

蘇生処置は必要ない——だがそれに安心してもいられない。

勝利の余韻なんて、四国ではありえない——地濃やかんづめの目覚めを待たずに、やっておくべきことがあった。

即ち魔法少女『ベリファイ』の死体の検分である。『死んではならない』というルールがある四国では、死後、一定の時間が経過すれば、死体が爆散するのだから——

急がねばならない。

大穴の開いたコスチュームは諦めるにしても、マルチステッキ『マッドサンド』と、彼女が集めている『ルール』を回収したい。ステッキはコスチュームと連動しているとのことなので、ステッキだけを回収したところで『砂』を使えるわけではないのだが……、持っていて損をするわけではなかろう。そしてクリアを目指していたということは、チーム『スプリング』の魔法少女は、相応の『ルール』を記載したメモ帳の類を持っているはずだ……。

だが、それらしきものはコスチュームのどこをまさぐっても、とんと見当たらなかった。よほど巧妙に隠しているのか――それとも、最初から持っていないのかだ。

後者の可能性のほうが高そうだ、とそれでも探し続けながら、空々は考える。八十八のルールをすべて暗記するというのは、難しいというよりは普通の記憶力の人間にはまず無理と言っていい『クリア条件』なのだから、記録を取る――ゲーム的な表現をするならば『セーブする』――のが当然のようにも思えるが、あえてそれをしないケースと言うのも、まったく考えられないわけではない。

どういうケースかと言えば、それは『競争相手がいる場合』である――それも、攻撃的な競争相手がいる場合、だ。

クリアのために集めたルールをメモ帳に記録して、それが盗まれたり奪われたり、ともかく競争相手の手に渡ることを警戒し、ゆえに記録を一切残さないという考えかたには、一定の合理性がある。もちろん、記憶力に相当の自信がないと、間抜けな結果にもなりかねないが……。

実際、その警戒心が魔法少女『ベリファイ』にあったのだとすれば、それは今まさに、彼女が集めたルールを横取りしようと目論んだ空々に対して、効を奏しているわけだ。

だがもちろん、空々を警戒して、メモの類を取らなかったというわけではあるまい──彼女が想定していたとするなら、もっと別の『競争相手』だ。

空々に対する、あの敵対的な姿勢。

和解の申し出に応じることなく、交渉さえにべもなく撥ね除けるあの態度を、空々は『一度以上、騙されたことがあるみたい』だと評したものだが──実情はもっと酷いものだったのかもしれない。

ゲームのクリアを目指して、彼女がこれまで他のプレイヤーと、競い合い、騙し合い、奪い合い、裏切り合いながら戦い続けてきたのだとしたら──あの態度も、蒐集したルールを記録したメモ帳を持っていないことにも、不思議はない。

「…………」

そう思うと絶望的な気持ちになる。

単純に、新しいルールを蒐集できなかったことに絶望的になるのではなく——到着した高知県の様相が、これまで通過してきた香川県や徳島県とは、また違う意味で、ハードな戦場であることを、再認識させられたようなものだったからだ。

イレギュラーに登場した『新兵器』悲恋に頼る形で、なんとか窮地を脱し、勝利を収めこそしたものの——いったいこんな綱渡りを、自分はいつまで続けるのだろう？

今生きているのが既に十分に不思議だし、これから先にも、何の保証もない——あと一度か二度、こんなことが続けば、いよいよ自分も年貢の納め時なのではないかと思わされる。

もしも魔法少女『ベリファイ』のコスチュームのどこかから、見落としていたメモ帳が見つかればそんな絶望的な気持ちも少しは払拭されるのではないかと、空々はしつこく、生地を引き裂かんがばかりに探し続けたが、その成果は絶望を裏付けるばかりだった。

「探し物ですか？　空々上官」

背後から悲恋が声をかけてくる——さっきまで片腕で抱えていたかんづめと地濃を、今は左右に持ち替えている。人間を完全に荷物のように扱っているあたり、やはり人間味に欠ける人造人間だ。しかしその行動には、空々は不気味の谷から生じる違和感よりも、いよいよシンパシーのほうを強く覚えるようになってきた。

人工物にシンパシーを覚えるようでは、いよいよ自分も人間をやめているが……。

「何か手伝えることがありましたら、遠慮なく仰（おっしゃ）ってください、上官。わたくしが力になります」

「悲恋」

空々は彼女の名を呼んだ。

どう呼べばいいのか判断しかねたが（悲恋さん？　悲恋ちゃん？）、しかし兵器としての存在である彼女に、敬称をつけるほうが逆に礼を失しているような気もしたので、そんな風に呼び捨てにした。造形としては、空々よりも何歳か年上の女子という感じなのだが、不思議とそのことに抵抗はなかった――これもシンパシーの一環か。

悲恋のほうはどう呼ばれようと気にしないという風に、それについては何も言わず

（そもそも『気にする』なんてことが、人造人間にあるのだろうか？）、ただ、

「なんでしょうか、上官。なんでもお訊きください」

と応じる。

頼もしい感じだ。

「きみは――どれくらいまで、四国で起きていることを把握して、ここに来た？」

「わたくしは何も把握しておりません。一切です。四国を潰滅させるという目的だけをインプットされております。なのでマニュアル通りに、現場の指示に、現場の指揮

に従いたく思います」

「……そう」

空々は落胆と共にその言葉を受け止めた。

なんでもお訊きくださいなどと言った割に、何も知らないらしい――期待していたわけでもないけれど、頼もしさの裏に何もなかったのであれば、そりゃあ落胆もする。

その落胆が表に出ないように用心したものの、しかし兵器を相手にそれをする意味があるのかどうかはわからなかった。

空々は彼女が前倒しで四国に投入された理由を、改めて考えていたのだ――『砂使い』の魔法使いの登場によって中断されてしまったが、今後の指針を決める上で、もう少しそれについての情報が欲しかった。

四国の状況が地球撲滅軍、つまり外部に伝わらない理由は『バリアー』だかなんだかによるものだと言うことだったが、必然、空々には自分が四国に上陸して以来の、外部の状況がわかっていない――いったい外で今何が起こっているのか。

悲恋が前倒しで投入された理由は、不明室の先走りなのか、それとも別の理由によるものなのか――極端なことを言えば、地球撲滅軍の中でクーデターじみた、空々の予想もつかないような事態が起こっているのかもしれない。

冒険しているのが自分だけだと思っていたら大間違いだ——誰もが自分の立場で戦っている。たとえば、空々が連絡を取れずにいる『焚き火』が、今どうしているのか……。

会話が、つまり意思疎通が可能ならば、外部の状況を悲恋から聞き出すこともできるかと思ったのだが……。

しかし、空々のそんな意図を察したのか、当の悲恋が、

「自分と意思疎通を試みるのは無為であると思われます、上官」

と申告してきた。

「なぜならわたくしには意思がありません。人間らしく振る舞っているだけで、それらしい反応を返しているだけで、何かを考えているわけではありません。訊かれたことに答えはしますが、答えたこと以上の意味はありません」

自分はただ人間を模しているだけであります——と、悲恋は言った。

人間を模しているだけ……。

随分露骨な物言いだが……、もしもその台詞を人間が言ったのだったら、酷く自虐的な物言いだと思っただろうけれども、そういうことでもないようだ。

ただ空々は、そんな彼女には、やはり親近感を覚えるのだった——話せば話すほど、まるで心が通じていくような錯覚を覚える。

意思疎通はできなくとも、交流はできているような。

僕に似ている――か。

人間を模すことによって、人間らしからぬ空々に似てしまうというのは、皮肉というよりは、ただの『失敗』のようでもあるが、たぶん不明室には、『失敗』という概念はないのだろう。

どんな失敗も、成功までの一過程でしかない。

左在存がいい例だ。

「それで、探し物は見つかりましたか？　上官」

悲恋は繰り返し、訊いてきた。

強いて言うならリピート再生と言ったところか――空々は、

「見つからない」

と答えた。

「駄目だ、時間切れだ――離れよう」

死亡から爆散までのタイムラグがどれくらいあるのか、正確なデータがあるわけではないので、空々は早めに見切りをつけた。何の益もなく、女子の死体をまさぐっただけの結果になってしまったが、成果を得るまで捜索を続けて、ここで爆発に巻き込まれるよりはマシだ。

「離れる。どこまででしょう」

「とりあえず、波打ち際あたりまで……」

そんな大規模な爆発にはならないはずだ――屋内ではないし、岩陰に隠れたりするまでもあるまい。ならば今回は、その爆発をなるだけしっかりと見届けて、サンプルにしたい。死体の爆散をしっかりと見る機会はこれまでなかったので、ここでの観察は、なんであれ、次回からの参考になるだろう。

次回。

……自然と、次に誰かの死体をまさぐる際のことを検討している自分に気付いて嫌な気分になったが、これは仕方のないことなのだと思い直した。

これが四国ゲームで、これが僕だ。

とにかく、魔法少女『ベリファイ』の死体から離れ、空々と、気絶したままの地濃とかんづめを抱えた悲恋は、波打ち際まで移動した――そしてそのまま少女の死体の爆散を待つ。

「質問があります、上官」

「なんだい」

その軍人言葉がやや滑稽だったが（それでは『新兵器』ではなく『新兵』だ――地球撲滅軍は『軍』と言っても公式な軍隊ではないので、そんな言葉遣いをする者はまずいない）、それも人間を模している振る舞いの一環なのだろうと思ってスルーする空々。

「死体から離れる意味はなんでしょうか。時間切れとはどういう意味なのでしょう」

「ああ……、そっか、説明しなきゃわからないよね。今の四国には、風変わりなルールが八十八ほどあってね……」

当然と言えば当然だが、そのあたりのことも、悲恋は『把握』していないのか――ならばあとで、空々が把握している分だけでも教えておかないと、それと知らずにルール違反を犯しかねない。

ん……。

いや、待てよ。

機械生命、人造人間である悲恋にも、四国ゲームのルールは適応されるのか……？

「……ともかく、死体から離れた理由は、見ていたらわかるよ」

人造人間はルールの適用範囲内なのか、適用範囲外なのか――それについては後に熟慮が必要だ、今軽々に判断できることではないと、今は空々は、悲恋の質問にだけ応えた。

『ベリファイ』の死体の爆散を見れば、説明するまでもなく、それから離れた理由はわかるだろうと思って、彼女を指さす――しかし、空々の思惑は、ここでは外れた。

死体の爆散を今回はしっかり視認し、次回からの参考にしようという思惑と共に外れた――『死んではならない』というルールを破った魔法少女『ベリファイ』の死体が、ペナルティとして爆散する様子を、彼らは観察することも、ただ見るだけのこともできなかったのだ。

砂。

彼女の周囲の砂――である。

既に『砂使い』の魔法少女『ベリファイ』が操り、作り上げた巨大な砂山は彼女の死と共に崩落し、桂浜の海岸は見てわからない程度には原状回復されていたのだが――しかしその『砂』が、再び動いたのだった。

少女の死体の周囲で、砂が動いた――蠢いたかと思うと、竜巻のように巻き上がり、胸元を貫かれた彼女の身体を包み込んだのだ。

風呂敷のごとく包み込んだ――と言うより、竜巻が収まってみると、さながら土葬みたく、魔法少女『ベリファイ』は、その場に埋まったのだった。流砂よりも急激に、急速に、彼女の死体は砂の底に沈んだ――そして次の瞬間。

ぼん。

と、鈍い音が砂中から響いた――どうやら砂の中で、彼女の死体が爆散したことは間違いないようだったが……。

「申し訳ありません、上官。見ていてもわかりませんでしたが、今の現象はどういうことなのでしょうか」

悲恋はそう言ったが、これは空々にだってわからない――まったくわからない。まるで魔法少女『ベリファイ』の爆散を覆い隠すように砂が動いたけれど、しかし当の『砂使い』が絶命しているのに、どうして砂が動いた？

生前に使った魔法の名残とか――魔法のステッキは空々が回収しているのに？

「そもそもどうして砂があのように稼動するのでしょう。絶対平和リーグの新技術でしょうか」

悲恋は更に質問した――そうか、外部から来たばかりの悲恋は、ルールどころか、魔法の存在も知らないのだ。相手が魔法少女だと把握しないままに、胸を貫いて絶命させたというのはとんでもないエピソードだが……、四国ゲームのルール以前に、彼女には説明しなければならないことがたくさんあるようだった。

でなければ彼女の中に、『死んだら砂に包まれる』なんて、間違った情報がインプットされかねない――いや、それは間違った情報ではなく、今目の前で起こった事実なのだが……いったいどういうことだ？　もちろん自然現象なんてことはありえない。ならば考えられるのは――

「地球撲滅軍第九機動室室長――空々空」

と。

いきなり名前を呼ばれた――上空からである。

それも真上からだった。

「砂浜で『砂使い』に勝つゆうて、すごいやいか――ちゅうか、正直ゆうて、おとろしいね。『スペース』がきみのこと、警戒するはずよね」

見ればそこには――少女が浮遊していた。

それは黒衣の魔法少女だった。

「…………！」

「うちは魔法少女『スクラップ』やき。戦いは全部、見させてもろうたき――『醜悪』」

彼女はにやりと笑ってそう言った――真上にいるので、空々の位置からではスカートの中身が丸見えだったが、それを気にする様子もない。

突然の黒衣の魔法少女の登場に、たじろがずにはいられなかった空々だが――とりあえず、黒衣の魔法少女は、下着まで黒というわけではないということはわかった。

4

「うちみたいな人間からすると、四国ゲームはエキサイティングで面白くはあるけんど、不満がないちゅうわけでもないいきにね——」

言いながら彼女——魔法少女『スクラップ』は着地する。着地した位置は、先ほど、魔法少女『ベリファイ』が埋没した地点だ——埋没し、その中で爆散した地点。

否、地中での爆散ならば、散りはしないのか。

「——死んだら、ゆうかルールに反したら、爆発するゆうペナルティ。あれ、もうちっと、どうにかならんかったかねー——うちは、うるさいがも、騒がしいがも、嫌いじゃき。粋やないきね。そうやきがもこうやって、埋めたがよ。爆発も、地面の中やったら、静かなもんやろ？」

「…………」

その言からすると、魔法少女『ベリファイ』の死体を『埋葬』したのは、彼女のようだった——いや、突然現れた黒衣の魔法少女の言を、そのまま鵜呑みにするわけにはいかない。

いかないが、しかし……。

「あなたも……」

空々は切り出す。

沈黙を続け、相手の出方を見るという選択肢もあったのだが、しかし、このシチュエーションで黙り続けることはいかに鋼鉄のメンタルを持つ空々空といえども難しかった。

徳島県上空で遭遇した黒衣の魔法少女『スペース』に対しては、当時ブラックアウトを起こしていたこともあって、ほぼコミュニケーションを取れなかった空々だが(『スペース』が空々を問題視していなかった、と言うより無視していたというのもある)……。

だが、戦いを終えたばかりとは言え、ほぼ万全のコンディションの今であっても、果たして黒衣の魔法少女と、コミュニケーションを取れるものなのだろうか?

元々空々は、コミュニケーションが得意な人間ではないのに……。

「あなたも……『砂使い』なんですか?」

「ん? んんー」

空々からの質問に、黒衣の魔法少女『スクラップ』は、曖昧に微笑むだけで、答えなかった――答える必要などないと言うのだろうか?

固有魔法という言いかたからすると、同じ魔法――同じ魔法のステッキが二つ以上あるというのはいまいち納得しにくいものがあるけれど、しかし考えてみれば、同じ魔法が複数あっていけないということはあるまい。

絶対平和リーグが、地球に対抗する手段として魔法を開発していると言うのであれば、むしろ魔法の『量産化』みたいなものは必須だろうとも思うが——だが、それはそれとして、彼女もまた『砂使い』なのだとすると、別の視点から見たときには別の疑問が生じる。

通常の——という言いかたには矛盾があるが、ともかくスタンダードな魔法少女だった『ベリファイ』と、黒衣の魔法少女『スクラップ』の使う魔法が、『同じ』ということがあっていいのか？という疑問である。

「上官」

悲恋が言う。

見れば彼女は、両脇に抱えていたかんづめと地濃を、地面に降ろしていた——つまり両手を自由にしていた。

それは彼女なりの。

兵器なりの臨戦態勢なのかもしれなかった。

「殺しますか？」

「…………」

物騒である。

だがこの状況においてはあながち物騒とばかりは言い切れない——というより、最早状況は、十分に物騒なのだ。発言が物騒になるのも、それは自然と言うものか。

ただ、

「物騒なことはいわれんぞね」

と、むしろ、この状況を演出した魔法少女『スクラップ』のほうから言ってきた。

「言うたやいか。騒がしいがは嫌いやって——うちはきみらと、戦うつもりはないきね」

「戦うつもりは——」

「ない」

はっきりと言う。

むろん、はっきり言ったところで、はっきり言ったからと言って、そこに信憑性が生じるわけもない——空々は自分の足元をちらりと確認した。

厳密には、自分の足が、波打ち際にあることを確認した——魔法少女『ベリファイ』は、海水に濡れた砂は使えなかった。それで空々は命拾いしたのだ——流砂が起こったときも、波打ち際にいた空々にはそれは及ばなかった。

もしも『スクラップ』が『砂使い』だったとしても、ここにいる限りは、安全は保たれるはず……、そんな計算を頭の中で組み立てる。

「悲恋。まだ、動かなくていい」

そう言った——あくまでも『まだ』と。流砂の際、空々の命令を丸呑みにして、自らそこに身を投げた彼女である――指示の仕方に気をつけなければ、これから状況がどう変わってもずっと動かないままなんてことになりかねない。

「了解しました、上官。まだ動きません」

律儀にそう応える悲恋――そんなやりとりを、にやにやしながら、黒衣の魔法少女『スクラップ』は見つめていた。

「……何がおかしいんですか、『スクラップ』さん」

「別に。可愛らしいなあ、思うて」

彼女は言う。

「ゲームを楽しんでくれちゅうようで、主催者側の気持ちとしては、何よりぞね」

「主催者側――」

「『スペース』に会うたんやろ？　その辺、聞いちゃあせん？　まあ空々空くんは賢そうやき、聞いてのうてもわかるがじゃない、ひょっとしたら」

「わかるかと言われたら……」

そんな風に話しつつも、空々は考える――この場合、相手の意図や、ここで姿を現した意味を考えるよりも、まず何よりも考えなければならないのは、相手がこちらのことをどう思っているかだ。彼女は空々を――空々達を、どう認識している？　窺う限り、先程の魔法少女『ベリファイ』との戦いを、彼女はずっと観察していたようだが——いつから見られていたのだろう？　悲恋が泳いで、四国にやってきたところから見ていたのだろうか？

あるいは『風使い』の魔法少女『スペース』が、杵槻鋼矢を追跡していたように、ずっと彼女は空々達を追っていた……？　黒衣の魔法少女が重要視していたのは、てっきり鋼矢だけだと思っていたが……いや、ずっと尾行していたのだとしたら、ここで登場する理由がわからない。まさか本当に、死体の爆発音を防ぐために登場したというわけではあるまい。

だから。

結局のところ、わかるかと言われたら——

「……わかりませんね。四国に来て、もう五日目になりますけれど、何が起こっているのか、何を言っているのか、全然、さっぱり——説明してもらえると嬉しいんですけれど」

「説明？　うちが？　いやあ、うちには聞かんほうがええろ。余計混乱することになる——うちはどっちかゆうたら、不真面目なほうやき」

黒衣の魔法少女はそう言って、本当に不真面目そうな——と言うよりも不謹慎そうな笑みを浮かべるのだった。

「ゲームをかき回して楽しみゆうだけ、遊みゆうだけ、やき。その辺、『スペース』

にはしょっちゅう怒られゆうけどね。ただ、これはこれで必要な仕事ゆーか――ほら、リアルでゲーム的な状況を作ると、結構均衡状態に陥りがちやろ？　均衡ゆうか、停滞ゆうか。そういうゲーム理論的行き詰まりをかき回すがが、うちの仕事――」

「…………」

何を言っているのか、やはりわからない。

そもそもゲームをやり慣れていない空々には、『スクラップ』の言いかたではやや言葉足らずなところもあるのだが、もちろん彼女のほうにも説明する気がないのだから、伝わるわけもなかった。

唯一、強いてわかったことがあるとするならば――彼女がゲームマスター側の人間、ゲームマスター側の魔法少女だと言うことくらいだ。

四国ゲームに、プレイヤーとして参加しているチーム『サマー』やチーム『ウインター』の面々とは、立っているステージが違う魔法少女……。

「『スペース』の仕事は、プレイヤーの管理やったがやけどね――ただ、彼女が一番期待しちょった『パンプキン』が目下のところ完全に行方不明やから、その辺、立て直しが大変そうなが――って。いやいや、こんな話をしに来たんでもないわけよ」

『スクラップ』は、言ってその場に座り込んでしまった。スカートだと言うのに行儀悪く、あぐらをかく。

座ったと言うことは長話をするつもりなのだろうか——そう思うと、この空気が長期化するのかとうんざりした気持ちにもなったが、しかし黒衣の魔法少女とバトルになることを思えば、このまま永遠に話し続けたほうがマシかもしれなかった。

もしも——と言うより、ほぼ百パーセント、確実にそうなのだろうが——魔法少女『スクラップ』が、あの『スペース』と、同程度の実力の持ち主なのだとすれば、バトルになって生き残る自信は、今度こそない。

はっきり言って、先程の『砂使い』、『ベリファイ』に勝てたのだって、ほとんど命からがらみたいなものだった——もしも『スクラップ』が彼女と同じ『砂使い』ならば、戦闘経験を活かすこともできるかもしれないけれど……。

なんにせよ、タイムアップがなくなった現状——タイムアップがなくなったからこそ、これまで以上に、時間を有効活用していくスタンスで、空々は四国に臨むべきだった。

「こんな話をしに来たわけでもない——んだったら、どんな話をしにきたんですか？『スクラップ』さん。あの……」

空々は、そこで、最初から気になっていた点を確認することにした。

「僕の名前、ご存知でしたよね？」

「ん？」

「空々空って……地球撲滅軍第九機動室っていう、所属まで」

仮に最初から、『ベリファイ』とのバトルを見ていたのだとしても、彼女に対しては空々は『醜悪』というコードネームしか名乗っていない。更に仮に、ずっと空々のことを尾行していたとしても、彼が細かい所属までを誰かに名乗ったのは、随分と昔の話だ——さすがに徳島県のデパート地下あたりから、土佐弁の彼女が空々を追っていたとは考えにくい……。

「そりゃあ、有名人やき。地球撲滅軍の空々空と言やあ——『スペース』も、きみのことは知っちょったやろ？」

「……でしたっけね」

正直、あのときはブラックアウトを起こしていたので、『スペース』が何を言っていたのかの記憶は一部混濁（こんだく）している——彼女から軽んじられていることだけは確かだが。

『スクラップ』も『スクラップ』で、その場に座ってしまったことといい、にやにやとした態度と言い、空々をまったく脅威と思っていないことは間違いなかったが、しかし『スペース』とは、空々への『軽んじかた』が違うようでもあった。

「調査に来たがやろ？　四国ゲームのことを。そっちの子は——増援か？」

なんで裸やねん、と言いながら、『スクラップ』は悲恋を指さした。

どうやら『スクラップ』は、悲恋を『人造人間』とは認識していないようだ——あるいは認識していない振りをして、空々を混乱させようとしているのか？　どの道、鉄壁のコスチュームを拳(こぶし)で貫くパワーを持つ悲恋を、只者だと思っているはずもないだろうから、そこから油断を誘う作戦に繋げることは難しいが……。

「増援——と言えば、増援ですよ。ええ、この子も、地球撲滅軍の仲間です」

言いながら。

空々はその場に腰を降ろした——『スクラップ』の向こうを張って、である。余裕のあるところを見せようとしたというより、波打ち際に座ることで、足首だけでなく、胴体まで海水に濡らしてしまおうという目論見もあった。『砂使い』への対抗策——だが、そんな空々の様子を、特に思うところもなさそうに見ている『スクラップ』の瞳(ひとみ)からすると、こんな細かい調整に、さしたる意味があるとは思えなかった。

無意味な手を打っている気がしてならない。

「ただ、誤解しないで欲しいのは、別に僕達は、あなた達絶対平和リーグの邪魔をするために四国に来たわけじゃないということです——あくまでも、調査に来ただけなんです」

「調査に来ただけ？　はは、うちらの仲間を何人も殺してくれちょいて、よう言えたもんじゃね」

そう言って彼女は豪快に笑った。よっぽどおかしかったのか、声を立てて笑った——これは確かに笑われても仕方ないとも思う。正に今、『スクラップ』の見ている前で『ベリファイ』を殺害したのだし——直接手を下したわけではなくとも、絶対平和リーグに属する魔法少女の死を、数々見届けてきた空々である。彼の振る舞い次第では、死なずに済んだ命が、いくつあったかわからない。

だから黙るしかなかったが、しかし、ここでひとつ発見はあった。

主催者側だという『スクラップ』だが、一応、絶対平和リーグの下っ端の魔法少女に対して『仲間』という認識はあるらしいということ——むろん、笑いながらの発言なので、ただの軽口という可能性もあるが。

そして次なる彼女の発言からは、更なる発見があった。

「チーム『白夜』の魔法少女まで一人殺しちょるゆーがじゃき、大ごとやいか。状況が状況やなかったら、地球撲滅軍と絶対平和リーグの全面戦争に突入しかねんくらいの暴挙じゃきね」

「チーム『白夜』……？」

空々は初耳であるそのチーム名に、思わず反応してしまった——だが、ぎりぎり『一人殺している』には、反応しなかった。なんとなく、黒衣の魔法少女がチーム

『白夜』なのだろうという推測はついたが、しかし『一人殺している』については、心当たりがまったくなかったから——なかったからこそ、その心当たりのなさを露呈するのはまずいと判断したのだ。

だから、ただ、

「チーム『白夜』って、なんですか？」

とだけ、確認するように問うた。

答が見えているほうだけを問うた。

「ん？　ああ、うちらのことやけど……、へえ、それも聞いちゃあせんがかね。『スペース』は、よっぽどきみを軽視しちょったもんやね。まあ、その点は反省しちょったみたいやけど」

ちらりと、そこで『スクラップ』は、なぜか気絶中の酒々井かんづめに目をやった——ほんの一瞬のことだったので、空々はその目線には気付かなかったが。

「魔法少女特有の思い上がりかな——魔法少女は魔法を当たり前のもんやと思いがちで、ゆえに一般人を見下しがちや。魔法なんて、所詮は道具に過ぎんわね」

「道具……」

「兵器、ゆかなあ」

『スクラップ』は意味ありげに言った。

兵器──新兵器？

いや、これはただの偶然の符合だろう。

空々は悲恋をあえて振り向かずに、

「あなたは違うんですか？」

と、『スクラップ』に訊く。

「うちは捻くれもんやき、むしろ魔法少女のほうを見下しちゅうね──なあ、空々空くん。魔法使いと魔法少女の違いってわかる？」

「え……、わかりませんけれど」

「魔法使いは魔法を使う。魔法少女は魔法に使われる──ま、んなことはどうでもええ。話が逸れた……えっと、地球撲滅軍と絶対平和リーグの全面戦争、ゆー話やったっけ？」

「さあ……そんな話、していましたっけ」

もちろん、していたのは憶えているけれども、しかし話の本筋が何なのかは、空々にはさっぱりわからなかった。

空々としては、もしも目前の彼女が──チーム『白夜』？　──ゲームマスター側の人間なのだとすれば、この接触からできる限りの情報を引き出したいところだったが、それが可能なのかどうか……最低限、戦闘になるのだけは避けたい。

全面戦争なんて、もってのほかだ。

「調査に来ただけやゆうけど、その調査結果を持ち帰られると、うちらとしてはちょっぴり困ることになるわけながよ——」

空々のとぼけを無視して、『スクラップ』は話を続けた——本筋なのかどうかもわからない話を。

「——なにせ四国ゲームは、絶対平和リーグの実験、実験失敗の結果やきね。そんなことが公になれば、うちらはきみらの組織に、併呑されかねんろ」

「そういう話は、上層部同士がつけるものなんじゃありませんか？　僕のような下っ端には……」

「下っ端？　はは、室長クラスの人間がほざきなや」

「………………」

まあ、一応立場だけで言えば、確かに空々は、下っ端ではなく地球撲滅軍の幹部の一人ということになるのかもしれないけれど——ただ、室長という肩書きが、組織のヒエラルキーのどの辺りに位置するのか、空々にはわからない。少なくともこんな危険地帯に派遣されてしまう時点で、自分が『上層部』に属していないことは確かだと思うのだが。

「あなたは、どの辺りなんですか？」

空々は誤魔化すように訊いた。

「あなたというか、チーム『白夜』というのは、絶対平和リーグのどのあたりの立ち位置なんでしょう――場合によっては、僕が地球撲滅軍の上層部と、あなた達を繋ぐことも可能だと思いますが……」

「そりゃあありがたい話やけど、それよりもここで、調査員であるきみを始末したほうが簡単やないかな？」

「……僕を始末したところで、次の調査員が来るだけですよ」

ちょっと前まで『次の調査員が来るだけですよ』という部分は、『新兵器が投入されて四国ごと破壊されるだけですよ』だったのだが、それはもう前倒しで投入されてしまったので、脅しとしての効力は弱くなってしまった感がある。

実際、『スクラップ』はそれをまったく脅威とは感じなかったようで、

「きみを始末することで時間が稼げるなら、それだけで十分やわ」

と言った。

「それまでにゲームがクリアされたなら、状況は一転するきね」

「…………」

究極魔法が手に入る――という奴か。

信憑性はともかく、今の状況から絶対平和リーグが一転、もっと言うならば一発逆

転する希望があるとするなら、それくらいだろう。

目の前の少女や、あるいは徳島県上空で遭遇した『スペース』の、余裕たっぷりで不敵な態度とは対照的に、彼女達の属する組織は、ぎりぎり崖っぷちまで追い詰められているというわけだ。

「じゃあ、僕を始末する——んですか？　あなたは」

始末する。

そんな柔らかい言葉で言い換えてはいるが、要するに殺すということだ——馬鹿馬鹿しいと思わずにはいられない。

地球撲滅軍も絶対平和リーグも、そもそもは人類の敵たる地球を打倒するための組織であるはずなのに、結局両者のやっていることは、身内にしろ外敵にしろ、『人間殺し』そのものなのだから。空々のような帰属意識の低い者から見る限り、彼らは自滅の道を歩んでいるだけだ。

自分のことを棚に上げているともいえる空々のこの考えが全体卓見であるかどうかはともかくとして、しかし少なくともこの時点、この場での『スクラップ』は、彼が言う自滅の道を歩むつもりはなかったようで、

「せんよ」

と、端的に応えた。

絶対的優位な立場から、言を左右にして空々を甚振っている風にも思えたが、

「『スペース』としてはきみを始末したいところではあるやろうし、組織的にもきみは邪魔者やし、処分したいところではあるやろうが——ゆうたやろ？　うちは捻くれもんやき、戦うつもりはない」

そんな言葉には一定の自負もあるように思えた。そういう自分の生きかた、スタンスを誇らしく思っているのであれば、ここで自言を引っ繰り返して、空々に手を出すようなことはすまい。

「うちは『シャトル』とも不仲やったし——あいつの仇をとろうとも思わん」

「『シャトル』……」

誰のことか、と一瞬思ったが、たぶん、それがさっき言っていた、『スクラップ』が、空々達が殺したと思っているらしい、チーム『白夜』の一人なのだろうと理解した。

むろん、その魔法少女——黒衣の魔法少女『シャトル』が、徳島県大歩危峡で、空々を一度絶命させた犯人であることまでは、彼にはわからない。そんな危険な『水使い』の魔法少女を殺害したのが、空々空の同盟相手、目下行方をくらましているチーム『サマー』の魔法少女『パンプキン』であることも、言うまでもなく。

なんにしても、空々空が誤解されるのはいつものことだ——そしてこの場合は、そ

の誤解を解かないほうが、彼にとってはメリットとなるようだった。

「まあせいぜい、『スペース』には気をつけるんやね——あいつは容赦なく、きみを殺しに来るやろう。今はあいつ、『パンプキン』を再び探しに行っちゅうけど」

「随分色々と教えてくれますね……だったらついでに、チーム『白夜』が何人編成なのか、教えてもらってもいいですか？」

図々しさを装って空々は訊いた。いや、実際に図々しい質問ではあった。できる限りの情報を引き出したいとは言っても、これはあまりに直截的過ぎる。どうやら『スクラップ』には戦闘意思がないらしいと知って、無意識に気が緩んだのかもしれない。

「ふふっ」

軽く笑う『スクラップ』。

もう少し具体的に言うと、彼女は軽く、鼻で笑ったのだった。

「教えてあげてもええんがやけど……、うちがきみに声をかけたんは、そういうことを教えたるためや、ないきね」

「……そうですか」

空々は食い下がらなかった——よく喋るタイプだとは思ったが、『スクラップ』は別に口が軽いというわけではないらしい。

ただ、『そういうことを教えたるためじゃあ、ない』という言いかたからは、何か別のことを教えるために声をかけてきたのだという推測も成り立つ。

だったらここで変に食い下がらないほうがいいだろうという空々の考えかただった。

「まあ、ご忠告には従って、『スペース』には気をつけたいと思いますよ——だけど、あなたには気をつけなくていいんですか？」

「そりゃあもちろん——それも言うたやろ？　うちはゲームをかき回すんが仕事……、ゲームを動かすためには、空々空くん、きみのことは放っておいたほうがよさそうやし」

「…………」

その言いかたからすると、チーム『白夜』はチームと言いながらも、それぞれに四国ゲームの主催者側としての役割が違うようだ。案外、チームなんて言いかたは、便宜的なものなのかもしれない。

「放っておいてくれるのならありがたいですけれど……、だったらどうして、あなたは僕に声をかけてきたんですか？　何か質問があるんだったら、できる限り答えさせてはもらいますが——もしも何もないのであれば、そろそろ僕を調査に戻させてくれませんかね」

「まあそうつれないことを言いなや。夜は長いき――うちの話し相手になっちゃりよ。会話をしゆううちに、うちのほうこそ、うっかり質問に答えてしまうかもしれんしね」

空々が、話を切り上げようとする振りをしたら、そんな風に引きとめてきた――その様子からすると、やっぱりただの気まぐれで声をかけてきたというわけではなく、きちんと用件はあるらしい。このタイミングで声をかけてきた理由が……、このタイミング？

さっきまでそれを、空々は魔法少女『ベリファイ』とのバトルが終結したタイミングのことだと思っていたけれど――本当にそうか？　いや、現象としてはその通りのことが起こっていることに疑いはないのだが――違う可能性を検討することが、できないわけではないのでは？

そう、たとえば。

今のタイミングは、流砂に飲まれた地濃鑿と酒々井かんづめが、気絶し、意識を失っている状況でもある――この二人のどちらか、あるいは両方に悟られないような形で、黒衣の魔法少女『スクラップ』は、空々に声をかけてきたのでは？

「…………」

どちらか……、だとすれば、それは地濃よりも、かんづめという線のほうが濃いだろうと、空々は直感的に思った。

黒衣の魔法少女から見ればいちプレイヤーに過ぎない『ジャイアントインパクト』よりは、謎の先見性を持つ児童・酒々井かんづめのほう——だが、そうは言っても彼女はあくまでも一般人のはずで……。

だが、強引ながらそう推理を進めてみれば、辻褄が合わなくもない。黒衣の魔法少女『スクラップ』はずっと空々と接点を持とうとしていたけれど、酒々井かんづめの目があったばかりに、声をかけられずにいて——彼女が眠った今ようやく、声をかけられたのだと。

だとすればなんだ？

かんづめの目を——先見性を——盗んで、『スクラップ』が空々に、伝えようとしていることは。

……いや、こんなの、推理として恣意的過ぎるか？　仮定に仮定を重ねているか？

かんづめに価値を見出し過ぎているか？　それよりも単純に、戦闘終了のタイミングで声をかけてきたのだと考えたほうがしっくりくるか？

どうやらかんづめを重要視し過ぎる傾向が自分にはあるようだが……だが、そう考え出すと、徳島県大歩危峡で受けた攻撃を、空々や徳島本部を破壊するためになされたのではなく、たった一人の幼児、酒々井かんづめを『始末』するために行われたのではないかという気さえしてくる。

　しかし結局、どれもこれも、何の証拠もない推理だ――ならばいっそ、このまま『スクラップ』にはぐらかされ続けるよりは、賭けに出たほうがいいかもしれない。身の安全のみを重んじるならば、戦うつもりがないという『スクラップ』相手に賭けに出る必要などないかもしれない……、空々のギャンブルの師匠である左在存に言わせれば、賭けどきを見失っているだけかもしれない。

　だが、ここで空々は勝負に出ることにした。

　決断した。

「もしも僕に言いたいことがあるんだったら、早くしたほうがいいと思いますけれどね――でないと、この子が目を覚ましてしまいますよ」

　そう言って、すぐそばで眠るかんづめを指さしたのだ――その効果のほどは、思ったほど劇的なそれではなかった。

　黒衣の魔法少女『スクラップ』は、軽く頬を歪めただけだった――だが、ずっと余裕のある笑みを浮かべていた彼女の、微笑みの形が変わったことは確かで、それを空々は見逃さなかった。

　場合によっては、意識を失っているかんづめを揺り起こす――と暗に示した空々の脅しを孕んだ言葉は、まったく意味をなさなかったということは、少なくともなかった。空々の推理がそれで裏付けられたわけではないにしても……『スクラップ』の歪んだ笑いの理由が、まったく違うものだったとしても、とにかく、

「……それもそうや」

と。

言って、『スクラップ』は肩を竦めた。

仮に空々の言葉が彼女の動揺を誘ったのだとしたところで、どうやらその動作ひとつで、彼女は平静を取り戻したと見える。

「じゃあ、手短に行こう。本当はもうちっくと、さり気なく教えちゃりたかったんやけどな——誘導したかったたんやけどな。そんな風に逆に揺さぶりをかけてくるとは……、他人の思い通りになるんは嫌なタイプかね？　空々空くん」

「そういうわけじゃありませんけれど……うまく、他人の気持ちがわからない奴でしてね。なぜか期待に応えてあげられないことばかりです」

「お互い捻くれ者ちゅうことか。気が合いそうやいか」

彼女はそう言ったが、残念ながら空々にはそんな風には思えなかった——確かに『スクラップ』は捻くれ者なのだろうが、しかしその態度や発言は、人間味に溢れている。

それは空々にはないものだ。

空々がシンパシーを感じるのは、彼の命令を忠実に守り、動くなと言われてから一ミリも微動だにしない人造人間、悲恋のほうである。

「ほんなら、別にこの期待にも応えてくれんでもええけんどね……空々空くん。ちょっと頼まれて欲しいことがあるがやけど」

「頼まれて欲しいこと？」

「ああ、そうや」

そう頷くも、彼女はどこか不本意な風だった——たぶん、本当に不本意なのだろう。もしも空々に何かをさせたいのであれば、それを『依頼』という形を取らず、自発的にやらせたかったに違いない——だから座り込んで、重要度の不明な話を、複数散らしていた。

だが、こうなると余計なことは言わず、雑談に紛らわせずに、端的に要点だけを述べようというつもりになったらしい——空々の賭けが、どうあれ当たった形ではあるが、それがよかったことなのかどうかは、正直、後になってみないとわからない。

雑談は雑談、ノイズはノイズで、今後有用に活かせたかもしれないのだ——何がヒントになるかわからない四国の現状、それをカットしてしまった空々の判断は、あるいは先走りだったかもしれない。焦りだったかもしれない。黒衣の魔法少女と向き合う緊張感に耐え切れず、空々は安易な道を選んでしまったかもしれないのだ。

　だが、もう後戻りはできない。『スクラップ』にとって不本意な形であれ、空々にとって不遇な形であれ──進んだルートを、今更戻ることはできないのだ。だから黙って空々は、彼女の言葉の続きを待った。

「言うても、一方的なお願いをするつもりはない──空々空くん、もしもきみがうちのお願いをきいてくれるがやったら、その間、チーム『白夜』はきみらには手出ししないようにうちが取り計らう」

　先にメリットを提示してくる『スクラップ』。

　先ほどまでと違い、さくさく話を進めていこうという意図が、そう言う点からも見えてくる──空々が振った話とは言え、そんなに、そこまで、ここでかんづめを起こされることを避けたいのか？　いくら聡いところがあるとは言っても、あくまでも相手は幼稚園児だというのに……。

　ひょっとすると自分は、覚悟もなく、とんでもない脅しのカードを切ってしまったのかもしれないと、後悔にも似た気持ちが湧き出てくる。

「チーム『白夜』……あなた個人が、ではなく？　つまりそれは──あの『スペース』も、僕達には手出ししないと言うことですか？」

「よっぽどのことをせん限りは」

「………」

その条項がついてしまうと、あまりアテになる約束ではなさそうだったが、しかしその言質が取れただけでも出来過ぎとも言える。ただそれも、これからされる『頼みごと』次第だ。

「きみ達が今倒した『ベリファイ』——鈴賀井縁度ちゃんが、チーム『スプリング』に属してるゆーんは、聞いちゅうろ？」

鈴賀井縁度。

それが、『砂使い』の彼女の本名か。

コードネームで聞いている分には、あくまでも魔法少女の一人という認識だったが、そうやってリアルな本名を示されてしまうと、人の命がひとつ失われた、人の命をひとつ奪ったのだということを実感させられる。

四国におけるゲーム感覚を剥奪された気分だった——が、その本名を教えてくれた当の本人のほうが、ゲーム感覚に満ちたことを言ってきた。

「今、四国の左半分では、チーム『スプリング』とチーム『オータム』の抗争が起きちゅうわけ。両者がお互いに潰し合うちゅう——ゲームのクリア権を目指して、春秋戦争が起きゆうわけよ」

「春秋戦争……？」

なんだっけ。

何か、社会の授業で聞いたような聞いていないような言葉だが——中国の歴史にそういう時代があるんだったか？　それを模した表現なのか？

「クリアを目指して……ああ、だから」

名称はともかく、それを聞いて納得したことがあった——魔法少女『ベリファイ』、本名鈴賀井縁度の、あの敵対的姿勢と、和解交渉への拒否感だ。コスチューム内に個人的なルールブックを持っていなかったことといい——あれは、他所(よそ)のチームと抗争をしていたからこその、敵対的姿勢、拒否感だったのか。

抗争の最中だったというのであれば、空々のような得体の知れない奴を警戒するのも、無理はない——と思ったが、しかし実情はもう少しややこしいようだった。

「まあ、伝統色の強い愛媛総本部に属するチーム『オータム』と、改革派気質の高知本部に属するチーム『スプリング』の不仲……もとい、ライバル意識は、ゲームクリアを目指す意味合いでは、最初は悪うなかったんやけどね。しかし、その戦争が今や意味を見失うちゅう」

「？　見失っていると言うのは？」

「つまり、互いにクリアを目指すあまりに、今や両チームとも、クリアよりも上に、互いの妨害ちゅう目的を置いてもとういうことよ——いわゆる均衡状態よね」

「……均衡状態」

わからない話ではない。

脱出ゲームではなく蒐集ゲームとして四国ゲームを考えた場合、そのクリア権は一人分に限られる。一人、もしくは一チーム。だったら、八十八のルールを集める他に、もうひとつ、ゲームプレイにおいて、やるべきことがある。

即ち——妨害。

他のプレイヤーの邪魔だ。

チーム『オータム』とチーム『スプリング』は、そちらのほうに躍起になった挙句——四国の左半分では、均衡状態が生じたということか。

が——確か、その均衡状態を打破し、ゲームの状況をかき回すのが、黒衣の魔法少女『スクラップ』の仕事なのではなかったか？　だったらそんな風に、他人事のように語っている場合では——

「ひょっとして……僕にその状況をなんとかしろって言うんじゃないですよね？」

「もちろん言うがよ。さっき話に出た通り、さっさと誰かがゲームをクリアしてくれん限り、絶対平和リーグには逆転の目はないきね」

「だったらあなたが……」

あなたがクリアすればいいじゃないですか、と言いかけて、それじゃあたぶん駄目なのだろうと、空々は察した。同じくチーム『白夜』の『スペース』が、杵槻鋼矢にクリアさせようとしていたように──それゆえに彼女の逃亡を妨害しようとしたように──、主催者側の人間がプレイに参加するのは反則扱いになるのかもしれない。

反則。

だとすると、それもゲームにある八十八のルールのひとつなのかも……だとしても。

「あなたが、その抗争を終わらせたらいいんじゃないですか？　そんなことをしている場合じゃないと教えてあげれば」

質問を無理矢理変えた空々だったが、

「やるが？　やらんが？」

と、その質問を無視して、空々に頼みごとの可否を求めてきた。

「もちろん、空々空くんがやらんゆうがやったら、うちがやるわ」

「…………」

黒衣だけに、なるべく表に出たくはないということか？　それともそれも四国ゲームのルールのひとつなのか──いずれにしても、今の状況で空々に選択の余地なんてあるはずもなかった。

「やります」

即答でこそなかったが、迷わず空々はそう答えた——それは向こうにもわかっていたのか、『スクラップ』は満足げに笑んだ。展開は不本意であっても、空々に声をかけてきた目的は達したのだったら、彼女としては及第点だろう。

むしろこの返答に驚いたのは空々本人だったかもしれない。

以前、と言ってもほんの数日前だが、魔法少女『スペース』が、空々の同盟相手である杵槻鋼矢に、取引めいたものを持ちかけたとき、空々はそれを、まったく信用できないと思った——その取引を、むしろ全力で、命懸けで邪魔したくらいである。

なのになぜ？

もちろん『スクラップ』を信用しているわけではないし、あのときとは状況が違うのだが——同じ黒衣の魔法少女、同じチーム『白夜』の魔法少女が持ちかけてきた『お願い』に、それほどの抵抗なく応じられた自分に、驚いた。

あのとき感じた、生理的嫌悪にも近い拒否感は、だったら、なんだったのだろう？　魔法少女『スペース』個人を嫌うような理由が、自分にあるとは思えないのだが……。

「その春秋戦争を終わらせたらいいんですね？」

内心の葛藤（かっとう）はともかく、空々は話を進める。

「それさえ心がけていれば、僕が四国をどんな風に調査してようと、チーム『白夜』

はそれを妨害しない——という認識で」

「ああ……けんど、きみがゲームをクリアするんはなしじゃ。正直、うちらとしては、チーム『オータム』がクリアしようと、チーム『スプリング』がクリアしようと、『スペース』期待の星、きみの同盟相手であるチーム『サマー』の『パンプキン』がクリアしようと……、大穴ゆか、そこで寝とるチーム『ウインター』の生き残りがクリアしようと、構わん。絶対平和リーグの所属の魔法少女やったら、誰でもええ——それやき、空々空くん、漁夫の利を狙うての横取りはやめてよね」

強制的にゲームに参加させられてる身としては、クリアを目指すなと言うのは結構強めな要求であるようにも思えたが、しかし地球撲滅軍の調査員としてはどうあれ、空々個人としてはその条項には文句のないところだった。

地球撲滅軍が絶対平和リーグを併呑しようと併呑しまいと、そんなことはどうでもいい——四国から自分が生きて帰れたらそれでいいのだ。

生きること。

空々空の現在の目的はそれだけだった——多くの人が当たり前にやっていることは、空々にとっては叶えるべき夢なのだった。

「もしも」

と、最後に空々は訊いた。

「もしも僕がそのお願いを断っていたら、どうなっていたんですか？」

「あん？　ゆうたやろ、きみがやらんゆうんやったらうちがやる、それか、他に相応しい奴を探して、そっちに頼むだけやった」

「いえ、そういうことじゃなくて……。断っていた場合、僕は、どうなっていたんですか？」

「はは」

笑って、黒衣の魔法少女は——指をくいと、つまみでも捻るかのように動かした——そんな動きが必要だったのかどうかはわからないが、少なくともそれと連動するように、空々の周囲周辺に変化が起こった。

起こった——巻き起こった。

空々が座っていた波打ち際の砂、その一粒一粒が意思を持っているかのように、空々の身体をずざあと這い上がってきたのだ——一粒一粒が、肌に食い込んでくる。

目や口に達するまでもなく。

皮膚を食い破らんばかりに。

「…………！」

「そうなっちょったかも——な」

魔法少女『ベリファイ』と同じ『砂使い』――と見るのは、過ちだった。完全なる過ちだった。同じ、ではない。質量の問題なのか、質の問題なのか、彼女は濡れた砂を操ることはできなかったし、操ったところで、砂に砂以上の強度を付与することはできなかった。

だが、黒衣の魔法少女『スクラップ』は。

濡れていようが関係なく砂を操り――砂自体一粒一粒の強度も、ちょっとやそっとでは打ち破れない、崩せないほどに高められている。

「うちは『土使い』――地面の上でうちに逆らおうとは、せんほうがええやろね」

彼女がつまみを戻すような動作をすると、空々にまとわりついていた大量の砂が、まるで磁石で反発するように、一気に落ちた――その重量に動けなくなっていた空々は、にわかに自由になり、そして自由になったことで、胸を撫で下ろすと言うよりは、むしろぞっとした。

その気になればいつでも殺せた。

濡れていない砂しか使えないはずと、波打ち際にいることだけで一部安心していた自分の愚かさを差し引いても――この会談中に、五百回は、『スクラップ』は空々を殺せていた。

一丁前に取引を、駆け引きをできているつもりでいた自分が馬鹿みたいだ――こうして生きていられるのは、『スクラップ』の機嫌次第でしかなかったというのに。

否。

相手の迫力に押され、自虐的になり過ぎるのはよくない——かんづめを引き合いに出したとき、『スクラップ』が動揺したのは確かなのだから。

しかし、『土使い』……。

例の魔法少女『スペース』は『風使い』だったが……、もしも大歩危峡で空々が受けた大規模な攻撃が、別の黒衣の魔法少女によるものなのだとしたら、それは『水使い』のものだったと予想できる——なんとなく見えてきたか。

チーム『白夜』の固有魔法、その傾向……。

「ほんなら、空々空くん」

と。

『スクラップ』は立ち上がった。

終わってみれば、腰を降ろす必要があったほどの長話にはならなかったけれど、しかし彼女にはもう、これ以上用事はないようだった。

すぐに手の届かない高さまで浮遊し、この桂浜から去っていった。

こんな捨て台詞を残して。

「魔女が目を覚ましたら、よろしゅう言うちょいて」

5

魔女が目を覚ましたら。

魔女。

黒衣の魔法少女『スクラップ』が、そんな捨て台詞を残した理由は、まさか空々が、それも知らずに足手まといになりかねない幼稚園児を連れ回しているとは思わなかったからだ――当然認知しているものと思って、自分に対する脅しとして使われた児童へ、皮肉のひとつも言っておこうと考えただけのことで――それ自体は無理がない。

無理がないが、しかし。

四国ゲームの生き残り、酒々井かんづめの正体、その片鱗をここで聞かされたことは、空々空の運命を大きく左右する。

しかしそれはもう少し先の話であって、彼がこれよりすべきことは、チーム『スプリング』とチーム『オータム』による春秋戦争の調停だった。

戦争のとりなし。

敵よりも味方を多く殺す、常に争いの火種になるような英雄が執行するには、それはあまりに無茶な仕事である。

（第2話）

（終）

DENSETSU SERIES Ø4

悲報伝

HIHØDEN

NISIØISIN

第3話「『パンプキン』、愛媛に立つ! 吹き荒れる秋の嵐!」

諦めることはできなくとも、忘れることはできる。

0

1

　絶対平和リーグ所属の魔法少女、チーム『オータム』のリーダーである『クリーンナップ』の現在の心境を端的に表現するならば、

「やってらんねー……」

のひと言に尽きた。

　精も根も尽き果てた。

　こんな酷い状況になる前になんとかできたんじゃないかという後悔が、頭の中を絶え間なく回っている――しかし事実として、現に彼女はどうにもできなかったし、こ

れからもどうにもならないだろうと思う。どうにもならないしどうしようもないと思う。そんな風に現状を分析できてしまう自分の頭脳が、こうなるとうらめしい。

チームメイトの魔法少女『ロビー』くらい、ぼんやりと構えられたら、いっそ気楽なのに――あるいは、去年、桂浜で行われた魔法少女トーナメントで対戦した相手、魔法少女『ジャイアントインパクト』くらい、周囲をどうでもいいと考えられる利己心があれば。

そうじゃないのが十年以上付き合って来、育ててきた自分だと、むろん、わかってはいる――わかっている以上に、痛感している。よくも悪くも、自分はリーダー気質なのだろうと。

よくも悪くも。

今に限って言うなら、『悪くも』のほうが意味が強い――四国ゲームという、すぐ隣に死があるような状況下で、チームをまとめていくと言うのは訓練とは一線を画したシチュエーションであり、生半（なまなか）な覚悟で切り抜けられるものではない。

ましてそんな中。

県境を挟んで、絶対平和リーグの魔法少女同士で、必要もない仲間割れが起こっているというのだから――

「まあ、高知のチーム『スプリング』のことを『仲間』なんて言うと、我を忘れて怒りそうな奴がうちのチームには約三名いるんだけれどね──」

『ロビー』がどう思っているかはわからない──その件に限らず、彼女が何を考えているかは、『クリーンナップ』にはまったくわからない。確かなことは、彼女は常に多数派に従う傾向があって、だからこの場合、リーダーの『クリーンナップ』が何を言おうとも、まず三票ある『チーム「スプリング」は敵だ』という派閥に票を投じるだろう。

もっとも、ならばかく言う『クリーンナップ』自身は、現在対立中のチーム『スプリング』を仲間だと、本当に、心の底から思っているのかと問い詰められれば、首を縦には振りにくい。

元々絶対平和リーグ内でも伝統派の愛媛総本部と改革派の高知本部は対立していて、『クリーンナップ』も例に漏れずそう吹き込まれながら育てられたところがあって、理性ではそれを『くだらない内輪揉め』だとわかっていても、感覚に植えつけられた偏見は如何ともしがたい。

何より、四国ゲームの初期段階での、チーム『スプリング』とチーム『オータム』の実際的な対立が、決定打だった──なまじ両チームとも、四国ゲームのシステムに通じていただけに、そこに『競争』が生じてしまったのだ。

これが四国の右半分──香川・徳島側の魔法少女達みたいに、情報が遮断されていたならば、あるいは右も左もわからない中での協調というルートもあったかもしれないが……。

高知県・チーム『スプリング』。

愛媛県・チーム『オータム』。

チーム『スプリング』とチーム『オータム』の春秋戦争——チーム内には何が面白いのか、そんな風にこの対立を表現する者がいる。

冗談じゃない。

絶対平和リーグは地球と戦うための組織であって、戦争をする相手は地球以外の何であってもならないはずなのだ——なのに、よりにもよって、身内と戦争？　しかも、この非常事態の中？

思えば四国ゲーム自体、地球と戦う手段を手に入れるための、過程としての実験だったはずなのだ——目も当てられないような失敗をしたとは言え、まだリカバリがきかないわけじゃない。

三百万人の巻き添えを出し、組織も半壊してしまったが——だがそれでも、なおそれでも、リカバリがきかないわけではないのだ。

ゲームをクリアし究極魔法を手に入れてしまえば——それはただの犠牲ではなく、尊き犠牲になるのだから。

三百万人の死を、無駄な犠牲にしてはならないのだから。

だからこそ、と言うべきなのか。

四国ゲームをどちらが先にクリアするか、どちらが半壊状態にある所属組織を救済するか——互いに、『そんなことをしている場合じゃない』ということは骨の髄までわかっていながらも——だからこそ、チーム間の抗争はあとに引けないところにまで達していた。

単なる功名心だけならば、全体のことを考え、対地球のことを考え、相手のチームに譲る、または互いに手を取り合って協調するということもあったのかもしれないが——如何せんお互いに、お互いのチームに対する不信感が拭いきれない。

自分達がクリアするべきと言うよりも、連中にクリアさせるべきではないと考え始めている——これではもう末期だ。

厄介なことに、チーム同士の力量は拮抗していた。

あらゆる面で似通っていて、あらゆる意味で正反対で、釣り合いが取れてしまっていた——それがまた腹立たしくもあるのだろうが、ともかく、春秋戦争は、均衡が保たれた状態にあった。

……この手のゲームでは、均衡が生じてしまった時点で、本来は『詰み』のようなものである。

これまでチームを指揮してきた立場の『クリーンナップ』から見ても、ここから先は互いに互いを拘束しての、心中くらいしか未来が見えない。

否。

一応、『クリーンナップ』は、まだ和解の可能性を諦めていない。和解――講和の可能性を捨てていない。単なるルール蒐集の競い合いというのならばまだしも、互いが互いの妨害をする、正しく泥仕合の様相を呈している現状でも、最悪の一線だけはまだ越えていないと考えている。

その最悪の一線とは、どちらのチームにも、まだ死者が出ていないことだ――ゲームオーバーになったプレイヤーはいない。

対立の中、酷い怪我を負ったり、危うく命を落としかけたりという際どいことはあったけれども、取り返しのつかないことはおきていない。

だから和解の線を完全には消していないけれど――じゃあどうすればそんな絵空事が実現するのかと考えを進めれば、まったくのノープランだった。対立が深まるばかりで、対話など望むべくもない今、和平への取っ掛かりなど思いつきそうにもない。

何が魔法少女だ。

何が魔法だ。

と、自虐的に思う――結局、どんな非現実的で打っ飛んだ、超常現象そのものの力を、超常現象そこのけの力を使えようとも、同世代の女の子と『仲直り』さえできないと言うのだから。

……なお、彼女がそんなことを考えているこの時点で、既にチーム『スプリング』の一人、魔法少女『ベリファイ』が、地球撲滅軍からの調査員空々空と、地球撲滅軍肝煎りの『新兵器』悲恋の手にかかり、『殺される』という形で命を落としていて、ゆえに彼女が描く和平の構図の実現の難易度は更に増していたのだが――愛媛県松山市付近を一人、パトロールしている彼女に、高知県桂浜で起きていることなどわかるはずもなかった。

わざわざ絶望的な要素を増やしたくもないだろうから、わからなくてよかっただろう――もちろん、遠からずそれを知ることにはなるのだが。

ちなみにパトロールというのはただの口実であって、単に一人になりたいから、今現在チーム『オータム』が拠点としている道後温泉から、繁華街までふらふら飛んできただけである――ここ、松山市駅前が繁華街だったのも、あくまで数週間前までの話だが。

単独行動は危ないんじゃないかと、チームメイトの『カーテンレール』は言ったけれど、危ないときは何人でいようと危ないのが今の四国だ。今後の戦略をじっくり練りたいんだと言って、半ば強引に飛び出してきた。

もっともチーム『スプリング』を嫌っている『カーテンレール』にしたって、状況が今のままでいいわけがないことはわかっているからだろう、『クリーンナップ』の遠出を無理に止めはしなかったが――しかし、戦略も何も、正直、考え尽くしたというのが『クリーンナップ』の、ここまでのプレイを振り返ってみての素直な感想だった。

だから――『やってらんねー』である。

四国ゲーム。

これが本当にゲームだったなら、間違いなくリセットボタンを押すタイミングだ――あるいは『詰み』を認めて、投了するタイミングだ。

だが、現実の世界にリセットボタンはないし、死ぬ以外にゲームオーバーを迎える方法もない――たとえ詰んでいることがわかっていても、彼女達はゲームを続行するしかないのである。

思えばそんな滑稽な話があるだろうか？

まるで消化試合だ――その上、他のチームが勝ち上がるのを全力で妨害していると言うのだから、滑稽を通り越してみっともない。

チーム『スプリング』――向こうがどう考えているのかはわからないが、こうなると四国の右半分、香川や徳島の連中に期待するしかないように思えてくるほどだった。

自分達がクリアできないのは口惜しくもあるが、しかしチーム『スプリング』にクリアされるくらいだったら、チーム『サマー』かチーム『ウインター』の連中に出し抜かれたほうがマシだ……。

ただ、こんなことを考え始めるのも、相当に煮詰まっている証拠だと言える——四国ゲームの発端となった実験の内容を、あらかじめ知っていたチーム『スプリング』とチーム『オータム』ならばまだしも、事前に何の情報も与えられていなかった、どころか蒐集ゲームを脱出ゲームと偽られていた彼女達が、まともにプレイできているわけもないのだから。シビアに予想するならば、チーム『サマー』とチーム『ウインター』は、きっともう全滅していることだろう。

脱出ゲーム……。

最悪の場合はそうするしかないのかもしれないと思う——チーム『オータム』がこれまで集めたルールの数は、八十八にはまだ遠いが、しかし四国から脱出するのに、つまりリタイアするのには十分である。

このまま無人の四国で干乾びて行くよりは、せめてルールを抱えて、四国から脱出するという形で、均衡状態を壊す……。

あてつけのような作戦だけれど、しかしこの撤退という手段は、本州に近い座標にある愛媛県側のチーム『オータム』だけが持つ権利である。この一点においてだけ――つまり『逃げることができる』という一点においてだけ、チーム『オータム』はチーム『スプリング』に対して優位だった。

そんなものは優位でもなんでもないと『カーテンレール』は言うだろうし、彼女を含む仲間の四人（実質三人）を説得できる自信は皆無だ――確かに、優位というのは、戦闘（均衡）に気疲れしてしまっている『クリーンナップ』の見方であって、チーム『スプリング』から見れば、『逃げ道がある分、奴らは覚悟が薄い――この状態が続けばいつかは尻尾を巻くだろう』と、見ているかもしれない。

いくつものルールを抱えてチーム『オータム』が四国からいなくなれば、当然チーム『スプリング』は困るだろうが――クリアが難しくなるだろうが、それで絶対不可能とまでは言えない。

そう思うと――相手がこちらの撤退を今か今かと待ち構えているかと思うと――この『賢明な手段』も取りにくい。

取りにくいと言うより、取りたくない――感情が論理を凌駕する。

そんな大人になれない。

嫌いな連中の思惑に嵌りたくない――たとえ損をしようとも。

「イレギュラーが欲しい……」

無人の街で、低空飛行を続けながら、魔法少女『クリーンナップ』は呟く。

「この均衡状態をがらっと変えてくれるようなイレギュラーが……重苦しい空気を入れ替えてくれるような、誰も予想だにしない意外な出来事が……欲しい」

起きてくれないかな。

そう思った。

このとき彼女は、決して具体的に何かを願ったわけではない——想像しえないイレギュラーを期待したのだから当然であるが、先日、四国中を襲った大豪雨でも何も変わらなかった均衡を崩すクラスのイレギュラーなど、考えろと言われても思いつかないだろう。

強いて言うなら。

『大いなる悲鳴』——くらいか。

確かにあんな被害が、今の四国を更に襲えば、春秋戦争どころではなくなるが——ただ、そこでそれを望むほどには、まだ彼女は自身の肩書きを忘れていなかった。

絶対平和リーグ。

地球と戦う組織の一員。

そしてそのご褒美(ほうび)と言うわけではまったくなかったけれど——彼女の願いは、ここ数日ずっと願い続けていたあくなき希望は、この日このとき、叶うことになる。

空々空を見ていればよくわかるよう、願いが叶うことは決して幸せなことではないのだが――ともかく、パトロールをそろそろ終えて、みんなのところへ帰ろうかと思ったその矢先。

魔法少女『クリーンナップ』は出会った。

イレギュラーに。

2

行き倒れ――のようだった。

商店街のアーケードの中、うつ伏せに倒れている女がいた――ヒールが片方脱げていて、その有様だけ見ていると、つまずいて転んだという風にも見える。

平時に見ていたら、酔っ払いが往来で泥酔（でいすい）しているという風に思ったかもしれないけれど、しかしながら今は平時ではない。

人が倒れている。

人がいる。

それが今の四国において、どれほどの異常事態だろうか？

「…………」

魔法少女『クリーンナップ』は、様々な可能性を検討しつつ、慎重に着地する。アーケードの屋根が邪魔で、飛来したまま近付けなかったのだ。彼女がもう少し奥に倒れていたら、気付かずに通り過ぎてしまっていたかもしれない。

ぴくりともしないけれど、そもそもあの女は生きているのだろうか……？

そう考えて、すぐにそれが馬鹿馬鹿しい考えであることに気付く——彼女が何者であれ、あれが死体であるはずだけはないのだ。

今の四国の、もっともスタンダードなルール。

『死んではならない』。

もしもその厳格なルールを破れば、ペナルティとして死体は爆散し、影も形も残らない——今まさに死んだところだというのでもない限り、あの女性は生きているというのが論理的な必然と言うものだ。

とは言え、意識があるようには見えないし、眠っているというわけでもなさそうだ……？

今ほど道路が整備されていない頃は、四国巡礼の旅路の最中に、本当に行き倒れてしまう者も少なくなかったと言うが……、交通機関が麻痺した現在、その『行き倒れ』というのが、もっとも現実的な線なのだろうか？

生き残り……。

一般人の生き残り？

そう思うと舌打ちをしたい気分にもなった――『やってらんねー』気分が益々だ。

どうしてこれ以上、事態がややこしくなるのか。

先ほどまで、イレギュラーを切実に望んでいたのは確かに彼女自身ではあったが、しかしいざ実際にそのイレギュラーが目前に迫ると、うんざりする気持ちを否みきれない。

考えなくてはならないから。

彼女自身の気持ちとしては、行き倒れの女性を見つけてしまった以上、それを助けるのは当然の行いということになるけれど――組織的には果たしてどうなのだろう？

絶対平和リーグとしては、今回の件――実験失敗の件は隠蔽したいところのはずだ。いや、規模が大き過ぎて、被害が大き過ぎて、いかに巨大な組織力を有していたところで隠蔽のしようがないけれど、それでも、証言の数は少なければ少ないほどいいと考えるはず。

一般人の生き残り。

そんなものは、できれば一人だっていないほうが望ましいだろう――もしもここで倒れているあの女性を助けても、彼女には明るい未来は待っていないかもしれない。

「……かと言って、見捨てるわけにもいかねーって奴でしょ。拾わなきゃ」

チームメイトが何と言うかはわからない。チーム『スプリング』から送り込まれた刺客、スパイじゃないのかと疑心暗鬼を呈されるかもしれない——もちろん、その可能性も考えないではないけれど。

しかしそれならそれでいい、と、やや投げやりな気持ちで、『クリーンナップ』は彼女に近付いていく——とにかく現状が動くのであれば。

スパイを派遣するなどという、あまり意味があるとも思えないわけのわからない戦略を相手が取ってくれるのならば、むしろ大歓迎だ。純粋な行き倒れというよりは、よっぽど気苦労が少ない。

……どこかに集団の避難民がいて、食糧の備蓄が尽きた末に、一人助けを求めて彷徨っていた——なんて展開だったらどうしよう。

そんな想像をし、しかしそれならそれで考えようもあると思い直す。一般市民に恩を売り、その数を頼ってチーム『スプリング』に対するという手は、案外現実的だ——問題は、一般市民の皆さんが、ふりふりのコスチュームに身を包んだ魔法少女の指揮に従ってくれるかどうかという点だ。

それをさせないために、魔法少女のコスチュームは可愛らしく、換言すれば威厳がない形状に作っているのだということを——『クリーンナップ』は知っている。

とにかく組織は、一定以上の力を、管理できないレベルの力を、下っ端のモルモットに与えることを拒んでいるのだ——その気持ちは、小規模とは言えチームを率いる『クリーンナップ』にはわからないでもないが。

だがまあ、趣味ではない道化じみた衣装を着せられるのに、未だ彼女は納得しているわけではない——魔法は便利だが、しかしファッションを限定されるというのは、女子にとって代償が大き過ぎる。自分もいつかは、こんな風にヒールを履くようになるのだろうか——でもちょっとこれは歩きにくそうだな——そんなことを思いつつ、魔法少女『クリーンナップ』は、倒れている彼女の元にしゃがみ込む。

後から思えば無用心だった。

心ここにあらずだった。

何者かまったく正体がわからない女性の間近に、何の準備もなく——マルチステッキを取り出すこともなく、しゃがみ込んでしまったのだから。

ここ最近の精神的疲労がゆえに油断した、と言うのももちろんあるだろうが、しかしこれは、百戦練磨の戦士ゆえの、必然的な油断と言ったほうが正解に近いかもしれない。

固有魔法を付与された魔法少女。

噂でのみ存在が語られるチーム『白夜』を除けば、間違いなくトップランクの魔法少女であると自負する彼女である——うつ伏せに倒れた姿勢の一般女性を警戒する理由がなかった。

それを傲慢(ごうまん)、増長だと責めることはできない。

実際に、ここで倒れていたのが本当に一般女性だったら——ここで罠(わな)を張っていたのが本当に一般女性だったら、たとえそれがどんな罠だったとしても、彼女は回避行動を取れただろう。

だが。

相手もまた魔法少女であった場合——魔法の存在を既知のものとして認識している者だった場合は、その限りではない。

「!?」

素早い動きだった。

倒れていた女性はまず、『クリーンナップ』の左手首をつかんだ——腕時計を、つまり魔法のステッキをつかんだ。

そうして『クリーンナップ』の魔法を、最小限の動作で封じたが早いか、反対側の手に握っていた果物ナイフを彼女の喉元に突きつけた。突きつけたというのはやや控えめな表現で、実際には皮一枚くらいまで切っていた。寸止めができるほどに、ナイフ捌(さば)きに慣れているわけではないらしい——

「あ、あなた——」

先手を取られた、否、一瞬で制圧されてしまったという事実に、動揺を隠しきれない『クリーンナップ』だったが、さすがは歴戦、そんな中でも相手の把握を怠らない。

相手は見覚えのある顔だった。

だが、しかし——

「ま……魔法少女『パンプキン』？」

「あら。知っててくれたんだ」

身を起こした彼女——魔法少女『パンプキン』、杵槻鋼矢はにっこり笑う。

「光栄ね。それにラッキーだったわ——ベリィラッキー。チーム『オータム』のリーダー、魔法少女『クリーンナップ』。あなたとこうして一対一で話す機会を得られるなんて」

「…………！」

こちらこそ光栄だ、とはとても言い返せる状態ではなかった——だが、こういう状況でもなければ、確かに一度、確かにいつか、じっくり話してみたい相手ではあった。

チーム『サマー』の魔法少女『パンプキン』。

はぐれものというか、あの変人グループの中でもかなり浮いた存在だったらしいが

――しかし彼女は、上層部も一目置く戦士だったのだから。

実力からすれば、本来はチーム『スプリング』やチーム『オータム』に属していてもおかしくない子だ――確か、何か事情があって、四国の右側に派遣されていたのではなかったか？

要するに『クリーンナップ』は、行き倒れた振りをしていた『パンプキン』に、完全に引っ掛けられたわけだが、しかしそれも、彼女にされたとなれば納得だった。と言うより、こんな真似、彼女以外の誰も実行するまい。

魔法少女が。

魔法少女がコスチュームを脱ぎ、一般女性を装って、行き倒れの振りをして、自らを餌に罠を張るなんて――トリックとしてはシンプルだが、どこの誰が、自らは魔法を放棄した上で、魔法を使用する相手を間近に誘おうとする？

固有魔法の使い手を、果物ナイフ一本で制圧しようなんて考える？

普通の服やヒールの靴は、今の四国ならどこからでも調達できるだろうが――この商店街を漁るだけでも一式手に入るだろうが――考えもしなかった。魔法少女ならばコスチュームを着ているはず、というのが、彼女の勝手な思い込みとは、しかし言いがたい――今の四国においてこの衣装は、鎧と言うより、命綱のようなものなのだから。

たとえ一時だって脱ぎたくないというのが本音である——誰だって死にたくはない。

魔法少女であることを思うと、『パンプキン』が取った囮作戦は、裸で山の中、熊の前で死んだ振りをしていたに等しいものだ——いや、比喩としてはこの上、場所は北極で、相手は白熊としたいところである。成功したからよかったものの、失敗していたら目も当てられない。

否。

実際に成功した以上、目も当てられないのは、今の『クリーンナップ』のほうなのだが……。

「あなたが空を飛んでいるのが見えたからさ——ちょっと誘いをかけてみたってわけ」

その言いかたからすると、飛行しづらいアーケードの入り口あたりで倒れていたのも作戦のうちか。魔法少女に着地を促した。向こうから先に見つかってしまったのが運の尽きと言うことらしい——パトロールをするのだったら、もっと気を入れてやるべきだった。

だけど……、ここでは己のミスを悔いるよりは、空を飛ぶ『クリーンナップ』を発見するや否や、すぐにそんな罠を即興で張った、『パンプキン』の機転に素直に感じ入ってしまう。

ただ、喉元に突きつけられたナイフは、そんな感情の発露を許さない——ただただ、恐怖の感情に支配される。

死ぬ。

死んで、爆散する。

四国ゲームの初期に散々見た光景だ——自分もあんな風になるというのか？　せめて恐怖に支配されていることを感じさせないように装いながら、彼女は言う。

「わ……、わかってるわよね？　馬鹿じゃないわよね、あなたは。念のために、言っておくけれど、私を殺しても何の得もないわよ、あなたには——」

「損得で人殺しなんてしないわよ、あたしは」

魔法少女『パンプキン』は言う。

「けれどそう持ちかけてくる以上、あなたを生かしておいたら何か得があるのかしらね……？」

「…………！」

彼女は有名な『はぐれ者』だから、その行状や振る舞いのほどを噂で聞くことは多かったけれど、こうして直に、一対一で話すのは初めてだった——人格が読めない。

いや、『こうして』と言うなら、ナイフを突きつけられながらの絶体絶命状態で誰かと話すこと自体、『クリーンナップ』にとっては初めての体験だった――冷静な判断が、今の自分にできるとは思えない。

思えないがしかし、だからと言って考えないわけにも話さないわけにもいかない。

「もしも……、ゲームのクリアを目指しているのだったら、私を脅しても無駄よ。どんな風に脅されたってこれまで集めたルールを喋ったりしない」

「へえ。どんな風に。こんな風に？」

ナイフの柄(え)を殊更(ことさら)動かして見せる『パンプキン』。

脅すと言うよりはからかうような動作だった。

「その様子じゃあ確かに、ルールを記録したメモ帳とかを持ち歩いていてくれそうにはないわね――どうやら今の愛媛県は、そんな平和な状況にはないみたいだし」

「…………」

「でも、ナイフで切り刻まれてもまだ、黙っていられる？　私達魔法少女は、そんな軍事訓練は受けていないはずだけれど」

「……拷問(ごうもん)されて私が白状するルールが嘘か本当かなんて、区別できないでしょ。結局あなたは、私を限界まで切り刻むしかなくなる――どうせ切り刻まれるなら、本当のことなんて言うわけがないじゃない」

「さすが、お賢い」

褒めるようなことを言うが、喉元のナイフをそれで引いたりはしない——余裕たっぷりな態度を見せているが、隙を見せたら逆転されるということを忘れているわけではないのだ。

その油断しない用心があれば、自分もこんな目には遭わなかっただろうが——もしも自分に突破口があるとすれば、チームメイトの助けを待つことくらいか。

忠告されながらも単独行動に出た自分のミスなので、助けを求めることはあまりに勝手だが、帰りが遅いのを心配した『カーテンレール』あたりが追ってきてくれれば——無理か。

むしろ状況がややこしくなるかもしれない。

たとえどんな魔法だろうと、どんな魔法少女の使用する固有魔法だろうと、ナイフを一センチ押し込むよりも速く発動することはない。仮に誰かが——チームの残り四人全員が揃って助けに来てくれたところで、彼女達には何もできない。

チームの結束力が、こんな形で仇になるとはお笑い種だ。

魔法少女五人揃っても、たった一本のナイフに敵わないなんて——

「……どうしてあなたが愛媛にいるの？　『パンプキン』、あなたの担当は香川地区でしょう？」

「あら。ナイフを突きつけられた状態で、私を尋問しようって言うのかしら？　とても勇気があるのね──」

おかしそうに言う『パンプキン』。

何とでも言え、と、『クリーンナップ』は、いっそ捨て鉢だった──結局、これはこれで均衡状態であることに気付いたのだ。

『パンプキン』にはこちらを殺す気はないのだと思う──殺すつもりだったらとっくに殺しているだろう。何か目的が、もっと言うなら何か要求があって、こんな風に『クリーンナップ』を罠にかけたに決まっている──だが、平和裏にことを進めなかったところを見ると、決してこちらが喜んで呑みたいような要求をするつもりはないのだろう。

もちろんアドバンテージはナイフを持つ『パンプキン』のほうにあるけれど、そしてこの立場では相手に従うしかないけれど、しかし、そういう意味では取引の条件を緩和するくらいの余地はあるはず──そういう不安定な均衡。

だが、均衡状態にはもうすっかり嫌気が差している『クリーンナップ』である──気持ちが捨て鉢になるのはある程度仕方のないことだった。

そんな態度を不敵と受け取ったのだろう、むしろ嬉しそうな顔になった『パンプキン』は、

「まあ、色々事情があってね」

と言う。

「私の所属するチーム『サマー』はほぼ解散状態にあるのよ。三人死んで、一人は行方不明——そういう状況。私が香川に縛られている理由はなくなったってわけ」

「…………」

どこまで本当だろう、と考える。

ここで正直な情報を『クリーンナップ』に伝える必要は、ナイフを握る『パンプキン』にはない——嘘の情報を流して、会話を優位に進めようとしていてもなんら不思議はない。

それくらいの駆け引きは、平気な顔でしてくる女だと聞いているし、こんな罠をアドリブで仕掛けるような奴の言うことの、何を信用できる？

だが、正直な情報でないとも限らない。

正直な情報を流したほうが会話を優位に進められると思えば、彼女はそうするだろう。

チーム『サマー』の解散……。

確かにはぐれ者の『パンプキン』を筆頭に、性格に難のある『コラーゲン』や『ストローク』と言った、問題児の集められた感のあるかのチームではあったが、それゆえの、正体不明の結束感があったはずなのだが——だから、困難な危機的状況に追い詰められたからと言って、そう簡単にはバラバラになるとは思えないのだが……、何があったのだ？

「行方不明の一人って言うのは……『パトス』？」

「いい読みね。ええ、チームの鎹（かすがい）とも言うべき彼女に異変があったから、チームが解散状態に陥ったと見るのは、正しい——でも違うのよ。チーム『サマー』がこんな有様になったのは、たった一人の男の子が原因で——」

「……男の子？」

「おっと、口が滑った。話が逸れるとまずいのよ——うかうかしてると、あなたのお仲間が助けに来ちゃうかもしれないし」

向こうも向こうで、その可能性を考慮していたらしい。当然、人質がいれば手出しできないこともわかってはいるだろうが、万が一——よりはいくらか高い確率——を考慮しているに違いない。人質に取られた仲間を見捨てるというのは、倫理的・人道的にはともかく、戦略としてはもっとも真っ当なのだから。

「さてと——いや、誤解しないでね、『クリーンナップ』。こんな風に思わせぶりに登場しといて、期待させといて申し訳ないんだけれど、私はあなたに説明できる事情を、それほど多く抱えているわけじゃない——特に四国の左半分に関しては、おのぼりさんと言っていい。何も知らないと言ってもね。むしろ絶対平和リーグのホームグラウンドである愛媛県で活躍する魔法少女であるあなたのほうが、よっぽど四国ゲームに精通しているはず」

「……………」

「それを教えて欲しいっていうのが本音かな――いや、もう少し言うとね、『クリーンナップ』。私をあなたの仲間にしてもらえないかしら？」

意外な言葉だった。

それが要求？

四国ゲームの情報を、ルールではなく情報を寄越せと言われることは覚悟していた――それくらいならば洩らしてもいい範囲内だと思っていた。それでこの状況を脱せるなら――だが、仲間？

仲間に？

「チーム『オータム』に入りたいって……こと？」

「別におかしなことは言っていないでしょう？　この四国ゲームを生き残るためには、協力プレイは必須なんだから。人は一人じゃ生きられないって奴……」

おかしなことは言っていないでしょ、と言いながら、彼女の口調はまるで冗談でも言っている風だった――仲間に入れてと頼んでいる割に、真摯さや誠意がまったく感じられない。面接だったらこんなにやけ顔、確実に落とされている。

その要求に対しこちらが乗り気になったら『本気にしたの？』とでも、すべてを引っ繰り返して冗談にしかねない胡散臭さがあった。

チーム『サマー』が解散したから（『男の子』とやらに、解散に追い込まれたから？）、別のチームに入ろうという発想自体は、確かに自然なものではあるのだけれど……。

「どうしてうちなのよ。仲間が欲しいだけだったら、チーム『ウインター』かチーム『スプリング』でもいいわけでしょ？」

「チーム『ウインター』は既に全滅しているわ」

あっさり言う『パンプキン』。

それは初耳の情報だったが、しかしそれが本当だったとしても、驚くには当たらない――魔法少女であれ、今の四国を生き抜くのは難しい。ただそれだけのことだ――むしろ『ほぼ解散』なんていう、よくわからない中途半端な状態になっているチーム『サマー』のほうが異様なのだ。

ちなみに真実としてはチーム『ウインター』のメンバーのうち一人、魔法少女『ジャイアントインパクト』はまだ存命で、チーム『サマー』を結果として解散させた『男の子』と行動を共にしているのだが、それもまた愛媛県からでは知ることのできない情報である。

「だから私の選択肢としては、必然、アプローチするのはチーム『オータム』かチーム『スプリング』ということになるんだけれど……、ほら、ご存知の通り、チーム『スプリング』は武闘派だから。ちょっと近寄りがたいかなーって。そこへ行くとチーム『オータム』は話せそうだし。なにせリーダーが評判の人格者だからねえ」

おだてるようなことを言ってくるが、むろん、本気にはしない。もしもチーム『スプリング』に対していたなら、『チーム「オータム」は伝統派だからお高くて近寄りがたい』などと嘯いていたのではないかと思わされる——もしもこの少女が自分達にアプローチしてきた理由があるのだとしたら、もっと別の理由のはずである。

ただし『パンプキン』にそれをまだ教えるつもりがないのだとしたら、ナイフを突きつけられている立場の『クリーンナップ』からは、それを聞き出す手段がないが……。

「正直に言うとね、私は結構困っているのよ」

『パンプキン』は言う。

眉根を寄せて、表情だけは確かに、困ったようなそれを作る——作り笑顔ならぬ作り困り顔といった風だ。

「結構追い詰められていると言うか——人の助けを必要としていると言うか。群集の中に紛れたいと言うか——」

「？　群集の中に紛れたい？」

「おっと失言かな？」

わざとらしくとぼけるところを見ると、たぶん失言ではないのだろう——色んなことを色んな角度から言って、こちらの反応を窺っているだけにも思える。

「とにかく、私からの要求はひとつ。私を仲間にして頂戴——もちろん、リーダーはあなたでいい。私はあなたの言うことに従うわ。チームを乗っ取ろうだなんてこれっぽっちも考えていない——それに、長居するつもりはないわ」

こちらの不安を先回りするようなことを言ってきた——即ち、こんな不確定分子、はっきり言えば危険分子を、チーム内に入れることから生じる不安を先回りするようなことを。

「用事を済ませたらすぐにいなくなるわ——あなたのチームにずうっと居座って、その和を乱すつもりはない。ゲームのクリアの権利だって、あなた達に譲るわ。まともにプレイしてなかった私が把握している程度のルールをあなた達が知らないとは思わないけれど、それらも提供してもいい」

……随分な譲歩だ。

少なくともナイフを突きつけながらするような譲歩ではない——逆に、相手が何を考えているのかが、益々わからなくなった。

クリアの権利を譲る。

それができなくて、チーム『オータム』とチーム『スプリング』は、こんなに揉めているというのに、それをあっさりやってのけるとは——いや、その言葉だって、どこまで信じていいものなのかわからないけれども。

どうするべきなのか？

いや、選択の余地などない。

相手が、最大限の譲歩を示してきたのだから、そこに乗っかるべきだ——問題があるとすれば、すかさずそれが頼みもしないのにしてきた譲歩であって、なんらかの企みがありそうなことを否定できないという点だが、相手の手がいつ滑るかわからないというシチュエーションで、これ以上悩み続けるのは危険というより愚かである。

「わ——」

『クリーンナップ』は言う。

「わ——わかったわよ」

「わかった？　何が？　はっきりと言葉にして言って」

「あなたを仲間にしてあげる——仲間になって頂戴。お願いするわ」

下手に出るように言い直す。そうと決めた以上、変な意地を張っても仕方がない。

「こうも鮮やかに私を罠に嵌める人が味方になってくれたら頼もしいもの——春秋戦

争を勝ち抜く上では」

望んでいたイレギュラー。

まさか越境してきた魔法少女とは思わなかったが――これがいいように転がれば、愛媛と高知の均衡・拮抗状態が打破されるかもしれない。もちろん悪い風に転がれば、もっとこじれるかもしれないけれど……。

「春秋戦争？」

何それ。

と、不思議そうに『パンプキン』が繰り返した。

そのあたりの事情は把握していないらしい――四国の左半分に関してはおのぼりさんと言うのは、少なくとも本当なのか。

「あなたが思っているより、こちら側は酷い戦況になっているということよ――酷いと言うか、馬鹿馬鹿しさもこれ極まると言うか。あなたが何を求めて左側に来たのかはわからないけれど、企んでいる通りにはいかないいんじゃないかしらね、たぶん」

「企んでいる通りにいったことなんかないわよ、人生」

そう言って魔法少女『パンプキン』は――ようやくナイフを引いた。

「だけど失敗してからが人生だって、ある男の子が教えてくれたんでね。足掻いてみることにしたのよ」

「ふうん……」

教えてくれた男の子と、チーム『サマー』を解散に追い込んだ男の子が、まさか同一人物だとは思わず——チーム『オータム』のリーダー、魔法少女『クリーンナップ』は頷いたのだった。

3

魔法少女『パンプキン』こと杵槻鋼矢が愛媛県で行き倒れを装い、苦境に思い悩んでいたチーム『オータム』のリーダー魔法少女『クリーンナップ』を更なる混乱へと陥れるような真似をしたのは、もちろん、面白半分などではなく、彼女には彼女なりの深刻な理由があった——見方によっては他人を見下して生きているようにも見える彼女の底知れない態度からは、どうにも真意が計り知れないところもあるけれど、鋼矢は鋼矢で、これで結構、組織に忠実なところのある少女なのである——魔法少女なのである。

いや、組織に忠実というと少し違う——彼女は絶対平和リーグを絶対視しているわけではない。彼女の価値観からすると、組織に対する忠誠心というものは今回の場合は、『やったことの責任をきちんと取るべき』という形で発露するので、第三者からは『半壊した組織に見切りをつけた』とも映るだろう。

しかも、それもまた真実かもしれない。

最終目的である『打倒地球』という点だけはブレないけれど、それ以外の点においては彼女は非常に臨機応変なのだ――そんな性格だから、つまり委譲や妥協を自在にできる柔軟性を備えている彼女だからこそ、空々空のような主体性に欠ける男と同盟を組みながら、尚かつ生き延びるという、彼を知る者からすれば奇跡のような成果を上げているのかもしれない。

なんにせよ、彼女は四国全体、ひいては人類全体を『なんとかしよう』と、自己犠牲的とは言えないまでも献身的に戦っていて、少なくとも自分が生き残るためだけに戦っている同盟相手・空々空とはその辺が違う――彼女がこのようにチーム『オータム』に接触を持ったのは、空々空が黒衣の魔法少女『スクラップ』に促されて、これからチーム『スプリング』と接点を持つことになるのとは、やや趣を異にするのである。

もちろん、結果としては似たようなことにはなるのだが――そこに至った経緯も、表層だけをなぞれば似たようなものになるかもしれないのだが。しかし行き詰ったところの打開策と言うならば、立場としては魔法少女『クリーンナップ』にスタンスは近かったかも。

行き詰ったところ。

しかし行き詰ったからと言って、杵槻鋼矢は停まらない。

チーム『オータム』とチーム『スプリング』が均衡状態にあること、チーム『ウインター』の『ジャイアントインパクト』が名目上は部外者の空々空の捕虜となっていること、そしてチーム『サマー』の『ストローク』が目下行方不明であることを思うと、彼女、魔法少女『パンプキン』は、今四国で、もっともアクティブに活動する魔法少女だった。

徳島県鳴門海峡付近で、四国からの脱出――一旦リタイアを目論んだ鋼矢は、黒衣の魔法少女『スペース』の通せんぼによってそれを遮られる。うまい取引を持ちかけられ、彼女の判断からすればそれに乗ってしまうのもアリだと思ったが、空々空の反対によって、分断される形で黒衣から逃げた――その後はしばらく遥か上空に身を隠していた。

時機がくれば地球撲滅軍が投入する予定の『新兵器』については空々から聞かされていたので、それを阻止するためには四国から外に出なければならない――そして地球撲滅軍と接点を持つにあたっては空々に仲介してもらわねばならないはずだったのだが、その空々と分断され、彼の生死が不明になった以上、彼女はひとりで四国からの脱出を考えなくてはならなくなった。

この点、脱出行において空々よりも鋼矢が不利だったのは、あの『風使い』の魔法少女『スペース』が、彼女のほうを重視していたということだ――脱出しようとすれば再び阻まれることは目に見えていた。

ここで発揮されたのが空々の悪運というのか不運というのかであって、彼は墜落先で酒々井かんづめ――絶対平和リーグが呼称するところの『魔女』を拾っており、それは魔法少女『スペース』にとって更にシリアスな問題であり、ある一時、『パンプキン』から監視の目は離れたのだったが……、魔女ならぬ身の、たかが魔法少女の『パンプキン』に、そんなことがわかるわけもない。

だが、その隙があったからこそ、できたことがあった――香川県に放置されていたマルチステッキの回収である。

外部の人間で、魔法少女ではない空々だからこその発想で、魔法少女にはむしろ盲点となる考えかただったが――ステッキとコスチュームを交換すれば、違う固有魔法も使えるのではないかという発想を彼から聞かされた鋼矢は、それを試す気になったのである。

使えた。

香川県の中学校に置き去りにされていた、魔法少女『ストローク』の固有魔法『ビーム砲』が……、危険極まると仲間内でも評判だった魔法が、彼女にも使えた。

その魔法をもって、吉野川(よしのがわ)下流で上流に向けて、恐らくは空々空を攻撃していたと見える黒衣の魔法少女『シャトル』をこの世から消滅せしめたのだから間違いない。いや、雨中の不意討ちだったので、『パンプキン』には、彼女のコードネームを認識することはできなかったが……。

『ビーム砲』という強力な魔法を手に入れられたこと、それにその魔法を使えば、黒衣の魔法少女を凌駕できること、更に言うなら、その勝利によって黒衣のコスチューム、吉野川を氾濫させることが可能な魔力を持つマルチステッキも入手できたこと――それだけの好条件を得ながら、杵槻鋼矢の心はまったく晴れやかにならなかった。

むしろどんよりと曇(くも)った。

黒衣の魔法少女『シャトル』――どういう立場だったかはともかく、身内を我が手で殺してしまった罪悪感もあったが、それ以上に実際的な問題として、これで完全に絶対平和リーグに背を向けてしまったこと。噂というより『伝説』で聞くチーム『白夜』が、これでは自分を許すはずもないということ――脱出は益々困難になったと考えるべきだろう。

そしてどれほど強力な魔法を入手したところで、この『魔法のアタッチメント化』という可能性は、行方不明中の魔法少女『ストローク』がいる限り、いいようには考えづらいのだった――それについて、空々が持っていたほどの危機感を、正直それまで鋼矢は持っていなかったのだけれど、実際に自分が経験してみると、その考えかたも少し変化した。

対魔法少女の切り札とも言える『コラーゲン』の固有魔法『写し取り』――どんな、いい、いい、いい魔法でも使えるようになるというマルチステッキを、今、あの精神の不安定さにおいては絶対平和リーグに並ぶ者がいない、魔法少女『ストローク』が持っているというのは……。

状況は一向に好転しない。

皮肉なことに、マルチステッキの三刀流使いとなったことで、自分の力が増せば増すほど、四国ゲームからの一旦のリタイアというのは、ならないような気がするのだった――弱気でもあったが、元々彼女は強気な人間ではない。

むしろ臆病だ。

だからこそチーム内で、と言うより魔法少女の中で浮いてしまうほどの年長者になってしまうほど、長生きができたという言いかたもできる――とにかく彼女はこう考えた。

このまま脱出を目指す方針は変えないにしても、単身での強行突破はすべきでない――空々空との合流が難しいと言うなら、四国の左半分、チーム『オータム』かチーム『スプリング』と接点を持つべきだと。

組織に対する裏切りが発覚する前に。

組織力を積極的に利用するべきだと。

そう思った。

春秋戦争なんてわけのわからないことになっているとはさすがに思っていなかったが、しかし間違いなく激戦区になっているだろう左側には、できれば近付きたくない──近付かないままにクリアを目指したいというのがこれまでの気持ちだったけれど、もうそんなことは言っていられない。

なにせ地球撲滅軍の『新兵器』が投入されてしまえば、右半分も左半分も、平たく均されてしまうのだから──もちろん、この時点の『パンプキン』には、まさかその『新兵器』が、裸で泳いで四国にやってくる人造人間だなんて、想像もついていない。普通にミサイルや無人航空機だと考えている──ただし、それが前倒しで投入されることは十分にありえると考えていたから、決断してしまえば動きは速かった。

このとき、もしも彼女が高知県のチーム『スプリング』側にアプローチする選択をしていたなら、ここから先の展開はまったく違うものになっていただろう──彼女は意外にもそちらで空々空や『ジャイアントインパクト』と合流することができただろうし、探していた『魔女』酒々井かんづめとも接触できただろう。意外な『新兵器』

悲恋とも遭遇していた——それはそれで波乱の展開ではあるが、チーム『オータム』を選んだときの展開、つまり実際に起こる展開よりは、それでもずっとマシだったはずである。

まったく左側の状況が読めない以上、そして状況を調査するような余裕もない以上、チーム『オータム』を選ぶかチーム『スプリング』を選ぶかは、完全なる指運だった。

チーム『オータム』のリーダー、魔法少女『クリーンナップ』が『話せる奴』だから、比較的与(くみ)しやすいということは一応考えたが、それに関して言うなら、チーム『スプリング』のリーダー、魔法少女『アスファルト』のカリスマ性だって大したもので、味方につければあれほど頼もしい女子もいないと思っている——その辺りの条件というか、費用対効果はイーブンだった。

決め手となったのは、だから単なる地理的条件である——彼女の最終目的は四国の救済にあったが、とりあえず今は、『新兵器』投入の阻止のためのリタイアを見据えているのだから、本州に近い愛媛県のほうにアプローチしたほうがその先のためだろうと考えたのだ。

正しい。

とても正しい。

理屈の上では、とても正しい——本人達も十分認識している、チーム『オータム』とチーム『スプリング』の均衡状態における、唯一とも言っていい差異を、きちんと突いていくあたりはさすがは魔法少女『パンプキン』だった。

対して、一旦のリタイアを一旦諦め、むしろ黒衣の魔法少女や絶対平和リーグの調査に動き出した空々空は、必然的に総本部のある愛媛県よりも、ただ近い高知県を選んだわけで、この辺りは性格の差が露骨に出たとも言える。

チーム『スプリング』に空々空。

チーム『オータム』に杵槻鋼矢が接触する形になったのは、こうして見るとかなり必然的とも言えるのだが——まあ、しかし偶然の要素、それに情報のすれ違い、錯綜が多分にあったことは否めない。

『新兵器』の実情を思えば、鋼矢の取った行動はやや勇み足であったことは確かだけれど、しかしこの時点で彼女の前に揃っていた条件から判断するならば、あくまでも最適だったのだ。少なくとも単独行動を続けていたなら、彼女は遠からず黒衣の魔法少女『スペース』に狩られていただろう——殺されはしないまでも、かなり不本意な立場に追いやられていたはずなのだから。

かくして杵槻鋼矢——チーム『サマー』のはぐれ者、魔法少女『パンプキン』は、チーム『オータム』の一員となったのだった。いや、まだそうと決まったわけではない。いつでも、どこでも、浮いてしまうのが彼女の生まれ持った資質とも言える——その資質が意外と発揮されなかったのが、空々空との同行二人だったというだけだ。

「そらからくん——元気しているといいんだけどなあ——」

そんな風に思った。

そんな風に思うには、あまりにも心配しがいのない相手だったけれど、しかし、とある事情——浮世の義理から、彼女はそんな風に彼のことを気にかけずにはいられないのだった。

4

「え……、じゃあああなた、徳島県から自転車でここまで来たの？」

それを聞いて『クリーンナップ』は驚かずにはいられなかった——てっきり、ここまで飛んできたものだと思っていたのだが（と言うより、それ以外の可能性を考えられなかったのだが）、当の『パンプキン』は飄々と、商店街の奥に停めてあった自転車を引っ張り出してきたのだった。

変わったデザインの自転車だが（空力自転車と言うらしい——それにしても変わっているが）、自転車は自転車である。

突きつけられていたナイフは既に仕舞われていたけれど、だからと言ってここで反撃に、仕返しに打って出ようという気は更々なかった——今から思えばあの制圧は、『クリーンナップ』に対するアピールと言うか、チーム『オータム』の仲間に入れてもらうためのパフォーマンスも兼ねていたのだと思う。

だとすれば、そのパフォーマンスは成功だ。

「ああ、うん、車が運転できたらそっちでもよかったんだけれどね——生憎(あいにく)、運転免許を持っていないもんで」

と、彼女は言う。

「結構笑えない？　空を飛べる私達だけれど、じゃあ車を運転できるかって言えば、できないって言うんだから——軍事訓練の方向性がズレてるのよね。いや、まあ、それもまた、意図的にズラしているんだろうけれど……」

「わ、私は、車の運転くらいならできるわよ」

見栄を張ってみたが（実際は『オートマで短距離ならできるかもしれない』くらいだ）、しかし『パンプキン』は、

「私も多少ならできるけれど、車で事故った場合、死んじゃうかもしれないからねえ」

と言う。

「それに、ガソリンの入れかたとかわからないし。セルフスタンドでもどうすればいいのかちんぷんかんぷんだし――結局、自転車で暢気にサイクリングをするのが一番効率的だった」

「……いや、自動車を使わない理由はわかったけれど」

今の四国の道路事情も考慮すると、不慣れな自動車より小回りの利く自転車のほうが動きやすいのはわかるが――しかし、そもそもどうして飛行して来なかったのかがわからない。

徳島からここまで、どれほどの時間をかけて来たのかはわからないが、飛ぶよりも速くついたとは思えない――これくらいスピードに特化したフォルムの自転車ならば、時速六十キロや八十キロくらいは出せるのかもしれないけれど、上空を、障害物オールカットで飛べる魔法飛行の上はいくまい。

「はは、それはあとで詳しく説明するけれど、ちょっと私は追われる身でね――目立つことはできないのよ。だからいっそ、一般人に身を窶そうと思ってね」

「じゃ、じゃあヒールで自転車を漕いできたの!?」

驚愕の声を上げてしまったが、さすがにそんなわけがなかった――今彼女が着ている衣装は、『クリーンナップ』が予想した通り、この商店街で入手したものらしい。だが、コスチュームからの着替えは徳島県の段階で済ませていたようで、ついさっきまで彼女は、ジャージ姿でここまでペダリングしてきたとのことだった。

ジャージ。

まあ、ふりふりのコスチュームよりはよっぽど、機能的ではあるだろうが――

「一般人の生き残りの振りをして、自転車に乗ってここまで来た……、それだけ聞くとよくわからないんだけれど、そうするだけの理由があったってことなのね？　それはちゃんと、あとで説明してもらえるものなのかしら？」

「もちろん。これからは私達は信頼し合う仲間なのだから」

と、『パンプキン』は胸を張って答えたけれど、さすがにそれを鵜呑みにするほど、『クリーンナップ』もおめでたくはなかった。

仲間に引き入れることがメリットになる有能さを持っているだろうことは間違いないけれど、今のところ信頼関係を築ける相手ではまったくないと判断している。そこを圧して彼女を仲間にしようと考えるのは、それを拒否すると彼女はあっさり、『じゃあ』とでも言って、チーム『スプリング』のほうに向かいかねないと思ったからと言うのもある――こういう才能を、敵側に譲りたくない。

まあ。

信頼関係は築けずとも、利害関係が一致していれば、短期間ならば十分にやっていけよう――『パンプキン』もこちらからの信頼など求めていまい。ナイフを突きつけておいて。

「ジャージは、ここに脱ぎ捨てていこうかな——汗びっしょりかいちゃってるし、これからチーム『オータム』の皆さんとお会いするのに、さすがにジャージってのは失礼かもしれないからね」

「まあ、礼儀とか、そういうのを気にする奴らじゃないけれど……」

言いながら、そこでふと気付く。

彼女がほとんど手ぶらの、軽装であることに気付く——荷物にするにはあまりにかさばる、魔法少女のコスチュームを、彼女はどこに隠しているのだ？　脱ぎ捨てるつもりのジャージと一緒くたにしているのでは……と最悪の可能性を危惧したのだが、しかしそのありかは、もっと最悪だった。少なくとも『クリーンナップ』が判断する限りにおいて。

「コスチューム？　それなら徳島県において来たわ……邪魔だったからね」

「は……はあ？」

驚きというより、それは怒りだった。

そもそも魔法少女がコスチュームを脱いで、そんな風に一般人を装っているという時点で、マナー違反だと思っている——だが、それについては自分が引っ掛けられたこともあり、責めにくいところでもあった。

発想の盲点、ということでいいかもしれない。

しかし、コスチュームを遠方に捨ててくるだなんて……。

「何？　ひょっとして誇り高き魔法少女にあるまじき蛮行（ばんこう）——とでも思ってる？　コスチュームを置き去りにするだなんて」

「そ……そんなことは」

図星をつかれて、思わず反射的に否定しそうになった——しかしここははっきり言っておくべきかと思い直し、結果、口ごもるような形になる。

そこへ『パンプキン』は畳み掛けるように、続けた。

「誇りなんて……、魔法少女とか、ただの組織の下っ端じゃない。使い捨ての駒みたいなもの——あれを着られることを誇りに思うとか、そんなのただの変わり者でしょ」

「それは……」

そう言われるとぐうの音もでない。

あれ、というか、今まさに彼女が着ているふりふりのコスチューム、そのデザインを心の底から喜んで着ている魔法少女など、かなりの少数派だろう——全チーム合わせたところで、二人いるかいないかだ。

他ならぬ『クリーンナップ』も、仲間内では愚痴ることもある——上層部は私達を馬鹿にしていると、不満をこぼすことしきりだ。けれど、それとこれとは問題のレベルが違うだろう。

組織から分配されている貴重な軍備を、捨ててくるなど……。

「ははは。組織はもう、私を守ってくれるものじゃあないからねえ」

『パンプキン』がやや自虐的にそう言った、その意味を理解できたわけではなかったけれど——たぶん四国ゲームなどという状況に放り出されたことを恨みがましく言っているのだろうと思い、それを言われれば確かにその通りだと一人合点し、『クリーンナップ』はひとまず黙る。

どの道、こんな主張をしたところで、『パンプキン』自身がコスチュームに信仰的な意味合いを持っていないのならば水掛け論にしかならないし、実際に徳島県に置いてきてしまったというのであれば、何を言っても詮がない。

取りに帰るわけにも行かない——チーム『スプリング』との抗争の最中に、そんな時間的余裕があるものか。

「言っておくけど……、余りなんかないわよ」

魔法少女『クリーンナップ』は、怒りの矛を収めてそう宣言した。

「防御力ゼロで、どうやってこの先、四国を生き延びていくつもりなの？」

誇りや信仰云々は置いておいても、コスチュームにある鉄壁の防御力を捨ててきた

理由がわからず、そうあてこすったけれど、これについては、

「コスチュームなんて着ていたところで、むき出しの部分を狙われたらおしまいでしょ」

と、あてこすりで返された。

実際、むき出しの喉元を狙われ、魔法少女『クリーンナップ』は制圧されたのだ――コスチュームに頼っているとああいうことになる、とでも言うのだろうか？

それを言われると確かに言葉もないが。

「でも、だからって捨ててくることはないでしょうよ。荷物になるのが嫌だったら、着てくるべきでしょう。着てても自転車くらい漕げたでしょうに――スカートで自転車に乗って、皺になるのが嫌だったとか言わないでしょうね？」

「嫌だったのは、目立つことよ。言ったでしょ？　追われている身でね――あんな孔雀みたいな衣装で自転車を漕いでたら、空からでもすぐ見つかっちゃうでしょ？」

孔雀みたいな衣装というのはいい表現だと思った――派手派手しさと言い、スカートの膨らみ具合と言い、パフスリーブと言い、魔法少女のコスチュームはまさしく孔雀だ。

ただし孔雀の場合、ゴージャスな羽根を広げるのは、雌鳥ではなく雄鳥なのだが――

「どれほど一般人の振りしたって、かさばる荷物を持っていたら、遠目にも『なんだ

か怪しい』って思われかねないし。軽装の奴が自転車を漕いでいたら、それを魔法少女だって思う奴はいない……といいなあって話」

「といいなあって」

　それを人は希望的観測というのではないか。

「随分と怯えているのね──魔法少女『パンプキン』ともあろう者が。何に追われているかは知らないけれど、怖がり過ぎじゃないの？」

「怖がり過ぎもするわよ。こうして生きてあなたがたと合流できたのが奇跡みたいなものだしね──安心して。ステッキだけはちゃんと持ってきたから、固有魔法が誰か第三者に悪用されることはないわ」

　どうしても気が済まず、ついつい挑発するようなことを言った『クリーンナップ』にさして気を悪くした風もなく、『パンプキン』は袖をまくって、マルチステッキの収納状態である腕時計をこちらに見せた──その行為にほっとする。

　コスチュームと一緒に魔法のステッキまで置いてきたとか言い出したら、いよいよどうしようかと思っていたのだ──無用心なんてものじゃない、行為としては銃火器を『重いから』と言って、その辺に捨ててきたようなものだ。

　最小限、弾倉を抜いてきたと言うのであれば、そこに救いはある──もしも第三者が『悪用』するにしたって、移動手段と、防御の鎧までにしか使えない。それだって絶対平和リーグ的にはかなりの技術流出だが、固有魔法が流出するよりは遥かにマシというものだ。

だから『クリーンナップ』はほっとしたのだったが——しかし、まくられた袖、その手首に巻かれた時計の数に、息を呑まずにはいられなかった。

彼女。

魔法少女『パンプキン』は、腕時計を三つ巻いていたのだった——どれも、マルチステッキの収納された姿である。

三つ……？

馬鹿な。付与される固有魔法は、一人ひとつのはず——

「ん。ああ、数ね。気にしないで、仲間の形見——みたいなものよ」

これは明らかに適当に誤魔化した口調だった——あえて適当な誤魔化しかたをすることで、その後の追及を避けようとしているようだった。

仲間の形見というなら数が合わないし、それに……、デザインこそ同じだが、あの一番手前に装着されている黒い腕時計からは、なんだか禍々しい雰囲気を感じる。ただのマルチステッキではないような……いや、考え過ぎか？　ただの勘でものを言うべきではないのか？

何にしても、どうやらこの魔法少女『パンプキン』は、自分の想像も及ばぬような大冒険を、四国の右側で、これまで繰り広げてきていることは間違いないようだった——コスチュームを脱ぎ捨ててきたと言うのも、きっと彼女なりの必然があってのことなのだろう。そこまで追い込まれてのことであって、『怯えている』わけではなく、ただその場その場で適切な判断をしているだけ……希望的観測にさえ縋らねばならないほどに、切実な戦況を乗り越えて……。

「……そう。わかったわ。もういい。もう言わない」

なまじ自分達が春秋戦争なんて馬鹿げた、しかし度を越えてシリアスな局面にいる手前、四国の右半分は牧歌的なプレイ状況にあると思っていたところもあったが——向こう側は向こう側で、色々あったようだ。

当然ながらその『色々』が、たった一人の少年によってもたらされた『色々』であることなど、『クリーンナップ』にはわかるはずもなかったが——ともかく、コスチュームの件でこれ以上、『パンプキン』を責めることはやめようと『クリーンナップ』は思った。

ただし。

「私はこれで納得したけれど、私の仲間が、あなたを受け入れてくれるかどうかが、ちょっと怪しくなったわよ——普段ならまだしも、今はちょっとした人間不信状態にあるからね。コスチュームを捨ててくるなんて不審な奴を、あの子達はどう思うか

「……」

「別に捨ててきたつもりはないんだけれど。ことが収まったらちゃんと回収するわよ――そう簡単には見つからないように隠してきたつもりだし」

「そんなフォローじゃ、普段でも引いてくれないでしょうね」

「……その言いかた、少し気になるんだけれど」

と。

今度は『パンプキン』のほうが不審そうに訊いてきた――その態度に少し得意げになる『クリーンナップ』だったが、いい気になれるような立場では、むろんない。

今の左側の現状をしたり顔で語るなど、不幸自慢をして嬉しがるようなものだ――とは言え、どうやら『パンプキン』のほうには、『クリーンナップ』がすんなりと、ややもするとあっさりと、彼女を仲間に入れることを承諾したことについての疑いもあるようなので、そこを語らないわけにはいかない。

「……順番、どうしたい？」

というわけで彼女は訊いた。

「仲間のみんなとの引き合わせが済んでから、今の左側の事情を聞きたい？　それとも、先に事情を聞いてから、仲間のみんなとの顔合わせをする？」

「？　それはどう違うの？」

「別に、一緒と言えば一緒――ただ、私は結構今の状況にうんざりしてるって気持ちだからさ。私からの説明を聞いても、あなたはあんまりぴんと来ないかもしれないってこと……」

「……つまり、うんざりするような状況ってことなのね？　何か力になれればいいんだけれど」

どこまで本気で言っているのか、そんな殊勝なことを言ってくる『パンプキン』――まあ、本気だろうと軽口だろうと、チームメイトになる以上は、力になってもらわなくては困るのだが。

「で、どうする？」

「そうね。私はそれでも、あなたから聞きたいかしら」

「へえ……どうして？」

「仲間と顔合わせが済んでから、『やっぱり面倒そうだから一抜けます』ってわけには行かないでしょう？　今なら、ここだけの話で済むもの」

済むか。

聞いてしまった時点でもう、ただで帰すわけにはいかない――特に、チーム『スプリング』と合流するという可能性があるだけに。

……もっとも、それを思うと、先に事情を話しておくべきだと、『クリーンナップ』の立ち位置からでも思う。

この『パンプキン』相手に、事情をすべて、とは言わないまでもほとんど詳らかにしてしまえば、チーム『オータム』の仲間達も、渋々であろうと、彼女を受け入れるしかなくなるだろう――いやこんな奴は仲間にできないとそれでも言い張れば、相手はチーム『スプリング』に、こちらの内情を抱えた上で行ってしまうかもしれないのだから。

むろん、力ずくで黙らせるという手はあるだろう――拘束し、束縛する？　あるいは極論、『死人に口なし』という手も、考えられなくはない――が、そこまでの強硬派は自分のチーム内にはいない。当然文句は出るだろうが、それくらいならば自分の器量で収められる範囲内だろう。

「じゃあ、どっかその辺の喫茶店にでも入ろうか――長い話になるから」

「いえ、このまま立ち話で構わないわ。密閉空間に入りたくないのよ――常に逃げ道を確保しておきたい」

「……そう」

へらへらしている割に徹底した警戒心だが、防護服とも言うべきコスチュームを着ていない彼女としては、当然の心がけかもしれない。

納得して『クリーンナップ』は、説明を始める――さぞかし馬鹿馬鹿しい話に聞こえてしまうだろうし、『あなた達一体何をやっているの？』と不思議がられることも避けられまいが、それでもできるだけ真面目ぶって話すことにした。

　春秋戦争。

　チーム『オータム』とチーム『スプリング』の対立――そして均衡状態について。あまりチーム『スプリング』について悪し様に言い過ぎると、却ってこちらの印象を悪くしてしまうのではないかと思い、『クリーンナップ』はできる限り公正な物言いに終始した。それでも、心に植えつけられているチーム『スプリング』への偏見は隠しきれなかっただろうが。

「……ふうん」

　聞き終えて、果たして思ったほどのリアクションを『パンプキン』は見せなかった――こちらが感情を込めずに話したからと言って、向こうが無感情に応じることが、取り立てて礼儀正しいとは思わないのだけれど。

「……できれば感想をお聞きしたいものなのですけれど」

　と、ふざけ半分で丁寧な言葉遣いで訊いた。そうでもしないと、プライドが決して低くない彼女には、続きの台詞を言えなかった。

「それに、現状の私達に対するアドバイスなんかもありましたら、是非」

「アドバイス……ねえ？　まあ、まるっきりの部外者として言いたいことを言わせてもらえれば、さっさと和解して共に手を取り合ってクリアを目指せばいいじゃないって思うんだけれど、そんなこと百回は自問自答しているわよね？」

「百回どころか、億回や兆回ね」

「となると、最適解はひとつでしょ」

彼女は言う。

「戦争に勝って、クリアを目指す」

「…………」

そんなことはわかっている——と反論しかけて、私達はそれを本当にわかっているのだろうかと、それこそ自問自答することになった。

言われれば、『言われるまでもない』と思うけれど——いつの間にか彼女達は、戦争に勝つことよりも、現状を維持することのほうを優先して考えていたように思う。

それはチーム『オータム』のみならず、チーム『スプリング』のほうも。

どこか、敵に勝つという難題を避けていたような——結局のところ、四国ゲームのクリアは、その先にしかないと言うのに。

「だけど、和解するのと同じくらいの無理筋なのよ。チーム『スプリング』に勝つって言うのは……、犠牲は避けられない」

「犠牲を避けようとしなきゃいいんじゃないの？」

「？」

一瞬、『パンプキン』が何を言っているのかわからなかったけれど、すぐに察した——つまり、チームメイトを何人か失う気概でやれば、戦争に決着をつけることはできるんじゃないかと、彼女は言っているのだ。

「……随分、冷たい発想ね。そりゃあ、あなた、チーム内で浮くわけだわ」

そういうのが精一杯だった。

これについては怒る気にさえなれない。

「仲間を犠牲にしてまで勝とうとか、生き残ろうとか、クリアしようとかいう輩は、チーム『オータム』にもチーム『スプリング』にもいないわよ」

「そう。チーム『サマー』には二、三人いたけどね」

「…………」

どんなチームだったんだ。

「過激なアドバイスで誤解されちゃったなら正しておきたいんだけれど、私のことも犠牲者のうちに数えていいのよ？　私だってチームメイトの一員なんだから——私を一人犠牲にして、あなた達五人が助かるって選択肢を、たとえば考慮してみたら？　リーダーさん」

冗談で言っている——のではないだろう。

もちろん、その場合、ただ犠牲になるようなタマではないだろうが……。

「私は、そういうものの考えかたはしない」

そう言った。

「仮定でも、想像でもよ。あなたも、たとえ一時的にであれ、私のチームメイトになった以上、その主義に従ってもらうわ——チーム『オータム』の一員としての自覚をもって行動して、発言して頂戴」

「いい人なのね、あなたは——」

「チーム『スプリング』のほうに行ってたほうがよかったと思う？」

試すような物言いになってしまったが、これに対して『パンプキン』は、

「いいえ。あなたと会えてよかったわ」

と言った。

「あなたみたいな人に、四国で初めて会った気がするわよ——正直、高知に行っても愛媛に来ても、どっちでも同じだと思っていたところもあったんだけれど、こっちに来て正解だった」

「………」

本音で言っているとは思えない、からかいの調子たっぷりの台詞ではあったが——少なくとも『クリーンナップ』の本音を、彼女は否定しなかった。

「ともあれ、まあ私が今できるアドバイスなんてそんなものだけれど——がっかりさせちゃったかしら？　——でも、『クリーンナップ』、アドバイスなんて土台、必要ないとも言えるんじゃない？」

「ん……どういうこと？」

「だって、今までの均衡状態はチーム『スプリング』とチーム『オータム』の戦力が均衡していたからこそのものでしょう？　こうして私があなた達側についた以上、単純な人数でも、五対五から六対五になっているのよ——だったら既に均衡は崩れているという言い方もできるんじゃない？　つまりもう、アドバイスも策も必要ない——かもしれない。ただのパワーゲームで、チーム『スプリング』を圧倒できちゃうかも」

否。

パワーゲームならぬマジックゲームかしら——と、『パンプキン』は言った。

そういう側面も確かにあるだろうが、しかしそんな単純でないことは彼女も承知しているだろう——人数による拮抗だけが崩れれば、それで全てが崩れるほどに話はシンプルではない。

そう反駁(はんばく)すると、『パンプキン』は肩を竦め、

「そうよね」

と、やはりあっさり同意する。

「それに、向こうの人数がいつまでも五人だとも限らないものね——」

「それは……どういうこと？」

「いやいや。向こうだって増えたり減ったりするかもしれないじゃない」

これは『パンプキン』としては根拠があって言ったわけではない、単なる可能性を論じただけの発言だっただろうが——事実はまったく、ずばりその通りだったりする。

チーム『スプリング』からは一名、チーム『オータム』が散々苦しめられた『砂使い』、魔法少女『ベリファイ』が脱落している。

つまり、何のことはない。

チーム『オータム』とチーム『スプリング』の均衡は、既に両側から同時に崩れているのだった——そう、崩れている。

今、これからここで生じる事態のように、

「……じゃあ、これからアジトに案内するわ。総本部跡を、そのままアジトにしているのよ。食べ物には不自由しないから、それだけは安心して」

「あら？　あらあら？　仲間になったばかりの私に、そんなあっさりとアジトの場所を教えちゃっていいの？」

「構わないわ、別に隠していないし、それに防御については——」

ぴし。

そんな音がした。

何かが割れる音——そんな音が、上空から。

上空？　いや違う、ここはアーケードのかかる商店街であって、空は見えない——上を見上げても、半透明のアーチがあるだけだ。

だから。

見上げて確認するまでもなかった——そのアーケードに異変が起こったことを。

ぴし。

ぴし。ぴし。ぴし。ぴし。ぴし。

ぴし——

「ちっ……しまった——！」

連鎖するように響くその音に、魔法少女『クリーンナップ』は叫ぶが、その悲鳴すら遅かった。何の前触れもなく、いきなり粉々に砕けたアーケードが、豪雨のように降り注いできた——

5

声にこそ出さなかったが、杵槻鋼矢も『しまった』と思っていた。商店街ごと押し潰すような見境のない攻撃を、いきなり仕掛けてくるような奴がいるとは思わなかった。

奴、と言うより間違いなく魔法少女の攻撃だろう――これはチーム『スプリング』の仕業なのか、それともチーム『白夜』の仕業なのか。

ひょっとすると、鋼矢が仲間入りすることを快く思わないチーム『オータム』のメンバーの仕業という可能性も、すべてに対して用心する彼女の性格からすれば考慮せざるを得なかったけれど――しかしその考えはすぐに払拭された。

崩れ落ちてきたアーケードから、鋼矢を庇うように覆いかぶさってきた、魔法少女『クリーンナップ』の姿を認識したから。

「……な、何やってるの、あなた――」

素になって訊いてしまった。

崩れた商店街の下敷きになっている状態で、身を挺して自分の盾になってくれている相手に訊くことではない――ないけれど。

「しょうがないでしょ、あなたはコスチュームを着てないんだから……」

と、答える。

確かに彼女は、鉄壁の防御力を誇るコスチュームを着てはいるけれども、しかし、むき出しになっている肌の部分の防御力が通常の少女の、弱々しいものであることは、既にさっき鋼矢自身が果物ナイフで証明したことだった。

咄嗟に庇った——反射的に庇った。

というのではない。

彼女は鋼矢を、意思を持って庇った。

「そ、そうじゃなくて、どうして会ったばかりの私を——」

「それだってしょうがないでしょ、あなたはもう私の仲間なんだから——一時的だろうとなんだろうと、信頼できなかろうとなんだろうと、今はもう私の仲間なんだから。そしてあなたは、リーダーは私でいいって言ったじゃない」

「い、言ったけど——」

「じゃあ！」

と、彼女は叫ぶ。

「リーダーが仲間を守るのは、当然でしょ！」

そんな叫びに、杵槻鋼矢は絶句する——四国で初めて会った気がする、とさっき言ったが。

改めて思った。

こんな奴には初めて会ったし——こんな馬鹿には、二度と会えない。

会えない——会えた。

「ちぇっ……、熱くなるのはどう考えても柄じゃあないんだけどね」

と。

杵槻鋼矢は──強がってはいても、仲間に弱味は見せないように振る舞いながらも、それでもダメージを隠しきれない真上の少女を、抱き締めるようにする。

この魔法が誰の仕業であろうと。

どんな魔法の効果であろうと。

守り抜いてみせる──この子を。

いや、守るだけじゃあない。

春秋戦争に勝たせて、そして──

「『クリーンナップ』。あなたにこそクリアさせてあげたくなってきたわよ、四国ゲーム──！」

勘違いしないでよね、守ってくれたからじゃあない──あなたがどうしようもない馬鹿だから。

この瞬間。

決して一時しのぎの雨宿りではなく、彼女は心から、チーム『オータム』の一員となった──つまり、同盟相手であり、浮世の義理ある相手であり、現在高知県にてチーム『スプリング』に加担している、空々空の敵になったのだった。

（第３話）
（終）

第4話「震える魔法！崩壊の町の対決」

0

血は水よりも濃いが、水は血より澄む。

1

愛媛県松山市の商店街、そのアーケードの崩落した様を、そう遠くない、しかし決して近くはない距離から見ていたひとりの魔法少女は、

「失敗……かな」

と、小さく呟いた。

目標としていた対象物は完全に破壊したし、成果は十分に上がったようにも見えるけれども、しかしアーケードの崩落まで、思っていたよりも時間がかかってしまった。

およそ一秒ほど。

逃げる時間には足らないにしても、身構える時間はあっただろう――ならばあの魔法少女『クリーンナップ』を、あれで始末できたとはとても思えない。思い上がれない。

彼女の使う固有魔法を思えば、できれば一撃で決めたかったけれど……、失敗したのであれば仕方がない。甘い目算だったことを素直に反省するまでだ。

なんにしても、彼女が単独行動を取っている場面に出くわした僥倖をみすみす見逃すわけにはいかない――今の破壊音が、遠く離れた場所にいる彼女の仲間達にまで届いたとは思わないけれど、決断し、行動に移ってしまった以上は、迅速に決着をつけなければならない。

「……それにしてもどうして『クリーンナップ』は、アーケードの中に入っていったんだろう？　なにか中に、見つけたのかしら……」

そんな疑問を抱いたのも一瞬のこと、それがたとえ何であっても今の状況に変化はないと決めてかかり、彼女は二の矢を放つ。マルチステッキを振りかざし、その固有魔法を放つ――反撃を許さない一方的な攻撃。

チーム『オータム』のリーダーを、自分の魔法で始末するにはそれしかないと彼女は冷静に判断していて、そしてその判断はおそらく正しかった――惜しむらくは、そのためには、遠距離から中距離を保って攻撃しなければならず、ゆえに彼女は気付いていなかった。

魔法少女『クリーンナップ』がアーケードの中で、香川県から来た別の魔法少女と接近遭遇していたことを。

既に単独行動ではないということを——新たなるチームメイトと共にあったということを。

不意討ちにも近い攻撃を食らい、敵の姿も見えずにいる『クリーンナップ』に勝機があるとすれば、まさにその一点なのだが、果たして——

2

「『クリーンナップ』……心当たりは？」

「え？　何？　何の心当たり？」

「だから、こんな攻撃を仕掛けてくる奴の、心当たり——」

世界のすべてが引っ繰り返ったんじゃないかと思えるような現状だったが、平静に返って周囲をよくよく観察すれば、あくまでもアーケードが崩れただけであって、それほど大量の瓦礫に埋もれたわけでもなかった。

順番にひとつずつ、魔法でも何でもない物理的なテコの原理などを応用しながら、周りの残骸を押しのけて、『クリーンナップ』と『パンプキン』、二人の少女は現状からの脱出を試みていた。

鋼矢を庇う形で屋根の崩落の直撃を食らっている『クリーンナップ』はもちろん、庇ってもらった杵槻鋼矢のほうもノーダメージというわけにはいかなかったが、しかし致命的に足が挟まれるとか、骨折とか挫滅とか、そういうことがなかったのは不幸中の幸いだった。

というより、攻撃自体が甘い。

そう鋼矢は思う。

雑で、粗い――人間一人を始末するには、あまりに大雑把な攻撃だったと言える。もちろん、魔法少女に付与されている魔法は、地球と戦うためのものであって、人間を対戦相手に想定していないから、使い手によってはこういうこともあるのだが――ただ、それにしたって、だ。

攻撃の精度を二の次に仕掛けてきた――という印象を拭えない。つまり、そういう性格の奴が魔法を使ってきたということになる――

「確信はないけれど……、チーム『スプリング』の、『デシメーション』かしら」

『クリーンナップ』は言う。

ダメージに顔を歪ませながら。

「『デシメーション』……聞いたことがないわね」

情報通、事情通を自負するチーム『サマー』の『パンプキン』ではあるけれど、むろん、絶対平和リーグのすべてに通じているということはない——生きるための情報収集は怠らないけれど、それにだって限度はある。変に動いて、知ろうとし過ぎることで目をつけられ、警戒されてしまっても本末転倒だ。特に組織の末端である魔法少女の個々人のことにまで、精通してはいなかった。

しかしチーム『スプリング』の、か……。

「私の参画によって均衡状態が崩れることを、敏感に察してやってきたということなのかしら？」

試しに口に出してみたが、これはいくらなんでも可能性が低過ぎる。そんな千里眼みたいな魔法の持ち主が実在するのであれば、均衡状態のほうを許すわけがない。予知・予見の能力を持つのは。

『魔女』の領域なのだ——と、鋼矢はその可能性を却下する。

しかし、実際その均衡状態、春秋戦争の渦中に身を置いていた『クリーンナップ』のほうからすると、見解は違うようで、

「ありえる話ね——」

と、彼女は言った。

「だって、こんな風にあからさまな攻撃を仕掛けてくるなんてこと、本当に久し振りなんだもの。と言うより、この規模になると、四国ゲーム始まって以来かもしれないくらい。こんなことをしたら、もう私達、全面戦争に突入するしかないのに——」

「…………」

それを聞いて、鋼矢は、より一層、やはり、相手は均衡状態の崩壊を嗅ぎつけて仕掛けてきたのではなさそうだ、と思った。

逆に、考えられるとしたら、均衡状態が崩れたからこそ仕掛けてきたのでは——と、発想を転換した。それだって、鋼矢の参画を察したという前提になりかねないが、こちらの仮説の場合は、原因は他にも考えられる。

つまり、高知県のほう——チーム『スプリング』の側で、均衡が崩れる何かがあったという場合だ。長らく続いていたチーム『オータム』とチーム『スプリング』の均衡が、ほとんど同時に両サイドで崩れるなんて偶然が起こりえるものなのかどうか、それは鋼矢にはわからないけれど——実際に起こったのだとすれば、チーム『スプリング』が攻勢に出てきたのも頷ける話だった。

「……本っ当、ハードモードね、四国ゲームは！」

言いながら、最後のテコで、ついさっきまでアーケードだったものの残骸を、魔法少女『クリーンナップ』――彼女のリーダーの上からのける。

おもしから解放され、ようやく自由の身になったわけだ――だが、解放感よりも、その間、何の追撃もなかったことに対する違和感のほうが先に立った。

「仕留めたと勘違いして……、もう撤退したってことかな？　そういう迂闊なとこ、ある？　その……、魔法少女『デシメーション』ちゃんは」

「迂闊と言うより、ちょっと足りない感じの子ね――ただ、追撃が来ないのは、撤退したからじゃあないと思うわ」

時間がかかるのよ、あいつの攻撃は――と、『クリーンナップ』は言った。その言葉の真意を問いただそうとした、まさにそのときだった。

追撃。

と言うよりは、さっきのが前座で、今度のが本命だと言うような攻撃だった――それほどに、さっきの崩落が、小規模なものだったのではないかと思えるほどに大規模な攻撃が起こった。

さっきのが真上からの崩落だった――が、今度は左右からだった。

商店街の左右の店が、同時に爆発したのだ――爆発？　まるで四国ゲームにおけるルール違反を犯したときの罰則のように？

だがあの罰則はあくまでも生物を対象にしたものであって、『店』、建物、建造物が爆発するだなんて――事前に爆弾でも仕掛けていない限りは。

「くっ……」

左右、というのは、ただ鋼矢の左右にある店舗ということではない――商店街にあったほぼすべての店舗が飛び散ったのだ。

まるで左右から、道がサンドイッチを作るように、押し迫ってきたという言いかたもできよう――余裕のある精神状態ならば。

鋼矢からしてみれば、ただの大ピンチだった。

なにせ逃げ道がないのだ。

春秋戦争のあらましを聞くにあたって、逃げ道を確保するために喫茶店に入ることを拒んだ鋼矢だったけれど、あれでは用心が足りなかったことが判明した気分だった。

だが。

逃げ道がないというのは、あくまでも人間目線に立った物言いであって――魔法少女の視点から見れば、そうではない。

さっきまではこの商店街にはアーチがかかっていたが――そのアーチは、先刻の攻撃によって破壊されている。

魔法少女『クリーンナップ』は、合図もなく動いていたし、鋼矢も今度は、彼女の動きを予想していた——だから彼女が自分の胴体を抱き締めやすいように、両手を万歳の形にした。

チーム『オータム』のリーダーは、新たなる仲間を抱き締めて、そして真上に浮遊した——浮遊と言って足りなければ上昇と言うべきスピード。

それでもぎりぎりで、二人は左右から迫る店舗の破片をかわしたのだった——結果、商店街が完全に全壊するまでの被害が、夜の松山を襲ったわけだが、二人はそのただ中にいながら、落命というルール違反を回避したのだった。

「…………！」

真下を見たときに、ぞっとする——町の一角が完全に踏み砕かれた形で、どんな魔法を使えばあんな被害が生じるのか。

彼女のチームメイトで言えば、これだけの破壊力を持っていたのは、現在行方不明の『ストローク』が使う『ビーム砲』だが、あれはまだピンポイントの、直線的な攻撃だった。こんな広範囲の、しかも徹底的な破壊……。

吉野川を氾濫させた黒衣の魔法少女の使う『水』の魔法に匹敵する破壊——『クリーンナップ』は、これはチーム『スプリング』のメンバーのひとりの魔法だと言ったけれど、それは間違いではないのか？　これは、一般市民の振りをして自転車を漕いできた彼女の努力も空しく、追いついてきた——黒衣の魔法少女、チーム『白夜』の誰かの仕業ではないのか？

『水使い』の魔法少女の仇を討ちに来た、とか……。

たとえばと言うにはたとえが強過ぎるけれど、黒衣の魔法少女『スペース』の『風』の魔法だったら、商店街をああいう風に破壊することは、可能なのでは――

「…………」

だが、そんな風に自分の知識だけを頼って勝手な予測を立てるのを、鋼矢はやめた――ここは、自分の命を二度も連続で助けてくれたリーダー、『クリーンナップ』の意見を優先しよう。

むろん、ただ信じたりはしない――根拠はちゃんと聞く。

「魔法少女『デシメーション』の固有魔法って、どんなものなの？　時間がかかるって言ってたけれど……、それはどういう意味？」

「時間がかかる、手間もかかる、正直言って使い勝手の悪い魔法よ――それを彼女、『デシメーション』は、ぶーたれながらも、とても効率よく使用する。あの子以上にあの魔法を使いこなせる子はいないでしょうね――」

鋼矢を抱き締めたまま、着地点を探りつつ、『クリーンナップ』は答える――第一撃に続き、第二撃もすんでのところで致命傷を避けた二人だったが、こんな風に飛び上がり、上空を飛行してしまった時点で、自分はここにいる、ここにありと、敵に対して喧伝してしまったようなものだ。それは仕方ないにしても、いつまでも飛んでいるわけにはいかないのだ。

「魔法少女『デシメーション』の固有魔法——それは『振動』」

「し——振動?」

「そう。物体を震わせる魔法——」

それ以上の説明は、杵槻鋼矢——魔法少女『パンプキン』には必要なかった。つまり、振動による周波数の共振作用で、ガラスや金属を破壊したということか——爆弾もなく、『ビーム』も『風』もなく——音さえもなく、離れた場所の物体を粉々に砕いたということか。

時間がかかる、それに手間がかかるというのも頷ける話だった。しかし、眼下に広がるこの滅茶苦茶な惨状を、ただ『物体を震わせる』だけの力で作り上げるとは——

「…………」

正直な気持ちを言うなら、鋼矢としては、微弱な力をここまで圧倒的に鍛え上げた魔法少女、チーム『スプリング』の『デシメーション』に、共感しないわけにはいかない。彼女もまた、『自然体』という、何に使ったらいいんだかよくわからないような魔法を絶対平和リーグから付与され、それゆえに『飛行』という、固有魔法ではなく誰もが使用できる、いうならありふれた技術のほうを徹底的に鍛え上げることで、己を磨いてきたという経緯がある——やりかたは違えど、思考の方向性は似ていると感じる。

もしもチーム『スプリング』のほう、高知県のほうを訪れていて、彼女と先に話す機会があれば、それなりに良好な関係を築けたかもしれない——そんな風にも思うが、しかし、

「今の私は、チーム『オータム』の『パンプキン』だからねえ——」

そう呟く。

私は先に、この子と出会ってしまったのだと、自分の身を抱えたまま、近隣のビルの屋上に着地した、魔法少女『クリーンナップ』を見て思う。

「痛っ……」

着地の衝撃が、第一撃のとき、鋼矢を庇ったときに受けたダメージを思い出させたらしく、膝をつく魔法少女『クリーンナップ』——支えようとした鋼矢を制して、

「大したことはないわ」

と、強がった。

「それよりも、ここに着地したことは、相手からは丸見えだったはず——早く移動しないと」

「そうね。ねえ、どうしたい？」

いきなり鋼矢からそう質問されて、『クリーンナップ』は戸惑ったようだった――不思議そうにこちらを見返してくる。

どうしたい、とは？

「いや、だから――戦略の立てかたを訊きたいのよ。このまま逃げ切る？　それとも戦う？　戦うとして――どこまでやる？　あちらはこちらを殺すつもりみたいだけれど、こちらもあちらを殺すつもりで臨む、それとも生け捕りにする？」

「…………」

矢継ぎ早に訊かれて、一瞬、沈黙する彼女。

そこに一応、

「話し合いで解決するって線も、ないじゃないけれど――」

と、言っておく。

先ほど教えてもらったチーム『オータム』とチーム『スプリング』の対立、その溝の深さを思うと、講和だけはないだろうとは思いつつ。

もしも『パンプキン』一人でこの状況になったのだったら、こんな大規模なスケールの魔法少女は、絶対に仲間にしたいところだが……生憎彼女はもう一人ではないし、また、そもそも一人だったなら、最初の攻撃を受けた際に死んでいる。

もちろん、真剣にその可能性を考慮するならば、『クリーンナップ』を誘い込む目的がなければ、アーケードの下に入ってもいないわけだが……、なんにしても、コスチュームを徳島県に置いてきた彼女が『クリーンナップ』に、命を救われたことは確かである。

恩返しをするほど、義理堅い性格ではないけれど、しかし自分自身が胸に抱いた気持ちに報いないほど、冷めてもいない。

「……リーダーとして取りたい戦略は、仲間との合流なんだけれどね。私に対してこんな風に仕掛けてきた以上、アジトのほうにも何らかの異変が起きているんじゃないかと、心配せずにはいられないし」

「それは……ないんじゃないかな」

どこまで仲間思いのリーダーなのだろうと感じつつも、鋼矢は自分の見解を述べた。

「さっきからの一連の攻撃は、あんまり、計画的という感じじゃない……。偶発的というか、行き当たりばったりというか、単に、『あなたを見かけたから、とりあえず攻撃してみた』っていう印象がある」

「とりあえず……」

なんでそんな攻撃のされかたをしなきゃいけないんだ、と言いたげだが、これは印象の話なので、理由を訊かれてもわからない。

ただ、鋼矢も単独行動を取っていた『クリーンナップ』を見て、『この機会を逃してはならない』と考えて行き倒れを装う罠を張ったわけで、元を正せば、攻撃のチャンスと言うか、口実を与えたのは『クリーンナップ』である。

ならば警戒状態にあるだろうアジトの四人には、まだ異変は及んでいないはずと鋼矢は考える——ここがピンチなのだから、向こうは安全だろうというざっくりした予想だ。

「それに、さっき言いかけていたけれど、アジトには何らか、防御の手段があるんでしょう？　そこは仲間を信頼しておいてもいいんじゃない？」

「そう……ね」

そうかも、と、納得するように頷く『クリーンナップ』。鋼矢には、その防御の手段というのが何なのかわからないし、聞いている暇はなさそうだけれど、よっぽど頼れる防御手段なのだろう、チーム本隊との合流は、断念したらしい。

そんな彼女に重ねて、

「それに、目の前にいる仲間も信頼していいわ」

と、鋼矢は言った——なんて自分らしくない台詞だろう、と思いつつも。

「一方的に相手から仕掛けられている状況だけれど、私達にもアドバンテージがひとつある。それは、相手が私の存在を知らないということ。あなたが一人だと思っているから仕掛けてきた、それも、離れた場所から」

「……さっき、飛び上がったときにバレたんじゃない？」

「あなたががっちり抱き締めてくれてたからね。遠目には一人にしか思えなかったでしょう」

断定的に彼女は言った。

どうしてそこまではっきりと言えるのか、『クリーンナップ』には疑問だったようだが、これは『自然体』という魔法で、自分が他者からどのように見えるのかをずっと意識してきた魔法少女『パンプキン』だからと答えるしかない。

「そのアドバンテージを含めて、考えてもらえるかしら――これからどうする？」

「…………」

「悩んでる時間はそんなにはないと思うわよ、こちらの人数はバレていなくとも、あなたの言う通り、ここに着地したことは丸見えだったはずだから――相手の魔法が『振動』なら、次はこのビルを標的に……」

言いかけたとき、足元がふらつくのを感じた――ふらつく？　どうして？　気付いていなかっただけで、どこかで足にダメージを受けていたのか？　違った――床が抜けたのだ。

屋上に敷かれていたタイルが、ぐずぐずに崩れた――とでもいうのか、普通に立っていただけの鋼矢の足が、そこにめり込んだ。

「!!」

めり込んだのは鋼矢の足だけではない――『クリーンナップ』のブーツも、ビルに食い込んでいる。それだけ見れば、彼女達が屋上を蹴り砕いたようにさえ見えたが、むろん、そんなわけがない――これは建造物のほうが柔らかくなっているのだ。

ビル全体を振動させ。

崩しにかかっている。

「さっきとは、共振のパターンが違うみたいだけれど……こんな『破壊』の仕方もあるの？『デシメーション』の魔法には」

まるでビル一棟を溶かすような攻撃に、息を呑みながら鋼矢が問うと、

「仕組みがシンプルな分だけ、バリエーションは多岐にわたるってところかしら――」

と言いながら、こちらに手を伸ばしてくる。

再度、鋼矢を抱いて飛び上がろうと言うのだろう――だが、この状況ではそれは難しいと言わざるを得ない。液体のようにどろどろになったビルに足を取られて、これではうまく飛び上がれまい。いや、仮に飛び上がれるとしても、ここは――

「『クリーンナップ』」

と。

鋼矢は言った。

「ここは一緒に、ビルと共に崩れ落ちましょう」

「え……何を言っているの？　そんな、みすみす相手の思惑に――」

「思惑に乗った振りをして、一旦身を隠すってことよ――とにかく、一方的に相手から攻撃され続けているこの状況を変えないことにはジリ貧だわ」

「……つ、つまり」

その、『身を隠すためにあえてリスクのほうに突っ込む』という鋼矢の考え方にたじろいだ風の『クリーンナップ』だったが、さすがにチームを率いる立場の者だけあって、すぐに立ち直り、訊き返してくる。

「一旦負けた振りをするってことね？」

「いえ、いっそのこと振りじゃなくて、本当にここは負けておいてもいいわ――相手を勝った気分にさせておいて、とにかく戦いを終わらせるという手がある」

鋼矢が考える、今もっとも適切な戦略はそれだ――こちらにあまりに準備がなさ過ぎる戦いなんて、さっさと閉じてしまうに限る。

『相手は気付いていないけれど、状況が二対一である』というアドバンテージを活かすよりも、一回、負けておいたほうが無難だというのが、これまで四国ゲームを、そして絶対平和リーグを生き抜いてきた彼女の考えかた。

勝ち抜くことより、生き抜くことを考えてきた彼女のスタイル——だが、それを『クリーンナップ』に強制することはできない。

できないし、そして決断を下すのは、リーダーたる彼女の役割だった。

「……たとえ一時的であれ、一旦であれ」

ずぶずぶと、建物の中に沈み込みながら——溶けていく飴細工(あめざいく)のように、斜めに傾いていくビルディングに足を取られたまま、しかしはっきりとした意思のある目で、魔法少女『クリーンナップ』が、そう決断するのに、さしたる時間はかからなかった。

「チーム『スプリング』のメンバーに、負けるなんてことはできないわ。そんなの、仲間に合わせる顔がない——死んだほうがマシ」

「わかった」

まったく不合理だとは思いつつ、しかしそんなことはおくびにも出さず、杵槻鋼矢はリーダーの決断に従った。仲間に合わせる顔、というのを、彼女がどれほど重要視しているのか、十分に伝わったからだ——一瞬後。

ただでさえ傾いていたビルが、とうとう完全に自重を支えきれなくなったのだろう、一気呵成(いっきかせい)に崩壊する——

3

「………？」

ビルディングの崩壊という、己の魔法の成果を目視しながら――つまりは攻撃の成功を目視しながら、彼女、チーム『スプリング』所属の魔法少女『デシメーション』は、怪訝そうな表情を浮かべずにはいられなかった。

攻撃は成功した。

成果は上がった。

しかし、奇妙だ――彼女としては、今の攻撃ですべてを決める気など、更々なかったのだ。迅速な決着を望んではいたが、一撃目で決められなかった以上、二撃目三撃目で決められると思ってはいなかった――再び、にっくきチーム『オータム』のリーダー、魔法少女『クリーンナップ』が飛び上がるのを待つつもりだった。そして着地先の建物を、あるいは道路を、同じように『振動』で破壊するつもりだった――しばらくはそんな風に、彼女を翻弄するつもりだった。

嬲（なぶ）ろうというわけではない。

いくら憎い敵でも、そんな趣味は『デシメーション』にはない――そうではなく、彼女の固有魔法『振動』では、そういう攻撃の仕方しかできないということだ。

大雑把な狙いしかつけられないし、時間もかかるし手間もかかる——精密性には大いに欠け、何より、彼女の魔法は物体にしか使えない。生物を『振動』させることはできない——たとえば、人間の体内の水分を『振動』させて、血液を沸騰（ふっとう）させるというような使いかたは、彼女の魔法はできない。この場合の生物には、植物も含まれる——彼女が『振動』させることができるのは、ガラスや金属やコンクリートと言った無機物だけなのだ。

仕組みはよくわからない。自分が組織から付与されたマルチステッキは、そういう性能だということだ——巨大な物体を爆発させたり、どろどろに溶かしたり粉々に砕いたり、とにかく成果だけはダイナミックなので、人によってはこの魔法を羨（うらや）んだり、評価してくれたりもするのだが、しかし『デシメーション』本人としては、『外れ』のステッキをあてがわれたと思っている。

まあ……、隣の芝生は青く見えるというように、彼女が知る限り、大抵の魔法少女は、自分に与えられたマルチステッキは、使い勝手の悪い『外れ』だと思っているらしいのだが……。

結局、魔法はまだまだ発展途上であり、オーバーテクノロジーなのだろうか？　だからこそ、こんな四国ゲームなんてイベントが開催されているわけであって……。

だが、もしも四国ゲームをクリアしても、どうなのだろう、クリアボーナスで得られるという、地球を打倒しうる究極魔法とやらを、使いこなせる魔法少女がいるのだろうか？

そんな風に考えずにはいられない。

少なくとも、『振動』の魔法にさえ振り回されている彼女には、やや荷が勝ち過ぎるご褒美だ――ゆえに、もしもチーム『スプリング』が四国ゲームをクリアしたとしても、その権利は他のメンバーに譲るつもりでいる彼女だった。

そんな謙虚な彼女だからこそ、奇妙だと思わずにはいられないのだ――あんな攻撃で決まってしまうものなのか？

「私達がライバルに据えていたチーム『オータム』のリーダーは、そんなに呆気なかったと言うこと……？　固有魔法を使うこともなく……」

否。

彼女、魔法少女『クリーンナップ』の固有魔法は、『デシメーション』のそれとは違って射程距離がとにかく短く、接近戦にしか向かず、効果も地味だ――近距離で対面したならともかく、離れた場所から突つついている分には安全な魔法と言える。

だからもしもここで彼女が、崩れたビルに押し潰されたとしても、あるいは生き埋めになったとしても、本来疑問を呈することではないのだが……。

「……ちぇっ。なんだか気持ち悪い――」

彼女は謙虚が行き過ぎて、『うまくいくこと』を快く感じないという困った性格をしていた――よく言えば困難や逆境を当然のものとして受け入れられるキャラクター性ということもできるけれど、しかし取り立てて悪く言うまでもなく、失敗や敗北を好みかねない危うさがあるそんな傾向は、戦士向きでもなければ魔法少女向きでもなかった。

ゆえに彼女が単独行動を取ることは、『クリーンナップ』が単独行動を取るよりも、割合的には珍しいことだった――本来、彼女の使う魔法『振動』は、同じチームの魔法少女『ベリファイ』の『砂』とセットで使用するのがスタンダードなのだ。『デシメーション』が振動で建物を崩し、崩した破片さえも粉々にして、最終的には『砂状』にし――その『砂』を『ベリファイ』が操るというコンビネーションだ。『砂場』でしか戦えない『ベリファイ』の才能を、『デシメーション』なら、大抵の場所で引き出せるのだった。

魔法少女『デシメーション』と魔法少女『ベリファイ』のツーマンセル。この二人組は、チーム『スプリング』の中でも恐れられたものだ。

もしもここに彼女がいたならどうしただろう――と、そんな風に考えずにはいられないが、

「…………」

しかし現実問題、今、その『ベリファイ』はおらず。

この場にもこの世にもおらず。

彼女は一人で、戦っている。

この先どうするかも自分で決めなければならない。

「……押し潰されたならいいけれど、けれど、もしも瓦礫の陰に隠れて、反撃の機会を窺っているのだとしたら――」

飛んで脱出したのを見逃したとは思えないので、どこかに潜んでいるのだとすれば、地上ということになる――ビルを壊し、商店街を破壊し、彼女が思い切り散らかしてしまったので、隠れる場所には事欠くまい。

「あまり時間をかけるわけにはいかないって前提は不変……だったら、やるしかないか」

このまま持久戦、籠城戦に持ち込まれるのは好ましくない。どれほど優位に立っているように思えても――一方的に攻撃できる立場に思えても、しかし自分が立っているのが敵地のど真ん中であることを忘れてはならない。

ただ、敵地だからこそ取れる作戦もある。

もしもここが高知県内であれば、そこまではできなかったかもしれないという作戦が――愛着のある土地には、とてもできないという、粗いというよりは荒っぽい作戦が。

「マルチステッキ――『コミッション』」

振るった。

容赦なく――眼前に広がる市街、すべてに向かって。

すべての建物、そして彼女が散らかしていたすべての残骸に対しても――『振動』を送る。

震わせるよう――力を振るう。

時間がかかり、手間もかかる彼女の魔法『振動』だが、しかしそれらがかかってしまうのは、どんなに大雑把に見えても、それでも彼女なりに『調整』しているからだ。

その制限を外し、存分にステッキの性能を発揮させれば――と言うより、彼女の感覚では、『解き放てば』――成果は一瞬で上がる。

一瞬で。

劇的に上がる。

広がる光景のすべてが――灰ならぬ、砂と化した。

数々のビルディングも、駅も、商店街も、車も、電灯も、道も、標識も、信号も、何もかもすべてが——すべてが。

すべてが砂になり。

愛媛県松山市の中心街は、どんな地球温暖化でも不可能だという速度で、あっという間に一面の砂漠と化したのだった。

「ふっ……」

その成果に笑う。

確かに笑うしかないような光景ではあるが、しかしそんなことを笑ったのではない——隠れるところのなくなった獲物を、再びその目に捉えたことを笑ったのだ。

「見つけた——」

魔法少女『クリーンナップ』。

裸である。

そりゃあそうだ、建物や自動車でさえ砕く『振動』は、絶対平和リーグから支給されているコスチュームさえ例外とはしない。どれほど鉄壁の防御力を誇ろうと、そんなものは何の役にも立たない。

惨めなものだ、と思う。

いやしくもチーム『オータム』のリーダーともあろう魔法少女が、すっぽんぽんでたった一人、砂漠のど真ん中で、所在なげに、混乱して——

「……？」

混乱して、いない？

どころか――こちらを見返している？

強く睨みつけて――どうして？

他に誰もいない砂漠だし、裸を別に恥ずかしがれとは言わないけれど、なんだ、その強い視線は？　そしてその視線の方向は？　どうしてこっちを見ている？　どうしてここがわかる？　さっきまで攻撃されるがままだった彼女が、どうしていきなり、この苦境においてこちらの位置を把握する？

いや、違う、苦境だからこそ――だ。

しまった、なんて間抜けだと、魔法少女『デシメーション』は己の失敗を痛感する――だから、こういうときに失敗を『ああやっぱり』と思ってしまうあたりが、彼女のバトル向きではない要素なのだが……ともかく、地にもぐった一人の敵を見つけるために、障害物をすべて排除するという考えかたには瑕疵があった。

作戦自体は適切だったかもしれない――だが、あまりにも優位な立場にいたせいで、自分だって隠れている立場だということを忘れていた。

見失っていた。

そうだ――眼前の光景をすべて『砂』と化す、解き放った『振動』にも、しかし一箇所だけ、例外が設けられていた。

必然的な例外と言うか……、それを例外だとさえ思わなかったけれど――魔法少女『デシメーション』。

今、自分がいるこの場所。

この建物だけは――砂化していない。

何の被害も受けていない。

当たり前だ、自分の立っている足場を崩す奴がどこにいる？　無意識にそこを避けるのは当然じゃないか――だが、その当然の結果、今、愛媛県に突如生じた砂漠の中には、まるでオアシスのごとく、ひとつだけ建物が建っているということになるのだ――彼女が潜み、魔法少女『クリーンナップ』の『狙撃ポイント』に選んだ建物が。

これ以上ない消去法だろう。

あんな風に睨んではいても、建物内にいる『デシメーション』の姿形までも把握しているとは思えないが……、しかし、いる場所は確実にバレた。

失敗だ。

せめてフェイクとなる建物を二、三棟残しておくべきだった――そんな器用な微調整こそが難しいのだが、どうする？　見れば、既に彼女――『クリーンナップ』は動き始めていた。

こちらに向かって駆けてくるのだ。

その鬼気迫る行動に、『デシメーション』は混乱する——よくよく考えれば、コスチュームもなく、ステッキも破壊されているだろう素手どころか、素足で素肌な彼女がここに駆けてきたところで何ができるかという話なのだが、しかし、接近戦に向かない、大雑把な魔法少女である彼女としては、接触自体を避けたい。

ここは一旦引くしかない、この建物から撤退して、念のために建物を砂状に崩し、高知に戻って態勢を立て直す——様子見、そうだ、今回はあくまでも様子見だったのだ。

自分の任務は。

い、い、いそもそもそれだったじゃあないか。

思わず見かけた、単独行動の『クリーンナップ』に手を出してしまったが、それ自体が元を正せば失敗であって——と。

こちらに一直線に走ってくる裸の『クリーンナップ』から目を切り、窓から離れようとした瞬間、鋭い痛みが大腿部に走った。

何が起こったのか。

急に動いたから筋を違えてしまったのか、なんて結果論で言えば酷く気楽な勘違いもしたが、それも無理はない。

いきなり痛みが走ったとき。

そこにナイフが刺さっているなんて想像を、果たして誰がするだろう？

「…………。…………!?　……きゃ、きゃあああああああ！」

混乱と戸惑いののちに動揺し、彼女は悲鳴をあげた——深々と、自分の太ももの真ん中に、果物ナイフが刺さっているのを見て。

その悲鳴を嫌うように、それを為した人物は突き立てたナイフはそのまま残して後ろに飛んで、魔法少女『デシメーション』から離れた。離れた？　いや、そもそもいつの間に、刃渡り数センチのナイフを突き立てられるほどの真後ろまで、『彼女』は迫っていたのだろう？

「『ナイフで人を刺す』って言うのは」

彼女は言う。

部屋の床をべっとりと彩る『デシメーション』の血を、手前勝手なことに、嫌悪するように見ながら。

「やっぱり、魔法ではありえない、気分の悪さがあるわね——あなたもそうでしょう、『デシメーション』。町をひとつ破壊する爆弾は落とせなくとも、町をひとつ破壊する魔法は使える……」

「…………！」

どうしてここに『クリーンナップ』が、と最初は思った——なぜなら彼女が着ているのは、魔法少女『クリーンナップ』のコスチュームだったからだ。しかしそうではない。魔法少女『クリーンナップ』なら、今、ここを目指して疾走しているところだ——裸で。

ならば彼女の服を着るこの女は何者だ？

よく見れば、ぴちぴちに着ているようだが……、Sサイズの服を、無理矢理Lに着こなしているというか……そもそもこのコスチュームは、先ほどの『振動』で、粉微塵の砂状になったはずではなかったのか？

「ああ、忠告しておいてあげるけれど、ナイフは抜かないほうがいいわよ——太もものその辺、結構な太さの動脈が通ってるはずだから。その栓を抜いたら、大量出血で失血死しかねないわよ」

「あ、あなた……」

痛みに震えながら。

その場にくずおれ、もう逃げられないことを文字通り痛いほどに認識しながら、魔法少女『デシメーション』は、自分を刺した犯人を誰何した。

「あなた、何者……？」

「私はチーム『サマー』、改め、チーム『オータム』の魔法少女」

と、彼女は照れも衒いもなく答えた。

「魔法少女『パンプキン』よ」

4

作戦というほどのものではない。

数の優位を活かしただけだ——地上で一人が囮となって『狙撃手』の気を引いている間に、もうひとりが上空から『狙撃手』の位置を推理して反撃する。簡単に言えば、チーム『オータム』の二人、魔法少女『パンプキン』と魔法少女『クリーンナップ』が取った戦略はそんなところだった。

さすがに、町一帯をすべて砂漠にしてしまうようなスケールの大きな攻撃は想定外だったけれども、地上に身を隠してしまえば、相手が手当たり次第に建物を破壊してくることは目に見えていた。だから二手にわかれたのだ。

崩れゆくビルの屋上で。

二人はそんな相談をし、そして衣装を交換した——魔法少女『クリーンナップ』のコスチュームを魔法少女『パンプキン』が着て、『パンプキン』が着ていた通常の衣服を『クリーンナップ』が着た。

厳密に言えば『クリーンナップ』が『パンプキン』の服を着る必要はなかったのだが、裸では心もとないと彼女自身が主張したのだった。どちらにしても、いずれは裸になってしまうのだから意味はないと『パンプキン』は思ったけれど、まあ、口に出しては言わなかった。

意外とリーダーを立てる女なのだ。

否、このリーダーだからこそ、なのか。

そして、徳島県以来、久し振りに魔法少女のコスチュームを着た『パンプキン』は、町が砂漠となるその瞬間を見計らって。

相手の『振動』の異変を感じ取ったその瞬間に、その瞬間の直前に、上空へと飛翔した――フルスピードで飛翔した。

その飛翔を『デシメーション』が見逃したのは、無理からぬことではあった――なにせ『パンプキン』は、飛翔の腕をとことん磨き続けた、絶対平和リーグでも稀有な魔法少女なのだから。

速度において彼女に勝るのは、『風』の魔法でドーピングした黒衣の魔法少女『スペース』くらいのものなのだ――目にも止まらぬスピードという言葉がしっくりくる。

否。

仮にかすかに見えていたとしても、実際その後、地上にいる裸の魔法少女『クリーンナップ』を見つけているのだ――『狙撃手』として、そちらに意識が奪われてしまって当然である。

もちろんその後も、たとえ裸に剝かれようとも、チーム『オータム』のリーダーは自分の役割を忘れない。期せずして労せずに判明した、『振動』の狙撃手の潜伏場所を睨み据え、そこに向かって走り出す――『デシメーション』に上空を意識させないためだ。

囮。

もちろん裸の彼女に攻撃手段はないけれど、それでも『デシメーション』の固有魔法『振動』が、生物を対象にしないことは知っていたし、また、すべてが破壊されたこの町では、もう『震わせる』対象がない以上、爆散も崩落もないことも理解していた――安心して囮になれた。

唯一の危惧は、『デシメーション』が一人ではない、二人以上で自分達を攻撃してきたというケースだったが……、もしも『砂使い』の『ベリファイ』あたりが共にいるのであれば、二撃目と三撃目はああいう形ではなかったはずという根拠で、それはないと決め付けた。

何らかの事情があって、『デシメーション』は単身、自分にバトルを仕掛けてきたのだと——その予想は当たっていて。

そして『パンプキン』の言う通り、『デシメーション』が『パンプキン』という飛行の名手を把握していなかったというアドバンテージが、そのまま勝負を決した。

杵槻鋼矢は明らかになった『デシメーション』の潜伏場所に、高空から高速で着地し、建物内を探索した末に発見した、窓に釘付けになっている『デシメーション』の太ももに、容赦なく果物ナイフを突き立てたというわけだ。

『後ろからこっそりと近付く』なんて言うのは、『自然体』の魔法を使っていた彼女にとっては、得意技に数えてさえない、人に近付くときのマナーみたいなものだった。

「ぐっ……あっ……、な……、な、『パンプキン』……？」

痛みに苦しみ、のたうちながら、その名を思い出す魔法少女『デシメーション』

——聞き覚えのある名だった。

決して印象のいい名前じゃない。

確かチーム『サマー』のはぐれ者、と言うか、絶対平和リーグきっての問題児と言うか……、魔法少女の間では、長老的な存在として語られることも多いけれど……、とにかく、何かと『枠の外』として扱われることの多い女子。

どうしてそんな問題児が、『クリーンナップ』の味方を……？　というより、チーム『オータム』の一員みたいなことを、言って……。

「安心して、殺しはしないわ――私としては一息に殺しちゃったほうが後腐れはないと思うんだけれど、リーダーの意向でね」

「リーダー……」

チーム『オータム』のリーダー。

魔法少女『クリーンナップ』。

あいつに情けをかけられたのかと、血が沸騰しかかる――が、そんな怒りや、屈辱さえ、太ももの痛みの前ではどうでもいいくらいだった。

「ほら、私みたいに色んな苦境から一発逆転してきた人間からすると、瀕死の敵ほど、殺しておいたほうがいい相手はいないんだけれど――ラッキーだったわね」

「………………」

「もちろん、捕虜として扱わせてもらうけれど――」

と、一旦離れた彼女が、つかつかともう一度、『デシメーション』に近付いてくる――マルチステッキを突き付けるように構えるも、そんな構えは、まったく『パンプキン』には影響を与えないようだった。歩調も表情も、何も変わらない。

「ち――近寄るな」

声を振り絞る。

なけなしの声を。

「それ以上近寄ると、ただじゃあすまないわ……わ、私の魔法、『振動』で——」

「無駄無駄、そんな脅し。あなたの魔法が生物には通用しないものだってことはわかっているし、ピンポイント射撃ができるものでないことも知っている——さっき聞いた。近距離じゃあまったく使えない。唯一あるとすれば、この建物ごと崩落させて、すべてをうやむやにするって手だろうけれど——その怪我で、そんなことをして助かると思う？」

「……くっ」

それでいきなり刺したのか？

魔法少女にとって鎧とも言うべきコスチュームからむき出しになっている足を——駄目だ、うまく考えられない。頭が働かない。意識もぼやけてきた——痛みがここまで人を熱烈に支配するとは。

痛い。痛い。痛い。痛い。痛い。

痛い。痛い。痛い。痛い。痛い。

「どうするつもり、私……を」

「どうって……、言ったでしょ？　捕虜として扱わせてもらうって。チーム『オータム』とチーム『スプリング』の戦争の終結に向けて、あなたの身柄を最大限に利用させてもらう――人を利用するのは得意なのよ、私は」

ずっとそうやって生きてきたから。

と、『パンプキン』は言った。

「……どうして、あなたが」

「ん？」

「どうしてあなたが、チーム『オータム』に加担するのよ、あなたが……『パンプキン』。三国一のはぐれ者が……」

「三国一は言い過ぎでしょ。そこは四国一くらいにしておいてよね――」

そんなうまいこと言われても、笑えるようなコンディションでもないし、そもそも立場でもない。目を離したわけでもないのに、いつの間にかすぐそばにまで来ていて。

そしてあっさり、子供から玩具を取り上げるように、『デシメーション』から魔法のステッキ――マルチステッキ『コミッション』を奪い取った。

たやすく。

慣れた手つきで、それを腕時計の形状に戻す――持ち主であるはずの『デシメーション』は、それをただ見過ごすしかなかった。

「まあ、浮世の義理というか――とにかく私は、春秋戦争における『秋』側について戦うことになったってわけ。浮かれた春よりはもの寂しい秋のほうが好みだし、それはそれでいいかなーって」

気まぐれみたいな言いかたをする。

ならば説得は可能か？

今からでもチーム『スプリング』の仲間になるよう、彼女を——『クリーンナップ』がここに到着するまでに説得することは可能だろうか？

無理だ……、と、それは鈍くなった頭の回転でもさすがにわかった。

時間がないからではない——もしも気まぐれだったなら、説得するだけの時間は十分にあった。コスチュームを『パンプキン』に貸し出し、裸で走ってここに向かっている彼女がここに辿り着くには、結構な時間がかかるはずなのだから。

だが、噂で聞く『パンプキン』が、噂で聞く『パンプキン』だからこそ、ただの気まぐれで、チームを移籍するだなんて思わない——そこには相応の理由、それに関係性があると見るべきだ。

なら……。

私は……、このまま……、捕虜になるしかないの……だろうか？

「あなた……、自分のコスチュームはどうしたの？」

混乱した頭で質問する。

こんなことを訊いている場合か、違う、もっと他に確認すべきことはあるはず、だけど思いつかない——混乱しながら。

間を繋ぐように。

「どうして『クリーンナップ』のコスチュームを着ているの？　私の『振動』から彼女のコスチュームを守るため……？」

「ん？　まあ、コスチュームを守れたのはただの結果論で、重要なのは飛行機能のほうなんだけれど……、ちなみに私の装備は、ここからとっても離れた場所に保存してあるわ。安心できる場所にね」

「…………」

とっても離れた場所。安心できる場所。

どこだろう。

彼女のホームグラウンドである香川県だろうか？　思考をうまく誘導された気もするが……、いや、そんなのはどこでもいいのだ。

訊きたいことは……。

いや、訊いたところで、それを役立てることはできない、もう、仲間に情報を届けることはできない。

魔法のステッキも取り上げられ……。

このあと、コスチュームだって脱がされて、身包み剝がされてしまうのだろう。

もちろんこれまでに蒐集した四国ゲームのルールを持ち歩くようなヘマはしていないけれど、捕虜として拷問を受ければ、何かは喋ってしまうかもしれない。

それによって。

チーム『スプリング』を敗北に導いてしまうかも——

「………………」

それは——嫌だ。

嫌だ。

自分の敗北で自分が酷い目に遭うのは、痛い目に遭うのは、当然だからいい——むしろ納得するくらいだ。だけど、それで仲間に迷惑をかけてしまうなんて。

それだけは。

「大丈夫よ、そんな切なそうな顔しなくとも。リーダーは人情家みたいだから、そんな手荒い扱いはしないと思うわ。案外あなたも私みたいに、チーム『オータム』に入りたいって思うようになるかもしれないわね——」

『パンプキン』のこの発言はただの冗談だったのかもしれないが——それこそが『デシメーション』が、どんな拷問よりも、どんな手荒さよりも恐れるものだった。

心変わり。

移り気。

四国ゲームを共に生き抜いてきた仲間を、思う気持ち——絶対平和リーグを共に生き抜いてきた仲間を思う気持ちを、喪失してしまうことが、何よりも怖かった。

痛みで。

苦しみで。

気持ちが変わってしまうことは、想像するだけでも耐えられなかった——想像するだけでも死ぬほどつらかった。

つらかったから。

彼女は死ぬことに決めた。

「まあ、本格的な尋問はリーダーが到着してからってことにするけれど、どうしても気になることがあるから、ひとつだけ先に訊いておくわね。いったい、高知県で何があったの？　どうしてずっと保っていた、ある意味では平和的な均衡状態を、こうも積極的に壊そうとあなたは——ちょっと！　何をするつもり、あなた！」

5

このときのことを、魔法少女『パンプキン』こと杵槻鋼矢は、後々まで後悔することになる——当然、百戦練磨にして海千山千の彼女だ、初めてのことではない。

目の前で人が死ぬことも。

他人の死にかかわることも。

初めてでもなければ、珍しいことでもない——香川県でだって、チームメイトの死を、彼女の動き次第では救えたかもしれないチームメイトの命を、いくつも見捨てている。

だが、こんな形で。

こんな風に人が死ぬのを見るのは初めてだったし——そしてそれは、彼女のような性格の人間にとって衝撃的なことだった。

チーム『スプリング』の魔法少女『デシメーション』は、突如、太ももの果物ナイフを引っこ抜いたのだ——鋼矢が質問をしている最中のこと、鋼矢など眼中にないという風に、決意の顔で。

あまりの痛みにとち狂ったかと思った——それを抜けば大量出血する可能性があることは、ちゃんと示唆したつもりだった。

なのにそれを抜いた行為は、紛れもない自殺行為だった——けれどこのときも、鋼矢はむしろ、身構えたくらいだった。

魔法のステッキを奪われた彼女が、自分の脚に刺された果物ナイフでもって、こちらに逆襲を仕掛けるつもりなのだと思った。

そんな自暴自棄な行為を想定していなかったので動揺したのだが、しかし、『デシメーション』の行為は自暴自棄なそれではなかった。

意思のある――自害だった。

自殺行為ではなく、自殺だった。

引き抜いた果物ナイフでそのまま、彼女は己の喉を掻っ切ったのだった。いや、掻っ切ったなどという言いかたでは生ぬるい。

部屋中に飛び散った彼女の血のように生ぬるい――魔法少女『デシメーション』は、己の首を、果物ナイフでほとんど切断したのだった。

首の皮一枚残して――断首した。

もちろん、慣用句で言うのとは違って、皮一枚が残ったところで、命が残るわけもない。近寄って脈を確かめる気にも、心肺蘇生を試みる気にもならなかった。

もしもこの場に『不死』の固有魔法を使う魔法少女『ジャイアントインパクト』がいたとしても、こうも凄惨な死に様では、生き返らすことはできない……！

「どうして、自殺なんて馬鹿げたこと――」

言いかけるが、これこそ馬鹿げた疑問だった――捕虜となることを嫌い、チームメイトに迷惑をかけることを嫌い、裏切り者になることを嫌い、『デシメーション』は自ら命を絶ったのだ。

太ももからナイフを抜くだけでも十分だっただろうが、それでよしとせずに自ら刃を自分に向けたのは、治療すら拒む意思の強さか……！

「わ、わざわざ今の四国で、自害するなんて――」

死が常に隣り合わせのこの土地で、どうしてわざわざ……、私達は、生き残るために四国ゲームをプレイしているのではないのか？　春秋戦争だって、生き残るための戦争であって……。

地球と戦うという究極魔法を手に入れるにしたって、それも生きてこそだろう。手段と目的が入れ替わっている――ゲームのために命をかけたようなもの、命を捨てたみたいなものだ。

現実とゲームの区別がついていない――

そう切って捨てたい。

だが、そう切って捨てるには、彼女、魔法少女『デシメーション』の死に様は、あまりに凄惨過ぎた。杵槻鋼矢が呆然となってしまうほどに――しかしながら、今の四国は、少女に呆然とすることを許さない。

彼女は死んだ。

何はともあれ、彼女は死んだ。

死んだということは――ルール違反を犯したということだ。

つまり直後、彼女の死体は爆発する。

跡形残らず、影も形も残さずに爆散する。

周囲を巻き添えに――

「……駄目か、間に合わないか」

ようやく我に返り、そのことに思い至るも、自分が呆然としていた時間を計り切れず、ただ部屋を出るしか、彼女に選択肢は残っていなかった。

ルールを記したメモ帳など、対立チームのいる彼女が持っているとは思えないにしろ、死体の検分、それに最低限、コスチュームを回収するべきかどうかという計算もあったのだが――もしもここで、彼女からコスチュームを回収できていれば、『パンプキン』は自分の分のコスチュームとステッキを獲得することもできていたのだが――それを避けるために、あえて彼女は凄惨な死にかたをし、コスチュームを己の血でどろどろにしたと考えるのは、さすがに穿（うが）ち過ぎだろうか？

しかし穿ちたくもなるというものだった。

結局、この戦闘からは勝利以外の何も得られなかったというのだから――このあと駆けつけてくる『クリーンナップ』に、どう説明すればいいのだろう？

正直、自分に対しても説明できない、整理がまったくつかない――仲間のために、チームの勝利のために自害を選んだ『デシメーション』の気持ちは、わけのわからないものでしかない。

理解も分解もできない感情だ。

『クリーンナップ』が、身を挺して自分を庇ってくれたことは、彼女自身はおそらくやらないにしても、まだわからなくもない行為だが、自ら命を絶つと言うのは……。

その辺りが、チーム『オータム』とチーム『スプリング』の対立的構造の理由、相容れない部分なのではないか、などと勝手な推理をしてみるが、当たっているかどうかはともかく、それで心が落ち着くということはない。

だが、均衡状態が続いていた理由は、なんとなくわかった――一旦戦いの火蓋が切られてしまえば、あっという間にこんなところに行き着いてしまうような対立の仕方をしていたのであれば、両者とも、簡単には動けなくなって当然だ。

まずいのは、『デシメーション』のこの死が、チーム『スプリング』――高知側に伝わってしまえば、向こうは当然、仲間の死を悼むだろうし、怒るだろうし――当然、尖兵が倒されたことで気力が萎えたりはしないだろう。

「…………」

これから始まるであろう春秋戦争の本編を想像すると、なるほど、うんざりせずにはいられない――『クリーンナップ』が言っていた『うんざり』の感情を、こうも早く体感できるとは思わなかった。

彼女が属していたチーム『サマー』も、また、『ジャイアントインパクト』を通じて付き合いのあったチーム『ウインター』も、そりゃあ一筋縄ではいかないグループだったが……、四国の左側は、そういうことではないところで、戦っていたようだ。

だが、もちろん、もう後には引けない。

チーム『オータム』の一員として、魔法少女『パンプキン』はチーム『スプリング』と戦う——残る魔法少女は、あと四人か？

なんにせよ、魔法少女『デシメーション』の死体の爆散の巻き添えを食らわないよう、彼女が狙撃ポイントとしていた部屋からはできるだけ離れようとする鋼矢——精神状態が芳しい（かんば）とは言えなかったけれど、身体は勝手に、生き残るための最適行動を取る。自ら死を選ぶなんてことは、絶対になさそうな私の身体だ——そんな風に思った。

まるでそらからくんだ。

そんな風に思った。

念のためにフロアも移動しておいたほうがいいだろうかと、階段に足をかけた——ところで、下から誰かが登ってくるのを感じた。

どうやらもう『クリーンナップ』が到着したらしい——飛行もせずにこのタイムと

は、彼女は相当足が速いのだな、と、そう考えた。裸の彼女にコスチュームを返さなくてはならないが、当然、交換した鋼矢の服同様、自転車に乗ってきて脱ぎ捨てたジャージも、『デシメーション』の固有魔法『振動』によって粉微塵、ならぬ砂塵と化している。

あたりから服を調達しようにも、ショッピングモールも何も、同じく砂化しているわけで——ああ、思えばそうだ、そらからくんの持ち物である、ここまで鋼矢が乗ってきた空力自転車『恋風号（こいかぜごう）』も、今や砂か？

まあ、あれは元々彼が乗り捨てたものなので、そんなに気に病まなくてもいいだろうが……。

それも『クリーンナップ』の、チームリーダーとしての資質なのだろうか、合わせる顔がないとか、なんて説明したらいいのかとか、さっきまで色々悩んでいたけれど、いざこれから踊り場辺りで彼女と再会できると思うと安心したのか、そんな『これから』のことに鋼矢の考えは向かう。

そうだ。

何はともあれ、町がひとつ消滅するような大災害の中、こうして二人とも生き延びられただけでもめっけものではないか——そう考えて彼女は、自分の中に一区切りをいれようとした。

まあ、生まれて初めて人の自殺を、それも同世代の少女の自殺を目撃した動揺の切り替えかたとしては、相当にスピーディなほうだけれど、しかしその図太さがなければ、杵槻鋼矢はここまでまともなメンタルで生きては来られなかっただろう——だが、その一区切りは、まだつけないほうがよかったかもしれない。

勝って兜の緒を締めよ、ではないが。

戦闘が終わったからと言って気を緩めるのは、油断に等しい——忘れてはならない。

確かに今、彼女はチーム『オータム』の一員となり、これからチーム『スプリング』と春秋戦争を戦わねばならないのだが、しかしその他にもうひとつ問題を抱えていて、それがそもそもチーム『オータム』に所属しようとした理由なのだ。

然り。

彼女は追われる者なのだ。

まだ『クリーンナップ』には話していないけれども、魔法少女『パンプキン』は組織の裏切り者であり、組織からの逃亡者なのだ——『クリーンナップ』に迷惑をかける前に、チームからは出て行かなければいけない身なのである——踊り場で。

階段を降りた踊り場で遭遇したのは、彼女の現リーダーである『クリーンナップ』ではなく、黒衣の魔法少女『スペース』だった。

6

背後で爆発音がした——魔法少女『デシメーション』の死体が、『死んではならない』という四国ゲームのルールを破ったペナルティを受けたのだろう。

だが、そんな爆発音に、杵槻鋼矢は振り向かない——振り向く余裕などあるわけもない。

なにせ自分が今、この周辺で唯一残った建物の中、その踊り場で、ごくごく近い距離で向かい合っているのは、魔法少女の中でもその存在がまことしやかに語られる都市伝説……チーム『白夜』の一員なのだから。

いや、いっそ振り向いてもよかったかもしれない——こんな状況下では、振り向こうが振り向くまいが、向かい合っていようが背を向けようが、そんなのは誤差みたいなものだ。

前回遭遇したときのような空中戦のドッグファイトというのならばまだしも……、屋内で、しかもこんな接近遭遇となると、もうどうにも手の打ちようがない。

「あ——」

しかし勝手に生き延びようとする身体は、それでも最低限の振る舞いをする——即ち、『虚勢を張って何か奥の手がある振りをする』という振る舞いを取る。

「歩くのね、あなた──てっきり、ずっと『風』に乗って飛んでいるんだと思っていたわ」

「…………」

対する『スペース』は、最初から一貫して黙っている──なんだか、この間会ったときと雰囲気がまったく違う。

無理もないか。

そう思う──なにせ自分は『ストローク』の固有魔法『ビーム砲』で、彼女のチームメイトであろう、同色の黒いコスチュームに身を包んだ魔法少女を一人、吉野川河口で殺しているのだから。

だけどなんでこんなときに、こんなタイミングで──いや、こんなときに、こんなタイミングだからこそに決まっているじゃないか。

まさかたまたま、自分がずっと逃げ続けている黒衣の魔法少女と、ここで出会ったとでも思うのか──当然のことながら、町ひとつが潰滅するような大騒ぎを聞きつけた、ゲームの主催者側であろうチーム『白夜』の一員である彼女が、唯一残った建物を調べたら、探し人が見つかった、とか、そんな流れに決まっているじゃないか。

不運だったわけでも、鋼矢が何か失敗らしい失敗をしたわけでもない──反省点などない、ただ、こうなることはあらかじめ決まっていたというだけのことだ。

ゲームオーバー。

しかも、こんな形でか。

さっき、見事というにはあまりに凄惨な『デシメーション』の死に際をみたけれど、自分も爆散した彼女の、すぐ後を追うことになりそうだ——

「……屋内はね」

と。

ずっと押し黙っていた『スペース』が、不意に言った——別人が喋っているのではないかと思うような、この間とは調子の違う声だったが。

「無風だから。風を起こすのはちょっと難しいのよ——窓が開いてたり、エアコン的な、送風機器が動いていたりしたら別なんだけれど。だから、歩いたりもするわ……今だったらあなた、私に勝てるかもね……」

「………………？」

無風だと、風は使えない？

なんだそれは、本当か——いや、からかわれているだけか？　変な期待をさせて、突き落とす気か？　エアコンがあれば魔法が使えるなんて、まるで悪い冗談じゃないか……、科学と魔法の関係がちぐはぐだ。科学と魔法のあるべき関係なんて、聞いたこともないけれど……。

だが、とりあえず出会いがしらに不穏分子として始末されるという展開だけは迎えなかったようだ――しかしながら、相手が何を考えているかわからないという問題は、『スペース』の雰囲気が如何に違えど、変わらなかった。

「……さっきの爆発音からすると、魔法少女『デシメーション』がゲームオーバーを迎えたって感じなのかしら？　あなたが殺した――わけがないわよね」

「私が殺した……ようなものよ」

「背負い込むのね」

ふふ、とそこで始めて、『スペース』は、以前見せていたような不敵な笑みを浮かべた――不敵で、挑戦的な笑み。

そんな笑みを見ていると、たとえ無風状態では魔法が使えないという『縛り』が本当だったとしても、ここで彼女に手を出すのは賢明ではないと思わされる。

チーム『白夜』。

絶対平和リーグの中枢（ちゅうすう）にある魔法少女……。

いや、魔法使いとも言うべき――魔法の開発に深く関与している五人の女の子達……、そのうち一人は、それは背負い込みでもなんでもなく、鋼矢が殺して――そうか。

ひょっとすると、と思い至る。

吉野川を氾濫させたあの黒衣の魔法少女——鋼矢はそのコードネーム『シャトル』すら知らないけれど——を殺した下手人が彼女だということは、案外、まだ露見していないのではないか？

『スペース』の態度は、あくまで『逃亡者』に対するものであって、『裏切り者』に対するものではないのでは——都合のいい考えかたか？　だが、『魔法使い』だろうと『魔法少女』だろうと、決して万能ではない——四国全土に結界を張っている『奴』にしたって、四国のすべてを把握しているわけじゃあない。

そんなことができるのはせいぜい——

「魔女」

と。

まるで鋼矢の心を見透かしたかのような単語を、いきなり『スペース』は口にした。

魔女、と。

「お探しの魔女は発見できたのかしら——あなたはそれに希望をかけていたはずだけれど？」

「……それが、思い通りにいかないことが多くってね。難易度が高いわよ、四国ゲームは。まだゲームオーバーを迎えていないのが不思議なくらい」

相手が何をどこまで知っているのか、いよいよわからなくなって来て――曖昧に誤魔化すようなことをいう鋼矢。

鋼矢の行動はどこまで露見しているのか、そもそも彼女がここに来た理由の真のところも不明で――どうしたらいいのか、ほとほと頭を抱えたい。だが、そんな弱みを見せるわけにもいくまい。

堂々と振る舞うことだけが、唯一、今鋼矢にできることだった――コスチュームを着て、腕時計も預かっている以上、使おうと思えば魔法少女『クリーンナップ』の魔法を使えなくはないのだが、それが効を奏する、事態を打開してくれるとはとても思えなかった。

かと言って……。

「…………」

「…………」

二人の間に沈黙が訪れた。

このままただ、無意味に時間が経過してしまうことが一番まずい、と鋼矢は思う――なぜなら、もうすぐ、いくらなんでももうすぐ、魔法少女『クリーンナップ』がここに到着するだろう――全裸で。

彼女がチーム『白夜』についてどれほどの知識を有しているかはわからないが、一見して異様だとわかる黒衣の魔法少女を前に、何の行動も起こさないとは思えない――できるものなら、彼女がここに到着するまでに、この場面にケリをつけたい。

何をどうすれば終わるのかわからないけれど――なぜ黙る？　こちらが黙るのは、打つ手がなく、どうすればいいのかわからないからだが……、いや、ひょっとしてそれは、相手も同じなのか？

階段を登ってきたのは鋼矢を探してのことだったとしても――今、黒衣の魔法少女『スペース』は、こちらをどうするつもりか、決めていない、決めかねているんじゃないのか？

それで立場が同じということはない。

まな板の上で、どうすればいいのかわからなくなっている鯉(こい)が鋼矢だとすれば、どんな料理に仕立てようか頭を悩ませている料理人が『スペース』なのだから――お互い悩んでいるようで、立場の違いは明確である。

せめて吉野川のときのように隙をつければ……。

「……埒が明かないわね。この均衡状態――私とあなたが均衡状態になってどうするのよ。均衡は、高知と愛媛の間だけで十分だっての」

やがて、肩を竦め。

意味深な薄ら笑いを浮かべて、『スペース』が言った。

「正直、ついさっきまで、あなたと会ったら殺してやろうと思ってたんだけどね――そんな風に、ぴっちぴちに『クリーンナップ』のコスチュームを着ている姿を見たら、その気も失せたわ。大体、『シャトル』にしたって、弔い合戦なんて望んじゃいないだろうしね――」

「……………？」

『シャトル』？

と、自分が殺した黒衣の魔法少女の名を知らなかった鋼矢は一瞬怪訝がったが、さすがにすぐに直感する――そして犯行が露見していないかもしれないという読みの甘さを痛感する。

殺してやろうと思っていた。

黒衣の魔法少女にもそんな、仲間意識みたいなものは――まあ、当たり前だがあるのだと思う一方、ならば、しかしどうしてそんな宗旨変えをしたのかを疑問にも思う。

コスチューム姿？

ぴっちぴちなのが滑稽だから――というわけではあるまい。だとしたら、魔法少女『パンプキン』が、チーム『オータム』に加入したから？

確かに『スペース』は最初から、魔法少女『パンプキン』が、まともに四国ゲームをプレイすることを望んでいたはずではあるが……。

「四国ゲームは難易度が高い。実際その通りよ、『パンプキン』――状況が目まぐるしくぐるぐる変わる。ゲームマスターも、まったく状況を管理できているとは言いがたい……私も、私の仲間達も、状況整理に躍起というか、四苦八苦よ。まあ、そんなわけで安心して――数日前、あなたに取引を持ちかけた時点とは、私のスタンスは少し変わっている」

「……少し、なのかしら？」

どこまで踏み込んでいいものかわからず、対応に困る鋼矢――この雰囲気の違いは、『少し』で済まされるようなものでもないように思えるが。

迷いつつ、しかし虎穴にいらずんば虎児を得ずというありきたりな諺を思い出し、勇気を持って踏み出す――この場合、得ようとしているのは虎児どころか、親虎かもしれないが。

「この前とは随分様相が違うようだけれど。『シャトル』のことだけで、そんな風になる？」

かの黒衣の魔法少女の名前をあらかじめ知っていたかのように語るのは、はったりの一環である。こういう小技の駆使は、もう彼女にとっては本能みたいなものだ。

「どちらかと言うと、これはあなたのパートナーのせいね」

対して『スペース』はあっさりそう答えた。

『パートナー』とは誰のことを指しているのだろうと考える――現状、パートナーというべきは、コスチュームを貸してくれている『クリーンナップ』だろうが、しかし『スペース』がそんな風に言うのであれば、それは――

「……そらからくんのこと？」

「そうよ。決まってるじゃない」

慎重に尋ねたが、答はまたもあっさりしていた。それ以外に考えられるかというような態度だった――前に会ったときは空々少年のことを軽視している風の彼女だったが、そのスタンスも『少し』変化があったようだ。

空々空。

地球撲滅軍の空々空――『あの子』。

剣藤犬个（けんどうけんか）の……。

「へえ……、よかった」

こう呟いたのには戦略的な意味はなかった――ただ、ほっとして、思わず洩れた本音だった。あんな高高度から落下して、あの子、ちゃんと生きていたとは……、正直、合流は難しそうどころか、たとえ高高度からの落下で助かっていたとしても、その後、四国ゲームの中、ゲームオーバーになっていても不思議はないと思っていたので――無事の知らせを聞いて、一安心だ。

人の心配をしてられる、そして無事を喜んでいられるようなシチュエーションでもないが……。

「……だけど、そらからくんのせいって言うのは、どういうこと？　あのあと、そらからくんに何があったの――何かあったの？」

「各地で色々やってくれているわよ――ああ、ついでに教えてあげるけれど、チーム『ウインター』の『ジャイアントインパクト』も無事よ？」

「！　そうなんだ……」

思いもしなかった名前につい反応してしまった――だが、ここでその名前を出してくること自体、鋼矢が別チームの『ジャイアントインパクト』こと地濃鑿と通じて、絶対平和リーグに対してよからぬことを企んでいたことは知られているということなのだから、取り繕うようなことは、むしろしないほうがいいのかもしれない。

なんにせよ内心では、地濃の無事を喜ばずにはいられなかった――だが、彼女にお願いしていた『任務』のほうはどうなっただろう？　焼山寺の待ち合わせ場所に現れなかったということは――だから死んだと思っていたのだが――あまり芳しい成果が上がっていないということだと思わざるを得ないが。地濃の性格からすると、単に仕事がうまくいかなかったから『ばっくれた』という可能性も考慮しなくてはならないところが、こうなると悲しいところである。

「もう少し詳しく教えてあげてもいいんだけれど——それじゃあアンフェアになっちゃうからね。空々空の情報についてはこの辺で打ち止め」

と、『スペース』はよくわからないことを言った。

既に話題は空々から地濃に移っていたと思うのだが……、それではまるで、空々についての情報の中に地濃の情報が含まれていたかのようで、あの二人が行動を共にしているようではないか？

それに、アンフェアというのは……、何に対してアンフェアなのだ？　どうして鋼矢に空々の情報を教えることがアンフェアになる。

それじゃあまるで、鋼矢と空々がチーム『オータム』とチーム『スプリング』のごとく、対立しているようじゃないか——先ほど他ならぬ『スペース』がそう言ったように、鋼矢と空々は、現在は分断されているとは言え、パートナー同士なのに。

「ともかく、あの地球撲滅軍の調査員くんが色々引っ掻き回してくれたというか、驚異の引きで、ゲームに刺激を与えてくれたからね。はっきり言うと、私もあなたばかりを追いまわしてはいられなくなった——」

「…………」

「ああ、ここで安心しないでね？　だからこそ私はついさっきまで、いっそあなたを殺してしまおうかと思っていたんだから。私がどんなにあなたに期待していても、あなた自身にクリアするつもりがなく、また組織に反旗を翻そうというのであれば、そこは組織人として対処せざるを得ないもの……だけども、そんな風に」

と、『スペース』は鋼矢を指差した――正確には、鋼矢の着ている、『クリーンナップ』のコスチュームを指さした。

「そんな風にチーム『オータム』に加入して、あなたが春秋戦争に加担してくれようというのであれば、願ったり叶ったりよ」

「願ったり叶ったりって……何が」

「厳密に言うと、願ったり叶ったりと言うより、望んでもいなかった展開ね――だって、あなた達、私のお願いは聞きたくないんでしょ？」

「………………」

あなた達、と言うより、それは空々空の言い分だ――とにかく空々は、『スペース』が信用できないようだった。もちろん鋼矢だって、『スペース』を信用しているわけではないが……。

『スクラップ』の奴は、ここまで見越していたのかしらね――なんにせよ、あんないい加減な態度で生きている奴が一番、チーム『白夜』としての役割を果たしているというのは皮肉なものだわ」

皮肉というより。

本当は苦肉の策なんだろうけれどね——と、『スペース』は謎の言葉を呟いた。

そもそも鋼矢には、『スクラップ』がわからない——チームメイトのことを言った風にも思えるが、単にこちらを混乱させようとしているだけかもしれない。

階段の踊り場でされるような会話である、裏の取りようはないのだ。

「あなたが何を言っているのかも、絶対平和リーグの上層部や中枢が、何を企んでいるのかもわからないけれど——ともかく、望んでもいない展開だって言うなら」

言質を取りに行った。

時機尚早かもしれないが、これ以上会話が長引くと、本当に『クリーンナップ』がこの場面に横入りしてくることになる。それは鋼矢にとっても『クリーンナップ』にとっても『スペース』にとっても、望んでもいないどころか、まったく望ましい展開ではないはずだ。

「私はとりあえず、ここでは——今後も、あなたに殺されずに済むのかしら？」

「とりあえずはね。不起訴というよりは、執行猶予みたいなものだけれど。いや、執行猶予というのはおかしいかな？　これからあなたには——チーム『スプリング』の魔法少女を、ばんばんぶっ殺していってもらわないといけないんだから」

その言葉に、既にペナルティを受け、この世に細胞のひとつも残していないであろう魔法少女『デシメーション』のことが想起される——最終的には自ら命を絶ったとは言え、鋼矢が『殺したようなもの』の、魔法少女のことが。

この場を見逃してもらえるという言質が取れたことには、ほっとしたけれど、だが、『殺していってもらわないといけない』というのは妙な物言いだった。それを言うなら『殺していくことになるのだから』くらいの表現のほうが、シニカルなのではないか？ まるで義務を負うみたいな……。

それじゃあ確かに執行猶予ではなく。

まるで、そう……。

「司法取引——みたいね」

「そう思ってもらっても構わない、かもね。まあ、あなたの勝利を祈っておいてあげるわ。くれぐれも、『チーム「オータム」が春秋戦争に負けても、最悪、自分が生き残れればいい』なんて考えないことね——その場合は『シャトル』の仇を討たせてもらうから」

言質というなら、逆の言質も残して——そして黒衣の魔法少女『スペース』は、呆気なく踵(きびす)を返し、「ご武運を祈っておいてあげるわ」と平坦な調子で言って、そして来た道を——登ってきた階段を降りていったのだった。

7

この建物の構造で、どんな動線を辿ればそれが可能なのかは定かではないけれど、チーム『オータム』のリーダー、魔法少女『クリーンナップ』は、黒衣の魔法少女とはニアミスすることなく、すれ違い、入れ違うような形で階段を登ってきた。たぶん、意図的に『スペース』が彼女との遭遇を避けたのだろうが……、ゲーム運営側の彼女としては、そうそうプレイヤーの前には姿を現さないということか？

当然、全裸だった彼女にまずはコスチュームを返した——無理矢理着ていたので生地が伸びてしまっているのではないかと思ったが、さすがは丈夫な素材、そんなことはなかった。ずっと締め付けられている感覚のあった鋼矢は、解放的な気持ちになったものだ——裸になれば大体は解放的な気持ちにはなるだろうが。

やはり至急、どこかで服を調達しないと……、まさか全裸で、チーム『オータム』の仲間達と顔合わせをするわけにはいくまい。

「そう……自ら命を、ね」

コスチュームに袖を通したところで、鋼矢から事情を聞いた『クリーンナップ』は、そんな風に神妙に頷いた。

「敵ながら天晴れと、ここは言っておくしかないかしらね……チーム『スプリング』の子を褒めるようなことを言うのは業腹だけど。でも、死人が遂に出てしまった——これで講和の可能性は立ち消えたか……」

「何と言おうと、これで均衡は確実に崩れることになると思う……、動くなら、一刻も早く動いたほうがいいでしょうね。敵さんが手を打ってくる前に、先手を打ちたい——今夜のうちにでも、高知に乗り込みたいくらいだけど」

もちろん『スペース』のことは報告していない——ついさっきまで彼女がここにいたことを『クリーンナップ』に教えても、混乱させるばかりだろうと思った。

今はそれよりも優先すべき事項がある——と言うより、魔法少女『パンプキン』とチーム『白夜』との関係性で、『クリーンナップ』やチーム『オータム』を巻き込まないようにすべきだろうと、彼女は考えていた。

さっきの会合を経て、より一層……。

「高知に乗り込む、か……それもいいかもね。愛媛の町を、こんな風に破壊されて、私も内心穏やかじゃないし。自慢の仁淀川でも破壊しない限り、気が治まりそうにないわ」

「仁淀川に罪はないと思うけど……」

「それでもチームメイトには慎重派もいると思うんだけれど、『パンプキン』

『クリーンナップ』はこちらを見る。

「説得、手伝ってくれる？」

「もちろん」

頷く。

そりゃあそうだ——『クリーンナップ』を勝たせてあげたいという気持ちを差し引いても、春秋戦争に勝たなければ、鋼矢は『スペース』に、再び狙われることになるのだから。もちろんその場合も、ただ殺されるつもりはないにしても——

「なに、これで人数的にはもう六対四だもの——均衡状態が崩れたというより、こちらがかなり優勢と言っていいんじゃないかしら」

あえて楽観的なことを言ったのは、リーダーに対する、そして自身に対する気休め的な意味合いではあったが——しかし、そんなことを言ってしまう時点で、彼女は知らない。

敵チームは——チーム『スプリング』は、魔法少女『デシメーション』のみならず、既に魔法少女『ベリファイ』も失っているけれど、しかし、空々空、地濃鑿、悲恋という三名の戦闘員が追加されていて。

これでようやく、状況は六対六になったのだと。

つまり対等な条件の下。

春秋戦争は——本格化する。

春秋戦争は、地獄化する。

8

対等な条件。

しかしひとつだけチーム『スプリング』よりチーム『オータム』が不利な点があるとすれば、それは、空々空は『新兵器』が既に投入されたことをもう知っているが、杵槻鋼矢はまだ知らない——まだタイムアップがあると思って、戦うことになるという点だ。今夜の内にも高知県へ攻め入るという彼女の発想には、ゆえにその要素も絡(から)んでいたのだが……その戦略がどういう結果を招くことになるのか、それを知る者はまだ四国のどこにもいなかった。

酒々井かんづめ。

魔女を除いて、いなかった。

(第4話)

(終)

第5話「訪れる春！季節の変わり目に空を見る」

0

穴があったら入りたいと思うなら、人は穴を掘るべきだ。

1

春秋戦争。

四国ゲームの最中に行われている、言うならば絶対平和リーグの内戦に期せずして両陣営に分かれて関与することになった杵槻鋼矢、そして空々空の数奇な運命そのものはともかくとして——このご両所には実のところ、そのかかわりかたにおいて、似たような立場にありながら、数々の決定的な差異があった。

それは偶然に近い形で巻き込まれる形になった杵槻鋼矢と、黒衣の魔法少女『スクラップ』に依頼される形で巻き込まれる形になった空々空との違いでもあったし、一時的には半ば裏切者、背徳者に近い位置にいたとは言え、所属としては一貫して絶対平和リーグの一員である杵槻鋼矢と、同盟を組もうと魔法少女達と行動を共にしようと、あくまでも部外者であり、地球撲滅軍の一員である空々空の違いでもあった。

その違い。

その差異が何かを、そして何を生むかをこれから語るとして、何はともあれ、愛媛県に陣を構えるチーム『オータム』と、高知県に陣を構えるチーム『スプリング』の繰り広げる春秋戦争——長らく均衡状態の続いていたこの内輪揉めは、この十月三十日をもって。

空々空がかかわりを持ってから、わずか一日以内に決着する。

2

龍河洞(りゅうがどう)。

高知県にある鍾乳洞であり、それが絶対平和リーグ、高知本部が設置された場所だった——大方の予想通り桂浜は大外れであって、同時にここが、チーム『スプリング』が現在、本拠地としている場所でもあった。

空々空は現在、そこにいた。

つまり空々は、ある意味、求めていた目的地に無事に辿り着けたわけだが——むろん、そうなるまでにはいくつかの、と言うよりは数え切れないほどの紆余曲折があった。

そもそもこの龍河洞に、『客人』として招かれるまでの綱渡りは、色々と思い出したくないほどである——相変わらずのことではあるけれど、空々はどうしてまだ自分が生きているものなのか、見当もつかない。

九死に一生どころか、九十九死、九百九十九死に一生くらいを得ている感じだ——それでいて、少しも『ラッキー』なんて思えない人生なのだから、まったく遣る瀬ない。

ともあれここまでの経過である。

桂浜の海岸で、黒衣の魔法少女『スクラップ』が、空々に嫌がらせのようなひと言を捨て台詞に残して去っていって——それから彼がしたことは、当然、その捨て台詞の検証ではなかった。

魔女。

なるほど、魔女。

酒々井かんづめが魔女——そう言われても、いきなり合点がいくものではない。むろんこのとき、酒々井かんづめ本人や、絶対平和リーグ所属であり、まさしくその

『魔女』の探索を友人の『パンプキン』より言付かっていた地濃鑿が起きていたならば、違う展開もあったかもしれないけれど――完全なる部外者の空々からしてみると、『魔女』というワードの重要度がわからない。

単に『魔法少女』を言い間違えて『魔女』と言ったのではないかと思ったくらいだ――要するに、そんな些細な言語上の違いなど、今の四国における、四国ゲームにおける山積みの課題の、ワンオブゼムでしかなくて、吟味される前にあっさりとその他大勢に紛れた。

これは空々空の思慮が浅いとか、考えが足りないとか、そういう問題ではない――百人いて百人がこうなるだろう必然とまでは言えないにしても、十分に起こりうるミスであり、そして救いがあるとすれば、このミスは空々にとっては悪いミスではないと言うことだった。

なぜなら、『魔女』という存在の、絶対平和リーグにおける存在感にまで気付かなかったわけではないのだから――つまり黒衣の魔法少女、あの『スクラップ』があんな風に呼ぶくらいだから、やはり酒々井かんづめは只者ではないのだろうと、ある意味彼女の先見性に対する裏づけだけは、しっかりと取れたのだから。

酒々井かんづめという名前を、どうやら地濃に伏せているらしい理由も、そのあたりにあるのかと、腑に落ちた気持ちもあった――逆に。

逆に、もしも『魔女』の詳細を、この時点で空々が知ってしまっていたなら——少なくとも絶対平和リーグの水準で知ってしまっていたなら、そんな風に構えてはいられなかったかもしれない。『便利』とか『利便』とか、そんな基準では捉え切れなかったかもしれない——彼の価値観は相当に歪んではいて、一般性には欠けているけれど。

それでも。

そんなおぞましい力には頼りたくない——と、そんな風に考えていたかもしれないのだから。

ともあれ。

黒衣の魔法少女——『土使い』の魔法少女『スクラップ』が桂浜の海岸を去ってのち、空々空が何をしたかと言えば、これは何もしなかったと言うのがもっとも事実を的確に表している。

その場から移動したり、桂浜の調査をしたり、そういう活動的なことは何もしなかった——するまでもなかった。

黒衣の魔法少女はもう去っていったのだから、彼女との約束を守る必要がないと思ったわけではない。布石と言うか、春秋戦争とやらの均衡を崩す方法を練ったり、海の向こうから慌ただしく登場し、その後戦闘になだれ込んでしまったため、未確認の点も多かった『新兵器』悲恋に、点検目的で色々質問をしたり（ただしやはりアクシデントにより前倒しで投入されたらしい『彼女』は、ほとんど大したことは知らなかった）、地濃鑿と酒々井かんづめといった気絶中の二人を介抱したりはしたけれど、それは隙間時間を使っての行為と言うべきだろう――あくまでも布石は布石。

気持ちとしては、彼はただ待っていた。

「チーム『サマー』のように、バラで行動していたのならばともかく――統制をとって、他のチームと戦っている最中であるチーム『スプリング』ならば、うちメンバーの一人が帰還しないとなれば、心配して様子を見に来るはずだろう。行き先を告げていないとも思えないし――だからそのまま動かず桂浜で待ち続けていれば、いずれチーム『スプリング』の誰かが来るだろうと思っていたんだよ」

とは、地濃が目を覚ましたのちに空々が説明したことである――地濃はそういう性格なので「はー、そうですかー」と、適当に頷いただけだったけれども、黒衣の魔法少女に半ば脅された直後の判断としては、腹立たしいほどに冷静なこの判断は、空々空の空々空らしさと言えた。

十三歳という年齢にしては彼は、飛び抜けて賢いというわけでも、戦いに通じた知略家軍略家というわけでもなかったけれど、しかし己の置かれた立場を最大限に利用するすさまじいまでの合理性については、他の追随を許さなかった。

もちろん、しばらく待っても海岸に誰も来なかった場合は別の手を打つつもりだったが――ただ、チーム『スプリング』の魔法少女がそこにやってくる可能性を考えたときのためと言うよりも、その後、彼女達と交渉するにあたって必要な措置だけは、あらかじめ取っておく必要があった。

それは悲恋に服を着せることだった――一貫して彼女は、そこまですっぱだかのままだったのだ。すっぱだかの女の子を連れた、女装少年の意見など、ぴりぴりしたテンションにある思春期の少女達が容れてくれるとは思えないゆえ……。

果たして黒衣の魔法少女『スクラップ』は、彼と彼女を、どのように捉えていたのだろう？　どこからどういう風に見ていたのかは定かではないが、あのふてぶてしい態度からすると、悲恋が、地球撲滅軍の所属であること――外部からの者であることは、まず見抜いていたが……、しかし機械生命であることまでは、本当のところ、果たして看破していたのだろうか？

看破しつつ、それを黙っていたという線は大いにありうる。

それは考えてもわからないことだ。

後々のことを思えば、看破していなければいいのに――と空々は思うというだけで、しかし自分がそういう風に思うということは、看破されているのではないかと、悲観的に見たりもする。彼の人生は悲観的に見るくらいで丁度(ちょうど)いいのだから。

ただ、仮に、悲恋の正体が九割まで『スクラップ』に見抜かれていたとしても、ゲーム管理者としての立場がある彼女が、それを春秋戦争の只中にあるチーム『スプリング』やチーム『オータム』の面々に、わざわざ教えるとも思えない——これからその戦争をかき回し、そして終結もしくは締結させるにあたって、空々が持つ最大のカードがこの悲恋ということになるのだから、その点は最大限に利用していきたいところだった。

地球撲滅軍不明室開発の『新兵器』——悲恋。

彼女の正体と機能の隠蔽。

それが空々にとって目下のところの課題であって、そしてその課題をクリアするためのプランは既にあった。

それは同時に、空々空の女装少年疑惑を奇麗に払拭することのできるプランでもあった——つまり、彼が登澱證から受け継いだ魔法少女のコスチュームを、そのまま悲恋に着せることだった。下着がない形になるけれども、サイズ的には問題はなかった——そんなことを左右左危博士がどういう風に思うかは、彼女と直接の接点を持たない空々からすれば定かではまったくないが、奇しくもそれで、絶対平和リーグの魔法少女製造課と、地球撲滅軍の不明室の、驚くべきコラボレーションが成り立ったというわけである。

魔法少女の衣装に身を包むアンドロイド。

ただし登澱證――魔法少女『メタファー』のマルチステッキは、彼女が死亡した際にこの世から消失しているので、コスチュームに身を包めど、悲恋は魔法を使えるわけではない。コスチュームの防御力――コスチュームの強度にしたって、それを貫けるほどの腕力を持つ悲恋には、どれほどの意味を持つのかはなはだ疑わしいものである。

意外だったのは、いや、結果論で言うと当然至極という気もするのだが、ステッキの必要がない魔法――『飛行』や『浮遊』と言ったコスチューム単体で発動可能なはずの魔法も、悲恋には使えないらしいことだった。

空々は彼女に、

「『飛ぼう』とか、『飛ぶ』とか、そんな風に念じるだけでいいんだよ」

と己の体験を踏まえて説明したけれど、

「空々上官。わたくしには『念じる』という機能はありません」

との返答だった。

そう答えられてしまうと沈黙するしかない。

機械と魔法のコラボレーションは、そうそういい塩梅には成立するものではないのかもしれない――魔法少女製造課の専門家や、不明室の左室長ならば、そこに何らかのコモンセンスもあるのかもしれないけれど、ど素人の空々には、手の打ちようがなかった。

もっとも、別に悲恋にコスチュームを着せたのは、魔法を使わせるためではないし、彼女の防御力を高めるためでもない——裸の女子という怪しさも危うさも満載な彼女をカムフラージュするためなのだから、機能性を発揮できないハリボテでも、それはそれで構わないのだ。

それを計算していたわけではまったくないけれど、チーム『スプリング』の魔法少女『ベリファイ』のマルチステッキ『マッドサンド』を、空々は回収していた——それを持たせれば、外側だけは、どこに出しても恥ずかしくない魔法少女だ。マルチステッキのデザインはどれも似たり寄ったりなので、多少手を加えて装飾しておけば、仲間が使っていたそれだとは見抜けまい。

言うまでもなく、マルチステッキはコスチュームと連動してこそ作動するものなので、『メタファー』のコスチュームを着ている者が『マッドサンド』を持ったところでただの棒、もしくは腕時計の役割しか果たさないけれども、もとより人間ではない悲恋は魔法を使えないというのであれば、そこはどうでもいい——あくまでもカムフラージュとしてのステッキだ。

チーム『スプリング』、そしてチーム『オータム』の魔法少女達の目を誤魔化せればいい。

「もしも誰かに訊かれたら、悲恋——きみはチーム『ウインター』の魔法少女だと答えるんだ。新入りの魔法少女だと」

空々は彼女にそう言った。

これはどうなのかな、と不安を抱きながら——小説をそんなに読むわけではない彼でも、ロボット三原則くらいは知っている。人間を騙すような命令を、上官からのそれだとは言え、果たして悲恋が受け入れるのかどうか——ただ彼女はあっけなく、

「わかりました、上官」

と答えたのだった。

拍子抜けするような従順さである。

ひょっとすると『あの人』——剣藤犬个は、自分と接した最初の頃、こんな気分だったのだろうかと思わされた。

人の振り見て我が振り直せというけれど、機械生命の振りを見て我が振りに気付くのも、世界広しと言えど、人類多しと言えど、まったく空々空くらいのものであろう。

ただ、一応彼女からこんな疑問は出てきた。

「ニューフェイスを装う際、名乗りはどうしましょうか、上官」

「名乗り？」

「これまでの経過を観察したところ、魔法少女にはそれぞれコードネームがあるようですが……、それはどうしましょうという意味です」

「ああ……」

コードネーム。

それに『本名』も考えておいたほうがいいか？

砂に埋もれた『砂使い』、魔法少女『ベリファイ』の本名は鈴賀井縁度だったな、確か――そう思い出す。一応、決めておくべきか。

年齢の偽装を見抜く方法として『干支を訊く』という手段があるけれど、身分を偽るのであれば、細部を詰めておくことが大切だ。

ただ、パスワードか何かのように、憶えられないほど複雑な『本名』を設定して、咄嗟に出てこなくなっては本末転倒なので、知っている名前をそのまま使うことにした。

最初は、さっき連想した『剣藤犬个』にしようかと考えたが、彼女は絶対平和リーグに少なからず縁があるようだった――『パンプキン』や『メタファー』がそうかもしれないように、チーム『オータム』やチーム『スプリング』にも、知り合いがいるかもしれない。

そう考えて空々は、

「本名は左在存にしよう」

と決めた。

不明室の実験台になっていたかの少女——空々空のギャンブルの師匠ならば、絶対平和リーグとかかわりを持っていたとは考えにくい。なにせほとんど、監禁状態にあったようなものなのだから。勝手に名前を使われて、それで怒るようなキャラクターでもあるまい。

「了解しました。本名を左在存と登録します」

悲恋はそう言って敬礼したが、思えば皮肉である。

自分を製作した博士の、娘の名前をそのまま名乗ることになるのだから——ただ、そんな機微は空々にわかるはずもなく、

「コードネームは……」

と、次のステップに移る。

『狼ちゃん』と呼ばれていた在存の名を借りるのだから、『ウルフ』とか『ヴェアヴォルフ』とかが真っ先に思いついたけれど、しかしこれはちょっと格好良すぎるな、と考え直した。

何も格好良過ぎるのがあざといと思ったわけではない——むしろその逆だ。格好良

過ぎるのは、危うい。これまで出会った魔法少女達のコードネームを思い出してみる限り、スタイリッシュなネーミングをすれば、逆に浮きかねないと思ったのだ。

出会った順に、『メタファー』、『パトス』、『ストローク』、『パンプキン』、『コラーゲン』、『ジャイアントインパクト』、『スペース』、『ベリファイ』、『スクラップ』。出会ってはいないが、『シャトル』という魔法少女もいたらしい——それらを検討してみる限り、黒衣の魔法少女も含めて、彼女達のコードネームは、かなり適当に決められているという印象がある。

この場合の『適当』とは、『丁度いい』という意味合いではなく、『いい加減』という意味だ——統一性や深い意味づけもなく、ただただ手当たり次第に、片仮名の言葉を引っ張ってきているというイメージがある。

それが空々には、絶対平和リーグ内における『魔法少女』の立ち位置というか、扱いかたを思わせるのだが——ただし、それは地球撲滅軍にしたって似たようなものかもしれないと思うと（『蒟蒻』なんて名付けられている奴もいた。空々の親友だ）、あまり口出ししづらいデリケートな部分でもある。

ともかく、空々は『ウルフ』では、疑わしく思われそうだと考え、では何がいいかと頭を捻って、この話題になった最初に悲恋自身が口にした『片仮名』の言葉である、

「ニューフェイス」

にすることにした。

「コードネームは『ニューフェイス』でお願い」

「了解しました、上官」

承諾する悲恋。

偽の魔法少女『ニューフェイス』。

これなら憶えやすい——地濃でも憶えてくれるだろう。

要するに、地球撲滅軍の『新兵器』であることを隠して、どころか魔法少女の一員として、絶対平和リーグのメンバーとして、悲恋には振る舞ってもらおうという空々の考えである——四国は広いし、魔法少女は全員が全員知り合いというわけではなさそうだったから(事実地濃は、魔法少女全員の数をはっきりとは認識していなかった)、既に地濃以外は全滅しているチーム『ウインター』の新顔だと言い張れば、それを崩す論拠は地濃以外、誰も持つまい。

同じくほぼ全滅しているチーム『サマー』のメンバーだと言い張っても同じかもしれなかったけれど、ただ、チーム『サマー』には現在行方不明の、空々とも因縁のある魔法少女『ストローク』が四国のどこかにいるはずなので、ひょっとすると彼女が春秋戦争に噛んで来る、もしくは既に噛んでいる可能性を考えて、そちらは避けたのだった。

つまり空々はここで、別に同盟相手であるチーム『サマー』の魔法少女、はっきりとした生き残りである魔法少女『パンプキン』が噛んで来る可能性を考えたわけではなかったのだが――そういう意味ではここで悲恋にチーム『サマー』ではなくチーム『ウインター』と名乗らせたのは、今後の春秋戦争の戦況を見据えたような英断だったと言える。

それはともかく、『新兵器』悲恋をそういう風に魔法少女に偽装したことで、彼女は確かにすっぱだかの女の子ではなくなったが（ノーパンノーブラの魔法少女になった）、今度は空々のほうが半裸の十三歳の少年になってしまったわけで――しかしこれについてはすぐに問題は解決される。なにせ桂浜は、坂本竜馬の銅像がおっ立つ、観光名所である。海岸から少し足を伸ばすだけで、お土産ものがいくらでも販売されていた――そこでTシャツやズボン、サンダルといった衣服を入手することはそんなに難しいことではなかった。

いかにも旅行客みたいなファッションになってしまったことには何らかのエクスキューズが必要かもしれないけれども、しかし悲恋と違って、空々は地球撲滅軍の調査員であることを隠すつもりはないので、逆に部外者であることをアピールできるそのファッションは、むしろ悪くないかもしれない。

もちろん、悲恋にこちらのファッションを着せず、コスチュームを着せたことには戦略的な意味がある――話の持って行きかたとしては、部外者である空々には、既に『二人』の魔法少女が協力を示しているという事実を、これから現れるであろうチーム『スプリング』の魔法少女達に示したいのだった。

一人の魔法少女がゲームクリアのために協力しているというのならばまだ説得力に欠けるかもしれないが、二人、空々に協力の態度を示しているというのであれば――態度が頑なであろうチーム『スプリング』の面々も、話くらいは聞いてくれるのではないだろうか？

実行するには、地濃の演技力がやや心配だが（案外悲恋よりも、嘘をつけないのは彼女のほうかもしれない）、こんな作戦が取れるのも、実のところはその地濃のお陰である――悲恋が海の向こうから登場した際、彼女がうっかり口を滑らし、

「すごいですねー、空々さん。すっぽんぽんの女の子が指揮下に入ってくれるだなんて。ご命令くださいだなんて。経緯はよくわかりませんけれど、男冥利に尽きるというものじゃありませんか」

などと言ってしまったから、それで空々はもう、かんづめに対して性別を偽り続ける理由がなくなった――魔法少女のコスチュームを着続ける根拠がなくなった。

空を飛ぶためという大義名分もあるにはあったけれど、四国の今の情勢では、常時

着ている必要はあるまいと判断した――それよりも、悲恋の偽装に使用したほうが合理的だと。

　当然ながら、今までずっと『おねえちゃん』だと思っていた空々が『おにいちゃん』だったとわかれば、児童のかんづめはショックを受けるに違いないと思われたから、空々は彼女が目を覚ましたらどのように説明するかに頭を悩まさなくてはならなかったが――とりあえず、『魔女』と言っていいことはあまりなさそうなので、彼女の扱いはこれまで通りの、道中でピックアップした一般人の生き残りということにしようと思う。それならば彼女の名前も偽っておいたほうがいいか……地濃に対して名前を伏せたまま行動を共にするのも、いい加減限界だろうし。

　左在存、並に憶えやすい、咄嗟に言われたときに間違えにくい名前があればいいのだが――ああそうだ、『花屋瀟（はなやしょう）』はどうだろうか？　登澱證と、下の名前が甘かぶりするけれども、それくらいなら許容範囲だろうし、花屋瀟の名が絶対平和リーグに知られているとは――いや、何かあるんだったっけ？　あいつはあいつで、絶対平和リーグとリンクしているのだったっけ……。

「……うーん」

　そうしてみると、案外偽名を考えたり、コードネームを考えたりするのも一筋縄ではいかないものだった――特に名前に関して言えば、本名が絶対的過ぎて、既存のもはあるまい。

にかつていた戦士の名前だ。彼女なら、絶対平和リーグと繋がりがあったということ

い。とりあえず候補として、『瀬伐井鉈美（せきれいなたみ）』と考えておくことにした——地球撲滅軍

のを流用するのでもない限りは、ぴったりくる偽名というものがなかなか思いつかな

　というわけで態勢を整えた空々空とその一行——と言ってもうち二名はまだ意識を取り戻さないが——は、桂浜の海岸で、チーム『スプリング』の魔法少女を待ち続けた。否、待ち続けたというほどの長期間、そこに居続けたわけでもない——着替えやら打ち合わせやらの『時間潰し』が、ともすると間に合わなくなっていたのではないかというくらいに、むしろ、彼女達の到着はお早かった。

　さすがは戦時下。

　ゲーム中の戦時下、対応が早い——と空々は思ったけれど、その迅速な到着には、それ以外の要因もあったことを、後から知った。

　ともかくやってきた魔法少女は二名だった。

　ひとりは、その後愛媛県松山市において、魔法少女『パンプキン』と魔法少女『クリーンナップ』と戦うことになる『振動』の魔法少女『デシメーション』であり、そしてもうひとりは。

　チーム『スプリング』のリーダー。

『伝令』の魔法少女『アスファルト』だった。

３

　ふたりか、と思い、空々空は身構えた。

　もちろん二人よりも一人のほうが、話はしやすかったと思ったから身構えたのだけれど、しかし三人や四人でなかっただけよかったと、そこはポジティブに考えるべきかもしれなかった。

「何者ですか？　あなたは。ここに私達の仲間が来たはずなのですが……」

と、二人のうち、明確に上役だと思われるほうが訊いてきたので、空々は正直に、

「地球撲滅軍第九機動室室長、空々空です」

　と名乗った。

　ただし正直なのはそこまでだ。

「あなたの仲間というのは、『砂使い』の魔法少女『ベリファイ』のことでしょうか？　だとしたらご愁傷様としか申し上げることができません……、つい先ほど、僕達の目の前で彼女は、黒衣の魔法少女に殺されました。チーム『白夜』と名乗っていましたが……」

見てきたような嘘を言う。

空々はあまり嘘が得意な少年ではなかったが、しかしここは徹して演じ続けるしかなかった――もしもこの場面で、魔法少女『ベリファイ』を殺したのが空々だ（実行犯は悲恋だ）ということが露見すれば、目前の二人と連戦することになるだろう――それはなんとしても避けたい。黒衣の魔法少女『スクラップ』に罪をかぶってもらうのは心苦しくもあるが、しかし、彼女からの頼まれごとがなければここから逃亡することもできていたのだから、その程度の協力はして欲しい。

ただ、相手からしてみると、この『黒衣の魔法少女』という用語が、意外と重要だったと言うか、強い説得力を持っていたようだ――ただ空々が、『ベリファイ』が何者かに殺されるシーンを目撃したと言っただけでは疑われただろうが、黒衣の魔法少女、チーム『白夜』の名前を出したことで、

「…………」

と、質問者は思案顔を見せた。

むろんそんなことを見た目で判断できるほどに空々は人間に通じてはいないけれども、彼は彼女を、落ち着いた雰囲気の、参謀タイプの魔法少女だと思った――そんな雰囲気だから、ふりふりのコスチュームの似合わないことと言ったらなかった。

と言うより、魔法少女のコスチュームの似合う奴なんているのか？　そんなことを

考えてしまう――考えているうちに、

「私は絶対平和リーグ所属の魔法少女『アスファルト』――チーム『スプリング』のリーダーです。こっちは、『デシメーション』」

と、自ら名乗り、やや後ろに立っていたもうひとりの魔法少女の紹介も済ませた。

そして、

「あなたは地球撲滅軍のかただとして――見ない顔ですね」

と続ける。

主語が抜けているので一瞬真意を計りかねたが（初対面なのだから見ない顔なのは当たり前だろうと思った）、それが悲恋と、気絶中の地濃のことだとすぐにわかった。

「えっと……」

空々は考えながら喋る。

概ねの主張は決めていたものの、なにせ相手のあることなので、台本をきっちり書いていたわけではない――適切な受け答えをしなければバトルに突入してしまう恐れは、まったく払拭できていない。

『新兵器』悲恋が先程の『ベリファイ』との戦闘で見せたその機能を思えば、バトルになることが即絶望には繋がるまいが、しかし空々はそんなに好戦的な性格ではない――基本的には。

「確かに、僕は地球撲滅軍に入って日が浅く、そんなに外部のかたに知られているわけではないんですけれど……」

と、空々は最初にした誤解を修正せず、あえてそのまま貫くことにした――二名の魔法少女（うち一名は気絶中、一名は偽物）について説明するのは、向こうがもう少し話を振ってきてからにしようと思った。まだ大して質問もされていないのにあれこれ説明を並べ立てても、怪しまれるかもしれない――鎌をかけられているかもしれない、とまで思うのは、相手の持つ知性的な雰囲気に呑まれているだけとも言えるが。

「僕は、四国で起きているらしい異変の調査を正式に組織から任じられた……」

「ああ、いいですいいです、その辺りは大体想像がつきますから――私が訊いているのは、あなたに協力していると思しき、うちの二名ですよ」

と、彼女――魔法少女『アスファルト』は言う。

そのコードネームとは裏腹に、柔らかな笑みと共に。

「チーム『サマー』のかた？　それともチーム『ウインター』のかた？　いずれにしても右側ですよね。チーム『オータム』なら、私が知らないってことはありませんから」

「…………」

右側？

という表現を一瞬わかりかねたが、四国を、右側・左側で分けているのだとすぐ気付く。つまり香川と徳島が右側で、愛媛と高知が左側——なるほど。

そう言えば『スクラップ』もそんな言いかたをしていたような。

「二人ともチーム『ウインター』の魔法少女ですよ。……ご存知ないんですか？」

と、むしろ空々は、それが意外だと言うような態度を取る——多くを語らず、その食い違いを不思議がるような。これでいいはず。あくまで空々は部外者なのだから、立て板に水で説明できるほうがおかしいのだ。

頭がいいのなら、自分で考えてもらおう——知恵を貸してもらおう。

「……わたくしは新入りですから」

そこで悲恋が言葉を口にした。

例の自然な、違和感のない——なさ過ぎる、異様な口調である。

「まだ左側の方々とはお目にかかったことはありません——『ジャイアントインパクト』もそうだと思います」

……とにかく平気で嘘をつく機械である。

左側、という用語もあっさり使いこなしているし、まだちゃんと紹介もしていない地濃のコードネームも、ここまでの会話のどこかでちゃんとインプットしていたようだ。

この機能性の高さが、相手に奇妙だと思われなければいいのだが……。

空々が、悲恋の『出来過ぎ』の演技にやや不安を覚えていると、

「『ジャイアントインパクト』の名は知っていますよ——ふうん。そんな顔立ちをしていたんですね」

と、魔法少女『アスファルト』は言った。

「『死』に纏わる、ほぼ制御不能に近い固有魔法を使うとかなんとか……、魔法少女製造課からすると、かなりの成功例なんでしょうね。少なくとも私なんかよりもずっと」

地濃が成功例なんて言われているのを聞くとすさまじい違和感があるけれど、しかしそれは、彼女の持つ固有魔法『不死』が成功例なのであって、それを託されている地濃本人の話ではないのだろうと、空々は自分を納得させる。強力な魔法ほど、程度の低い戦士に託されがちだという、自分の立てた仮説を思い出しつつ。

ただ、その仮説に則ると、『私なんかよりずっと』と言う彼女が使う魔法は、それほどの成功例ではないということであり、翻ってそれは、彼女自身の有能さを示していることになり——いや、そこから先は疑心暗鬼の森か。

検証できないことを考え過ぎても無駄だ。

彼女の台詞から類推すべきは、魔法少女『アスファルト』は、『不死』の魔法の、詳細まではどうやら知らないということだ――それは交渉のカードになるか？

春秋戦争をかき回す、均衡状態を突き崩すにあたって、まず空々がなすべきは、彼女達チーム『スプリング』に取り入ることなのだが……。

できればその交渉は、地濃やかんづめが意識を取り戻す前に終わらせたいものだ。

「……ちなみに、あなたのお名前は？」

魔法少女『アスファルト』が、悲恋に向けて聞いた――悲恋はしれっと、

「『ニューフェイス』です」

と答えた。

名前を聞かれたのだから本名（に設定した偽名）を答えるかもしれないと思っていたけれど、そこは空気を読んだらしい――空気を読めるのだ、このアンドロイドは。

「……状況が、ちょっとわからないですね。私の大切な仲間が、黒衣の魔法少女――チーム『白夜』に殺されたというのは、本当なのですか？」

タイミングを空けてからの、その真偽を問う質問に空々が、むろん、正直に答えるはずもない――ただ、

「嘘なんてつきませんよ。つく理由がありませんから」

と嘘をつく。

「できれば事情を教えてもらいたいと思っているんですけれど。部外者の僕にも、徳島県の彼女達にも、よくわからないことでして」

「…………」

これに対し魔法少女『アスファルト』は、まず沈黙で応じる——空々を値踏みするように見ながら、ただ黙る。

視線で雄弁に語る感じ——でもあるのだが、しかし何を語ろうとしているのかはさっぱりわからない。さっきの『ベリファイ』もそうだったが……、どうもこれまで会った魔法少女とは、この土地の魔法少女は質が違う。

戦時下にあるからと言うのもあるのだろうが……元々、『そういう気質の少女達』が集められているのかもしれない。

「……不思議なのは、と言いますか」

やがて彼女は口を開いた。

「私が是非とも答えていただきたいと思っている質問は——あなた達がどうして、この砂浜から移動していないのかという点です。だってそうでしょう？　戦闘が行われ、人が一人死んだような場所は、危険地帯だと判断し、一刻も早く離れたいと思うのが普通のはずなのに——まるで私達の到着を待っていたみたいに」

鋭い。

いや、理論立てて鋭く見せてはいるが、しかし因縁に近い物言いでもある――要するに空々のことをまったく信用していないから、適当に難癖をつけて様子を見ているという風にも取れる。

それも、空々だから信用していないということではなく、基本的に仲間以外は誰も信用しないと決めているようでもあった――部外者の口から何を聞かされても、すぐには信じられないということか。

ただ、それでも『黒衣の魔法少女』『チーム「白夜」』という名前が彼女達にも有効なことはなんとなく空々にもわかったので、ならばそれを最大限に有効活用することにした――実際には切り札どころか、空手形もいいところだが。

「ご明察です。確かに僕達はあなたがたを待っていたんです――隠すつもりはありませんでしたが、すぐにそれに気付くとは、さすがチーム『スプリング』のリーダー」

空々は心にもないおべんちゃらを言った――心にもないと言うか、心がないので、相手を持ち上げること自体に抵抗はない。ただ、あまり意味はないだろうなとも思っている――お世辞が嫌いということもあるだろうから、言い過ぎに気をつけたほうがいいくらいだろう。

「というのも、黒衣の魔法少女――『スクラップ』と名乗っていましたが――が、僕達に言ったからです。メッセージを伝えろ、と」

「メッセージ？」

案の定、黒衣の魔法少女の話には興味を示す魔法少女『アスファルト』——そこに畳(たた)み掛けるように空々は言った。

「四国ゲームが均衡状態になっているのは好ましくない——ゆえに均衡を崩した」

土佐弁は喋れないので、空々は標準語で喋った——どの道『スクラップ』はそんなことは言っていないのだから、わざわざ下手な物真似をする必要はなかろう。

「均衡を崩した——そのために『ベリファイ』を殺したって言うの!?」

魔法少女『アスファルト』の後ろの少女——魔法少女『デシメーション』が、ずっと保っていた沈黙を破り、急に憤慨したように怒鳴った。

その態度から、彼女は『ベリファイ』と特に仲がよかったのだろうか、などと空々は思ったが、しかし『振動』の魔法少女『デシメーション』と『砂使い』の魔法少女『ベリファイ』がチーム内でも特にタッグを組んでいた二人であったことなど、さすがにわかるはずもなかった。

そんな魔法少女『デシメーション』を、魔法少女『アスファルト』は制して、

「五対五の状況を、五対四にすることで均衡を崩したと言うのですね……」

と、話を進める。

「確かにチーム『オータム』とチーム『スプリング』の均衡は四国ゲームを完全に停

滞させていましたけれど……、私達双方、打つ手のない日々がここのところ続いていましたけれど、それで、まさかチーム『白夜』が動き出すなんて……にわかには信じられませんね」

「でも、そう言っていたんです」

空々は堂々と答えた――言っていたというのは嘘なのだが、しかしチーム『白夜』が動いたこと自体は偽りのない真実なので、ここは後ろ暗いところなく言い張れる。

で――ここからだった。

大胆な、しかし肝となる嘘はここからだった。

「ただし、チーム『白夜』としては一方に肩入れするつもりはないから、お前達がチーム『スプリング』に協力することでバランスを取ってやれ――と、僕はそう言われたんです。このままここに居続けたらチーム『スプリング』の誰かと会えるはずだから、と」

「……あなた達が？　私達に、協力？」

怪しむように空々の台詞を繰り返す魔法少女『アスファルト』――空々はそれに「ええ」と頷く。顔色ひとつ変えず。

「チーム『スプリング』とチーム『オータム』の繰り広げる春秋戦争。その戦争にあなた達を勝たせて、四国ゲームをクリアさせ、この状況を終わらせることは、必ずしも地球撲滅軍の目的に反するものではありませんから」

「ふざけるな！」

と、叫んだのは魔法少女『デシメーション』である。

「お前ら——お前なんかが『ベリファイ』の代わりになんかなるものか！」

その強い口調に、殴りかかってこられるかと思ったくらいだ——空々の言い草に対する拒否感と言うより、『ベリファイ』への仲間意識が嵩じての謂と見るべきだろう。

空々はそう読み取って、

「もちろん、僕一人が彼女の代わりになれるだなんて思いません——ただ、ここにいる『ニューフェイス』と『ジャイアントインパクト』も、そういうことなら協力してくれるそうです」

と、悲恋と地濃を示す。

「特に『ジャイアントインパクト』の魔法は、あなた達の役に立つのでは……」

そんな付け足しを加えたのは、先刻魔法少女『アスファルト』が、地濃の魔法を高評価するような素振りを見せたからだ——事実としては、地濃の使う固有魔法『不死』は、その恐るべき効能に比して、そんなに使い勝手のいいものではないし、汎用性の高いものでもない。とてもではないが、『あなた達の役に立つ』なんて言えるものではないのだけれど、しかしそれを平気の平左で言ってしまえるのが空々なのだった。

「…………」

空々からの売り込み文句に考える素振りの魔法少女『アスファルト』――空々の実力は未知数にしても、魔法少女の人数が増えるのは、歓迎できると言ったところか？『ベリファイ』の死を前提とした場合、春秋戦争は五対四になる――しかし空々達を受け入れれば、人数の上ででは少なくとも、チーム『オータム』を上回れる。戦闘を指揮するリーダーとして、そのあたりのシビアな計算をたてているのだろう。

「『ベリファイ』の死体は――もう爆散したのでしょうか？」

「ええ。跡形もなく」

わざと、必要以上にシビアに答える。

「それにしては、爆発跡が見当たりませんが――それはもう修繕されたのでしょうか？」

「いえ、そもそも砂の中で爆散したので、周辺被害はありませんでした」

ルール違反で起きた爆散の被害は、時間の経過で『修繕』されるのが今の四国だ――その法則にも何らかの魔法が噛んでいるのだとは思う。鋼矢がほのめかしていた『バリアー』も、きっとその類だと考えられるが……。

「砂の中……、どうして砂の中で？　あの子は『砂使い』なのに」

「相手が『土使い』だったからです——黒衣の魔法少女『スクラップ』は『土使い』でした」

「上位互換、ですか……」

遣る瀬なさそうに言う魔法少女『アスファルト』。黒衣の魔法少女について突っ込んで話したことで、空々の話に信憑性が出てきたのかもしれない。

だが、そうかと思うと彼女は、

「私としては、あなたが私の仲間を殺し、そして次にのこのこやってきた私達を殺そうとしていると疑うほうが、手っ取り早いんですけれど」

と、露骨に直截的なことを言ってきた。

挑発するような体裁を取っているけれど、しかしこれはむしろただの本音だろう——冗談めかして言いにくいことを言ったようなものだ。

そして案外、それは事実から遠くない。

魔法少女『ベリファイ』は、空々と戦っている最中に悲恋の手にかかって落命したのだし、そして空々は彼女達を積極的に殺そうとはしていないものの、その危険へと導こうとしているのだから。停滞している戦争を再び動かすということは、そういうことだ——人死には避けられない。

いや、別に動かさなくとも、チーム『スプリング』とチーム『オータム』を、和解に持って行ければそれがベストなのだが……。

「まあ、そう疑われるのも無理はないと思います」

と、空々は答えた。淡々と。

淡々とし過ぎると嘘っぽくなるだろうが、さりとてむきになって反論しても、また嘘っぽくなるだろう――結局嘘ばかり述べているのだから、何をどう言おうと、嘘っぽくなるのは至極当然とも言えた。

「正直、さっきの今の出来事ですしね――提示できる証拠があるわけでもないです。もしもそうするべきだと思うのであれば、あなた達はここで僕達をゲームオーバーさせておくべきでしょう」

ゲームオーバーさせておくべき、などとマイルドに言ったが、要は『殺さば殺せ』と開き直ったようなものだった――当然、空々としては交渉のつもりで、駆け引きのつもりでそういうことを言っているのだけれど、気持ちの中のどこかに、ひょっとすると大部分に点在する形で、『そうしてくれたらいっそ楽になるのに』という思いがないと、果たして言えるだろうか。にもかかわらず生き抜こうとする己の、なんとも浅ましいことよ。

「結局人間、どこかで誰かは信じなくちゃいけないんですから――何を信じるかは自分で決めたほうがいいんじゃないですか？」

「…………」

ふうん、と魔法少女『アスファルト』は、沈黙ののち、空々の言に、感心したように頷く──本当に感心したかどうかは神のみぞ知るところだが。

「どこかで誰かは信じなくちゃいけない、ですか──そりゃまあ、そうだ。何も信じないなんてライフスタイルを選んだら、食事も睡眠も取れないでしょうね……まして今は四国ゲームの真っ只中。協力プレイは基本、ですか。……もちろん、あなた達の言う通りにしろ、それとも嘘をついているにしろ、『ベリファイ』がこの場にいないことは確かな事実……あなたの言い分と私の予測、どちらかが正しかったとしても、チーム『オータム』との春秋戦争が、五対四になってしまったことは確かです。当然、だから単純に不利になったとは思いませんが……」

彼女はこちらの反応を窺いながら喋る。

「それでも、ここであなた達を『念のために』排除するというのも、いくらか殺伐(さつばつ)とし過ぎていますかね──正直に言えば、あなたがたが一体どういう集団なのか、計りかねるところがありますし、対応を決めるのはそのあたりを聞いてからにしてもいいという気、くらいはします」

「そう言っていただけると……」

ほとんど問答無用でバトルを仕掛けてきた魔法少女『ベリファイ』に較べれば、魔法少女『アスファルト』の空々に対するその態度は、理性的とも言えた――その辺りはグループを統べるリーダーゆえという言い方もできそうだが、ただしかし、あの『砂使い』はチーム『スプリング』のメンバーとして、リーダーの指揮に従っていたところもあるはずなので、その態度をそのまま受け取るのもまずかろう。

取りようによっては先の台詞は、聞き出せるだけの情報を聞きだしてから排除しようという意味にも取れる……。

うまい話には裏がある、ではないけれど、思い通りにことが運びそうなときほど用心するべきだ――魔法少女との交渉は、水と油のように、決裂するのが常じゃあないか。

まあ、これまでそうだったのはひょっとすると、最初に出会った證のときを除いて、空々が一貫して女装していたからという可能性もないではないのだが――部外者が魔法少女のコスチュームを着ているという事実が彼女達の攻撃性を喚起していた線は大いにあるのだが、それはともかく、だから空々としては『そう言っていただけると』どころではないのだが、変に用心深いところを見せるよりも、鈍い振りをすることにした。

「……助かります。その、『スクラップ』と、『ベリファイ』ですか？　二人の戦いに巻き込まれる形で、怪我人が出ていて……、もう僕達としては四国ゲーム、手詰まりな感があったんです。だから黒衣の魔法少女に言われたからというのはもちろんありますけれど、一刻も早くこのゲームを終わらせるために、協力させてもらえればと——もちろん、地球撲滅軍と連絡が取れた際には、最大限いいように取り計らわせてもらいますし」

このあたりは空手形の大安売りである。

つまり、まとめると実験失敗によって生じた今回の被害を、地球撲滅軍に責めさせるようなことはないようにする——と言っているのだが。

まあ、組織で疎まれている空々がどれほど取り計らおうと、それがいいようになるかどうかはわからないけれども——一応、『最大限』の努力をすることくらいは約束しても害はなかろう。

と思っていたら、魔法少女『アスファルト』は、そこで始めて齢相応っぽい——意地悪な女の子っぽい微笑を浮かべて、

「あなたに庇われたら、逆効果になるんじゃないでしょうか？　空々空くん」

と言った。

こちらの心中をそのままなぞるようなことを言った。

「前の牡蠣垣室長だと言うのならともかく——あなたくらい発言力のない室長は、地球撲滅軍始まって以来、いないでしょうに」

「！」

さすがに驚きを禁じえない。

自分の存在が知られていたことにまず驚くし、また同時に、今の今まで——会話がここまで進行するまでの間、魔法少女『アスファルト』は、空々の名をあらかじめ知っていたことを黙って話していたということにも驚いた。

たぶんに戦略的な意味合いがあったのだろう——自分がそのことで何らかのボロを出していないか、にわかに不安になる。

「……僕のことを、ご存知だったんですか？」

と、当たり障りのない受け答えをまずはする。

むしろそれで身分証明ができて、安心した風を装いながら——ただ、今や空々は『身分証明ができて安心する』というような経験があまりない世界の住人なので、その演技が上手にできたかどうかは、わからなかった。

かなりの体当たり演技だ。

「ええ、まあ。名前くらいは」

魔法少女『アスファルト』は、どうとでも受け取れそうな返事をする——意味深に。

思えば、最後まで隠し通してもよかった、『空々をあらかじめ知っていた』というカードをここで切ってきたということは、その時点で彼女の中ではこの会話の落としどころはもう決まっていたのかもしれない。

だとすれば空々としては、その落としどころというのが地獄でないことを祈るだけだ——そうなったらそうなったで、ただ突き落とされるつもりもないけれど。

この場でチーム『スプリング』の魔法少女二名を亡き者にするという形でも、春秋戦争の均衡は崩れるだろう——なにせ、そのうち一名はチームリーダーなのだから。

果たして空々が、そこまで物騒でドラスティックなことを計画しているとまで考えが及んでいるのか、及んでいないのか——魔法少女『アスファルト』は、しばらくもったいぶるようにしてから、

「いいでしょう」

と言った。

「あなたがたのお話を、詳しく聞かせていただきましょう——あなたがたをチーム『スプリング』の客人として、扱わせていただきます」

「客人？」

「ええ。チーム『白夜』のかたが、どういう風に言ったかはわかりませんけれど——私達のチームはそれなりの一枚岩でしてね。一人欠けたからすぐに代わりのメンバーを補充する、というようなシステムにはなっておりません——つまり、この場で戦い

にならなかったくらいのことで、あなたがたに、チーム『スプリング』の仲間になったつもりになられても困るということです」

「はあ……それで客人ですか」

奇妙な線引きだ、行動を共にするならば一緒ではないのかという気もしたが、そのラインは彼女達にとって守りたいラインなのだろう——その結束力がなかったから、チーム『サマー』やチーム『ウインター』は崩壊したのだという見方もできる。

あるいは、先程考えた通りに、『あなたがたのお話を、詳しく聞かせていただ』いたのちに、空々達を始末する心算ゆえに、そういう言いかたをしているのかもしれない——まあ、そう言った外交姿勢を一概に卑劣だとは言えまい。なにせ事実として、空々達は彼女の仲間を一人、いきさつはともかく殺してしまっているわけで、第三者の視点、もしくは神の視点で眺めるなら、排他的とも取れる魔法少女『アスファルト』の応対は至極真っ当ということができる。

否。

本当に客観的な視点から、彼女にするべきアドバイスがあるとすれば、そんな折衷案のような、あるいはいいとこどりのようなアイディアを採用するのではなく、空々空にはかかわらないようにするべきだ——というアドバイスかもしれない。

彼女は確かに空々空の名を、その所属や扱われかたまで含めて知っていたようだが

——以下のことは知っていたのだろうか？

即ち、彼が。

敵よりも味方を多く殺す戦士だということを。

チームメンバーとしてであろうと客人としてであろうと、彼を自らの陣営に引き入れるというのは、一個兵団の指揮者として絶対にやってはならないことだということを——それをしたがために。

彼女が今言った、空々の前任者である牡蠣垣閂がどのような目に遭ったかという裏事情まで含めて、知っていたのだろうか？

「わかりました」

なんにしても空々は、相手が何を企んでいようとも、どういう思惑であろうとも、『客人として扱う』という言質を引っ繰り返されないうちに、それに乗っかることにした。

「僕が知る限りのことをお話しさせていただこうと思います——だからそちらからは、知る限りではなく可能な限りで構いません、四国ゲームの情報を教えていただければと思います。その分だけの働きはしますので」

「殊勝なことですね」

それははっきりと皮肉とわかる口調で、魔法少女『アスファルト』は、嚙んで吐きだすような言いかたをした。

「では、私達の本拠地へとご案内しましょう。こんな開けた場所で話し続けるのは危険かもしれませんしね――」

「本拠地？」

空々はその言葉に反応する――ここで言う本拠地というのが、つまり絶対平和リーグ高知本部跡がある龍河洞のことだったわけで、つまりそこに案内されると言うことは、ようやく彼は、高知まで足を伸ばしてきた目的を達成することができるということなのだった――とかく『目的を達成する』という、それだけのことが難しい今の四国で、それは小さいながらもひとつの成果だった。

ただしさすがに本拠地という言葉からだけではそこまで察することはできなかったし、また、何かが都合よく進もうとすれば邪魔が入るのも四国の常なので、空々はここではむしろ、じっくり構える気配を示した。

「僕は、別にここで話し続けても構いませんけれど。早く信頼を勝ち取りたいですし」

「信頼……まあ」

驚いた風の魔法少女『アスファルト』。

今後何があろうと、どんな話を聞かされようと、彼女達と空々との間に信頼など生じないと言いたげだ——それが部外者に対する姿勢なのか、それとも空々個人に対する姿勢なのかは判然としないところがあるけれど。

「そう焦る必要はありませんよ、空々空くん。信頼関係というのは、じっくりと育てていくものですしね」

その皮肉めいた響きに気付かないわけでもなかったが、「ええ、まあ、そうですけれども」と、空々は気付かない振りをする。

「急いてはことを仕損じるとも言いますし。大体、その二人を手当てしてあげなくちゃいけないでしょう？『ベリファイ』と、チーム『白夜』との戦いの巻き添えを食らったという二人——どういうシチュエーションだったのか、あとで詳しくお伺いしたいところですが、まずはちゃんとベッドで休ませてあげるべきでは」

「ああ……そうですね。お気遣いありがとうございます」

そう言って頭を下げる空々——『ありがとう』が口癖になっている今の空々だったが、これに関しては、素直なお礼だったかもしれない。そこまで気が回っていなかった。二人ともそのうち目を覚ますだろうと構えていたが（地濃に関しては、まだしばらく目を覚まさないで欲しいとまで思っていた）、しかし、思いのほか深刻なダメージを受けているという可能性もあるのだ。

意識不明の仲間に対して最低限の注意も払えないような奴が『信頼を勝ち取りた

い』とか言っているのは、相手からすればさぞかし滑稽だったことだろう――と同時に、空々はこの件から、魔法少女『アスファルト』の隙を見たような気分にもなった。

部外者と見切り、客人と言い切りながら、そんな常識的な心配を、心配りを、たとえ口実や建前としてであれしてみせると言うのは――彼女の甘さではないのだろうか、と。

ひょっとすると彼女のそういう姿勢が、そういう個性が、現状、春秋戦争の均衡状態を生んでいるひとつの要因なのではないか、と――空々がそんなことを考えているのを知ってか知らずか、魔法少女『アスファルト』は、後ろに控えていた魔法少女『デシメーション』に、

「あなたはひとっとび行って、愛媛県側の様子を探ってきてくれますか？　もしも均衡状態が崩れると言うのならば、最新の情報が欲しいです」

と短く指示を出した。

そして相手が頷いたのを見てから空々に再度向き直って、

「ところで、聞きそびれてましたね。その小さな女の子は、地球撲滅軍の所属ですか？」

と訊いてきた。

そういう設定にしてもよかったかな、と思いつつも、さすがに六歳児が地球撲滅軍とか無理があるだろうと、空々は当初の予定通り、調査中に救助した四国の一般市民だと告げたのだった。

虚実入り混じるどころか、九割がた嘘で満たしたチーム『スプリング』とのファーストセッションだったが、しかし締めの部分では、本当のことを述べたことになるわけである。

4

もっとも予定通りと言うなら、酒々井かんづめについては、彼女が黒衣の魔法少女『スクラップ』から『魔女』と呼ばれていたことは当然伏せたし、名前も偽名で紹介したので、そういう意味ではファーストセッションは、最後の最後まで嘘ばかりだったと言うべきなのかもしれない。

ただしあらかじめ準備しておいた『瀬伐井鉈美』という偽名は使えなくなったと空々は判断した——空々の名を、そして牡蠣垣の名を把握していた魔法少女『アスファルト』である。瀬伐井鉈美を知っていてもおかしくはない——瀬伐井鉈美がどんなパーソナリティだったかは、正直、空々空の知るところではないのだけれど、しかしその一風変わった名前は、同姓同名で通るものではないだろう。

だから瞬間の判断で空々は、

「ショックで口が利けなくなってるみたいで。だから細かい事情はわからないんだけれど、できれば両親を探してあげたいと思っているんです……」

と、そんな風な説明をした。

暗に、彼女の家族はもうゲームオーバーになっているだろうことを滲ませて——まあ、はっきりと確認を取ったわけではないが、これは確実だろう。

しかしとにかく、かんづめが四国ゲームを一人で生き残っていたレアな一般人だと、ミステリアスな先見性を持つ幼稚園児だということは露見しないように努めた——ショックで口が利けない状態だという『設定』にすれば、余計な詮索もされまい。

これは直前に感じ取った、魔法少女『アスファルト』の甘さのようなものに、早速つけ込むような考えかただったが——効を奏したのかたまたまなのか、彼女は、

「ふうん、そうですか」

と、それ以上深くは訊いてこなかった——そして。

そして龍河洞。

絶対平和リーグ高知本部——跡。

今に至るというわけである。

桂浜と龍河洞はそれなりに距離があるので（来た道を引き返す形になった）、道中にもチーム『スプリング』のリーダーとのやり取りはあった——危ういやり取りはあった。飛行ではなく自動車で移動することになったゆえ、到着まで時間を要したことも、危うさのひとつでもあった——というより、それについては冷や冷やしたものだ。

魔法少女のコスチュームを着ていようと、悲恋は空を飛べないのだから、もしも地濃が目を覚ましていたなら厄介なことになっていた——地濃がかんづめを、悲恋が空々を背負って飛べばチーム『スプリング』の本拠地まですぐに到着すると、魔法少女『アスファルト』から言われたときに、反論するすべがなかっただろう。

戦闘に巻き込まれた二人を搬送するためという大義名分があったからこそ、その辺りの自動車を拝借して移動という手段が取れたのだった——後部座席に悲恋と地濃とかんづめ、助手席にナビゲート役としての魔法少女『アスファルト』、そして運転するのは空々だった。

車の運転は久し振りである——とはいえ彼の場合は、愛媛県まで自転車で行った杵槻鋼矢と違って、軽いドライブくらいはできる。そのことに助手席の魔法少女は感心したようだった——その感心の様子から、絶対平和リーグの魔法少女達が、本当に

『魔法を使う』以外の技術を、組織から与えられていないのだと空々は思った。

それは徹底した管理と言うよりも、絶対平和リーグから魔法少女への、ある種の怯えのようなものさえ感じる——その力を育てることよりも、その力を伸ばすことよりも、とにかく削り、がりがりと削り、減殺させていくことに心血を注いでいるような——磨くのではなく削いでいくような。まあ、無理からぬ話なのかもしれない。

実際に、地球を打倒しうる究極魔法を求めての実験は失敗し、このような、四国全土を覆うとんでもない災害を招いてしまったわけだし——扱いをひとつ間違えば、魔法は諸刃の剣とは言わないまでも、鞘なき抜き身の刀となるわけで……。

その辺りを車中で、隣の魔法少女に訊いてみもしたのだが、彼女は、

「詳しい話は到着してからにしましょう」

と言うばかりだった。

彼女のナビゲーションは目的地の地名を空々に教えずに、都度都度に行うナビゲーションだったので、あまり込み入った話をしながらというのは難しかったというのもあったかもしれないけれど、そのつっけんどんな態度は、どこか科学と魔法の相容れなさを感じさせられた。

魔法少女として、自動車に乗っていることが屈辱なのかもしれない——その割に、年下と見える空々が運転技術を有しているのを見て、一種羨ましそうにもしているの

だから、複雑である。

かく言う空々も、魔法の技術自体は羨ましいと思うし、また自身でそれを使用して空を飛んだり生き返らせてもらったりした手前、否定的なことは言い辛い空気もあるけれど、しかし今のところの総合的な感想としては、『人の手に余る』という印象を拭い切れない。

汲めども尽きぬ無尽蔵のエネルギーという時点でその扱いの難しさはわかろうというものだが、やはりこれは『子供の玩具』にするには危険過ぎる——それが絶対平和リーグの指針なのだとわかった上で、つまり、『魔法』という規格外のパワーを、『子供の玩具』という規格の中に収めることで実用性を持たすというのが、恐らく絶対平和リーグの指針なのだとわかった上でも、それでもやっぱり危険なのだと思う。

自動車運転免許の比ではあるまい。

今は四国の道路は無人無車両もいいところだし、信号を守る必要も、どころか標識を守る必要もないから、技術のつたない空々でも、行き先不明のナビゲーションでも、事故を起こすことなく運転が可能だけれども——もしも『魔法少女』が渋滞を起こすようなことがあったら、と思うと……。

いや、いや。

ああそうか。

だから魔法少女の人数は、この広大な四国で、たった二十人強くらいにとどめられているのかと、その点に得心がいった。魔法が八十八個あるというのはただの空々の仮説だが、その仮説に対する反駁として考えられるのが、魔法少女の不足だった――けれど、魔法少女の数を絞るべき理由が、恐れが、絶対平和リーグにあったのだとすれば、その反駁は無効化される。

「僕が心配するようなことじゃあないけれど――大丈夫なんですか？　あの子を一人で行かせてしまって」

詳しい話は到着してからとはっきり明言されてしまったが、さりとて車中、ずっと押し黙っているわけにも行かず、空々は雑談でもする風にそう話を振った――雑談でするには、やや深刻さを含む話でもあったが。

「魔法少女『デシメーション』でしたっけ。愛媛に偵察隊を出すのであれば、言わば敵陣に乗り込むわけで、だったらせめて二人組で――」

「あなたからの不確定な情報に、チームの半分を割けるはずもないでしょう――確かにそれは、あなたが心配するようなことじゃああありませんね」

つれない返答だった。

しかしチームメイト五名のうち二人だったら、半分近くではあっても半分ではないのではないかと思ったけれど、すぐに、彼女は魔法少女『ベリファイ』を数に入れていないのだと気付く。

まだ彼女が死んだかどうかは定かではないというようなことを言っていたが、心の奥底では、それを認めているのかもしれない――リーダーという立場上なのか、それとも個人的な心情なのか？

どちらにせよ空々が何かを言えるところではない。

どちらでもないかもしれないし……。

「大丈夫ですよ。まだ怪しさの残るあなたに、詳細を明かすわけにはいきませんが、彼女――魔法少女『デシメーション』の魔法は長距離用ですから。偵察に向いている子なのです。愛媛でよっぽどの異常事態でも起きてない限りは、あの子は危険に近寄りもしませんよ」

殊更誇らしげにでもなく言う彼女に、そんなものなのかな、と思う空々――ただ、チームの外からの客人からの意見としては、その『よっぽどの異常事態』が起きているかどうかを確かめるために行くのが偵察隊なのだから、魔法少女『デシメーション』が危険に近寄る可能性は結構高いんじゃないだろうか。

しかし既に彼女は愛媛に向かってしまったのだし、空々達はそれとは別方向へと向かっているのだし、あの子の身を心配するのであれば、やや遅い。そう空々は割り切って、次の話題へと移った――そうするしかないこととは言っても、ここであっさり割り切れてしまうところが、空々空の空々空たる所以である。

「あなたの魔法は？」

「え？」

「あなたの魔法は、どういうものなんですかと訊いたんです、魔法少女『アスファルト』さん——『デシメーション』さんの魔法が長距離用だとして、それと行動を共にしていたあなたの魔法は、近距離用なんですか？」

「……あっさり訊いてくれるけれど、教えるわけがないでしょう。なんです、私がうっかり答えるとでも思ったんですか？」

呆れたように言う魔法少女『アスファルト』。

まあ、そういう望みもなかったわけでもないが、基本的にはこれは、車中の雑談である——雑談をしたからと言って雰囲気が明るくなるわけでもないけれど、ぴりぴりしたムードは、できれば避けたいものだ。ハンドルを握っている身としては、なるだけノンストレスの環境が望ましい。

「隠すようなことではありませんけれど、しかし知らないという人に、わざわざ教えようというほど、私も自慢したがりではありませんよ——自慢にもなりませんしね。逆に、『ニューフェイス』の魔法だって、あえて訊こうとは思いませんし」

「そうですか」

頷く空々。

そう言えば魔法少女の格好をさせはしたものの、悲恋の——魔法少女『ニューフェイス』の固有魔法が何かを、決めることを失念していたことに思い当たりながら、『やばい』と思いながら、それをおくびにも出さず。

コスチュームとステッキの組み合わせの時点からズレているのだし、また悲恋が浮遊魔法が使えなかった時点で、固有魔法のところまで考えを伸ばせなかったのだけれど——しかし使える使えないにかかわらず、何か決めておかなければ、訊かれたときに答えられないじゃないか。

それが魔法少女としてのマナーなのか、作法なのか、相手が訊こうとしてこないのが不幸中の幸いだったが——チーム『スプリング』の全員がそうとも限るまい。ならば今の内に考えておかなければ、と空々はミスのリカバリにかかった——むろん動作はすべて頭の中で行われ、手足は運転に集中している。今の四国の道路事情では、運転におけるバックミラーを見るという工程をほぼカットできるので、そんな分担作業もそう難しくはなかった。

「何の魔法を使うかわからない人間に、すぐ後ろに座られているというのはあまり気分がよくなさそうな気もしますけれど……」

話を振る。

悲恋は今、魔法少女『アスファルト』の真後ろに座っているわけで、もしも彼女がまだ空々達を怪しんでいるというのであれば、その席順はいささか無用心過ぎないか？　彼女は悲恋の使う魔法が本当に気にならないのか？　と思っての問いかけだったが、それに対する彼女の答は、

「別に——今、この車中でバトルになっても、勝つ自信はありますしねえ」

だった。

「……そういう固有魔法を、あなたは使えるということですか？　じゃあやっぱり、近距離用……」

「探りを入れないでくださいよ。それに、魔法は魔法ですから——長距離用とか近距離用とか、そんな区分は本来、いい加減なものです」

そんなことを言う。

そもそも長距離用だからどうとか、言い出したのは彼女の側だったと思うのだけれど——向こうも向こうで、今は適当に、間を持たすためだけに、いい加減に話しているのかもしれない。

まあ、それならそれでいい。

空々は、「確かに、陸上選手ってわけでもありませんしね——」と、適当に同意するようなことを言った。

「魔法は魔法、と言うのは、その通りかもしれないです。僕は四国に来るまで、その

存在を知りませんでしたけれど……、実際のところ、どうなんですか？　絶対平和リーグでは、いつから魔法の開発に力を入れていたんですか？　魔法の開発と言うか、魔法少女の製造と言うか……」

「それは地球撲滅軍の調査員としての質問ですか？　今度の会合で、議題として取り上げるつもりですか？」

彼女は肩を竦める。

「だとしたら答えられませんね——組織の不利益になりかねません」

「組織防衛ですか。と言っても……」

絶対平和リーグは組織としてもう半壊状態じゃないですか、と言いかけて、やめる。話題がそこまで行くと、車中で突っ込める領域ではなかろうと思ったのだが、言いかけでも十分文意は伝わったようで、

「絶対平和リーグの再建はまだ可能ですよ」

と、魔法少女『アスファルト』は、別段語気を荒くするでもなく、しかし自信たっぷりに答えた——その論拠も述べる。

「地球を打倒しうる究極魔法を得ることができれば、多少の不祥事など、吹き飛びます」

「……まあそうですよね」

多少の不祥事か、と空々は思う。

四国全土を無人島にしてしまうような実験失敗を多少の不祥事と解釈する、解釈できてしまう彼女は、やはり一般的な感性とは程遠いようだ——ただし、感性が一般から程遠いという点においては、空々も大差ないので、そこで倫理的に彼女を批難することはできまい。

だが、素朴な疑問もあった。

彼女が言った、絶対平和リーグ再建へ向けての論理立て、手順に関して——それを指摘すれば、自分にも跳ね返ってきかねないところだが、あくまでもコミュニケーションのレベルとしてなら、話題に上せてもいいだろうと思い、空々は言った。

「もしも四国ゲームをクリアできたとして、『究極魔法』を実際に得ることができたとして……、地球を打倒できたとして、ですよ」

「できたとしてが多いですね。そんな仮定に仮定を重ねた話をしているつもりはありませんよ——十分に実現可能な話です」

「ええ、まあ、じゃあそうだとして」

仮定をひとつにまとめてから、空々は言った。

「地球を打倒したあとに、絶対平和リーグを再建しても、意味がなくないですか？」

「はい？」

きょとんとした顔をする魔法少女。

空々の指摘の本旨がわからなかったらしい——首を傾げて、

「意味論ですか？」

と訊き返してくる。

「哲学に興味はありませんが」

「哲学に興味がないのは僕も同じです。父親がよく言っていましたよ。哲学と言うのは、口を折るための学問だって……、それで哲学だって」

国文学者の父親の言葉を久し振りに思い出したが、それは本筋には関係ない——空々はもう一度、今度は具体的に説明した。

「つまり、もう目的を見失ってるじゃないですか。地球撲滅軍もしかり、ですけれど……、絶対平和リーグは地球を打倒するためだけにある組織なんでしょう？　だったらその怨敵である地球を倒してしまったあとに、再建する理由、再建する意味は、皆無でしょう」

「そんなこと……」

と、反射的に反論しかけた魔法少女『アスファルト』だったが、しかし口を噤む——それこそ、口を折られたように。

別段、一風変わった指摘をしたというつもりも、盲点を突いたというつもりもなかったけれども、やはりパラダイムシフトが起こりかねないような疑問を、空々は彼女に投げかけてしまったのかもしれない——その表情はやや色を失っている。

まずいな、とミスを自覚した。

やらかしてしまった。

これから本拠地に連れて行ってもらい、春秋戦争とやらに取り組もうという矢先に、そのリーダーとの関係に亀裂が入りかねない。関係も何も、まだ関係を築いたともいえないのに亀裂が入るなど、どれだけ人間関係に自分は不器用なのだろうと思わざるを得ない。

ただ、言ったことを撤回するのは難しかった。

先述のように、それは空々にも跳ね返ってくる話だったからだ——またも仮定の話ではあるが、この後空々が、春秋戦争の停滞を解消し、四国ゲームを動かして、その結果クリアする者が出たとして——その結果誰かが究極魔法とやらを得、それを使用して地球を打倒したとするならば、地球撲滅に成功したとするならば、地球撲滅軍第九機動室室長などという肩書きは、もう必要なくなる——地球撲滅軍そのものと同様に、必要なくなる。

その後、自分はどうすればいいのだろう？

無理矢理スカウティングされた組織であるとは言っても、十三歳の身である彼が、組織の庇護下にあることは間違いなく、そこから放逐されたのちに、果たしてどんな人生があると言うのか。

こんな滅茶苦茶な体験をしたのちに(今だって滅茶苦茶な体験をしている真っ最中だ)、まともな社会に戻ることができるのか——今更普通の中学生になれるのか、野球部に入れるのかという疑問を覚えざるを得ない。

半年後に、二回目の『大いなる悲鳴』を宣告されている空々としては——どうしても考えてしまう。もしもその死の宣告がなかったことになれば、その際生じる、己の『将来』について、何を思うべきなのかを。

自分のような子供に。

今更将来の夢を持てと?

「なるほど……」

と。

しばらく黙りこくったのちに、魔法少女『アスファルト』は、真剣な面持ちで言った。

「その指摘には、聞くべきところがありますね——特に、組織人としては、耳の痛い話です。組織の存在を、私は当然あるべきものとして考えていましたけれど、しかし、確かに敵を倒してしまえば、敵がいなければ、絶対平和リーグを再建する必要はない……、理由や意味以前に、必要がない……しかしながら」

　そう言って彼女は空々を見る。いや、視線の強さからすれば、それは見るというよりは睨むと表現したほうが正しそうだ。

「だからと言って、それを理由に地球を打倒しないというほど、馬鹿馬鹿しい話はないでしょう」

「……ですかね」

　毅然とした彼女の口調とは対照的に、曖昧に応じた空々だったが、魔法少女『アスファルト』は、「ええ」と強く頷く。

「確かにその場合、私達は職を失うでしょうし、組織の再建もなされないでしょうが……、にっくき地球を滅ぼすことこそが私達人類の至上目的なのですから、それを見失ってはいけません。見失うべきではありません――私達の、少なくとも私達のチームのやるべきことは変わりませんよ」

「………………」

　彼女の中の最小単位が『私』ではなく『私達のチーム』であることに、軽い驚きを覚えつつも、空々はそこには触れず、

「職を失うだけでは済まないかもしれませんよ」

　と言った。

何も彼女を不安にさせて、精神状態を不安定にさせて、このあとの交渉をやりやすくしよう――なんて姑息なことを、この際考えてるわけではない。むしろ教えて欲しいのだった、そうなった場合の対処を。

「？ 職を失うだけでは済まない、とは？」

「ですから、地球を滅ぼすという至上目的を持つ地球撲滅軍や絶対平和リーグは、非合法の活動も多々行っているでしょう」

多々どころか。

実際のところはその活動の大半が非合法であると言っていい――言うべきだ。ならばすべてが終わった後、上層部や現場の人間に、その責任を取らせる方向へと、話が進むかもしれない。

責任。

戦争責任――だ。

そうなったときには、将来の夢も、将来の不安も、空々空にはないことになり、それはそれで、いっそ気楽でもあるが――だが、当然、気楽だけでは片付くまい。

「……それはそれで、望むところと言うしかないんじゃないでしょうかね」

いくらかトーンは落ちたものの、魔法少女『アスファルト』は、空々と同じようなことを、空々と違う意味で言った。

「望むべくもない。地球を滅ぼせたのであれば、その後何がどうなろうと、私達の身がどうなろうと——望むところだし、知ったことではないと」

そこまで言ってしまうとある種、自暴自棄にも思えるけれど、それが『魔法少女』としての気概なのかもしれない——空々とは、まったくのところ、大違いだ。

その心意気に呑まれそうになりながらも、空々の中の醒めた部分は、それをどこか白眼視、冷眼視していた——そんな極端な、自己犠牲的な思想は、地球に対する敵愾心は、それこそ絶対平和リーグという組織に押し付けられたものでしかないのではないか、と。

洗脳教育の成果であって、ならば最初から最後まで、彼女は——彼女達は滑稽に、ゲームのコマとして使われ、使い捨てられるだけではないのか、と、そんな風に見てしまう。

……それもまた、『それはそれで』なのか。

彼女達に——空々空にも、剣藤犬个にも——他に道があったわけではないのだ。むろん、花屋瀟のように、望んで組織に加入した変わり者もいるから、一概には言えないにしても……。

「案外」

空々は、これ以上この話を続けることに——四国ゲームをクリアしたのちの話を続けることに嫌気が差して、適当なことを言って、この空気をまとめることにした。

未来を語るというのは、何と夢のないことなのだろう――そう思いながら。

「四国ゲームの今の停滞状態って言うのは、絶対平和リーグの魔法少女達にしてみれば、それこそ『望むべくもない』ものなのかもしれませんね」

「……どういう意味です？　こんな死と隣り合わせのゲームが、望むべくもないとは」

「いえ、まあ、そうなんですけれども。ただ、なるべくして今の均衡状態って言うのは、生じているものなのかもしれない、と……」

少なくともこの四国ゲームがだらだらと続いている間は、究極魔法は手に入らず、つまりは対地球の戦争は終わらないのだから。

永遠に続く青春とは言わないにしても。

魔法少女同士で『遊んでいられる』この時間は、見様によっては、得がたいものなのかもしれないと――いや、解釈に無理があるか？

『新兵器』悲恋の投入が、前倒しで、それも計画外にされてしまったことが、タイムリミットという枷を空々から外したゆえに、感傷的になっているだけだろうか――まさか空々空が感傷的になることがあろうとは？

馬鹿馬鹿しい。

それに、タイムリミットは、目下のところなくなったというだけで、大きくは半年後に『大いなる悲鳴』という、絶対に近いリミットが待ち構えているのだし、地球撲滅軍だって、悲恋に続く二の矢三の矢を放ってくるだろう——悲恋は量産型のアンドロイドではないようだが、予備の兵器がないとは限らない。

のんびり、暢気に構えていい理由はないのだ——チーム『白夜』の、黒衣の魔法少女『スクラップ』が、四国ゲームをかき回す役割を負っていることも、いつまでもこの状況を続けていることが、絶対平和リーグにとっても望ましくないことを表しているじゃないか。

実際、その絶対平和リーグに属する魔法少女『アスファルト』は、

「馬鹿馬鹿しい」

と切って捨てた。

「今の停滞状態は、チーム『オータム』の連中が、わからずやだから生じているだけですよ——彼女達が私達のクリアに協力してくれさえすれば、それでこんな阿呆な状況は終了するのです。それなのに……」

「それは向こうも似たようなことを言ってそうですね……実際のところ、どうなんですか？　打倒地球が至上目的だと言うのなら、チーム『オータム』と協力して、手を取り合って、ゲームクリアに邁進（まいしん）するという方法もあると思うんですけれど」

「そんなものはありません」

断言された。

取り付く島もないと言った風だ――その点においては、これまでの彼女の論法とは違い、まったく感情的な形だった。感情的ゆえに、論破できない……。

一体どういう経緯があって、チーム『オータム』とチーム『スプリング』は、こうも敵対し、こうも停滞することになったのだろうと空々は不思議に思ったが、ともかく、この両者の争いは、『青春』とか『遊び』とか、そんな風に揶揄できるものではなさそうだった――滑稽だとは思うが。

結局その後も車中の空気が改善されることはなかったが、しかし空々は助手席の魔法少女にしつこく話題を振り続け、彼女は迷惑そうにそれを受け流していた。後部座席では人造人間が黙ってその様子を観察していて、地濃とかんづめはまだ眼を覚まさない。

結局、空々一行が――その時点では空々一行と、魔法少女一名と言うべきか――高知本部のある龍河洞に到着したのは十月二十九日の夜半であり、その後、空々達は客人扱いの名に恥じぬ一室へと通された――天然の洞窟の行き詰まりを、部屋と呼んでいいのなら、だが。

それにこれは、体のいい軟禁状態は軟禁状態であるとも言えたけれど、久々の休息それ自体は、なんにしてもありがたかった——しかしその久々の休息がつかの間の休息であることは間違いなかったし、寝床は人数分用意されたけれど、今のシチュエーションで眠れるほどに、空々も太くはなかった。

機械生命の悲恋は元より眠る必要はないようで、地濃とかんづめを寝かせたのちは、布団の上に正座をして、所在なげにしている——あるいは所在のなさを装う機能を発揮している。

「天然の鍾乳洞をそのままアジトにするって考えかたも、どこかゲームじみているけれど……、これは別に四国ゲーム以前からの施設なんだろうな」

徳島本部の大歩危峡と言い、この高知県の龍河洞といい、どうして名所名跡に組織の施設を置きたがるのか？　愛媛にある総本部も道後温泉の辺りにあると聞いた気がする——人目につくのはまずいけれど、『悪いことをしているわけではないのだから』、必要以上にこそこそしたくはないとか、そんなところだろうか——いや、もっと深い事情があるのかもしれない。

なにぶん、到着後は一直線に洞窟の奥の一室まで案内されて、閉じ込められてしまったので、この高知本部の全容はまったくわからないのだ。

否、閉じ込められたというのは正しくない——なにせ洞窟をそのまま利用しているので、扉なんてものはない。ただ、この行き詰った場所から自力で移動しようとしても、道に迷うだけだろう――事実上、檻に入れられたようなものである。

元を正せば、空々が絶対平和リーグの主要施設を調査しようと思った理由は、黒衣の魔法少女の正体を調べるため――ひいては四国から脱出し、一旦リタイアするためだったのだが、考えてみれば悲恋が前倒しで到着し、その目的を果たす必要がなくなった途端にこうしてその主要施設に潜入できてしまったことは皮肉である。

皮肉というよりただの手遅れなのだが、それでもその後のことを思えば、ここで絶対平和リーグについての調べ物をするのは無駄にはなるまい。

ただ、今のところ、ただの整備された観光客向けの洞窟という感を否めないのだが――その辺り、『アスファルト』に訊けばいいか？

今頃彼女は残る二人の仲間に、空々一行のことを告げているのだろうが、しかしそこで仲間から反対を受ければ、空々はこのまま処刑されてしまうかもしれない。

戦時下とは言え、そこまで強硬なことはしないだろうと楽観視したくなる気持ちもあるけれど、しかし元々チーム『スプリング』の魔法少女『ベリファイ』が桂浜に現れたのは、空々達を始末するためだった。話し合いにもまったく聞く耳を持ってはくれなかった――あれがチーム『スプリング』の基本姿勢なのだとすれば、覚悟と言うか、空々は心の準備をしておかなくてはならない。

もちろん『首を洗って待っている』というような意味合いではなく――この場で戦

闘になったとしても、勝ち残れる準備だ。

地濃とかんづめは、幸い、どこか致命的なダメージを受けて目を覚まさないというようなことではなく、砂に埋もれての気絶や意識不明から、そのまま睡眠へと移行しただけのようだった——まあ、強行軍での疲労は、空々だけがしたわけではない。

彼女達の会議が長引けば、空々もいずれは力尽きて眠ることになるだろう——そうなると、眠りを知らない悲恋の『見張り』はありがたかった。文字通りの不寝番。不明室開発の兵器をどこまでアテにしていいかは、定かではないが。

「空々空くん」

しかしどうやら会議は長引かなかったようである——まだ日が変わらないうちに、チーム『スプリング』のリーダー、魔法少女『アスファルト』は、空々の元を訪れた。

てっきり、会議の結論を聞かされると思っていた空々は構えたけれど、

「『デシメーション』が愛媛で落命しました」

と。

彼女は空々にとって意外なことを言った。

「これで人数的には五対三です——あなたのことはまったく信用できないというのがチーム『スプリング』の相違なき総意ですが、しかし、こうなってしまえば、あなた

という イレギュラーを利用するしかなさそうです」

その言葉に、空々は、

「是非もなく」

と、短く言った。

信用でも利用でも、実際、是非もなかった——空々空という十三歳の英雄にとっては、信用と利用は、概ね、同じものだったから。

（第5話）

（終）

第6話「英雄と少女の騙し合い！渡り合えない交渉術」

損得感情だけで動けるなら、世の中いい人ばっかりだ。

0

1

チーム『スプリング』の魔法少女『デシメーション』が死んだ――その知らせを聞いて、空々空は驚いたわけだが、しかしそれは彼女が死んだことを驚いたのではない。

今の四国では圧倒的多数決でもって――三百万対二十くらいか――人が死ぬのが当たり前なのだから、それに驚くのはいささかわざとらしい。当の『デシメーション』が『ベリファイ』の死を聞かされたときにそうしたように、それを嘘だと反論できるほどに、空々は魔法少女『デシメーション』の生命力を知らない――仮に彼女が個人で繁華街ひとつを砂漠に変えられるほどの、恐るべき『振動』の魔法少女だということを事前に聞いていたならば、それはもちろん驚きもしただろうが、事実として空々は彼女の実力のほどを知らなかったので、その点についての意外性は、正直なところ、なかった。

では何に驚いたのかと言えば、その速度だ――彼女が愛媛県に偵察に行ってから落命するまでの速度ではなく、彼女が落命したことを、チーム『スプリング』のリーダー、魔法少女『アスファルト』が認識するまでの速度に驚いたのだった。

愛媛県で、そうでなくともそれまでの途上で起こった仲間の死を、どうして高知県にいながらにして彼女は、そんなにも早く知ることができたのだろうか？

いや、思えば、『デシメーション』だけではなく『ベリファイ』もだ――魔法少女『ベリファイ』に異変があったことを嗅ぎつけて、桂浜にやってきた『アスファルト』だが、そのスピードもやっぱり、速過ぎなかったか？

なんらかの手段で定時連絡を取り合うことにしていたのだろうか――その定時連絡がなかったから？　しかしそれで死んだと決めつけるのもいささか乱暴という気もする。仲間を、チームメイトを信頼する魔法少女『アスファルト』なら、そう簡単に仲間が生存している可能性を放棄するとは思えないのだが――だが、彼女は、

「均衡が崩れた途端に、向こうが攻勢をかけてきたと見るべきですかね――なんにし

ても、五対三では、このまま、怒濤のように押し切られてしまいます」

と、『デシメーション』の死を前提にして語る。

それは実のところ魔法少女『アスファルト』の使う魔法——固有魔法『伝令』ゆえなのだが、それも空々は、まだ知るところではないので、ただただ奇妙だった。

むろんその奇妙さを、少なくともここでは説明してくれるつもりはないようで、むしろ交渉材料にさえするつもりのようで、

「というわけで、あなたがたを我が陣営に引き入れたく思います——扱いとしては同盟ということになりますかね？」

と、彼女は言うのだった。

同盟……、空々も四国において、色んな魔法少女と同盟を結んできたけれど、どれひとつとしてまともに働いた気がしない。強いてトラブルがなかったのは地濃との同盟くらいだから、しかしそれは地濃自身がトラブルみたいなものなので、決して例外にはなるまい。

今回の同盟がどういう結果になるのか、前例に倣うのか、それとも記念すべき、初めての実のある同盟になるのかはわからないけれど——なんにせよ空々空は、これで四国左側で行われている春秋戦争に、関与することになったわけだ。

「じゃあ……紹介してもらえるんですかね？　残るチームメイトと、この施設を」

「残るチームメイト、という言いかたにはいくらか気遣いが欲しいところですね」

言いながら魔法少女『アスファルト』は、そのままこの場所の壁に背中を預けた
——鍾乳洞なので湿気で滑りそうなものだが、気にした様子もない。

どうやらどこか別室に移動するということもなく、ここで話を始めるつもりらしい
——空々は、

「すみません。そういう意味じゃなかったんですけれど」

と謝りつつ、話を逸らされた感を受けていた。

その後も特に何も言わないところを見ると、『残るチームメイト』を紹介してくれる気も、施設を紹介して回ってくれる気も、まったくなさそうだ——同盟という以上は、ある程度は情報を開示して欲しいものだけれど、まあ、僕が『アスファルト』の立場でもそうするか、と、相手の心情を思いやる。思いやったつもりになる。

要するに魔法少女『アスファルト』——チーム『スプリング』の指揮官としては、既に崩れてしまったことがはっきりした春秋戦争の均衡を立て直し、逆に押し切るために空々達の力を借りないわけにはいかないけれど、しかし借りを作りたくはないし、また余計なことを教えて、後顧の憂(うれ)いにしたくないのだろう——理想的には、空々が無条件ですべてを話し、無条件ですべてに協力的になってくれればいいのだがと考えているに違いあるまい。

ただ、もちろん空々としてはそんなわけにはいかない——すべてを話せば、『ベリファイ』を殺害したのが自分達だということが露見するというような事情もあるが、こうしてチーム『スプリング』の客人、同盟相手となった以上は、地球撲滅軍からの調査員として、できる限りの情報をここから引き出さねばならないのだ。

組織に対する忠義立てということではなく、ここでそうしておくことが、後々自分の身を守ることに繋がるからだ——上層部がどのような工作をしたところで、二度とこんな過酷な任務に送り込まれないよう、足固めをしておきたい。

つまり互いの利害のために同盟を組むというところで話がまとまったわけだが、しかし英雄、空々空と魔法少女『アスファルト』は、利害の一致とは裏腹に、その思惑は完全に相反していたのだった。

ただ、気まずい沈黙に耐え続けるために、彼も彼女も同盟を結んだわけではない——空々は生きるために、魔法少女『アスファルト』は勝ち、クリアをするために、譲るべきところは譲らなければならないことはわかっていた。

「正直なところが聞きたいんですけれど——地球撲滅軍の歴戦の勇者として、聞かせてくれませんか？　空々空くん」

先に切り出したのは年長者である魔法少女『アスファルト』のほうだった——流し目で、空々を試すような口調で言ってくる。

「既に魔法少女が二名、失われて――こちらはかなり不利な状況にあると思います。ここからの逆転って、あるのでしょうか？」

「……ないと答えたら、チーム『スプリング』はチーム『オータム』に降参を申し入れてくれるんですか？　これ以上の無駄な戦いを避けるために、これ以上の犠牲を出さないために、停戦講和を？」

「やぶさかじゃないと、言うしかないでしょうね。その場合は」

おや、と空々は意外に思った――感情的にチーム『オータム』を嫌っているらしい魔法少女にしては、殊勝な答だ。『これ以上の犠牲を出さないために』という部分が利いたのだろうか？　仲間を助命するためならば、降伏も辞さないというのは、まあリーダーの資質ではあるのだろうが……。

「ただし、一パーセントでも逆転の可能性があるのでしたら、それに賭けます。迷いなく――降参したところで、チーム『オータム』がそれを受け入れてくれるとは思いにくいですし。逆に、こちらが有利な状況で向こうが降参を申し込んで来たならば、間違いなく何らかの罠だと思って切って捨てるでしょうから」

「こじれちゃってますね……、戦況」

空々はそう受けてから、どう答えたものか、悩む――だが、悩んだところで、答は決まっていた。空々の答が決まっているのではない、魔法少女『アスファルト』の答が決まっているのだ。

仲間を守るためならば降伏も辞さないという言葉そのものに嘘はないだろうが、相手が停戦を受け入れないと思っているのならば、ここで空々が『逆転は不可能だ』と言ったところで、あまりに無意味と言うものだ。

だから空々は彼女を鼓舞する意味でも、

「だけれどそんな戦況でも、ここからの逆転は十分、あるでしょう」

と、堂々と答えた。

「もちろん、楽な道ではありませんけれど、僕達が協力すれば。幸い、『ジャイアントインパクト』と『ニューフェイス』を加えれば、両陣営の魔法少女の数は等しくなるわけですし——どうとでもなりますよ」

「そうですか……」

空々の無責任とも言える太鼓判を、冷ややかな表情で彼女は聞いている——もちろん彼女からしてみれば、空々が何をどう保証したところで、そんなものはアテにならないことはわかっているのだ。彼女が今考えているのは、この不利な戦況において、部外者や『右側』の連中を、どう利用するかという点だけ——だから空々からの、

「では、春秋戦争に勝利し、四国ゲームをクリアするためにも、僕達が互いに持つ情報を共有するところから始めましょうか」

という申し出にも、彼女は、

「ええ、そうしましょう。こちらからそうお願いしようと思っていたところです」

と、すぐさま応じた。

あとで困るようなことになればそのとき、この部外者達を始末すればいいのだと、恐らくは腹の中で、そんな冷徹なプランを立てながら。

空々はそれに気付きつつも、気付かない振りをして、

「ありがとうございます」

と礼を言った。

これは完全に口癖である。

2

この時点で空々空は、先に提携した杵槻鋼矢――チーム『サマー』の魔法少女『パンプキン』との同盟と、チーム『スプリング』と新たに結ぶ同盟とが相互に矛盾してしまうことに、むろん、気付いていない。まさか鋼矢がチーム『オータム』に加わる形で、春秋戦争の均衡を崩しているとは思ってもいない――当然だ、今はチーム『スプリング』のリーダー、魔法少女『アスファルト』の手前、なんでも知っている風を

装わなくてはならないけれど、四国に上陸してから六日目を迎えようとするこのときにおいても、彼にはまだ、四国内で何が起こっているのか——四国ゲームの詳細はどういうものなのか、半分以上わかっていないのだ。もしも鋼矢の所在や動向がわかっていたなら、真っ先にそちらと合流している。

そんな手探り状態の中で五日間生きていることは、むしろ褒められるべきことであって、決して責められるべきことではないのだ——ゆえに、今彼が身を置くチームの敵対チームに、鋼矢が所属してしまったことなど、知るよしもない。

また、自分がチーム『スプリング』と接点を持ったことで、彼女を窮地に追いやったことにも思い当たるはずもなく——今頃鋼矢はどうしているだろうと、漠然と心配するだけだった。

また、心配というのとは少し違うが、鋼矢と合流することを目的として、空々に同行している地濃に対しては、その目的とはあまり交差しない場所に来てしまったことを、若干申し訳なく思う。

ただ、魔法少女、それもレアな魔法を使う魔法少女というカードは、チーム『スプリング』との交渉の上では不可欠なので、ここで彼女と別れて別行動——というわけにもいかない。なにせ地濃に去られてしまうと、空々のカードとして残る魔法少女は、偽物の、張子(はりこ)の虎とも言うべき悲恋だけである——それでも一応の交渉はできようが、本物がいる心強さは全然違う。たとえそれが地濃のごとき性格でもだ。

　地濃が目を覚ましたら現状をどういう風に説明しようか、とりあえず、寝ている間に進められるところまで話を進めて後戻りができないようにしておこうと、彼は申し訳なく思っている割には冷酷な計算を立てた。

　ベストな想定として、チーム『スプリング』の陣営で活動することで、活躍することで、それを聞きつけた鋼矢が向こうから合流してくれればよいのだが――と、空々は都合のいいことを考える。事実はほぼそれと正反対みたいなことになっているのだが、彼がそれを知るのはもう少し先だ。

　今はせめて、彼女が黒衣の魔法少女『スペース』の手にかかってゲームオーバーになっていないこと、もしその初志を貫徹したのであれば、四国ゲームからのリタイアに成功したことを祈るのみだった――その祈りほど、今、的外れなものはないのだが。

　なんにしても、チームメイトとして認められている認められていないはさておき、空々空がチーム『スプリング』に属し、杵槻鋼矢がチーム『オータム』に属した春秋戦争ではあるのだが、しかし鋼矢がほとんど偶然、チーム『オータム』に入隊し、またチーム『オータム』のリーダーである魔法少女『クリーンナップ』のスタンスに共感し、彼女を勝利させたいと思ったのと違い、空々のチーム『スプリング』への入隊には、意図が働いている。

それは黒衣の魔法少女『スクラップ』の意図であり、また空々空自身の意図でもあるのだが――だが、それらは両方、必ずしもチーム『スプリング』の勝利を意図していない。

絶対平和リーグの中枢に直轄で指揮されるチーム『白夜』は四国ゲームの運営側であり、どちらかのチームに肩入れすることはない――『スクラップ』の目的は均衡状態の打破であり、空々に取引を持ちかけ、春秋戦争の只中に彼を放り込んだのは、状況をかき回すためであって、チーム『スプリング』を贔屓(ひいき)して勝たそうとしているわけではない。

彼女から依頼を受けた空々も、それは同じ――彼の目的は、対外的には四国事件の調査であり、個人的には四国ゲームを生き残ること、生き延びることだ。有体に言えば、さっさと誰かにクリアしてもらって、大手を振って四国から出て行きたいものなのだ――黒衣の魔法少女達（『スクラップ』だけではなく『スペース』もだ）に目をつけられてしまっている現状では、たとえリタイアする形で四国から逃れたとしても、彼女達が本州まで追ってきかねない。なんとか後腐れなく、後顧の憂いなくゲームから抜けるためには一刻も早く誰かに四国ゲームをクリアしてもらうのが一番なのだ。

そしてその誰かは。

別にチーム『スプリング』の誰かである必要はない。

戦争調停にあたり、戦争終結の最適解が『勝つこと』だという鋼矢の答と、似たような答を出した空々ではあったが——勝者がチーム『スプリング』である必要はない。

つまり、春秋戦争において、鋼矢がチーム『オータム』をチーム『スプリング』に勝たせようと思っているほどには、空々はチーム『スプリング』をチーム『オータム』に勝たせようとは思っていないと言うことである——春秋戦争の均衡状態を崩せたこと、拮抗状態が崩れたことで、彼としては目的の半分は、もう遂げていると言っても、実のところ過言ではない。

むろん、そうは言っても、形式上であれ、自分が属したチームだ——袖擦り合うも他生の縁と言うし、チーム『スプリング』が勝って困るということはないので、協力的に動くつもりではいる。そうしないと、欲しい情報が手に入らないこともある——だが、究極的な手段として、彼には『自分の所属するチームをわざと負けさせる』という方法がある。

春秋戦争において、チーム『スプリング』を敗北へと導き、チーム『オータム』の誰かに四国ゲームをクリアさせるという手だ——これでも、チーム『スプリング』を勝たせるのと同じ成果を得られるのだから、彼としては一向に構わないはずだ。

むろん、賊軍側に身を置いていたという廉で、戦争終了後に勝者のチーム『オータム』から粛清を受けるというリスクを考えると、ベストとは言いにくいけれども、しかしそれは実のところ、チーム『スプリング』が戦争の勝者となったところで、大差のないリスクでもある。チーム『スプリング』が勝者となったなら、その際、用済みとなった友軍の空々は、余計なことを知った余所者として、やっぱり粛清されてしまうかもしれないのだから。

その辺りの違いが、チームリーダーの『クリーンナップ』に心酔とは言わないまでも、好感を、好感触を持った杵槻鋼矢と、お互いの利害の一致をもってチーム『スプリング』に加入した空々空との差でもあった――逆に言うと、空々にそんな選択肢があるという点が、今のチーム『スプリング』の、最も不利な点かもしれなかった。

彼らを自陣に引きいれたことで人数的な不利は確かになくなったが、しかし大きな不利益が生じているのだ――空々空が味方にいるということは、決してプラスではない。

敵よりも味方を多く殺す戦士。

その称号は伊達ではない、ただの事実なのだ。

当然のこと、空々としてはその点に既に頭は回っている――チーム『スプリング』

を勝たせることと、負けさせること、どちらのほうが手早いか、どちらのほうが簡単かを秤にかけている。

調停の意味を取り違えているとも言える彼は、その情報をこれから、あろうことかチーム『スプリング』のリーダーから得ようとしている——だから魔法少女『アスファルト』が彼に示すべきは、チーム『オータム』を打破するほうが簡単だという根拠なのだった。

だが、生憎、魔法少女『アスファルト』は、そこまではまだ思い至っていない——地球撲滅軍の空々空のことは知っていても、世の中に、そんなころころ立場を変えるような変節者がいるということを知らない。リーダーを任されているだけあって、知恵は回るほうだが、なにぶんまだ年齢的にも、彼女は世間というものを知らない——また、彼女自身が結束の固いチームで行動してきているので、空々空のような帰属意識の薄い人間の行動原理を、ちゃんとは理解できないのだ。

スタンス以上に根本的に相容れない——と言うべきか。

今するべきは、これからの会談、これからの交渉において、魔法少女『クリーンナップ』が杵槻鋼矢に対してそうだったように、空々空から信頼されることなのだと、早く気付かなければ、魔法少女『アスファルト』は自分が大切にしているチームに、想像以上の火種を——火種どころか爆弾を取り込むことになる。

利用するだけ利用すればいい——だなんて。

そんなありふれたことを思っていると、ありふれた結末を迎えることになるだろう。空々空の周囲では、実にありふれた結末を。

「色々聞かせて欲しいことはあるんですけれど——まずは春秋戦争以前の話、四国ゲームの話を聞かせてください、『アスファルト』さん」

空々はそう切り出した。

「ぶっちゃけた話、今の進行状態って何パーセントくらいなんですか？」

「進行状態？」

「ですから、ゲームクリアに向けての進行状態ですよ——八十八のルールのうち、何個まで集めているんですか？」

この質問に対し、相手が即答しないのを受けて空々は、先に自分のほうから、

「ちなみに僕は半分くらいです」

と開示した。

半分と言っても、彼自身が自分で見つけた『ルール』はたったの数個であって、大半は人が集めたルールを写しただけなのだが。

「半分……そりゃあ大したものですね。私達はその更に半分と言ったところですよ」

空々が先にカードをめくったのを受けて、魔法少女『アスファルト』は、そう言っ

た——だが、半分の半分？　四分の一？　空々よりもずっと先にゲームを始めておきながら？

疑いが目に出てしまったのか、彼女は取り繕うように、

「嘘じゃありませんよ——つくならもっとマシな嘘をつきます」

と言った。

「それくらいの初期段階で、春秋戦争は勃発してしまったということです。それからはルール集めどころではなくなったと……」

「どころではって……そちらが四国ゲームの本題でしょうに」

「言われるまでもありません。ですが、平和な右側とは違ったのですよ、四国の左側は」

実際、ルール集めをするだけならば、右側のチームのほうが有利だったでしょうね——と、魔法少女『アスファルト』は言う。

嘘か誠かを、空々に見抜けるわけがなかったが、その様子は見る分だけには少なくとも、本当に羨ましがっている風には見えた。

「私達が一番恐れていたのは——あるいは『いっそそうなってしまえばいいのに』と願っていたのは、それですかね。つまり、春秋戦争とか言って、チーム『スプリング』とチーム『オータム』がちゃんちゃんばらばらやっている隙に、『変人揃いのチー

ム『サマー』が弱っちいチーム『ウインター』が漁夫の利を攫ってしまうという展開……」

さらっと。

攫ってしまう展開——と、彼女は駄洒落のようなことを言ったが、笑っていいものなのかどうなのか、判断できなかった。

まあ、そんなに面白くもないので、笑う分には愛想笑いになっただろうが。

「……でも、空々空くん、実際はそうはならなかったんですよね？　チーム『サマー』もチーム『ウインター』も、ほぼ潰滅しちゃったって言ってましたよね？」

「ええ、まあ……この子達も含め」

と、空々は悲恋と、気絶中というより熟睡中の地濃を示して、言った。

「既に両チームは、チームとしては機能していません——いないようでした。他に生き残りもいるかもしれませんが……」

ここで空々はチーム『サマー』の『パンプキン』と『ストローク』のことは伏せておくことにした。他の同盟者の話を持ち出せば、今締結中の同盟の逆風になるかもしれなかったし、空々を恨んでいるであろう魔法少女の話を持ち出せば、更なる逆風となりかねないと思ったからだ。

「生き残りですか……、でも、協力プレイができない状況にあるなら、横合いから持っていかれる線は薄いと考えてもいいんでしょうかね」

魔法少女『アスファルト』の口調は安心したようでもあり、残念がっているようでもあった――『いっそそうなってしまえばいいのに』というのは、たぶん本音なのだろう。

負けて楽になりたいとまでは思わなくとも。

相手が勝つのでなければ、自分達が勝たなくてもいいと思うくらいには、彼女は、あるいは彼女達は、この戦争に疲弊している――たぶんこの条件は、チーム『オータム』のほうも同じなんだろうな、と空々は判断した。

ただ、疑問でもある。

同じ組織に属し、『地球を打倒する』という同じ旗の下で戦っているはずの彼女達が、どうしてそんな内部分裂のような事態を自ら招いているのか……、もちろん、察するに四国ゲーム以前から不仲ではあったのだろうが。

案外、ただの行き違いの結果、こんな両者共に取り返しのつかない、後に引けない状況ができあがっただけなのかもしれない。

思えば地球撲滅軍だってそういうところがある――第九機動室だって空々が取りまとめるまでは、ぎすぎすしていたものだし、その空々は上層部からは毛嫌いされているし、不明室と開発室の対立のことも思えば、組織内での内部抗争など、さして珍しくもないという言いかたもできるだろう。

こんな大事なときに何をやっているのだと責めたなら、こんな大事なときだからこそだという返事しか返ってこないだろう——絶対平和リーグ存亡の危機だからこそ、『私が私が』という英雄意識が働くのも、彼女達の立場に立ってみればわからなくもない——少なくとも、ただ帰りたいだけの空々には、彼女達の姿勢を責めることはできまい。

……とは言え、八十八のルールを『半分の半分』までしか集めていないという魔法少女『アスファルト』の言を、それでも鵜呑みにするわけにはいかないが。空々が嘘をついているように、彼女だってまた嘘をついていると考えながら、彼は喋るべきなのだ。

ただしそこを追及しても水掛け論であり、意味がなかろうと、

「ルール集めをしようとすると、相手が邪魔をしてくると言うことですか？」

と、話を先に進めた。

「そうですね。こちらも、相手がルール集めをしようとするなら、邪魔をしにいく——まあ、実際にしにいくわけではなく、その素振りを見せて威嚇するということですが」

「……威嚇ではなく、本当のバトルに突入したことはありますか？」

「何度となく。けれどそれは初期段階ですね——最近では、威嚇行動さえ珍しくなりました。なんていうんでしょうか……そこは身内ですから、先読みするにあたってお互いに手の内がバレちゃってるというのはあるんですよね——」

「……………」

「相手ならどうするか、相手チームならどうするかというのがわかるから、必然的に膠着(こうちゃく)状態になってしまう。漫画なんかで言うところの、『先に動いたほうが負ける』って奴ですよ」

「ふむ……」

動きを見せることが、即ち弱みを見せることになるという状況にあるわけか——となると、魔法少女『デシメーション』が愛媛の地で落命したというのも、それゆえと見るべきなのかもしれない。

空々の言うことを確認するためとは言え、彼女を一人で愛媛に偵察隊として派遣したことは、やはり間違いだったのでは？　それがたとえ信頼の表れであっても——彼女の死によって空々達はチーム『スプリング』に登用されることになったのだから、そこを批難する気はまったくないけれど、チームリーダーの魔法少女『アスファルト』としては、忸怩(じくじ)たる思いがあるのかもしれない。

なにせ、これまでの話から推察すれば、犠牲者が——死者が出たのは、この春秋戦争で、初めてのことになるのだ。『ジャイアントインパクト』のような『不死』の魔法を使う者でもいない限りは、だが……もちろん、いたとしても、救出に向かえる距離でもない。

死者が出たことは、チーム『スプリング』の選択肢を狭めるし、また空々の選択肢も狭めることになる――『笑いごとじゃあすまなくなった』というのは、何より大きい。

彼女達自身がいくら『和解なんてありえない』と言っていても、人の心なんてどうにでもなるものだから、無理矢理仲直りさせてしまうという乱暴な手段も、考えていなくはなかったのだが、そこまで大きな被害が出てしまえば、それは極めて難しい。それも空々に遠因がある形での死者なのだから、どの面を下げて仲人を務めようという話である――本当は空々は、疫病神として『アスファルト』から恨まれても仕方がない立場なのだ。

それを彼女がしないのは、やはり仲間の死に責任を感じているからだろうが……、それだっていつ、どのように変心するかわからない。

精々用心しなければ。

「まあ、手の内を互いに知り尽くしているというのは、戦いにくいということでもありますが、戦いやすいということにもなるでしょう――特に、今こちらには、僕を含めて三人のイレギュラーがいるのですから」

　一般人の生き残りということになっている酒々井かんづめをわざと外して空々はそう言い、それから付け加えるように、

「もちろん、僕達の力なんて微々たるものですけれど」

と、謙遜（けんそん）するようなことを言った――あまり自分達の存在を誇示するようなことを言えば、プライドの高そうな彼女を不快にさせてしまうかもしれないと用心したのだ。

　空々空という、人の心をまったく解さない少年のこの手の気遣いは、大抵の場合的外れなことが多いのだけれど、今回の場合も同様の効果を発揮したようで、その言いかたをむしろ、魔法少女『アスファルト』は不快に思ったらしい。

　彼女は言う。

「『僕達』って言いますけれど、当たり前みたいに言いますけれど――魔法少女の二人は、本来、こちら側なのでは？」

「はい？」

「いや、空々空くん、あなたに言っているんじゃなくて、『ニューフェイス』。あなたに言っているんですけれども」

　そう言って彼女は、悲恋を見た。

絶対平和リーグの魔法少女、チーム『ウインター』の新入り——に偽装した、地球撲滅軍不明室開発の『新兵器』である人造人間、悲恋を。

「あなた、どうして当たり前みたいに——そちら側みたいな顔をして、そちら側にいるのです？　すっかり、空々空くんの部下みたいに振る舞っていますが、絶対平和リーグの者としての矜持はないのですか？」

まずいな、と空々は思う。

とってつけた嘘だけに、追及されればボロが出かねない——別にまだ『アスファルト』は、彼女が偽物の魔法少女だと疑いを持ったわけではなく、ただ、空々に従順な風に、後ろに控えている彼女に対して因縁をつけるというか、絡んでみたくなっただけだとは思うが——しかし、詳細な質問に耐えられるほど、強固に嘘を固めてはいない。

ただ、そんな空々の心配とは対照的に、悲恋の応対は澄ましたものだった。

「わたくしは新入りですので、だからこそ絶対平和リーグの者としての矜持というのは、まださほど育っておりません」

と、悲恋は言った。

毅然と言った。

「特に、今回の四国ゲームにおいて、ついこの間まで、絶対平和リーグは潰滅したと思っておりましたので……、地球撲滅軍の空々室長に救っていただけなければ、落命していたところでした。そう、わたくしを救ってくれたのは、絶対平和リーグの魔法少女ではなく、地球撲滅軍の調査員でした。命の恩人に礼をもって接するのは当然のことだと思っています。それをあなたが変節だと思うのであれば、それはあなたの勝手というものです」

……弁が立ち過ぎる。

人造人間とはとても思えない――空々だって、海の向こうから泳いでくる彼女の姿を見ていなければ、コスチュームを素手で貫く彼女の姿を見ていなければ、そうは信じられなかっただろう。

不明室はいったい、何を作ろうとして、こんな『兵器』を作ってしまったのだろう――謎めいている。ただの破壊兵器を作りたかったのであれば、人型にする意味はないだろうし、かと言って、スパイ用にしては、パワーが有り余り過ぎている。

その辺りを精査する余裕はこれまでなかったが……、しかしその弁の立ちかたによって、危ういところを救われた今、少しだけでもそれについて考えてみてもいいのかもしれない。

それは案外、不明室とも決していい関係を築けていない空々にとっては、四国ゲーム以降の未来、将来を、補強するものにならないとは言えないのだから……。

しかし、いくらなんでも、

「そもそも、魔法少女同士で無意味どころか不利益なことが明らかな戦いをだらだら続けているあなたがたから、わたくしの振る舞いをどうこう言われる覚えはありません」

とまで言ったのは、さすがに言い過ぎだっただろう——この辺りは、人間を模し過ぎているがゆえの、非人間性と言える部分である。

魔法少女『アスファルト』はそれに対して眉を顰めたが、しかしその点に関しての反論は特になかったようで、

「それにしたって、分を弁えることですね」

と、一般論めいたことを言うに留めた。

「私達は何を言ったところで、所詮は絶対平和リーグの下っ端なのですから。チーム『白夜』とは違うんです。いえ、彼女達にしたって……」

「……チーム『白夜』について、詳しく教えてもらっても構いませんか？」

その話はもう少しあとでしようと思っていたが、そこから広げればうまく悲恋から話題を逸らせそうだったので、空々は、悲恋の反論に相手が怯んだ隙を巧みにつく形で、チーム『白夜』のことを訊いた。

「僕はチーム『白夜』の黒衣の魔法少女『スクラップ』に指示される形で、あなたが

た、チーム『スプリング』と接触したわけですけれども……」

厳密に言うとこれも嘘だ。

黒衣の魔法少女『スクラップ』は、春秋戦争の均衡状態を崩すよう空々に取引を持ちかけただけで、チーム『スプリング』とチーム『オータム』、どちらに所属せよというようなことは言っていなかった――極論、第三勢力となって状況をかき回すでも、よかったのだ。

それを隠してそんな嘘をついたのは、自分達が今ここにいることに、少しでも必然性を出そうという目論見あってのことである。

ただ、のちに空々は思うことになる――もしも『接触しやすそうだから』、『地理的に近いから』というそれだけの理由で、安易にチーム『スプリング』と接点を持たず、多少時間と手間はかかろうと、チーム『オータム』のほうと接点を持っておけば、違う展開もあったのではないか――と。

少なくとも分断されている魔法少女『パンプキン』との合流は、あっけなくできたであろうし――春秋戦争も、チーム『オータム』の圧勝という形で、瞬時に、それも最小の被害で畳むことができていたかもしれない。

だが、実際にはそうはならなかったのだし、また、たとえそうなっていたとしても、それはそれで、どうせ酷い終わりかたをしていただけなのではないかと自虐的にはまだ、ようやくその三十日になったばかりである。

結論づけるわけだが——それは十月三十日の終わり頃に振り返ってのことであり、今

空々の四国滞在。

日で数えれば、これでようやく六日目——だった。

とは言え時計を見ながら話しているわけではないので、それには気付かず、空々は

そのまま、留めることなく話を進める。

「……チーム『白夜』の正体を知っているわけじゃあないんです。いえ、なんとなく、あなたがた普通の魔法少女より、立場が上の魔法少女なんだろうなあとは思うんですけれども」

「私も直接会ったことがあるわけじゃあないから、確かなことは言えませんね——直接会ったという意味じゃあ、現時点ではあなたのほうが詳しいかもしれないくらいですよ、空々空くん」

「…………」

「黒いコスチュームを着た五人のグループ……、段違いに強力な魔法を、与えられている、とか……、噂ですけれどね。『火』『土』『風』『水』『木』と、それぞれ固有魔法を——それこそ漫画じみていますけれどね」

「……『スクラップ』は『土使い』でしたね」

言いながら、空々は『風使い』、魔法少女『スペース』を思い出す——そして吉野川を氾濫させた魔法少女『シャトル』を。もっとも後者は、その姿を見たわけではないが——そちらが『水使い』であることは間違いなかろう。

鋼矢はチーム『白夜』についてどれくらい知っていたのだろうかと、そこで思う——情報通の彼女だから、まったく知らなかったと言うことはないにしても、通せんぼされたときは、そこまではっきりとした心当たりがなさそうであった。

絶対平和リーグにおける都市伝説のようなチーム……、地球撲滅軍で言うところの不明室みたいなものだろうか？

「四国ゲームの運営を任されているようでしたけれど……、つまり、絶対平和リーグの中枢は、今でも機能していると考えていいんでしょうか？」

「それも曖昧……、四国ゲーム自体は、運営不在でも継続するでしょうし。でもまあ、チーム『白夜』が動いているということは、そういうことなんでしょうね」

「……何も確かなことは言えないんですね」

皮肉のつもりはなかったが、空々がそう言うと、魔法少女『アスファルト』はシニカルに笑んで、「そういうわけじゃないんですけれど」と、言った。

「そこは理解して欲しいところです——私達にとっても、この状況はアクシデントだということを。それでもこんな風に活動していられるのは、私達が四国ゲームの構造自体は、事前に知っていたからというだけのことなんです」

「四国ゲームの構造……」

「その辺りの事情はご存知ですか？　空々空くん。ゲームのクリア条件はどうやら知っているようでしたけれど、そもそも、失敗していなければ――アクシデントがインシデントで済んでいた場合は、どうだったのか。本来の実験のあるべき姿はどうだったのか、は」

魔法少女『アスファルト』からの探りを入れるような質問に、空々はどう答えたものかと一瞬思案したけれど、ここは正直に、

「詳しくは知りません」

と答えた。

たまには正直に答えておかないとバランスが悪いと思ったこともあるし、教えてくれるのならば、何でも教えてもらっておいたほうがいいという判断もあった――もっとも、その真偽を精査しないわけにもいかないが。

「地球を打倒せんがための究極魔法を手に入れるための実験の失敗の結果が、四国ゲームに繋がったと聞いていますが」

「本来はもっと小さなスケールで行われる実験だったのですよ。参加人数も、つまりプレイヤーも、四国民全員なんていうことはなく……、チーム『オータム』とチーム

『スプリング』のみ。つまり合わせて十人で行われる予定でした」

「…………」

それが失敗して、三百万人のプレイヤーが巻き込まれ、その命を落とすようなことになったのか？　だとすれば、それはとても、アクシデントのひと言では済まない話だが……。

「ゲームのステージも、瀬戸内海の小さな無人島くらいを想定していたそうです――計算違いでこんなスケールの大きいことになってしまいましたが、もちろんそれは、絶対平和リーグの企図するところではなかったのです」

「それは……」

それはどうでしょうね、と言いかけて、空々はやめた――言ってもしょうがないことだ。そこまで本来と実際がズレていると、失敗を装って本懐を遂げたのではという疑いも頭をもたげてくる。つまり、小規模な実験では成果を得られそうにないから、規律を無視する形で、わざと失敗して、その範囲を広げた――とか。

この場合、絶対平和リーグ自体は、確実に潰滅するけれど、それで究極魔法が手に入るのならばいいと言うような考えかたをする人物が、組織内にいたことになる。

魔法少女製造課なのか、それとも別の部署なのかはわからないし、そんな人物自体がひょっとすると空々の空想なのかもしれないけれど――できればそんな人物とは対面したくないものだ、と空々は思った。

　地球と戦うためになりふり構わないという人間はこれまで何度も見てきたが、さすがに三百万人を犠牲にしても構わないという人物にはお目にかかったことがない——空々がこれまでの人生で知る一番の危険人物、『火達磨』こと氷上法被だって、三百人ならばともかく、三百万人を焼き殺すのは躊躇するだろう。

　そんな人物を想定するくらいならば、今の四国のあり方はただの実験失敗の結果だと思うほうが、幾分気が楽だ。

　そう思って空々は論旨を変え、

「本来の設定がそういう実験だったからこそ、チーム『オータム』とチーム『スプリング』は対立構造にあるんですね」

　と言った。

「最初から、その実験に参加する——競争相手として、二つのチームがあったから」

「厳密に言うと、ゲームをクリアするプレイヤーは一人に絞られるわけですから、チーム内での競争も期待されていたはずなのですけれどね。まあ、その辺は……」

　曖昧に語尾を濁したのは、現状そうはならず、完全なるチーム戦になっていることが、絶対平和リーグの思惑から外れていることを、組織員として恥じているからなのかもしれなかった。

先程、悲恋から受けた批難が、思いのほか効いているのだろうか——だとすると彼女の機能には、やはり多少の問題がある。

魔法少女『アスファルト』は、彼女の言葉から自省しているようだが、人によっては激昂(げっこう)していただろう——不気味の谷が、怒りの谷になっていても不思議ではない。

もっとも、それは悲恋自体、自覚症状のあることなのか、彼女は呼びかけられない限り、空々達の会話に入って来ようとはしない。『分を弁える』という意味をどういう風に捉えるかは人次第だろうけれど、ある意味では彼女は、きちんとその辺に線引きをしているようだった。

ただしコミュニケーションが苦手なのは、空々も同じなので、彼女に邪魔されなかったところで、破綻してしまう可能性は十分にある。

「チーム『サマー』の人達とも、僕は接点を持っていたんですが……、彼女達は四国ゲームのルールをきちんとは把握していませんでした。リタイアとクリアの違いが曖昧だったみたいで……」

空々は言った——唯一その違いを把握していた魔法少女『パンプキン』のことには触れず。

「……あなたがたの場合は、ゲームの初期段階から、というよりゲームが始まる前から、クリア条件は知っていたということになるんですね」

いささか詰問口調になってしまったのは、それじゃあ四国の左側と右側とで、プレイヤーの条件が違い過ぎると思ったからだ。

チーム『サマー』に感情移入するわけではないけれど——むしろ彼女達の半分以上と、彼は敵対している——四国で初めて会った生き残り、登澱證が、思惑はあったにしろ空々に優しくしてくれたことを思うと、文句を言いたくもなる。

左側の魔法少女達に比べ、あまりに不利な条件で、こんな理不尽なゲームを行うことになった、事情を知らなかった魔法少女達に、同情したくもなる。

……もっとも、たとえ知っていたところで、やることは結局似たようなものなので、彼女達の末期に、さほど大きな違いが生じていたとも考えにくいが……。

チーム『スプリング』のリーダーとしては『アスファルト』も似たような意見らしく、

「個々人で、ゲームに対して有利不利が出てくるのは仕方がないのではないでしょうか——右側の皆さんだって、四国の一般市民よりは有利だったわけですし」

と、身も蓋もないことを言う。

その通りではあるけれど、その言いかただと今度は一般市民の巻き添え感が増す。

それに本人も気付いたのか、すぐに、

「実際に、チーム『サマー』がどうだったかはともかくとして、チーム『ウインター』の魔法少女は二名、見事生き残っているじゃあないですか——自力で四国ゲームのクリア条件も知りえたということなら、そのスタート時点での有利不利は、現状、均されたと言ってもいいんじゃあありませんか？」

と、話を進めた。

それもその通りである——もっとも、自力で四国ゲームのクリア条件を知ったのは、チーム『ウインター』の地濃ではなく（悲恋に至ってはチーム『ウインター』の者でも魔法少女でもない）、チーム『サマー』の魔法少女『パンプキン』なのだが。

こうしてみると彼女の有能さが際立つ形だ——空々はなんとなく、『もしも鋼矢が四国の左側に属していたら、どうなっていたんだろうな』なんてことを考えた。

勘働きがいいとは言えない空々だけれど、この仮定は今、まさしく四国の左側で実現している——ただし左下ではなく、左上のほうでだが。

「目的自体は、変わらないわけですよね？」

左側が右側に較べて有利だったという点を——プレイヤーにハンデがついていたという点を、今更責め立てても意味がないのも確かなので、ともかく空々も切り替えた。

「目的？」

「ええ。つまり、当初想定していた——小規模な実験でも、究極魔法を得ようという目的は、一緒だったんですよね」

「それはそうですが、それが何か？」

「究極魔法って、具体的にはどういう魔法なんですか？　今のところ、地球を打倒しうる魔法だとしか聞いていないんですけれど……」

「それは……部外者には教えにくいですね」

魔法少女『アスファルト』はそう答えた。

鋼矢――魔法少女『パンプキン』からこの話を聞いたときは、究極魔法とやらの具体的な内容は「わからない」「知らない」というのが答だった。鋼矢と違って、魔法少女『アスファルト』は、どうやら内容を知ってはいるようだが――それでも教えてくれないのであれば、同じことだ。

「機密に相当しますので」

「機密ですか……」

この場合は『確かなことは言えない』ではなく、『言えない』であるらしい。

「ええ。知ろうとすれば、チーム『白夜』が襲撃してくるレベルの――というのは、冗談ですが」

冗談を言っている顔ではなかったが、彼女はそう説明した。

「チーム内でもそれを知っているのは、私だけです。『ベリファイ』も『デシメーション』も、あと二名も、知らないままでゲームに参加しています。向こうのチームの事情も似たり寄ったりでしょうね」

「クリア報酬も知らずにプレイしているというのは、違和感がありますけれど……まあ、クリア条件を知らずにプレイさせられていた人達の多さを思うと、それも不自然じゃないんですかね」

「どうしても気になるなら、チーム『白夜』のかたに訊くべきでしょうね。その黒衣の魔法少女『スクラップ』と、連絡は取れないんですか？」

そう訊いてきた——何気なく言ってはいるが、彼女は少し身を乗り出し気味である。ひょっとすると、空々がチーム『白夜』とコネクションがあるとするならば、なんとかそれを利用して、春秋戦争を優位に運べないかと考えているのかもしれない——いや、仲間を一人殺されている（というのは、空々の嘘だが）以上、チーム『スプリング』がチーム『白夜』と連合を組むという線はないのか。

どの道空々の答は、

「残念ながら」

なのだが。

「向こうからの一方的な接触を待つしかありませんね——どうしてもと言うなら、方法はないでもありませんが」

「へえ。その方法とは？」

「ちょっと言えません。相応のリスクを伴うので」

空々はそうもったいぶった。

これは完全な嘘とは言えない――空々がもしも彼女から課された任務を投げ出して、本州へリタイアしようとしたなら、黒衣の魔法少女『スクラップ』は『取引を反故にした』と、空々を始末しに来る公算が高い――かなりリスキーな『呼び出し』方法だが、そういう手段もないじゃない。

ただ、これは魔法少女『アスファルト』が望んでいるようなコネクションとは言えないだろう――だからここで伏せたのは、単に、情報開示に思った以上に積極的ではない彼女に対する牽制（けんせい）としての意味合いが強かった。

事実、彼女は空々の態度にやや気分を害したようだったが、追及するようなことはしなかった――ここでそれをするのはフェアではないとわかっているのだろう。

「チーム『白夜』について、もっと知れればいいんですが……」

それを見て、空々は促すようなことを言う。

もとより彼は、黒衣の魔法少女『スペース』の目を逃れる方法を調べるために高知本部を探していたのだから、既にその必要はなくなったとは言え、チーム『白夜』が気になるのは当然だった。

「なんでもいいので、彼女達についてわかっていることってありませんか？　確かなことじゃなくてもいいので」

そんな先回りするような言いかたに、魔法少女『アスファルト』は、

「まあ……、これは既に言ったと思いますが」

と、渋々の体で応じた。

「空々空くん。地球撲滅軍の調査員としての、つまり外部の人間としての立場からなら、チーム『白夜』のことをそう重要視しなくてもいいと、私は思いますよ。噂通りであるなら、確かに彼女達の使う魔法は強力かもしれませんが……、チーム『白夜』だって、魔法少女であることには変わりがありませんから」

「……どういう意味ですか？」

「結局は、使い捨ての下っ端ということですよ」

「下っ端……」

それをどこまで本気で言っているのか、空々には判別しかねた——魔法少女は、大抵の場合、自身が魔法少女であることを当然と思っていたり、あるいは誇らしく思っていたりするもので、あまり自虐的に語ったりはしないものだ。

空々の経験則から言うと……。

だが確かに、外部から見ると、そして彼女達のことを知れば知るほど、魔法少女は

絶対平和リーグにおける哀れなモルモットにしか見えなくなってくるのも事実である。

彼女達自身はまったく強化されることなく、教育されることもなく、ただ強力で、人の手に余る『武器』を与えられ続けるという——その意味では、究極魔法を得られるクリア権なんて、ただの究極の生贄権ということもできよう。

チーム『オータム』とチーム『スプリング』が、四国ゲームの詳細をあらかじめ知っていたという件に関しても、思えば、選ばれて実験台にされそうになっていたというだけで、贔屓をされていたわけではなく、むしろその逆だったと言うこともできるだろう——チーム『白夜』も、その範疇か？

だとしたら……。

「………」

いや。

この考えをこの場で続けるのはよしたほうがよさそうだ——まして議論の俎上に載せることは、絶対に避けておいたほうがいい。まかり間違った方向へと話が進めば、今の四国において絶対的な部外者であり、もっとも事態に無関係である空々が、ゲームのクリア権を押しつけられてしまいかねない。『余所者にクリアされてたまるか』という思いが、チーム『スプリング』のリーダーには今のところあるだろうが、四国ゲームをクリアした者こそが最大の『実験台』にされてしまいかねないという話になれば、その候補に、空々が挙げられたとしても何の不思議もない……、男子である空々が、果たして『魔法少女』としての役割を果たせるのかどうかは定かではないけれど、しかし、少なくとも性別に関係なく、コスチュームを着れば魔法を使えることは実証されているのだから。

「？　どうかしましたか？　空々空くん。急に黙りこくってしまって……、まさか私達に同情しているんじゃあないでしょうね」

「いえいえ、同情だなんてとんでもない」

むしろ保身を考えていたのだ。

「地球撲滅軍だって、現場の兵士の扱いは酷いものですからね——非効率と言っていいほどに。どこの組織も、その辺りは変わらないのかもしれません……」

適当に調子を合わせてみるも、しかしその辺りも、地球撲滅軍と絶対平和リーグでは多少の差異があるように感じられる。

地球撲滅軍が兵士を使い捨てにするのなら。

絶対平和リーグは魔法少女を消耗品扱いしているような——たとえるならそんな感じで、それは似たようなものでありつつも、決して同じではなく、その違いこそが、空々をして彼女達に……なんだ、結局、同情しているのか？

そんなつもりはないのだが。

そんな善良な人間のつもりはないのだが。

「とにかく、チーム『白夜』をそう重要視しなくてもいいという意見は、ありがたく頂戴したいと思います。そう言われると少し楽になりました——」

楽になったと言うより、別視点から彼女達を見られたことは有益だった——しかし、魔法少女『アスファルト』と違って、実際に、直にチーム『白夜』に対面した空々としては、彼女達に対する警戒を、いささかも緩めることはできないのだが。

特に。

最初に会った魔法少女『スペース』に対する警戒は……、それは警戒心というよりは嫌悪感かもしれなかったが、いずれにせよその感情を説明するのは、今の空々には難しかった。

「まあ、できれば彼女達とはもう向き合うことなく、僕は四国を出たいものです——そのためには、『アスファルト』さん達に、春秋戦争を勝ち抜いてもらわないと」

やや強引に空々は、話の矛先を春秋戦争のほうへと向けた——四国ゲームやチーム『白夜』の新情報を、多いとは言えずとも得られたことは進展ではあったが、現実に立ち戻ったとき、ともかく春秋戦争という、道を塞ぐ大きな岩をなんとかしないことには、先へ進めないのである。

目下のところの障害は、チーム『スプリング』とチーム『オータム』、この両巨塔の対立に尽きるのだ。

だが、それについてこそが、魔法少女『アスファルト』のもっとも口の重いところだった――彼女はむしろ空々に、

「さっきから、空々空くんの質問に答えてばかりですね――私は。たまにはそちらも、私の質問に答えてくれてもいいんじゃないですか？」

と訊き返してきた。

まあそれは確かに理屈だったので、空々は「わかりました」と頷き、質問を受け付けた――魔法少女『アスファルト』が最初に訊いてきたのは、空々空――地球撲滅軍の調査員の、これまでの軌跡だった。四国において、彼がどのようなアドベンチャーを経験してきたのか、それを知りたがった。

空々の動向を知りたがった、地球撲滅軍の動きを知りたがったというよりは、四国の右半分の状況を知りたかったのかもしれない。高知に陣を構えている彼女達は、裏を返せばおおっぴらには動けないわけで、そうなるとゲームのステージの中に、未知の領域があるというのは、あまり気持ちのいいものではないだろうから。

むろん、外部の情報――空々が四国に送り込まれるまでの経緯も、知識としては容れておきたいところだっただろうが、そちらについては『今はそこまで気にしていら

れない』という意識があるのかもしれない、詳しくは訊いて来なかった。

とは言え、何にしても空々は、彼女に対して誠実な回答者であったとは言いがたい——むしろ嘘をついて、不誠実に誤魔化すことばかりに終始したと言っても過言ではない。正直になるには、いささか言えないことが多過ぎた。特に『新兵器』悲恋に関する嘘が大きくて、どうにも曖昧にぼかさねばならない点があちらこちらに散在した。

しかしまあ、不正直に誤魔化した点以外の点については、彼は概ね、彼女からの質問に対して正直に答えたと言っていい——当たり前のような話ではあるけれど、すべてに関して嘘をつくことだってできたのだから、この点、彼はチーム『スプリング』に対して、誠意を尽くしたという言いかたも、できないことはないわけだ。

無理をすればだが……。

「ふうん……大変だったんですね、あなたも。波乱万丈と言いますか……、少なくとも順風満帆とは言えない五日間だったんですね」

もちろん空々の言うことをすべて信じてくれたわけではないだろうが、一応魔法少女『アスファルト』はそんな風に、労(ねぎら)うようなことを言ってくれた——案外、彼女としては、無関係な部外者を巻き込んでしまったという気持ちも、ないわけではないのかもしれない。

空々の素直な気持ちとしては、今や空々の都合に、彼女や、彼女の仲間を巻き込もうとしているところもあるので、そうだとしたら、それも利害の一致というか、お互い様みたいなところもあるのだけれども。

「一点、改めて確認させてください、空々空くん。外部では、会合を持って話し合った結果、四国での異変には地球撲滅軍が代表して調査に当たることになり——そして調査員はあなた一人。この解釈には間違いがないんですよね？」

「ええ、そうですが」

「つまりあなたのほかに、この四国に地球撲滅軍、もしくは他の組織の調査員がいるとか、このあと、外部から更に調査員が送り込まれてくるとか、そういうことはないと考えていいんですね？」

「ん……、それはどうでしょうか」

空々自身もそれについては素朴にそう思っているところがあったけれど、そんな風に改めてと言うか、改まって念を押されると、少し自信がなくなってくる——いや、厳密に言えば、既に『新兵器』悲恋が地球撲滅軍から、追加で送り込まれている形だけれど、それは例外としたところで。

空々よりも以前に四国に送り込まれた、各組織の調査員は、てっきり八十八のルールの壁にぶつかって、あえなく爆死したものだと思っていたが、外部と連絡が取れないだけで、空々同様に生き残っている可能性がないとは言えまい――また、会合で決められた協定を無視して、独自に調査員を送り込む組織があっても、不思議ではない。

否、もしも四国内の事情を知っている者がいれば――究極魔法とやらを手に入れられるチャンスがあるという情報が洩れていたならば、地球撲滅軍を含めたどの組織も、協定を破ってでも、それを欲するだろう。

魔法少女『アスファルト』がそんな念押しをしてきたのも、そういった事態を恐れて――つまり、これ以上四国が混乱状態に陥るのを恐れてのことなのだろうが、しかしそれについては、既に内部にいる空々にはなんとも言えないところがある。

少なくとも僕の知る限りはそういうことはない、としか――それだって、だから悲恋が来てしまっている以上は、厳密には虚言になってしまうのだけれど……。

言うまでもなく話の中、『タイムリミット』云々のくだりについては、空々は触れるのを避けた――悲恋に関する話題自体をなるだけ避けたのだから当然である。大体、『タイムリミット』はもうないのだから、話す意味もないと判断したのだ。

「いずれにしても、今の状況が長く続けば、そういうことにはなると思います。外部では潰滅したことになっている絶対平和リーグの利権を奪い合うような展開にも、なりかねないかも――究極魔法でなくとも、魔法というだけで、どこの組織も欲しがるでしょうからね」

「人間同士が争っても仕方ないと思うんですけれどね――こんなときに」

と、魔法少女『アスファルト』は不満そうに言ったけれど、それはそのまま己に跳ね返っていく言葉だった――春秋戦争の真っ只中にある彼女の身に、即座に跳ね返っていく言葉だった。

彼女自身もすぐにそれに気付いただろうが、あえて空々はその点を突っ込まない――優しさからではない。

誰だってそういうものだからだ。

理屈でわかっていても、その理屈についていけない――身体も心も。そんな経験を、空々も随分したものである――これからも散々していくだろうし、しなくなることは、生きている限りはないのだと思う。

「ふう……」

一区切り入れるように魔法少女『アスファルト』は嘆息して、そして、

「ではそろそろ、春秋戦争を終わらせるための、具体的な策でも練りましょうか」

と、彼女のほうから、さっきは避けた話を振ってきた――さすがにこれ以上は避けて通れないと思ったのかもしれないし、元からこのタイミングを見ていたのかもしれない。

どちらにしても、腹を括ったのだろう。

「ええ」

空々も、不要に勿体つけるようなことはしない——待ってましたとばかりに、すぐにそれに応じた。先の話の中で、四国ゲームを終わらして、任務を完了させて、一刻も早く本州に帰りたいという気持ちを前面に押し出しておいたので、それくらいの態度を見せないと、釣り合いが取れないというものだろう。

実際のところ、地球撲滅軍に帰りたいのかと訊かれれば、首を傾げたくもなるが……、まあ、少なくともインフラの行き届いた生活は可能である。

「まず教えて欲しいのは、あなた……」

そう言ってチーム『スプリング』のリーダーが話しかけたのは、空々ではなく、その後ろの悲恋のほうだった。

「『ニューフェイス』。あなたの固有魔法ですね。これまでは訊くのを避けていましたけれど……、ここまでの道中で言ったように、あえて教えてもらおうとは思っていませんでしたけれど、こうなると、それを教えていただかないことには、戦略に組み込めませんから」

いきなりそれを訊いてきたか。

先手を打たれた感じだった——空々としては先に、チーム『スプリング』の面々が使用する固有魔法の具体的な内容を、教えて欲しかったのだが。

だが、こちらは教えず相手に訊き返すというのも、この場合はちょっとやりづらい――こちらは一名の固有魔法を教え、向こうは三名の固有魔法を教えるのでは、バランスが悪い。地濃の魔法の詳細を教えて調整しても、それでも二対三だ。

一応、それについては、この洞窟の奥まった場所に軟禁されて以来、考えを巡らす時間があったから、偽魔法少女『ニューフェイス』の使う固有魔法の内容を、空々は既に決めてはいるのだけれど……変に駆け引きめいたことをここですれば、相手側からは一人分しか教えてもらえずに、話が終わってしまいかねない。

「どうしますか？」

と、空々に確認してきたのは悲恋だった。

「教えてもいいのでしょうか、空々さん」

『上官』とは言わずに、『空々さん』と言うのは、このアンドロイド特有の応用力だろう――また、そうやってさりげなく空々に話を振ったのは、彼女自身はまだ、自分の固有魔法について、決定案を持っていないからだ。そういった話を盗み聞きされることを危惧し、空々は自分の決定案を彼女に話していない――言うなら悲恋は、魔法少女『アスファルト』からの問いを、空々にトスした形で、これはファインプレイと言える。

で、問題は、そのトスを受けて空々がどうするかだったが。

「……まあ」

空々は考える素振りを見せながら言った——素振りはあくまでも素振りであって、そう言うときには既に結論は出している。

魔法少女『アスファルト』が腹を括ってこの話に乗り出してきたように、空々もひとつ、ここで腹を括ったのだ——少し都合よく考え過ぎていたかもしれない、と。

春秋戦争の均衡を打破するという事業を為すことを、軽く考えていたつもりはもちろんないけれど、しかしチーム『スプリング』とチーム『オータム』を座したままで手玉に取るような展開を、無意識のうちに望んでしまっていたのかもしれない——かき回すだけかき回して、あとは双方が自由に戦ってくれればそれでいい。まあ、ご都合主義ではあっても、それも的を外した考えかたではないのだが——しかし、チーム『スプリング』のリーダーのスタンスは、思っていたよりも慎重だった。

うまくチーム『スプリング』と同盟を結ぶことはできたものの、リーダーのこの慎重さからすると、もう少し空々が積極的に動いていかないと、崩れた均衡を、彼女は立て直してしまうかもしれない。

そうなれば空々は、黒衣の魔法少女『スクラップ』との約束を守ったとは言えなくなるだろう——チーム『スプリング』が勝つにせよ、チーム『オータム』が勝つにせよ、春秋戦争をかき回すこと自体は目的ではなく経過であり、どういう形であれ、戦争の終結こそが、チーム『白夜』と空々空との『契約』なのだから。

「教えるのはやぶさかじゃありませんけれど——そうすると、僕もあなたの固有魔法を訊かざるを得なくなりますね」

「ええ。もちろん、それは開示するつもりですよ。ただし……」

ただし公平を期すために私の分だけ、とでも言おうとしたのかもしれなかったが、そんな魔法少女『アスファルト』を制して空々は、

「いえ、それを訊くのはこの際もう少しあとでもいいです」

と言った。

意味を判じかねたようで、彼女はただ眉を顰める——そこに畳み掛ける空々。

「今の僕達にそれを教えるのは、『アスファルト』さん、あなたとしては不安なところでしょうから。そんな性急に教えてもらおうとは思いません」

「………………」

しばし黙ってから、

「そうですか」

と、彼女は退いた。

空々のその言葉を『だから「ニューフェイス」の固有魔法も教えないのはお互い

様』というように解釈したからだろう、少し興醒めしたような表情をしている。

「『ニューフェイス』の固有魔法は『強力(きょうりょく)』です」

だが。

空々はそんな、彼女の気が緩んだところを目掛けるように、そう言ったのだった

——それはこの龍河洞までの車中で悲恋の固有魔法が話題になってからこっち考え続けていた、いわば『嘘』なわけだが、しかしそれを感じさせない説得力をもって、堂々とそう言った。

驚く顔を見せた魔法少女『アスファルト』。

それに構わず空々は説明を続ける。

「『強力』——つまり、そんな風には見えない細腕ですが、彼女は一般にはありえない、規格外のパワーとスピードで活動できると言うことです」

「……えっと」

戸惑ったように訊き返してくる魔法少女『アスファルト』だが、それはただ、反射的に言葉を返しているだけのようで、思考が追いついているとは思えない。

「それは、潜在能力をすべて発揮できる……的な？　火事場の馬鹿力を引き出せる、とか……」

「いえ、それとは違いますね。そういう魔法があるんですか？　まあ、あくまでも

『ニューフェイス』自身の解釈ですけれど」

と、空々は、説明している自分があくまでも代弁者であることを、さりげなく強調する。この説明は、魔法少女『アスファルト』に聞かせるためのものであると同時に、また後ろの悲恋——偽魔法少女に聞かせるためのものでもあるのだが。

言って聞かせるためのもの。

なにせ悲恋にしても、自身の固有魔法が『強力』だというのは初耳なのである——しかし彼女はそれを思わせない表情で、堂々と振る舞っていた。人造人間とは思えない振る舞いだったが、逆に人間だったら、このシチュエーションで、そこまで堂々とはしていられなかったかもしれない。

「超常的なパワー、潜在能力とかじゃあ説明し切れないパワーを際限なく振るえる——僕もこの目で見ましたけれど、岩とかブロック塀とかを、まるで豆腐のように砕いていましたよ」

実際に空々がその目で見たのは、広大な海を超スピードで泳いでくる彼女の姿であり、また鉄壁のガードであるはずの魔法少女のコスチュームを素手で貫く彼女の姿だったのだが、むろん、そんなことは言わず、よく聞く例を述べるにとどめた。

ただ、岩やブロック塀を悲恋が壊せないとは思えないので、嘘をついたことにはならないだろう——要するに空々は、彼女の人造人間としての機能を、そのまま『魔法』として、説明することにするのだった。

正体の隠匿にもなるし、証拠を見せろと言われたときに見せることもできる、いわば一石二鳥の妙案だった——逆に、そうとでもしておかないと、彼女のパワーはあまりに人間離れし過ぎている。

人間として、魔法少女として振る舞わせていても、いざというときには、魔法少女『ベリファイ』戦で見せたような動きを期待したいわけで、となると、そのとき、その動きに説明がつくようにしなければ、あっさり正体は露見する。

チーム『ウインター』の魔法少女だと紹介していた彼女の正体が地球撲滅軍の『新兵器』では、嘘が大き過ぎて、空々はすべての信用を失うだろう——いや、もとより魔法少女『アスファルト』は空々を信用してなどいないとのことだが、信用ではなく利用とのことだったが、それだって、そうなれば利用価値を失うことに違いはない。

だったら、いっそ悲恋のその機能を魔法のひと言で説明してしまうのが手っ取り早い——どうせ空々から見たら、科学も魔法も、理解できないという点において一緒である。

ならばこの際、意図的に一緒くたにしてしまったほうが、ややこしくなくていい——悲恋を開発した左右左危博士が率いる不明室や、健在かどうかも怪しいが、絶対平和リーグの魔法少女製造課の面々からすれば、冒瀆的と言ってもいい空々のこの考えかたではあったが、しかし彼にしてみれば、そんな連中の考えほど、『知ったことではない』ものはなかった。

今の苦境を作り出したと言っても過言ではない部署の気持ちを、どうして忖度しなければならないのか——余裕があるときならばそれも美徳かもしれないが、今は彼の命がかかっているのだ。いや、かかっているのは彼の命だけではない……。

「まあ、そういう意味じゃあ、あなたの期待に応えられるような魔法じゃあないのかもしれません——部外者である僕にとっては感服するほかない『強力』の魔法ですけれど、あなたの仲間である『ベリファイ』が砂を自由に操っていたような魔法に較べれば、汎用性には欠けるでしょうから」

「いえ、そんなことは……」

その『強力』という固有魔法について考えているというよりも、それをこうも呆気なく開示した空々の意図について考えている——考えあぐねているのだろう、魔法少女『アスファルト』の反応は、かなり鈍い。

そのリアクションは空々としては想定内というより、思う壺といったところだった——と言ってもまだ話としては、『ニューフェイス』の固有魔法は、あくまでも入りでしかない。澄ました顔をして語っている空々ではあるが、内心ははらはらだ。

リーダーはおろか、策士にはまったく向いていない自分を思いつつ、しかしそれを演じつつ、空々は続けた。

「ただ、汎用性には欠けても、彼女がいたからここまで僕達が生き延びてこられたことは事実です——彼女は僕に助けられたみたいなことを言ってくれますけれど、実際は僕が彼女に助けられ続けていたようなもので——」

一応、自ら『強力』の欠点——と言うよりも、魔法らしくなさについてエクスキューズを入れつつも、汎用性ではなく有用性を強調し、細かい追及を避けようと試みる空々——実際に、その魔法を見せろと言われたら『実証』は簡単なのだが、論理立てて訊かれるとボロが出かねない。相手が空々の、意図の読めない話運びに動揺しているうちに、一気に結論までもって行きたいところだった。

「そ、そう——『強力』ですか。類例は知らないですけれど、まあ、魔法は言うならなんでもありですから……」

と、魔法少女『アスファルト』は言葉を継ぐ。知性的な彼女にしては珍しく、何を言おうか決めないままに喋っているという感じだった。

「魔法少女製造課が何を作っていても、おかしくはないか……、でも、案外、バトル向きと言えばバトル向き——なんですかね？　人間自体のパワーアップって、それはそれで魔法の目指すところですし……」

人間自体のパワーアップ。

魔法の目指すところ。

それらの言葉は実のところ、魔法という空々から見て未知の力に関して、発言者である彼女自身も意図しなかった示唆を含んでいたのだが――彼は話の進行に躍起で、それに気付くことはなかった。

「『ジャイアントインパクト』の使う魔法については、説明は不要ですよね――既にある程度、ご存知だったようですから」

「え？　ええ、まあ――ある程度は」

あくまでも『ある程度』であり、魔法少女『ジャイアントインパクト』の使う固有魔法『不死』の詳細までを知っているわけではなさそうだったが、しかし魔法少女『アスファルト』としては、空々の意図のほうを早く知りたいようだった。

空々自身も世話になったかの固有魔法については、伏せられるものなら伏せたかったので、その対応は目論見通りだった――ともかく、おざなりにであれ、こちら側の魔法少女についての紹介を終えたところで、いよいよ空々は言うのだった。

「で。『アスファルト』さん、ここで提案があるんですけれど――もしもこの二人と僕とで、チーム『オータム』の陣営の魔法少女を二名」

二名、と。

空々は指を二本立てて示す――ピースサインにも見えるが、しかし言っていることは、平和とはまったく程遠い。

「二名、削ることができたら——つまり、チーム『オータム』とチーム『スプリング』の魔法少女の数を揃えることができると言ったらどうしますか？」

「え？」

驚いた、と言うよりは、不可思議そうな表情を浮かべる魔法少女『アスファルト』に、空々は告げる——

「そのときは、あなたを含めたチーム『スプリング』の魔法少女達、三名の固有魔法をあますところなく教えてもらえるものですかね」

「……そんなことができると思うんですか？」

ようやく返って来たそんな応答に、

「できますよ」

と、空々は言う。

「人数的には三対二です。無理なことを提案しているつもりはありません。あなたに認められようと、手柄を立てようと焦っているわけではなく——いささか不利過ぎる現状を崩して、あなたに僕達を、利用しやすくさせてあげようと思っただけです」

意味不明というより、いっそわけがわからないとも言える空々の言葉に、

「……『ジャイアントインパクト』の魔法は、戦闘向きのそれではないでしょう。そ

してあなたは魔法を使えないんですから、実質、『ニューフェイス』の魔法だけで、つまり一対二の戦力差で、魔法少女相手にあなたは戦うことになりますよ？」

と、彼女は反論めいたことを言う。

それを言うなら悲恋が偽魔法少女なので、一対二どころか、零対二の戦いになってしまうのだが、そんな数の上での不利をまったく匂わせずに、空々は表情を消して

「構いません」と言うのだった。

「僕達が使える奴らだとはっきりすれば、あなたの口ももうちょっと軽くなるでしょうから――」

「……本気なんですか」

慎重に尋ねてくる『アスファルト』。

空々が言っているのが、単なる駆け引き上の虚勢なのか、それとも本気なのかを計りかねているのだろう――だが、空々が頷くと、それ以上重ねて問うてはこなかった。

どうして空々が急にそんなことを言い出したのかがわからないというだけで、その申し出自体を断る理由を、思いつかなかっただろう――だから彼女はこう言った。

「――わかりました、約束しましょう。もしもあなたがチーム『オータム』の魔法少女を二人……、見事始末したならば、そのときは、私も今より胸襟を開いて、チーム

3

チーム『スプリング』の内情をお話しすると誓います。

魔法少女『アスファルト』がそんな約束をしたのは、その約束を守らなかったところで、別段損がないからと言うのももちろんある――と言うより、こうなってしまえば、彼女としては、空々達が魔法少女二名と相打ちになってくれるというのが、もっとも望ましい展開だと言えなくもない。

ただしもしも、空々がそんな申し出を提案してきた理由について、考えるのをやめず、もうちょっと頭を巡らしていたなら、彼女はそんな安易な約束はしなかったかもしれない。

断る理由を、思いつくまで考え続けていたら。

結局彼女は、魔法少女『クリーンナップ』が魔法少女『パンプキン』を魅了した半分も、半分の半分も、空々を心酔させることができなかったということだが――まあ、心無き少年の心を酔わせることなど、最初から無理難題ではあるのだが、つまり――自分達のアジトに軟禁した、彼らの自由行動を許すようなことを言ったりはしなかったかもしれない。

もしも空々空が、申し出通りにチーム『オータム』の魔法少女と戦ってもいいが、しかしそれを口実にチーム『オータム』の魔法少女と接点を持ち、向こう側の陣営についてもいいという、そんな自由を持ち合わせていることを、彼女が知っていたなら——

（第6話）

（終）

第7話「温泉回!湯けむり戦争会議」

休むことが必要なのは、働いているときだけだ。

0

1

チーム『スプリング』のリーダー、魔法少女『アスファルト』が、地球撲滅軍からの調査員、空々空のハートをつかむことができなかったことを、しかし、ここで責めても仕方がない——というより、そんな、これまでただの一人も為しえたことのない快挙を、偉業を、これまで共に戦ってきた仲間に対して、小さいながらも集団に対して責任を持つ彼女に期待するほうが、本来的に間違っているというものだ。むしろ戦時下だという今の状況を思えば、彼女はいたく紳士的に——淑女的にか——部外者である空々に対して接したと言えるだろう。

それに空々も、別にこの時点でチーム『スプリング』に反旗を翻すことを決意したわけでもない——それが可能な決意をしたと言うだけで、選択肢を残したというだけで、あくまでも今は、チーム『スプリング』との同盟を維持するつもりでいる。腹の中で何を企図していようとも、あくまでも心がけとしては、空々は『チーム「オータム」の魔法少女を二人、戦闘不能に追い込む』つもりでいる——チーム『スプリング』の力を借りずにそれをするつもりでいる。

別働隊としての別行動は、裏切りではなく、失敗したときの保険として、チーム『オータム』に寝返れるだけの形を整えただけだ。

とは言えこうなると、交渉の結果、空々に欺かれた感もある魔法少女『アスファルト』だが、もっとも、彼女のしたことが己のチームに一方的に不利な状況を招いたかと言えば、存外そんなこともない——空々が口先で述べた作戦が効を奏すれば、それに越したことはない。もしも空々が、独力でチーム『オータム』を半壊に追い込んだとするなら、それは彼に胸の裡を開く格好の口実になるだろう——こんな我慢比べみたいな駆け引きを続けることが苦痛なのは、彼女にしたって空々と同じである。万々めでたくことが進行したなら、彼らとタッグを組んで、チーム『オータム』の残党に殴り込みをかければ（『殴り込み』とは、なんとも魔法少女らしからぬ言葉だが）、いかにチーム『オータム』がしぶとくとも、この春秋戦争に幕を引くことができるだろう——あとはゆっくり四国ゲームのルールを蒐集し、クリアを目指せば、すべては十日以内に決着する。

そして——彼女自身はまだ、彼には『そういうつもりもある』とは気付いていないにしろ——もしも空々が、チーム『オータム』と接点を持つことによって、あちら側の陣営につくという蝙蝠(こうもり)そこのけの機転を利かせたとしても。

人数的に、更に向こうが優位に立ったとしても——それでも、チーム『スプリング』がチーム『オータム』に対して不利になったとは限らないのだった。

なぜならば彼は空々空。

敵よりも味方を多く殺す戦士。

一部では疫病神とさえ、また一部では死神とさえ称される彼がチーム『オータム』側に移動してくれたことによって、チーム『スプリング』が勝利を収めるというケースは、考えられないどころか、五分五分と言ってもいいくらいの賭けにはなるのだった。

要するに空々と絡んでしまった時点で、どう転んでも最悪の目は残るという言いかたもできるが——もっとも。

それもチーム『オータム』が彼を受け入れてくれたならという、前提を置いた上での可能性でしかない——チーム『スプリング』のリーダー『アスファルト』が彼をいぶかしんでいるよう、チーム『オータム』のリーダー『クリーンナップ』だって、実際その展開になれば、相当に彼を怪しむに違いない。そんなダブルスパイなのかトリプルスパイなのか、なんだかよくわからない奴をチーム内に入れることを躊躇するのは、リーダーならば当然の判断である。

それは空々にとって最悪のケースだが、チーム『スプリング』から出奔した挙句、チーム『オータム』に拒まれて、結果両チームから浮いてしまい、戦火に巻き込まれる形で落命する——という流れが実現する可能性は、決して低くない。否、空々のこれまでの冒険を振り返ってみる限り、その流れに乗る可能性が、ひょっとしたら一番高いのではなかろうか？

もちろん、それを飲み込んだ上での空々の決断ではあるのだが——『状況が煮詰まったらとりあえず動いてみる』という彼の気質は、体育会系の部活動で育まれたものというには、あまりに活発過ぎるものかもしれない。

しかしながら、その気質が両チームのリーダーに半分でもあれば、春秋戦争は今のような停滞状態に陥ってはいなかっただろうから、ことほどさように、長所と短所は紙一重と言ったところか。そういう意味では、どちらかのチームに空々が所属すれば、うまく『足して二で割る』ができそうなものだけれども、足そうにも割ろうにも、そこは互いの性質があまりに相反し過ぎているのかもしれない。

魔法少女『アスファルト』と魔法少女『クリーンナップ』は、その点、似た者同士で対立しているという言いかたも満更できなくもない――ただし一点、そこに違いがある。

チーム『スプリング』に冷遇される空々が、ひょっとするとチーム『オータム』になら厚遇される――かもしれないという希望なら。

希望というよりもそれは、論理的に消去できない確率論、ある日突然空から隕石（いんせき）が落ちてきて死ぬかもしれないというのと同じような話ではあるものの――チーム『オータム』にあってチーム『スプリング』にないもの。

空々から見た違い。

それは知己の有無である――チーム『オータム』には今、空々の同盟相手である魔法少女『パンプキン』、チーム『サマー』のはぐれ魔法少女、杵槻鋼矢がいるのだ。

つまり、話の運びかた次第では、鋼矢が空々をチーム『オータム』の面々に紹介してくれる、その人格を保証してくれるわけである――いや、人格の保証は多分してくれないだろうけれど、それでも、彼が敵ではないということを説明してくれるはずであろう。

そうなれば、空々にとって、最悪の目は消える――どちらのチームにも所属できずにのたれ死ぬ、もしくは黒衣の魔法少女『スクラップ』に、任務不履行で抹殺される、という目は。

ただしこの線の問題は（どこを向いても問題はある）、空々空も、対する杵槻鋼矢も、今はお互いの動向を——お互いが同行している相手を、まったくと言っていいほどに把握していないという点だった。

空々は、鋼矢は未だ四国からリタイアしようと試みているだろうと思っていて、単身愛媛に向かったことなど思いもよっていない——まして彼女がチーム『オータム』に所属することなんて。

とどめに彼女がチームリーダーに対して、かなりの好感を持ったことなど、もしも聞かされても嘘だと思うくらいだ——空々の認識では、魔法少女『パンプキン』は飄々として気まぐれで、冷たくはないにせよ、他人に対して強い感情を抱いたりはしない年上の女性だ。

だが、空々から見たら年上の女性でも——周囲と較べて薹が立っていることが事実でも、彼女、杵槻鋼矢もまた魔法少女——少女であるということを、空々は忘れるべきではなかった。

飄々とした気まぐれでも。

彼女は思春期の女の子である——そしてその思春期の女の子もまた、空々の現在の動向を把握していない。

徳島で分断された彼が、今、高知県でチーム『スプリング』と同盟を結んでいることなど知る由もなく、それゆえに——否。

否、だ。

チーム『オータム』に迎えられて、夜も更けて。

考える余裕が出てきた彼女は、既にその可能性に、思い至りつつあった——

2

「とりあえず——自己紹介から始めましょうか」

と。

チームリーダーの魔法少女『クリーンナップ』が仕切り始める。彼女の周囲には五人の、同世代の少女がいる——全員裸だった。

裸なのは、重要な会議において隠し事がないことを互いにアピールするための作法、というよりは、単にここ、愛媛県松山市が温泉地であり、観光地である道後温泉に、今、みんなで浸かっているからという理由だった。

なにせ観光客も地元客も、他に客などいるはずもないので、豊かな温泉を広々と使い、誰に憚(はばか)ることなく満喫している風の少女達だった——むろん、魔法少女のコスチュームを更衣室に放置するような無用心はせず、タオルとセットで温泉脇に置いていることは言うまでもない。

温泉に入っているところを敵に襲撃されて全滅しましたでは、あまりに締まらないというものだ——あれから。

杵槻鋼矢が魔法少女『クリーンナップ』と接触し、共に死線を潜って勝利を収めてから——二人はアジトである、絶対平和リーグ愛媛総本部へと移動した。もっともこも、他の本部と同じく『跡』であり、施設としてはまったく機能していない——さすがにここにいた連中が、ルールの『初見殺し』に引っかかったとは思えないので、四散するまでにはいくらか活用されただろうが、その時間も、どちらかと言うとゲームの収拾よりは証拠の隠滅に使われていたという風だ。

チーム『オータム』が戦争のためにここに本陣を構えたときには、もうもぬけの殻だった——ゲームクリアのためのヒントのようなものも、特に何も見つからなかった。つまり高知本部を押さえたチーム『スプリング』に対して、総本部を押さえたチーム『オータム』が優位に立ったかと言えば、別段、そんなことはなかったということだ——もっとも、精神的には『こちらが本筋』という主張をできることはとても大きい。消耗戦を乗り切る上では大切なことだろうと、鋼矢は思う。

ここで働いていた連中、それにチーム『白夜』の、黒衣の魔法少女達は、ならば一体どこに潜んでいるのだろうと思いつつ——魔法少女製造課の連中ならば、全員生き残っていてもおかしくはないのだが。

少なくともゲーム開始直後は、絶対平和リーグの上層部は機能していたはず……、その際の彼らの対応もまずかったのだと、鋼矢は思っている。そのときも彼らは、隠蔽と隠滅を図ったから――

「『……キン』。『パンプキン』」

「え。あ。なに？」

呼びかけられていることに気付いて、はっと彼女は顔を起こす――呼びかけていたのは、当然のこと、リーダーである魔法少女『クリーンナップ』である。

彼女の裸は既に市街地で一度、というより散々見ていたけれど、温泉に浸かった状態で見ると、趣も違い、艶やかなものだった。

「なに、じゃなくて、自己紹介――まあ、あなたは『左側』でも有名人だから、みんな知ってるといえば知っているんだけれど、それでもこういう通過儀礼は、ちゃんとしなくちゃね」

「……ああ。それなんだけど」

そこで彼女は魔法少女『クリーンナップ』に、そしてその他、四人の魔法少女に向き直った――まあ、魔法少女製造課がどうなったかなんてことは、先の話だ。

今は春秋戦争。

そしてゲームクリアである。

地球撲滅軍の『新兵器』投入に基づくタイムリミットがあるんだから、急がないと、残りはいよいよ、今日を含めてたった二日——と、彼女は思っている。そのタイムリミットという枷を取り外す情報は、まだ入ってきていない。

「確かに私は魔法少女『パンプキン』なんだけれど——ねえ、みんな。ここはひとつ、本名で名乗りあわない？」

「本名？」

と、まだ名を知らぬ、簡単な挨拶しかしていない四人の魔法少女の中の一人が、素っ頓狂な声をあげる——そんなに驚くことか？

と思ったけれども、驚くようなことなのだ、だからこそなのだと、鋼矢は思い直す。大抵の魔法少女にとってはコードネームというのは誇らしいものなのだ。名乗るなら、対外的にはむしろそちらを名乗りたい。

チーム『サマー』の『パンプキン』と『メタファー』は、明確にそうではなかったのだけれど（むしろ鋼矢はコードネームで呼ばれるのを嫌がる）、組織に属する者としては、その気持ちはわからなくもない——だから鋼矢は丁寧に、そう提案した理由を説明した。

「いえ、ここのところ、停滞状態がずっと続いているって言うじゃない——それを打破するために、普段と違うことをしてみるのもいいんじゃないかなって話。流れが悪いときやツイてないとき、逆を打ってみるっていうのは勝負やギャンブルの基本でしょう」

「ふうん……そんなもんかねえ」

と、彼女は蓮っ葉にそう受けて、

「リーダーがいいって言うんなら、あたしはそれでも構わねーけど？」

と、リーダーに向けてそう言った。

頭の後ろに手を組んで、堂々とした——というより、男勝りな態度だ。温泉に入る前も魔法少女の、可愛らしいコスチュームだったのでそんな印象は持っていなかったけれど、ボーイッシュな私服でも着せれば、男の子で通ってしまうかもしれないその気風（きっぷ）のよさに、鋼矢は安心した。

どうやら魔法少女『クリーンナップ』は、いい仲間を持っているようだ——と。

「異存はないわ……そういう改革をして欲しくて、新しい風を入れたんだし」

私がそこになじめるかどうかはともかくとして。

魔法少女『クリーンナップ』は、問われてすぐにそう答え、

「では私から。私は忘野阻（わすれのはばみ）」

と続けた。

「あんまり好きな名前じゃないんだけどね」

照れたようにそう付け加えたのは愛嬌だろうが、不慣れな行動を、最初に自分から実践したのは、リーダーの本名、初めて知ったな――そう言えば」

「へえ。リーダー然とした態度だと鋼矢は思った。

と、蓮っ葉な彼女が、なぜか感心した風に言う――それに対して魔法少女『クリーンナップ』、本名忘野阻は、

「あなたは知ってるはずでしょう、前に教えたことがあったはずよ、魔法少女『ワイヤーストリッパー』――じゃなくて」

と、そこで言葉を切り、促すようにする。

それに気付く機転を見せて、

「ああ。あたしは芸来」

と、魔法少女『ワイヤーストリッパー』というらしい彼女は、リーダーに続いて名乗ってみせた。

芸来。

というのが苗字なのかと思ったけれど、そうではなく、それは下の名前だった。

「竿沢芸来――えーっと、まあ、別に好きでも嫌いでもないけど、それがあたしの本名」

「……好きかどうかは、別にどうでもいいでしょう」

そう、それとなくリーダーの忘野が軌道修正する――残りの三人も、いちいち彼女を真似て、本名の好き嫌いを口にしだしても間抜けな話だと思ったのかもしれない。

「私は魔法少女『カーテンレール』――品切しめす」

「私は魔法少女『カーテンコール』――品切ころも」

そんな風に、二人揃って名乗った彼女達は、一目瞭然でわかるほどに似通った――というと、なんだか語弊もあるが――双子の姉妹だった。

事情あって絶対平和リーグという組織に抱えられる出自が多い魔法少女達の中、互いに血縁関係同士という続柄の者がいるというのは驚きだった。

血縁、しかも双子となると、事情通の鋼矢をして、これまで一組しか知らなかったが……。

コスチュームは色違いだったので、さっきまではまだ区別がついたのだが、こうして裸になり、湯気満ちる中温泉に浸かられると、会ったばかりの鋼矢には本当に判別できない――付き合いの長いチームメイトならば、それでも微細な違いから、二人を見分けられるのかもしれないが。

「よろしくね」

と、二人は声を揃えて、鋼矢にそう挨拶した――チームとしてのまとまりが強いであろうことはわかっていたから、もっと排他的な空気を予想していた鋼矢だったが、存外、そうでもなく接してもらえているようで、逆に彼女のような性格の者としてはやりづらささえ感じていた。

まあ、リーダーの魔法少女『クリーンナップ』こと忘野阻が直々に連れてきたこと、それに、彼女と共に、チーム『スプリング』の魔法少女を一人、やっつけているということ、この二点が大きいのか……後者を『リーダーの命を救った』という風に解釈するのであれば、彼女達には鋼矢が、救世主のように捉えられても不思議ではない。

実際問題、救世主は大袈裟(おおげさ)にしても、偶然も大いに作用して、杵槻鋼矢がチーム『オータム』に、思いのほか好意的に受け入れられつつあることは、同時刻、空々空がチーム『スプリング』に軽い軟禁状態に置かれていることと比較すると、対照的と言えた。

これにはあまりいい噂とは言えないにしろ、チーム『サマー』の魔法少女『パンプキン』の、元からの知名度も、ひょっとしたら作用しているのかもしれないが――魔法少女として、周囲の少女達よりキャリアの長い彼女から、何か学ぼうという積極的な姿勢なのかも。

――そらからくんと同盟を組むときの苦労に較べたら、とんとん拍子で逆に警戒しちゃうなあ。

そんな風にさえ思う。

……ただ、もうひとり。

最後のひとり、チーム『オータム』の中で最年少と見られる小さな女の子、まだ名乗ってもおらず、ひと言も喋ってもいない女の子が、今どういう気持ちでいるのかは、鋼矢にはわからなかった。

いや、警戒して黙っているとか、不機嫌そうだとか、そういうことではなく――彼女はただ、温泉に浸かって気持ちよさそうにしているだけに見えるのだった。

「……あなたの番よ、『ロビー』」

魔法少女『クリーンナップ』――忘野にそう促されても、彼女の反応は鈍く、三秒後くらいに、自分が呼ばれたのだと気付いたように、

「んにゃ」

と、謎の奇声を発する。

「いや、んにゃ、じゃなくて――名乗りなさい。それくらいの空気は読んで、お願いだから」

怒ると言うより叱る、叱るというより窘める(たしなめる)ような口調のチームリーダー。他の三人を見ると、『いつものやり取り』を見守る風だ――リーダーの声には棘(とげ)があったけれど、別段、ぴりぴりしたわけではないらしい。

「本名なんて五年は名乗ったことがないからあ……、忘れちゃったなあ～」

と、間延びした声で彼女は応じる――リーダーからのお願いに答えるつもりは、あんまりないようだった。温泉の温度に思考が溶けてしまっているんじゃないかと思えるほどだ。

身体つきも幼いが、彼女を果たして『同世代』とくくってしまっていいものなのか不安になる――他の四人とは明らかに異質な空気があった。異質といっても悪い意味ではなく、ではどんな意味かと言えば、決していい意味ではなさそうだけれど。

強いて言えば、彼女――魔法少女『ロビー』は、鋼矢が知っている魔法少女の中では、チーム『ウインター』の『ジャイアントインパクト』を思い起こさせた。

彼女のマイペース、そしてエゴイズムには、鋼矢もほとほと苦労させられたものだ――鋼矢は彼女のことを『十中八九死んだ』と思っていたのだが、黒衣の魔法少女『スペース』からの情報によると、まだ健在らしい……信じていいものかどうかはともかくとして。

ともあれ、本名を憶えていないという彼女に、その忘れ物を教えてあげたのは魔法少女『ワイヤーストリッパー』こと、竿沢芸来だった。

「じゅつ、とかそんな名前じゃなかったっけ？　お前」

「そう。そうだ。じゅつだ」

ぽんと手を打ち、魔法少女『ロビー』は、

「じゅつです。よろしくお願いします」

と、鋼矢に頭を下げた——頭を下げたというより、顔面を温泉に浸けたと言ったほうが正確と思えるような動作だった。

「じゅつ、じゃあわからないでしょう」

呆れたように忘野が言い、そんなどこか滑稽なやり取りを見かねたように、

「その子の名前は五里恤よ」

と言った。

「五里恤——魔法少女『ロビー』こと、五里恤。たぶん、すべての魔法少女の中で最年少だと思うわ——これでチーム『オータム』には、魔法少女の最年長と最年少が揃ったことになるわね」

「……あんまり最年長を強調されると、年寄りになった気分になっちゃうけど」

とするとルーキーなのだろうか、彼女は魔法少女になったばかりのところでこんな事件が起こったのだろうか。そう思うと、魔法少女『ロビー』——五里のことがやや不憫だが、しかし不憫というには彼女はあまりにぼんやりしている風で、今置かれている状況をちゃんと認識しているのかどうかという点から怪しかった。教えられた本名にも、まったく感慨がないようであり、反応というものをしない。

「ともかく、みんな、ありがとう。かくいうあたしは、杵槻鋼矢」

結局、私が最後に名乗ることになってしまったと思いつつ、彼女はまとめるように言った。

「チーム『サマー』出身、今日からチーム『オータム』の杵槻鋼矢です——こちらこそどうぞよろしく、ご贔屓に。微力ながら、春秋戦争の勝利のため、ひいては四国ゲームクリアのために力を尽くさせてもらおうと思います」

忘野阻——魔法少女『クリーンナップ』。

竿沢芸来——魔法少女『ワイヤーストリッパー』。

品切しめす——魔法少女『カーテンレール』。

品切ころも——魔法少女『カーテンコール』。

五里恤——魔法少女『ロビー』。

杵槻鋼矢——魔法少女『パンプキン』。

これが新生、チーム『オータム』の、発足の瞬間だった。

3

さて。

杵槻鋼矢――何も彼女は、本気で『流れを変える』とか、『逆を打つ』とか、そんなオカルトめいた理由で、互いに本名を名乗り合うよう促したわけではない。あれはわかりやすい口実であって、真の狙いは他にあった。

春秋戦争に勝利するための彼女の戦略は、既に始まっているのだった――温泉につかっていようと裸になろうと、彼女の精神がリラックスするなんてことは決してないのである。

特に、魔法少女『クリーンナップ』――本名忘野阻を四国ゲームのクリアプレイヤーに祭りあげようという決意をしてからは、そのわかりやすい目標に対して、鋼矢は知恵を絞り続けている。そういう意味では案外、彼女はひねているようでシンプルな性格をしていると言えた――ただ、シンプルになれるほど没頭できる目標を、なかなか持てないというだけのことで。

で、本当のところ、魔法少女としてのコードネームではなく、本名で呼び合うという新しい慣習の導入にどういう意味があるのかと言えば、『魔法への依存からの脱却』だった。

組織から与えられた魔法を、『当たり前』のものだと思う気持ち、常識からの脱却――それができれば、それだけでチーム力は格段にアップするのではないかと、彼女は読んでいる。

彼女の元チームメイトである證——登澱證が典型的だったが、魔法を『当たり前』のものだと捉えている限り、そこに成長はない。魔法を使っているというよりは、魔法に使われているような状態だ——そこへいくと魔法少女『パンプキン』は、与えられた魔法が『自然体』という使い勝手の悪いものだったこともあり、魔法に対するスタンスが皆と違った——魔法を磨くことを余儀なくされた。

それは決して楽しい思い出でも、楽しい経験でもなかったけれど、そのお陰で彼女は黒衣の魔法少女『スペース』からの逃亡に成功したのだ——努力が報われた形だが、裏を返せば、努力さえすれば、誰でも黒衣の魔法少女達に匹敵しうるということもできる。

その意識改革を行う、第一歩だった。

決して己が、『パンプキン』というコードネームを気にいっていないから、名前で呼び合う慣習を導入しようとしたわけではない——そんな気持ちが動機の根底にまったくないとは言わないが。

時間があればもっと徹底的に意識改革を行いたいところだったが、しかしさすがにそんなことをしている時間の余裕はない（と、鋼矢は思っている）。地球撲滅軍による『新兵器』の投入まであと二日——否、本当のところ、いつ投入されてもおかしくない（と、鋼矢は思っている）。

今のところ、チーム『スプリング』の魔法少女を一人倒したことにより、人数的には優位に立ったチーム『オータム』だが、そんな優位を祝っている場合ではない（と、鋼矢は思っていて、これについては『祝っている場合ではない』という点に関してのみ正しい）。これはリザルトではなくあくまでチャンスであり、ここでどう畳み掛けるかが、勝負を分ける分水嶺だった。

と言ったところで、予想外のこともあった。

自己紹介を終えたチーム『オータム』だが、思っていたよりも、知らない顔、知らない名前（コードネーム）が多かったことだ——事情通を気取っている鋼矢だが、この分だと、チーム『スプリング』についての情報も、更新する必要があるだろう。

リーダーの魔法少女『クリーンナップ』のことは知っていたし、魔法少女『ワイヤーストリッパー』のことも名前だけなら知っていた。だが、知っていたのはその二名だけで、双子の魔法少女『カーテンレール』と『カーテンコール』、そして組織内推定最年少魔法少女（魔法最年少女？）『ロビー』については、噂ですら聞いたことがなかった。

固有魔法を正確に知っているのは、このうち、魔法少女『クリーンナップ』のそれくらいだ——いや、先の戦闘では実際にそれを見せてもらう機会には恵まれなかったから、自分の知識が本当に正しいかどうかはわからない。再確認の必要はあるだろう。ひょっとしたら偽の情報をつかまされているかもしれない——四国の左側は、右側とは基本、質が違うのだ。

魔法少女『パンプキン』のコードネームは皆、知っていたようだが、ある意味では、そんなに広く知られているというのは、それは四国の左側ではあまり褒められたことではないのかもしれなかった。

なので本来ならば、本名を名乗りあったことに続いて、『次はみんなの固有魔法を教えてくれる？』と切り出したいところだったのだが、もしもそんな、外部に対する秘密主義が徹底しているのだとすれば、おいそれとはそんなことは頼みづらい——彼女達から、今のところなりを潜めている警戒心を呼び起こしてしまうかもしれない。

ただ、こちら側の戦力、そしてあちら側の戦力を正確に把握しないことには身動きが取れないのは事実だ。今のチーム『オータム』とチーム『スプリング』は、互いの戦力を正確に把握しているがゆえに、身動きが取れなくなっているとのことだったが——

「じゃあ、自己紹介が済んだところで、改めてお礼を言わせてもらおうかしら——『パンプキン』さん、改め、杵槻さん」

鋼矢がこの先、どう己の戦略を彼女達に言い含めたものか、考えあぐねている隙に、相手側のほうからの歩み寄りがあった——そう言ってきたのは、双子の姉妹の片割れである。自己紹介のときから立ち位置を変えていないので、魔法少女『カーテンコール』、すなわち品切ころものほうのはずである。おそらく。

彼女としては『杵槻』という苗字よりも『鋼矢』という名前のほうが好きなので、できればそちらで呼んで欲しいところもあったが、しかし一度に多くを求め過ぎると、新入りの癖に図々しいと思われかねない——温泉に浸かってまったりして、そんな批難を大っぴらに受ける雰囲気ではないけれど、しかし無意識下に不満が溜まるということもあるだろう。

そう言えばそらからくんは、私のことを『鋼矢』って呼ぶのを、呼びにくそうにしていたなあ——なんて、意地の悪いことを考えたりもする彼女。

固有魔法をどう聞き出したものかという、表層だけなぞれば空々と同じ悩みを抱えていることといい、その辺り、彼女自身としては新しい仲間に気を遣って話を進めているつもりだったが、それは裏を返せば仲間との距離感をつかみかねている、人間関係への不器用さの表れでもあって、自分ではそんな風には思っていないけれど、はたから見れば——と言うより、チーム『オータム』のリーダー、忘野阻あたりから見れば、やや哀れでもあった。

もちろん忘野にはチームリーダーとしての責務があり、また魔法少女『パンプキン』のこれまでの行状を聞く限り、まだ全面的に信頼するわけにはいかないけれど、

『なにを悩んでいるかわからないけれど、もっと心を開いてくれたらいいのに』と、そんな風に思わなくない――そんな勝手なことを思う程度には、忘野が自分のことを『見直している』ことに、まだ鋼矢は気付いていない。

ともあれ鋼矢は、

「礼には及ばないわ――当然のことをしたまで、なんて返せれば格好いいんだけれど、私としてもその辺は、目的あってのことだしね」

と応えた。

見栄っ張りと言うより、ここまでくれば単なる虚飾とも言える態度である――ただ彼女には、どうしても年下の人間に対しては『年上のおねーさん』ぶるという癖がついてしまっている。そうしていたからこそ、長年、チーム『サマー』で生き延びてこられたというのもあるだろう。

「目的？」

鋼矢の演技、もしくは癖に気付くことなく、竿沢は首を傾げる。

「ああ、そう言えばそんなことを言ってたな――なんだっけ？　身を隠すために、そして四国ゲームについての情報を得るために、ここ、愛媛に来たんだっけ？」

「ええ、そう……そうね、その辺りの事情については、まだリーダーにもちゃんと説明してなかったわね」

どうしたものか、と彼女はここで考える。

今現在、自分が抱えている事情、そして情報を、新しいチームメイトにどれくらい開示するべきだろうか？

すべてを開示する、という選択は彼女にはない――まったくない。そういうスタイルで彼女は生きている。人間関係に利害を持ち込んでしまうのは、否、利害関係こそが人間を形成すると思い込んでいるのは、彼女の長所でもあり、また短所でもあり、そして彼女の人間性そのものだった。忘野のような人間を見ることでいくら自分にうんざりしようと、変えられることではない。

「…………」

もったいぶるように間を取りながら、鋼矢は考えを整理する。

チーム『サマー』の内紛のことは、間違いなく伏せておくべきだし――魔法少女『ジャイアントインパクト』、チーム『ウインター』の地濃鑿に託した任務についても、正直、話しにくい。チーム『白夜』に追われていることは、本来、鋼矢を匿う形になるチーム『オータム』のメンバーには話しておくべきことだろうが、しかしこれは幸いにして、話す必要がなくなった――黒衣の魔法少女『スペース』が直々に、その追跡の放棄を宣言したからだ。

もちろん、そんな宣言を全部鵜呑みにするほど純真無垢でもないが……こうしてみると、絶対に話さなくてはならないことは、一点。

四国に投下されようとしている地球撲滅軍の『新兵器』のことである——実際にはその『新兵器』は前倒しで、しかも投下ではなく泳いで四国に来ているのだが、それを知らない彼女にとってはまだ、現実的な危機である。

「まず、軽蔑しないで聞いて欲しいんだけれども——私は、この四国ゲームからリタイアしようとしていたのよ」

「リタイア？　つまり、四国島からの脱出を試みていたってことかい？」

竿沢からの質問に、「ええ」と頷く。

それが魔法少女として、絶対平和リーグの構成員として情けない逃亡行為とはとられないように、できる限り堂々と、別の言いかたをすればふてぶてしく映るように振る舞いながら。

「私だけじゃなくて、チーム『サマー』、チーム『ウインター』の魔法少女は大抵そうだったと思うけれども。まあ、四国の右側では、この四国ゲームは蒐集ゲームではなく脱出ゲームとして広がっちゃったところがあるのよね——それは絶対平和リーグの情報操作、隠蔽工作の結果なんだから、彼女達を責めないであげて欲しいわ」

「彼女達をって、他人事みたいなのー」

と、ここで意外と鋭い指摘をしてきたのは、誰あろう、最年少魔法少女・五里恤だった。否、鋼矢の立場からしてみれば、それは意外というよりも望外というべきだったかもしれない。

正直、違う世界に生きているような彼女を、戦力として戦略に組み込んでいいものかどうか、判断を迷っていたところがあったのだ——だが、そんなことをはっきりわかり、そんなことをはっきり言える才覚があるのなら、何の心配もいらない、ことはないにしても、希望の光は差す。

これまでそんな彼女に振り回されてきたであろうリーダーからすれば、これもまた『空気が読めない』だけということになるのかもしれないけれど、なんの鋼矢に言わせれば、『空気が読めない』というのは、立派な才能だ。

そらからくんは空気が読めないというよりは、空気を読み過ぎて誤読するタイプだったかな——そんなことを思いつつ、

「まあ、そうね——私はかなり初期の段階で、その勘違いには気付いたから、彼女達とは少しスタンスが違ったかもね」

と、あえて五里からの指摘を曲解した答を返す。かつての仲間から距離を置いている風の物言いをしているとの指摘に対し、抱えている事情が違うという答を返す——五里に通じる話術かどうかはわからないけれど、温泉内の雰囲気が悪くならない程度の誤魔化しは可能な返しだろう。

けれど」

「そこは独自の情報網をもって――もっともそんな情報網、もう機能していないんだ

リーダーからの疑問にはそう正直に答えた――別に相手がリーダーだから正直に答えたわけではないが。

さすがにそこまで心酔してはいない。

仲間やチームを大切にする彼女のスタンスを、鋼矢は尊敬しているが、全肯定まですするのは難しいのだ――なにせ彼女が望んでいる戦略は『ひとりの犠牲も出さずにチーム「スプリング」に勝利する戦略』である。

そのなんと難しいことか！

チーム『オータム』に較べればいかにも特攻精神・殉死精神の高そうなチーム『スプリング』も、無駄死にを避けたがるという点では同じだろうが、しかしリーダーのその仲間思いが、裏目に出ることがないよう知恵を絞らなくてはならない鋼矢としては、ここから先、忘野にどれくらい融通を利かせてもらうかというのが鍵となる。

彼女の大切な仲間を捨て駒にする気は鋼矢にもないが、しかしある程度のリスクは飲み込んでもらわないと、話が進まない。土台、今、四国に身体を置いている以上、死のリスクは誰もが抱える病のようなものなのだということを、しっかり認識しても

らいたい。

そんなリスクがあるからこそ、戦わなくてはならないのだと――魔法少女としてではなく、人間として。

魔法少女としての名前ではなく、全員に本名を名乗らせた狙いはそこにもあった――魔法少女である以前に、自分達は人間なのだということを思い出して欲しかった。

チーム『サマー』では、何を間違ってもできなかった提案だが、それは彼女が次々と死んでいく魔法少女達に対して、ずっと思っていたことだった。

「だから、私が脱出しようとしていた理由は、四国ゲームとは無関係――外交領域の話になるわ」

詳細を省いて次の段階に話を進めたのは、その辺はとっくの昔に既に終わった話ではあったし、またあまり深いところまで話していると、その分だけ時間が費やされるからだ。

貴重な時間が。

「絶対平和リーグの隠蔽工作の甲斐あって、四国の現状は外部に正しく伝わっていなくてね――それはよかったんだけれど、だからこれを我らが怨敵・地球の仕業だと思い込んだ人達が相当数いたみたいなのよ」

地球、という『我らが怨敵』の名前が出たことで、最年少魔法少女以外の四人の空気が、一瞬、ぴりつく――温泉に浸かっているというのに、その温泉水がぬるく感じるほどに。

それだけ地球に対する彼女達の敵意は、強い――それに匹敵する敵意と言えば、そう、チーム『スプリング』に対する敵意くらいのものである。

理屈ではない。

そういう風に教育されて育った――最年少魔法少女の反応がいまいち鈍いのは性格上の問題というより、まだ周囲に較べて齢の若い彼女には、そのあたりの教育が徹底されていないということもあるのかもしれなかった。

「で、だから一網打尽にしてしまえという、乱暴にしていつも通りの発想を地球撲滅軍が取ろうとしていて――」

「地撲か」

いまいましそうにその略称を口にしたのは、竿沢である――業界ナンバー2の勢力である絶対平和リーグにとって、業界ナンバー1の地球撲滅軍は、目の上のたんこぶみたいなところがあるので、苦々しく思っている者は苦々しく思っている。

今回の件での彼らの動きは、仕方のないものだと鋼矢は冷静に捉えているけれども。

「で、タイムリミットを決めて、四国に爆弾を落とすことに決めた――四国破壊爆弾とでも言ったところかしら」

『新兵器』という表現では伝わりにくいと思ったので、鋼矢はそれを『爆弾』と言い換えた――この程度の嘘ならば、罪にはなるまい。わかりやすさ優先だ。

実際には爆弾どころか、それが女の子の姿をした人造人間だとは、さすがの鋼矢にも思いもよらないことであり、その差異は当然今後の戦局に強く影響するのだが、しかし仮にここで『新兵器』と言っていたからと言って、そんな大きな違いはなかっただろうと思われる。

ゆえにここで『爆弾』というインパクトの強い言葉を使ったのは正解で、魔法少女達は、五里も含めて今度こそ全員、それぞれその言葉に息を呑んだようだった。

今の四国で最も恐れられているのが、ルール違反を犯したゆえの『爆死』だろうから、そういう連想もどこかにあったのかもしれない。

「だからそのタイムリミットまでに外部に脱出して、それを止めてこようと思ったんだけれど、なかなかこれがうまくいかなくてね。謎の邪魔が入ったりで、やってみればわかると思うけれど、リタイアも難しいのよ、このゲーム」

チーム『白夜』の魔法少女については触れず、『謎の邪魔』という言葉で押し通すことにした――最初から事情をつかんでいたであろう彼女達なら、リタイアを試みたことはないはずという試算に基づく物言いである。

まあリタイアが難しいと言うのもあながち嘘ではない、実際、チーム『サマー』やチーム『ウインター』は、それをクリアと思いながらも、脱出を達成できなかったのだから。

魔法少女『パンプキン』が脱出できなかったのは、純粋に妨害のせいだったが――彼女自身がチーム『白夜』に目をつけられ、もとい、目をかけられていたからだったのだが。

「だから脱出のための――延いては四国を焼け野原にしないための情報を求めて、謎の邪魔からの庇護を求めて、私はこの愛媛県の、あなた達の元へやってきたってわけ」

「ふーん……力になれりゃあいいんだけどな。一方的に世話になりっぱなしじゃ、心苦しいし」

竿沢は言う。

その台詞から判断する限り、とりあえず、『リタイアを目指した臆病者』という審判は下されずに済んだようだった。

「で、そのタイムリミットってのはいつなの？」

当然の質問だった。

言うなら『時限爆弾』の存在を知らされて、刻まれているその時刻を知りたがらない者がいるわけもない――ここで安心感を与えるために少し長めに言う、あるいは焦燥感を煽るために少し短めに言うという選択肢も鋼矢にはあったのだが、しかし今後のプランニングを皆に実行してもらうためには、正直に言う他あるまいと最終的には判断した。

「一週間」

この言いかたは、しかしまずかった。

今から一週間、だと、皆は思ったらしく、やや場の緊張感が薄れる――不要に希望を持たせてしまったことを後悔しつつ、

「一週間というのは、投入を決意したときに示された時間で、既にそれから経過した時間をマイナスすると、残り二日となるわ」

と、誤解の入り込む余地がないよう、鋼矢は細かく説明した。

ただまあ、最初からそう言っていたとしても、みなの覚えた落胆、そして覚えた衝撃は、ただ事でなかったことに変わりあるまい――双子の姉妹は共に温泉から立ち上がって、

「二日!?」

と叫んだ。

双子ならではのシンクロした動きだったが、しかし双子でなくとも、忘野も竿沢も、同じ気持ちだっただろう――五里の気持ちはぽやんとした表情からは読み取れないにしても、しかし『残り二日』のタイムリミットに、驚いていることだけはまず間違いなかろう。

「二日って……そんな無茶苦茶な」

一番最初に立ち返ったのは、そうあるべきというべきなのか、リーダーの忘野だった。

「ごめんなさい。あなたには先に言っておくべきだったわね――でもまあ、驚かせたくなくて」

「今驚くなら一緒じゃない、そんなの」

多少怒ったように言うのは、無理からぬというべきだろう――重要な情報を伏せられていたこともさることながら、チームメイトの人命を預かる身として、『だったらこんな今、温泉に入っている場合じゃない』というような気持ちもあるに違いない。

それはその通りなのだが、鋼矢にだって言い分はある――温泉に入って自己紹介をし合う展開など、さすがに予想不可能だったことを含めて。

「まあ、そのことについて言い争っている時間はないわ。もしもそれでも何かあるなら、終わってからじっくり話し合いましょう。こうしている間にも刻一刻と時間は経過していくのだから――」

「だったら早く止めないと」

と、双子の片割れ、しめすが言う。

「地撲の奴らに、これは――えっと、これは絶対平和リーグの、職掌内だと……」

途中から語気が弱まる。

まあ、絶対平和リーグ所属の者としては、あまり勢いよく、『実験』だの『実験失敗』だのは主張できまい――その辺は鋼矢としての悩みどころだった。本来、当初の脱出計画では、空々に丸投げしようと思っていたパートだ。

「そう。だからそうしたかったのだけれど、謎の邪魔に阻まれて、外部に現状を報せに行くことはできない」

「ことを外部に知らせられないというのは、ルール上のこともあるわけよね……」

と、忘野。

「つまり電話やメールで、教えることもできない……」

「そう。そういうこと」

それをうまく紐づけてくれると、ますますチーム『白夜』の介入についての説明を避けられる。もっとも、彼女達も、まさしく絶対平和リーグのお膝元に居を構えていた魔法少女なのだから、チーム『白夜』についての噂は、鋼矢よりもむしろ詳しいくらいだっただろうが……、無意味な不安は与えたくない。それで浮き足だったら本末転倒だ。

鋼矢が今自らに課している仕事は、仲間に対して実直正直であることではなく、仲間を勝たせることである。

だから、鋼矢はある意味いけしゃあしゃあと悪びれずに、

「なので、ここから採択するべきルートはひとつ。四国ゲームをクリアしてしまい、この異常な状況を終わらせること——そうすれば、きっと謎の邪魔は入らなくなって、外部に連絡に行くことは容易いし、ひょっとしたらその必要さえなくなるかもしれない」

そう言った。

「ああ。電話がもう使えるものね」

というしめすに、

「馬鹿。そのときには私達の手に、地球を打倒しうる究極魔法が入ってるからでしょ」

と突っ込むころも——双子漫才といった趣で、見ていて微笑ましくもあったが、しかし彼女達にだってわかっているだろう。

簡単に言うけれど、それを為すことが如何に難易度が高いか——つまり実質あと二

日以内に、四国ゲームをクリアすることが最低条件となるのだから。

そして四国ゲームをクリアするためには、八十八のルールすべてを蒐集しなければならないというだけではない。チーム『オータム』の場合は、チーム『スプリング』という『均衡の壁』を倒さねばならないのだ——春秋戦争に勝利しなければならないのだ。

ハードルが高過ぎる。

それは鋼矢もそう思うが、そうしなければならないのだから、そうするまでで、しかも決して不可能ではないと彼女は考えていた。

……そんなタイムリミットは、不明室の計算違いにより既に消失していることを思えば、鋼矢の戦略も、チーム『オータム』の焦りも、滑稽な見世物ということになってしまうのだけれど、しかしこの情報戦においてチーム『オータム』がチーム『スプリング』に劣ってしまった必然は、決してチーム『オータム』にとって不利なだけには働かなかった。

『爆弾投下』というわかりやすいタイムリミットが示されたことによって、必死にならざるを得なくなったわけだし、しかもある意味、『残り二日だけ、死ぬ気で、全力を出せばいい』という決意もできたわけだ。

ここでくじけて自暴自棄になるような者は、さすがにチーム『オータム』にはひとりもいなかった（何を考えているんだかわからない者はいるが）。

逆に言うと、チーム『スプリング』のほうにはそれがなかった——一刻も早く勝負をつけようという決意がなかった。魔法少女『ベリファイ』を失い、また魔法少女『デシメーション』を失った彼女達は、状況の変化についていけなかったわけではないにしても、これまでずっと均衡戦況という地獄に耐えてきたこともあって、まだ気長に構える癖が抜けていなかった。

空々が『新兵器』のことを完全に隠したがゆえ、鋼矢と違って、タイムリミットめいたものを彼女達に何も示さなかったゆえ——彼女達チーム『スプリング』が『時間はまだある』という風に考え、だから戦略の選択において、熟慮の時間を設けたことは理の当然と言えた。

そんな展開はありえないのだけれども、もしも空々がチーム『スプリング』のリーダー、魔法少女『アスファルト』に、既になくなっていたタイムリミット『残り二日』を、信憑性をもって告げていたならば、選択の余地を放棄して、立っている者は親でも使えとばかりに、空々を無闇に試すようなこともなく、総力で勝負を決めにきていたかもしれない。

総力を——総力戦を先に決意したのが、できたのがチーム『オータム』なのは、鋼矢が持つ、経年劣化し、正確さを失った情報があったゆえであるのは、皮肉なものである。しかし時として、戦争の結果を左右するのが皮肉な取り違えによるものなのは、歴史が示している通りなのだった。

「となると……、残り二日の内訳を、一日を春秋戦争終結に使って、もう一日をルール蒐集に使うって感じか……？」

「いや、もう同時にやったほうがいいんじゃないの？　だからチームを二手に分けて、片方は春秋戦争にあたり、もう片方はルール蒐集にあたるっていう……」

竿沢芸来と品切ころもがそんな風に議論を戦わす——両方、見るべきところのある意見ではあったが、しかしそれを検討している時間も惜しい。

鋼矢はここでは遠慮せず、自分の意見を言った。

「私はこうしたいと思う——こうして欲しいと思う、かな。実際に戦うのはあなた達になるわけなんだし——」

鋼矢がコスチュームを徳島県に置いてきたことは、既に全員に告げてある。忘野は、『そんな変人をみんなが受け入れてくれるかどうか、説得する自信はない』みたいなことを言っていたけれど、その後、彼女と共にチーム『スプリング』の魔法少女をひとり倒したことがその件の免罪符になったようで、別段、その件で何かを言ってくる者はいなかった。逆に、『コスチュームもステッキもなしで、魔法少女を倒した』ということで、一目置かれたかもしれないくらいだった——あれは忘野の助力と、幸運ありきだから、そこをあまり評価されても困るのだが。

空々空のように、魔法を使わないまま、魔法少女を次々倒していった彼の、真似事みたいなものなのだから。

そう、空々空……。

「――温泉を上がったら、今すぐこのアジトを放棄して、高知本部に特攻。全員がかりで、春秋戦争を押し切る――即座に決着をつける」

「即座に……」

「そう。一日だって、時間を使い過ぎだと思う。かと言って、手分けをするほどの人的余裕はない。あなた達が今、どれくらいの数のルールを蒐集できているのかはわからないけれど、春秋戦争の均衡状態を鑑（かんが）みるに、そんな数は集まっていないでしょう？　集まってて半分と言ったところ？　でも、残りの半分が辛いのよ、このゲームは――」

それこそ手分けして、チーム『サマー』はゲームのルール蒐集に集中していたわけだが、それでも集まったのは半分程度だった――いくらエリート勢のチーム『オータム』でも、戦争をしながらそれ以上を集められていたとは思えない。

図星だったようで、案の定忘野は、

「四十個くらいよ」

と言った。

「四十個には足りないかな？　正直、これ以上集めても、今は憶えきれないというのもあるかしらね。記録に残すと、それをチーム『スプリング』に奪われるかもしれないから、メモも取れないし」

その付け足しは言い訳がましくもあったが、まあ嘘でもなさそうなので、突っ込まずに鋼矢は、「だったら、尚更、一刻も早くチーム『スプリング』を倒すべきでしょうね」と言う。

「理想的には夜明けまでに勝負をつけたいけれど。そしてそこから、ルール蒐集に当てたいけれど」

「さすがにそれは無理だろう」

竿沢が言い、

「そうなの。そんな計画表じゃあ、寝られないじゃない？」

と五里が追随した――竿沢の言うことは現実的だし、五里の言うことはやや暢気だ。ただし鋼矢もあくまで理想を語っただけで、この努力目標が達成できるとは思っていない――そういう気持ちで、ということだ。

実際は、明日の正午までに勝負をつけられれば御の字と言ったところだろう――つまり今から、約十二時間。

十日以上も続けられていた均衡状態を、たった半日で終わらせようとは、いやはや私も随分、行動的になったものだ——と、鋼矢は自嘲的に思った。

少なくとも昨日までの私ならば、こんな私を嘲笑うだろう——だが。

「……こんな、何もない総本部を」

忘野の指摘は、竿沢や五里のそれとはまったく違う視点からのものだった——予想されていたものではあったが。

「本拠地ならぬ廃墟地を放棄することについては、異存はないけれど——でも、鋼矢。仮に高知県に乗り込んでいって、総力戦を挑んだとして、こちらに被害がまったくでないって言える？　いくら数の利を活かすとしたって……」

数の利を活かす、というのは、鋼矢と忘野が二人がかりで、魔法少女『デシメーション』を倒したことによって生じた人数差について言っているのだろう。

六対四。

今、忘野の頭の中では、そういう人数差になっているはずだ——その点において、チーム『オータム』とチーム『スプリング』の均衡は、既に崩れていると思っているはずだ。

しかし、だからと言って。

「しかし、だからと言って、互いに相殺し合う形に、刺し違える形になると仮定したら、こちらが二人生き残って、戦争が終結するみたいな形になる――それじゃあ勝つ意味がないわ」

「…………」

「地球と戦っての名誉の戦死というならまだしも、こんな内輪揉めで亡くすような命は、私のチームにはないのよ――その点は、わかってくれているはずだよね？」

改めての問いに、鋼矢は、

「ええ。もちろんわかっているわ」

と、すぐに答えた――この子なら、『地球と戦っての名誉の戦死』であろうとも、自分がする分にはともかく、仲間には決して許さないんじゃないかしら、と思いながら。

そして忘野が自分のことを要求してもいないのに『鋼矢』と呼んでくれたことを秘かに嬉しく思いながら。

「私は犠牲ありきで考えてるわけじゃない――むしろ犠牲を少なくするための作戦を練っているつもりよ」

「……それならいいんだけれど。つまり、作戦にはその先があるってこと？」

「そりゃそうでしょう」

いくらなんでも、総力戦を挑むと決めたところで満足してはいられない――犠牲が出てもいいのなら、それくらい粗い作戦でも、即座に決行すべきではあったが。

「それに、人数差については、あるとは限らないしね……」

「？　どういうこと？　人数差があるとは限らないって……私達が、私達で『振動』の魔法少女『デシメーション』を倒したんだから、あると限るでしょう？　人数差は」

「うん、でもただ、既に一度言ったと思うけれど——向こうの人数だって、常に一定と断じられたものではないでしょう？　こうやって私がチーム『オータム』に加えてもらったように、向こうだって人数の変動がないとは言えない……」

曖昧な言いかたになる。

ただの可能性の話を詳細にして、仲間達を混乱させたり、無闇に、そして無意味に不安にさせたくないというのもあるが——自分の考えをそのまま口にするのは、どうしても憚られ、結果、曖昧になってしまう。

実際、根拠があってそう思っているわけではないのだから、言い辛いのも、言い難いのも、当然と言えば当然だし、この時間がないときに、わざわざ言うことじゃあないのも確かなのだが。

ひょっとするとチーム『スプリング』には現在、鋼矢の同盟相手であり、現在生死不明である、空々空がいるかもしれない——だなんて。

4

空々空のチーム『スプリング』への加入。

ほぼノーヒントの状態でそんな『真実』に辿り着いた杵槻鋼矢は、やはり非凡ではあったが、しかし確信を持っているわけではないし、他ならぬ彼女自身がそれを馬鹿馬鹿しい推定だと思っているところが問題だった。空々に生きていて欲しいと思う気持ちが、そんな可能性の薄い幻想を抱かせるのだろうと考えていて、そういう意味ではその線を検討するにあたっての本気度は低い。

ただ、ノーヒントではあってもあながち無根拠というわけでもない——砂漠と化した市街地から、この道後温泉の総本部まで移動する道中、リーダーから話を聞くにつれ、どうしても得心しかねる疑問点がひとつ、浮上したからだ。

いや、浮上したというには、それは最初から問題ではあった——即ち、『振動』の魔法少女『デシメーション』は、どうしていきなり、魔法少女『クリーンナップ』に攻撃を仕掛けてきたのか？

である。

もっと言えば、どうして大胆にも彼女は、単身愛媛県に乗り込んで来たのか——っまり、どうしてチーム『オータム』とチーム『スプリング』の間に成立している均衡状態を崩しに来たのか、それは不思議だった。

　それを聞き出したかったのだが、その前に彼女は自ら首を切って死んでしまった——目前での自害を止められなかったのは痛恨の極みだが、あの行為を解釈すると、彼女は自分の命を絶たなければならないほどの情報を握っていたということになる。

　それを喋ればチーム『スプリング』が著しく不利になるような——もしくは、それを喋ればチーム『スプリング』の、今ある優位が崩れてしまうような情報、そういう秘密。

　死人に口なし、それがどういうものだったかの正答はもう鋼矢には知りえないけれど、しかし答え合わせや検算を望まないのであれば、推察はいくらでも可能だった——無責任に考えることなら。

　そして無責任に考えた結果思い至るのは、ある種当然の結果だが、チーム『スプリング』に『何か』あったということだ——均衡状態を崩さざるを得ないような何かが、もしくは均衡状態を崩すことをよしとできるような何かが。

　勝負を決めに来る理由として、ならば考えられるのは、『時間がない』からではないだろうか？　と、そう鋼矢は考えた——これは『自分の考えていることは相手も考えているはず』という、思い上がりを防止するために彼女が癖としている思考方法でもあるのだが——つまり自分が今、タイムアップを視野に入れて総力戦を挑もうとしているように、向こうも尻に火がついた状態で、動き出したのではないのか？　と、そう推定したのである。

『タイムアップ』。

地球撲滅軍による『新兵器』の投入。

これを何らかの経路で知ったのであれば、均衡を崩さざるを得なかった彼女達の動きにも説明はつく——この推理は推理といえないほどに強引ではあったし、また実際間違ってはいるのだけれど、だがそういう考えかたをすることで、

「だったらそらからくんが、チーム『スプリング』と接点を持って、情報を洩らしたっていうことはないかしら？」

と、彼女に思いつかせただけでも、十分益になったと言うべきだろう。経過はどうあれ結果がすべて、そういう世界に鋼矢は生きているのだから。

「情報を洩らしたも何も、もしも彼がチーム『スプリング』の魔法少女の誰かと接触し、春秋戦争の事情を聞いたなら、そういう話をせざるを得ないでしょうし——均衡状態を崩さなければ、みな等しく全滅するということを教えざるを得ないでしょうし。それはチーム『スプリング』の動きと矛盾しない。ただし、だとすると、それがどういう『接点』で、どういう『接触』かということだよね——そらからくんが接し

た魔法少女が、無事で済むとは、正直、思えない……」

　これこそ乱暴というか、ほとんど言いがかりのような、空々にしてみれば心外極まりない先入観ではあるだろうが、しかし、彼が四国にやってきた途端に、潰滅したチーム『サマー』のことを思うと、偏見とばかりは言い切れなかった。

　実際問題、空々が『接点』を持ったチーム『スプリング』の魔法少女『ベリファイ』は、『接点』を持った五分後には、胸を貫かれて落命している。

　それは知るよしもない鋼矢だが、

「仮にそらからくんが接点を持ったときに、バトルになっていると考えると、魔法少女が一人二人、倒されているという可能性はある——だからこそ、人数差が生じてしまったからこそ、向こうは躍起になって、総力戦のための先遣隊をひとり、送り込んで来たのだという考えかたは強引かしら？」

　と、当たらずといえども遠からずな発想を抱く。

　そして、そこまで考えてしまうと、

「あるいは、平和的な接点を持って……そらからくんが、そのままチーム『スプリング』と行動を共にするってことも、あるいはあるかも」

　そう至らざるを得ない。

　この場合は『人数が増えた』がゆえに、勝ち気になって、ここぞとばかりに愛媛に攻め込む準備をした——という見方ができるわけで、どちらかと言えばこちらのほうがありそうだ。

あくまでもどちらかと言えばの話で、空々少年の性格を思うに、チーム『スプリング』に限らず、彼がそんな風にどこかのチームに溶け込めるとも考えにくいのだが……。

ただしかし、魔法少女『パンプキン』のようなものでも、こうやってチーム『オータム』と、文字通りの裸の付き合いをしている現状なのだ——空々空のほうで何が起こっていても、不思議ではあるまい。今の四国では何でも起こりうると考えたほうが得策だ。

とは言え、神ならぬ身の彼女には、まさかその両方——即ち、『接点を持ったときに魔法少女を一名倒していて』、かつ、彼女の死を口実に、『バランスの是正のためにチーム「スプリング」と行動を共にしている』というアクロバットを空々が決めているというところまでは、想像の範疇外だったわけだが、ともかく、徳島県上空で分断され、その後行方不明になっていた空々空が、存命で、しかもチーム『スプリング』と行動を共にしているかもしれないという可能性に気付いてしまうと、それがどんな低い可能性であっても——おいそれと人に言うのが憚られてしまうような可能性であっても、しかし、考慮せざるを得ない気分になる。

それは希望的観測であると同時に、絶望的観測でもあった――空々空を敵に回すというのは、気持ちの良さとはまったく無縁だ。

ひとつには、同盟を組んでいる相手が敵方にいることのやりにくさだけれど、もうひとつには、彼の、部外者ゆえの柔軟な発想に、『魔法』で固定化された魔法少女達が対応できるか否かという問題があるのだった。

だとすると、細かな策など意味をなさない。

というより、策の繰り出し合いになることこそが愚策だった――だから、それもあっての総力戦なのだ。

力任せに戦うのが、一番の解決策だ。

そうされるのが空々は、一番困るはずである。

空々の存在が浮上してきたところで、別段、結論を変えずに済むのはよかったけれど、ただし、チーム『スプリング』を叩き潰すことには今や躊躇のない鋼矢ではあったが、同盟が継続していて、彼女を黒衣の魔法少女『スペース』から救ってくれたという見方のできる彼を（生憎、更なる窮地に追い込んでくれたという見方もできるのが残念なところだが）『敵』として倒すことには大いに抵抗があった。

できれば彼と、上手に合流し――できれば彼を、こちら側、チーム『オータム』側に引き入れられたらいいのだけれど、そんな風に都合よく話が進むとは考えにくい。

と言うより、こっちがそう思っていても、向こうがどう思っているかという問題に強く直面することになる——なにせ空々空だ。

こちらの常識では計り知れない。

似たような部分もあるし、シンパシーを感じなくもないのだが、しかしそれはこちらからの一方的な話であって、空々が鋼矢をどう思っているかなど、わかるはずもないのだ——彼ならば極論、『敵』として鋼矢と向き合ったとき、躊躇なく攻撃してきそうにも思える。

そうなるとこちらからの気持ちなど。

あるだけ邪魔みたいなものである——取引も駆け引きも成立すまい。

思いついてしまったからもういかんともしがたいというか、もうどうしようもないけれども、しかしできれば考えたくもないような可能性である——空々空と戦うなど。

しかも今の状況で……。

実際、彼と対面したとき、どのように振る舞うべきなのかまったく思いつかないし——そして自分がどのような気分になるのか、まったく思いもよらない。

チーム『オータム』のリーダー、魔法少女『クリーンナップ』を勝たせたいという鋼矢の気持ちを、その気持ちの変化を、彼に説明できるのかどうか——説明したところで、彼が理解してくれるのかどうか、まったくの不明だし、不安なのは、と言うよりぼんやりと怖いのは、彼と会うことによって、自分が過去の自分に、引き戻されてしまうことかもしれなかった。

忘野を勝たせたいという感情など、命を救われ、なんとなくエモーショナルと言うか、センチメンタルな心持ちになっているだけで、空々のような、そういう感情と無縁の少年と再び対面することによって、そんな頼りのない気分は吹き飛んでしまうんじゃないかと――そう思う。

そう思うと、判断力も決断力も鈍る。

あの頃の――と言っても、それはほんの数時間前だが――自分に戻るというのは、戻ってしまうというのは、そうなれば楽だろうと思える反面、取り返しのつかないものを失うようにも思えて……。

かように思考が、ぐるぐる回る。

空々空のことを考えるだけで。

まったく――あの子も。

「犬个ちゃんもこんな気持ちだったのかしらね――そらからくんと一緒に暮らしているときは」

そんな風に思った。

そんな彼女を散々馬鹿にするようなことを言ったこともあった癖に、そんな風に思った——ともあれ、いつまでもそんなことを考えてはいられない。

チーム『スプリング』が把握していようと把握していまいと、タイムリミットが徐々に迫ってきているという事実は変えようがないのだ（と、鋼矢は思っている）。空々の生存説、チーム『スプリング』と同行しているかもしれない説については、ぐるぐる回り続ける思考を、温泉に入る前に一時停止し、彼女はチーム『オータム』の会議に臨んだのだった。

彼が生きていようと生きていまいと、今どこでどうしていようと、『総力戦』という、タイムリミットを見据えた作戦に、変わりはないし、代わりもないのだから。

……ちなみに、もうひとりの同盟相手とも言える、チーム『ウインター』の魔法少女『ジャイアントインパクト』こと地濃鑿のことについては、鋼矢はほとんど考慮しなかった。これは彼女に対する感情が薄いからというわけではなく、鋼矢をして地濃という魔法少女は、行動がまったく読めないところがあるからだ。

空々は思考が読めないが、地濃は行動が読めない——地濃の思考は利己的の一点に尽きるのだが、案外、行動は破滅的だ（『利他的』でないあたりが要注意である）。

生きているかどうか、本当のところはわからないという点では空々と等しいけれど、彼女の場合はチーム『スプリング』に属しているよりも、もっと変な行動を取っていてもおかしくない──そう思う。

そして地濃はその期待を裏切ることなく、空々と同行するという、変に変を重ねた行動を取り、結果としてチーム『スプリング』に（気絶したまま）属していたりするのだが、空々がチーム『スプリング』に属していたなら驚き、戸惑うであろう鋼矢も、地濃がそうだったところで、むしろ納得してしまうかもしれないくらいである。

ともあれ、鋼矢は空々のことにも、地濃のことにも触れずに、

「まあ、だから人数差については、あるという前提で挑まないほうがいいってことよ──もしもそれがあると期待して、なかったときのダメージは大きいからね」

と、そんな風にまとめた。

どの道、チーム『スプリング』に空々がいようと地濃がいようと、それは鋼矢だけの問題であって、彼らと縁もゆかりもないチーム『オータム』の面々には、何の関係もない話だ。

ここで余計なことを言わないのは自分の身を守るためでも、彼らの身を守るためでもあるけれど、しかしチーム『オータム』の魔法少女達を守るためでもあるのだった。

「そういうものなのかねえ──チーム『スプリング』に加勢する魔法少女なんて、生き残ってるとは思えないけれど」

竿沢は、納得しかねるように言うものの、大して反論するでもなかった。これまで続いてきた均衡がいきなり崩れたと言われるよりも、まだ人数差はついているとは限らないと警戒するほうが、メンタル的には楽なのかもしれない。

もちろんここで、『加勢するのが魔法少女とは限らない』とは、鋼矢は言わない。

「でもまあ、向こうの人数が何人であろうと、タイムリミットがある以上は、確かに勝負を決めるために、攻めていくしかないわけよね――温泉に籠城している場合じゃあない」

と、品切しめすが言う。

品切ころもは、黙ってそれに頷く。

そう言えばこの二人は、どちらが姉でどちらが妹なのだろうとふと思った――まあ、そんなことを訊いている場合でもないが。

五里恤は特に意見を持っていない風だった、というより何を考えているかわからない、たぶん何も考えてない風でもあったが、しかし竿沢、品切姉妹が出陣に対して前向きな姿勢を示しているのに対し、肝心のリーダーがまだ、渋い顔をしている。

忘野阻。

仲間思いも行き過ぎると、チームを逆に破滅に追い込みかねない――そんなことは言われなくとも、彼女自身、痛感していることではあるのだろうが。

仲間が犠牲になる可能性がゼロではない以上——というより、そのリスクを完全に取り除くのが論理的に不可能である以上、彼女の不安もまた完全に取り除くことは不可能なのだが、少しでも楽にしてあげられればと、鋼矢は、総力戦における『戦いかた』を指南する。

本当はここまでに、彼女達の、個々の固有魔法を把握しておきたかったのだが、それはし損ねてしまった——まあ、彼女達同士はさすがにお互いの魔法を把握していないということはないはずだから、究極的には、鋼矢が五人の固有魔法を知らなかったところで、この作戦は実行可能なのだけれど。

後で訊くのでも十分間に合う。

と、判断し、鋼矢はいよいよ言った。

「まあ、必勝とは言えないんだけれど……、向こうの人数が百人とか二百人とかに増えてる可能性だって、あるっちゃあるわけだから。そうなったら、もう勝ち目はないから、降参して投降したほうがいいくらいだけれど」

これは枕としての冗談のつもりだったのだが、竿沢が、

「それはない。降参なんてしない」

と、真剣な口調で返して来た——よっぽど、チーム『スプリング』の軍門に降るのに抵抗があるらしい。笑いごとではないのだろうが、さすがに鋼矢は苦笑しつつ、

「春秋戦争でこれまで均衡状態が続いている大きな原因のひとつが、互いが互いの手の内を知り尽くしていて、身動きが取れなくなっているからっていうことだったよね？」

そう忘野に確認する。

これはこの温泉までの道中に聞いたことだ――それを聞いたところから、彼女は戦略を考え始めたのだ。チーム『オータム』をチーム『スプリング』に勝たせるための戦略を。

「ええ、そうよ」

警戒気味に答える忘野。

「四国ゲームが始まる前から交流はあったし――交流と言えばなんだか穏やかだけれど、まあ、小競り合いってことだけど」

「それに、四国ゲームの初期で、互いの手の内を見せ合ってしまったのが致命的だったかな――今から思えばあの頃に、もっと慎重にゲームをプレイするべきだった」

ところもがそう補足する。

なまじ四国ゲームのルールを、そして詳細を、初期段階から知っていたがゆえに、無警戒なプレイスタイルで挑んでしまったということのようだ。

鋼矢は、空々がチーム『スプリング』のリーダー、魔法少女『アスファルト』から聞いた程度の四国ゲームの詳細を、まったく知らないでもなかったので、その辺りの説明の大半は省けた。ただ、勘違いがあったのは、それゆえにチーム『オータム』やチーム『スプリング』は、チーム『サマー』やチーム『ウインター』よりもゲームを進行させているだろうと思い込んでいたところだ。

脱出ゲームではなく蒐集ゲームだということが最初からわかっていたがゆえに、ルールの競争率が上がってしまったというのも、ひとつ、現状を生み出した要因でもあるのだろう。

「そういう意味じゃあ、初期段階で一度、総力戦めいたことはやっているってわけになるのよ、鋼矢。そのとき、死人が出なかったのが不思議なくらい――」

そういう忘野の声には、後悔が滲む。そのとき決着がつけられなかった後悔なのか、それとも仲間を危険に晒してしまったことへの後悔なのかは、判断がつきかねた。

「ええ、そんなことだと思った――だからこそ、もう一度総力戦なのよ。もちろん、ただ無策で挑んだり、同じことを繰り返したりはしない」

疑問を投げかけられる前に、先回りして答える形で、鋼矢は言う。

「むしろその一回の総力戦や、手の内を知られていることが、伏線になるわ」

「伏線……？」

「そのためにも、総力戦じゃなきゃあ駄目なのよ——あなた達が五人全員でかからないと、この作戦は効果をあげられない。なぜなら、一度限りの作戦だから。一度やったら、その後は二度と使えない手なのよ——できればこれで決着をつけたい。次の手、その次の手もそりゃあ考えていないじゃあないけれど、タイムリミットがあって、最短で決着をつけたい以上は、これで決めたい」

「……具体的に言ってくれないとわからないなあ。まず最初に、あたし達にどういうことをさせようとしているの？」

そう言ったのは五里恤だった——別段、早く鋼矢の戦略を知りたいと言うわけではなさそうだったが、そう促してくれると、こちらとしても話しやすくなる。

やはり空気が読めないというのは才能だ。

とすると、こんな風に暢気に温泉につかっているけれど、案外これまでの均衡状態というのは、彼女のような性格の少女にこそ、ストレスだったのではないかとも思えた。

「シャッフル」

と。

要望に応えて、鋼矢は端的に言った。

こうして全員で温泉に入るというのは、予想外の展開ではあったが、結果としては、『着替え』の手間が省けてよかった、と思いながら。

「それぞれの固有魔法をシャッフルする――コスチュームを入れ替えて、誰がどの固有魔法を使うのか、敵からわからなくするって寸法よ」

5

「えっ……と。そんなこと、可能なの？」

呆然と言うよりも、愕然とした風だった竿沢だったが、いつまでも驚いてはいられないと思ったのか、そう訊いてきた。

「固有魔法をシャッフルするだなんて……そんなこと」

「コスチュームとステッキを持ち替えたら、できるでしょう――そもそもそういう装備なんだから。実際、私が実験済みよ」

実験という意識はなかったけれど、そういう言い回しをあえて使うことで、安心感を提供する。生存も死亡も確認されていない行方不明者の最後のひとり、魔法少女『ストローク』のコスチュームとステッキを使って、彼女は黒衣の魔法少女『シャトル』をこの世から消滅せしめたのだった。

リーダーの忘野もまた、シャッフルでこそなかったが、そういう経験をしていたから、驚きは他の魔法少女に較べて少なかったかもしれない。数時間前、鋼矢と共に魔法少女『デシメーション』と戦ったときに、コスチュームを鋼矢に貸した――それで相手を撹乱したものだが……、その応用だとでも思っているのかもしれないが、しかし鋼矢の提案したこの戦略は、まったく違うものだ。

相手を撹乱するという目的もあるけれど、意識改革という目的が大きい――そこまで説明するつもりはないけれど、やはり本名でお互いを認識するのと同じ、つまりは一貫した戦略である。

己の固有魔法ではない固有魔法、慣れない魔法を使うことによって、意識を高める――魔法を当たり前のものではなく、特別なものだと認めた上で戦闘に臨ませる。

外してしまえば、ただただ不慣れな魔法を使いこなせず、逆にこちらがパニックに陥り、あっけなく全滅することもありうる、そんなリスクも含む戦略なのだが――勝算は高いと、鋼矢自身は思っている。

と言うより極論、全員私服に着替えて、魔法を完全に放棄してチーム『スプリング』に挑んでもいいくらいだと思っている。飛行スキルまで放棄するのがやや痛いけれど、しかし案外、自分達は魔法を使わないほうが強いのではないかという疑問を、今や鋼矢は抱いているのだ。

それは、外部からやってきた空々にいいようにかき乱されている四国の現状から学んだことでもある――魔法という固定観念に縛られた自分達が、彼に較べて如何に不自由かということを。

そもそも固有魔法のシャッフルという発想自体、彼が言うまでは思いつかなかったものだ。

そういう発想転換もあって、彼女は徳島県に、数々のコスチュームを置いてきたのだった――自由度を高めることで、思考の自由度も高まるのではないか、と。

ひょっとするとチーム『オータム』のリーダーに惹かれた理由も、心が自由になったその結果なのかもしれない――もちろん、そのせいで命を落としていたかもしれないのだけれど、魔法を放棄したことで、自分が弱くなったとは、まったく思わない鋼矢なのだった。

だから一番ラジカルな戦略として、『チーム「オータム」の総員魔法放棄』というものも思いついてはいたのだが――空気次第では提案してもいいと思っていたのだが、しかし残念ながらそこまでの空気にはならなかった。

五里恤のような空気を読まない才覚があれば、あるいは可能だったかもしれないが……、というわけでの、実現可能な代替案、マイナーチェンジとしての、『コスチュームのシャッフル』だった。

「……相手を混乱させるって言っても、コスチュームはデザインは一緒でも、配色に違いがあるでしょ？　それだと、遠目にならともかく、近くで見たら、固有魔法を使う前にシャッフルしたことがバレちゃわないの？」

その、空気を読まない五里が疑問を呈する。もっともな疑問だったが、それについてはもう答を用意してある。

「ただの色の問題なら、コスチュームを染めればいいでしょう。染料が見つからないようなら、いっそ少し汚してしまえばいいわ——そこまで色に差があるわけでもないしね」

チーム『白夜』が着用する、黒いコスチュームでは誤魔化しようはないが、通常の魔法少女の衣装ならば、いくらでも誤魔化しが利く——そもそも、自分のコスチュームでもない限り、誰も詳細な色合いまでは把握していないだろう。

「こうして見る限り、サイズの違いは、問題になるほどではないでしょう……私と違って」

強いて言うなら五里の身体がやや小さ目だが、彼女は成長を見込まれているのか、ややだぼだぼにコスチュームを着こなしていたから、鋼矢以外の少女なら十分に着られるだろう。

「どう思う？　リーダーの意見を聞かせて頂戴」

鋼矢にそう問われて、忘野阻——チーム『オータム』のリーダー、『クリーンナップ』は、即答しない。ただ、即答しないということは、即座に拒絶しなかったということでもあった。

　そのことに安心しつつも、仮に承諾するにしても、二、三時間悩んだ末の、不承不承の承諾だろうな、と鋼矢は思った——忘野の性格を思えば、それでも早いほうだろうと、ある種諦めと共にそう考えたのだが、しかしこれは、鋼矢の忘野に対する侮りだった。

　彼女が決断に要した時間は一分にも満たなかった——それも、その心中は定かではないが、不承不承頷いて、仲間に不安を感じさせるようなことも、彼女はしなかった。

「それで行きましょう。勝利を我が手に」

　威厳を感じさせる振る舞いで迷いなく、彼女はそう言ったのだった。

6

　コスチューム・シャッフル。

　その作戦は、特に魔法少女に対しては有効であり、魔法少女同士の対立から生じる春秋戦争を終結に導くにあたっては妙手であり、相応しい戦略である——ただし逆に言えば、魔法少女以外には、あまり意味のない戦略でもある。

空々空が、チーム『スプリング』に加入していた場合を、しかし杵槻鋼矢は想定していないわけでもない――だが、空々空が、チーム『スプリング』に所属していながら、チーム『オータム』の魔法少女達の、それぞれの固有魔法を教えてもらえていないという可能性までは考えていなかった。

チーム『スプリング』のリーダー、魔法少女『アスファルト』は、そこまで話が進めば、あるいはチーム『オータム』側の固有魔法については開示してくれていたかもしれなかったが、しかし自陣の面々の固有魔法を開示してもらえなかった時点で、空々は自ら話を切り上げてしまったので、その情報を彼は得ていなかったのだ。

むろん、そこには彼なりの策略もあったのだが、固有魔法どころか、それぞれのコードネームも、風貌も、コスチュームの色合いさえも聞いていない――言うならコスチューム・シャッフルの対策を、そんな作戦が立案される前から打つかのような空々の動きだったが、そんな動きをチーム『オータム』の誰も、予想できるはずもなかった。

とまれかくまれ、チーム『オターム』・チーム『スプリング』、両陣営は、停滞のときを終えて動き出す――そして動き出してしまえば、終結まではあっという間だった。

むろん、残念なことに。

チームリーダー、魔法少女『クリーンナップ』が望むような、陣営から誰も死者が出ないというような牧歌的な終結は、戦争にはありえない。

（第７話）

（終）

第8話「さあ戦いだ！少女達の戦争」

きみの賢さは、きみの手を引きもするし、きみの足を引っ張りもする。

0

1

徳島県を流れる河川と言えば吉野川の名が挙がるように、高知県を流れる河川と言えばまず四万十(しまんと)川の名が挙がるだろうが、しかし近年それに迫る勢いで知名度をあげて来ていたのが仁淀川である。『仁淀ブルー』と称される抜群の透明度を誇るかの河川の美しさは、今や全国に知られつつあった——となると当然、景勝地の抱える必然的な、『観光客による環境破壊』という問題も抱えることになる。皮肉なことに、絶対平和リーグの暴走によって四国がこんなことになってしまった今、仁淀川の水質が傷(いた)むようなことはしばらくなさそうだが——しかし今。

　空々空が龍河洞で魔法少女と不毛な議論を繰り広げている今、杵槻鋼矢が道後温泉で同世代の少女達と裸の付き合いをしている今、その仁淀川の河川中に、ぷかぷか浮いているひとりの女の子がいた。

　服を着たままで、器用に水の上に、仰向けに浮かんでいる――川なので、正確には流れている、流されているというべきだが、手足の微妙な動きでうまく自身の身体をコントロールしているのか、溺れたり、岩にぶつかったりということはない。ただ、上流から下流へと流されている。

　ぼんやりと彼女は。

　空を見上げていた――星空を。

「…………」

　目を開けたまま眠っているような彼女が、着衣水泳のごとく着ているその服は――そのコスチュームは、黒衣だった。

　黒衣の魔法少女。

　知る人ぞ知るチーム『白夜』のユニフォーム――である。

「なぁにしゆう、『スパート』」

　と、そんな、流浪（るろう）の彼女の視界を遮るように、彼女の真上に現れたのは、同じく黒衣の魔法少女『スクラップ』だった。

『スパート』と呼びかけられた彼女は、すぐには返事をしない――星空を見ていたのと同じような目線で、真上の同僚を見遣るだけだった。

「こりゃ。返事ばしいや。とゆうか、なんか言いや、無視しなや」

「無視はしてない」

やおら、彼女は応える。

「パンツ丸見え」

スカートで真上に浮いているのだから、当然そういうことにはなる――が、昨夜空々の前に登場したときもそうだったように、そんなことを気にする『スクラップ』ではない。まして同性で、同僚の――この変わり者に何を見られようと、恥ずかしくもなんともなかった。

「そんなん別にええがよ。見られて減るもんちゃうき」

「こちらのHPが減る」

「何がHPや。ゲーム脳か」

言って、腹立たしげに『スクラップ』は、水上の彼女に蹴りを繰り出す――防御盾の役割も持つコスチュームに、当然蹴りなど通じるわけもなく、ノーダメージの『スパート』の服の上に、そのまま『スクラップ』は着地したのだった。

そのまま二人、川に流されていく。

腹の上に人間一人が乗ったのに、それでも水中に沈まないのは、魔法の力ゆえなのか。

「寒うないかね？　こんな時期に水に浸かって。風邪引くで」

『スクラップ』が『スパート』に訊く——名前負けと言うか、まるっきりちっともスパートする様子のない、どちらかと言えば『スロー』な、同僚に対して。

「風邪は引かない——折角の機会だから、ちょっと贅沢を体感してみたいだけ。仁淀川独り占めという贅沢を」

「何が贅沢ながかね」

返って来た、ある意味予想通りな的外れな返答に対して、呆れた顔を浮かべる『スクラップ』。言っている意味がわからないと言うのもあるが、なにせ彼女の使う固有魔法が『土』なので、水上は鬼門なのだ。

むろん、空々に示したように、濡れた土でも彼女は悠々操ることができるけれど、まるっきりの水上となると少々勝手が違う——川底の泥を使うのだって、やってできなくはないが、あまりやりたいことではない。

そういうわけで黒衣の魔法少女『スクラップ』は、『水使い』である同僚、同じく黒衣の魔法少女『シャトル』とは相性が悪かった——というより、一方的にこちらが向こうを苦手としていた——のだ。彼女が落命したことについて、さすがに『ざまあない』とまでは思っていないが、どこか突き放した気分でいられるのは、そのためである。

ただ、それでも同僚を失ったという喪失感が皆無というわけでもない――今、水上で寝そべっているこいつのように、チームメイトの死に、何も感じていないわけではない。

そこまで人間を――やめていない。

「私はね」

と、『スパート』は言う。

間延びしたような、一種聞き取り辛い――聞くほうに『聞こえやすそうに喋ろう』という配慮がまったくない声音(こわね)で。

「こうして自然に身を任せていると、こんな風に思うんだよ――『地球も案外悪い奴じゃないんじゃないか』って」

「……それは背信的な発言やね」

さすがに『スクラップ』も、眉を顰める。

仲間に対し嫌悪感を隠し切れない。

「聞かんかったことにしちゃるき、二度とそんなことは言わんことやね。あんただけの問題やのうて、周囲全部巻き込んで潰されるぞね」

つまりチーム『白夜』ごと処分されかねないと、暗に言ったつもりだったが、そんなことで『スパート』は、反省の色を見せなかった。

平然と彼女は言う。

「もう潰されているようなもんじゃない……、私達なんて。ボロッボロのからっけつじゃない。なんていうか、今は往生際悪くもがいている感じでさ——まあ、仕事だから、言われたことはやるけれど」

何を抜かす、と『スクラップ』は、怒りを通り越して呆れを覚える——お前が仕事をしていないから、こうやって迎えに来たというのに。

そういう『スクラップ』だって、自分がやるべき仕事を空々に一任したりしているので、外部から見ればこの二人は似たようなものなのだが、それでも彼女の中ではそこに線引きはある——少なくとも自分には、課せられた役目を完了させようという気概はある、と。

四国ゲームの進行を滞らせないという、運営を任されている者としての気概は——それはクリアプレイヤーを選定する役割を負う『スペース』や、ゲームの妨害者を始末する役割を負っていた今は亡き『シャトル』だって、同じだったはずだ。

しかしこの『スパート』は、なんというか……、そういうところがない。チーム『白夜』の残る一名が、誰よりも勤勉に働く魔法少女だとしたら、筏(いかだ)ごっこをして夜の仁淀川で遊んでいたこの魔法少女は、四国で、いや世界中でもっとも働かない魔法少女だろう。

そんな指摘をしたところで、

「少女を働かせようなんて、横暴だよね。少女は働かないのが仕事だよ」

なんて、間の抜けた返答が返ってくることは予想されたので、そんな無駄な会話はざっくりと省く。少女がそうも楽な仕事なら一生少女でいたいものだ、まして魔法少女なんて、と、勝手にシミュレートした会話には、心の中で感想を述べながら。

「招集がかかった」

と、魔法少女『スクラップ』は短く、業務報告を述べる。

「チーム『白夜』は、それぞれの仕事をまとめて、ただちに某所C地点に集合しい――とね」

某所、というのは『スクラップ』が皮肉を込めて付け加えただけの言葉である――『C地点』の場所を忘れるほどに、『スパート』もボケてはいまいと、それ以上の説明はしない。

チーム『白夜』の全員招集――正確には一人、故人が欠けるが――という、エマージェンシーにも近い命令の伝達を聞いても、『スパート』は、

「へえ」

と、さして、というよりまったく驚いた様子を見せなかった――この娘の戸惑った顔が見られるかもしれないことに、唯一、この伝令役というつまらない仕事の救いを見出していた『スクラップ』は、手痛い肩透かしを食らった思いになった。

損した気分だ。

「そりゃあ、大ごとだねえ……、あとで行く、じゃ駄目？　今すぐ？　なんならこのまま、海まで流れていこうと思ってたんだけど」

「できたら流れていって欲しいけんどね」

そんな痛烈な、しかし反応がないからまったく意味がない返しをしてから、魔法少女『スクラップ』は、

「いかんちや。今すぐ――できたら夜明け前には、会議を始める言いゆうきに」

と言った。

「会議ねえ――悪足掻きの間違いじゃなきゃいいんだけれど」

『スパート』は、申し出を断られても、別に意に介した風もない――と言うより、『スクラップ』は、このふわふわした同僚が何かを意に介したところを見たことがない。

なんだかいつも気持ちよさそうにへらへらしているけれど、この娘には感情がないんじゃないかとさえ思う。

感情がない。

という意味では、昨夜遭遇した地球撲滅軍の、空々空に似たような点も感じるけれど——しかし、常に顔が緩んでいる『スパート』には、彼から感じられたような、なんというか、ある種の悲壮感は皆無だった。

「何かあるたびに呼びつけられちゃあ、たまんないよねえ。こっちは働かないっていう労働をしているんだから、邪魔をしないで欲しいよねえ。いくら飛べるとは言っても、疲れるんだよねえ、あちこち移動するミーティングルームを、いちいち追いかけるのは」

「……今回は満更悪足掻きとゆうわけでもないみたいやね」

なんとか『スパート』の感情（あるとすればだが）を揺さぶりたいと思わされ、『スクラップ』は、そんな情報をお蔵出しにした。

「とゆうがも、四国ゲームがもうすぐ、終わるかもやき」

「……んー？　終わる？」

初めて、『スパート』が、反応らしい反応を返してきた。彼女のぼんやりとした視線がこころもち、自分のほうに向いた——ような気がする。

その瞳に映っているのが自分なのか何なのかは、わからないが。

「あれ？　どうなったの？　あの——なんだっけ、そうそう、春秋戦争は」

「じゃきに、その春秋戦争に、終結の目処がついたとゆうことじゃわね。まあ、春秋戦争の均衡については、うちがうまいこと……」

うちがうまいことかき回したから、と、手柄話をしようと思ったが、『スクラップ』はやめておくことにした。手柄話や自慢話とは、相手が羨ましがってくれるからこそ意味がある――ならば暖簾に腕押し糠に釘の、黒衣の魔法少女『スパート』に、そんなことをしたところで、まったく無意味だ。まだしも木や石相手に話したほうが、いい受けが期待できるくらいである。

「うまいこと……、うまいことは説明しちゃれんけども、まあ、それぞれに助勢が入ったきね。ゆえに情勢がちっくと変わってきたゆうことよ――チーム『オータム』とチーム『スプリング』、均衡状態が終わってどちらかが勝者となれば、そいつらにとって四国ゲームのクリアは、最早難関じゃないき」

「……ふうん」

助勢、ねえ――と、意味深に『スパート』は繰り返した。てっきり、と言うか、ごく普通に、示すのならば『両陣営の均衡状態の終わり』という点に興味を示すと思ったのだが、水上を流れる黒衣の魔法少女『スパート』が気にしたのは、『助勢』という言葉のほうだった。

「それって、前に『スペース』が言っていた空々空くんのこと――かな？」

「……ああ。かたっぽは」

もうかたっぽはチーム『サマー』の問題児、魔法少女『パンプキン』じゃ——と言う『スクラップ』の言葉を、もう『スパート』は聞いていないようだった。心なし、にやにやとしている表情が、更に浮かれているようにも思える。

「……とは言え、まだ、戦争は終わったわけじゃないんだよね？」

「そうよ、むしろこれからやね——けんど、始まってしもうたら、もうどっちかが終わるまで、止まらんやろ。それも、引き絞られた弓矢のごとく、ものすごい勢いで——勝負は決着する」

「あはは。どちらかが勝てばいいんだけどねえ」

と、『スパート』。

無邪気だからこそ、演技ではなく心から、馬鹿にしたような笑いかたである。

「なんや。どういう意味じゃき」

「いやいや。勝負には引き分けってこともあるし、両方負けってこともあるからねえ」

「……アホらし。勝負に引き分けはあっても、戦争に引き分けなんぞあるわけないろ」

「かもね。あるのは引き際かもね——」

それを知らないのは、絶対平和リーグの伝統みたいなものだけれど。

そう言って、突然、黒衣の魔法少女『スパート』は、水面から飛び上がった——何の予告もなくそんなことをされたので、彼女の腹の上に乗っていた『スクラップ』は危うく引っ繰り返りそうになる——慌てて空中でバランスを取った彼女に、

「そういう事情なら動こうか——美しい四国の自然に閉じ込められた生活にも、いい加減、疲れていたんだ」

四国ゲームが始まって以来、遊んでばかりいた癖に、いけしゃあしゃあとそんなことを言う『スパート』——見れば、さっきまで水に半身を浸けていたというのに、彼女の身体にはもう、水滴一滴さえついていない。

コスチュームも完全に乾いていた。

その様子に、むしろ彼女が飛び上がった際に飛沫を浴びた『スクラップ』は、心の中で舌を巻く——実際には舌打ちをしつつ。

そんな風に『水』を操れるのは、チーム『白夜』においては、今は亡き『水使い』の『シャトル』と——そしてこの『火使い』の『スパート』くらいのものだろう。

『水使い』は、徳島の一級河川吉野川を氾濫させ、逆流させてみせたが、この世界一やる気のない『火使い』は、濡れた髪や衣服どころか、この仁淀川自体を、一瞬で蒸発させうる実力の持ち主なのだった——むろん、それが可能だと言うだけで、彼女は

そんなことをするはずもないことを、『スクラップ』は知っている。先の発言からも明らかなよう、黒衣の魔法少女『スパート』は、地球に対する敵意に著しく欠けているから──否。

たぶん彼女は、この世のどんな概念に対する敵意も有していないのだ。

「じゃ、行こっか。『スクラップ』。その会議とやらに──何を決めるつもりなのかは知らないけれど、たまには上司の顔色を窺うのも悪くはない」

たまには？

初めてだろう、どころか今回だってそんなことをするつもりはないだろうと思いつつも、それを口には出さずに『スクラップ』は、

「ああ、『スパート』──」

と応じた。

それに対して、

「一応、体裁ってものもあるからさ。チームメイトしかいないとこではいいけど、会議の席ではちゃんと『リーダー』って呼んでねー」

と、緩い口調で厳しく。

チーム『白夜』のリーダー、黒衣の魔法少女の頂点、『スパート』は言ったのだった。

2

コスチューム・シャッフルという作戦の実行が、リーダーの魔法少女『クリーンナップ』によって宣言され——それは決を採るまでもなく、チーム全員に承認され、そしてその後は実際的な話し合いになった。

即ち、五人のコスチュームを——換言するところの、五人の固有魔法を、どういう具合にシャッフルするかという話し合いだ。

完全にランダム、くじ引きで決めるというのが、鋼矢の思う理想的なシナリオだが、それができれば苦労はない。固定化した魔法少女の意識を改革するという、根底にある第一目標を告げていないのだから、『じゃあ誰がどの魔法を使うのが一番戦略的か』という議論がなされるのは必然的展開だった——これが二人だったら組み合わせが一通りなので選択の余地はないのだが、五人ともなると、その組み合わせは五の階乗である。

シャッフルするなら、自分はどの魔法がいいとか、この魔法は使いにくそうとか、そんな、それぞれの好みが出てくるのも当然だ——単純な好き嫌いの問題でもなく、己の生死にもかかわってくる話なので、指運には任せられないだろう。

残念ながらここは鋼矢としても、『最後まで決まらなかったらジャンケンで決めればいいんじゃない』くらいの助言しかできないところだ――その奪い合いで、チーム内が分裂しても馬鹿馬鹿しい。と言うより、あえてここは、そのくらいの助言に留めておくことにした――あえて各々の固有魔法が何かを聞かず、一足先に温泉から上がり、脱衣所に出て、コスチュームならぬ浴衣に着替えた。

各々の固有魔法を聞くタイミングを更に先延ばしにしたのは、それを聞いてしまうと、アドバイスができてしまうからだ――その場から離れた理由も、もしも意見を求められたとき、訊かれたら答えざるを得ないからである。

そこはでも――もしもランダムに決められないというのであれば、という前提つきではあるが――これまで四国ゲームを共に戦ってきた彼女達自身で決めてもらうしかないところだと、そう思ったのだった。

実際に、不慣れな魔法で戦うのは彼女達だ。

ならば『自分で選んだ』『自分で決めた』というよりどころくらいはあってもいいだろう。

第三者には口出しのできない領域はある――特に今、魔法少女であることを捨てている魔法少女、杵槻鋼矢には。

彼女達としても一から十まで、新入りに指図されたのでは、あまり気持ちよくは戦えないだろう――もちろん、どういう組み合わせになろうと、意識改革という意味ではそんなに差はないという、リアリスティックな読みもあるのだが。

浴衣に着替え終えて、脱衣所内の休憩椅子に座る鋼矢――以前、所用で愛媛総本部を訪れたときに、この辺りでは町を普通に浴衣姿の人間が歩いていて、これが温泉地かと驚かされたものだ。今となっては、そんな風情ある光景は望むべくもないし、いざ高知に向かうとなった段では、まさかこの浴衣姿で出かけるわけにも行かないが。

まあ組織跡だ、服くらいいくらでもある。

「さて……私はどうしたものかな」

と。

そう呟く。

総力戦とは謳ったものの、もしも本当に総力戦を仕掛けるのであれば、当然、魔法少女の飛行能力を活かさねばなるまい――上空から一気に攻め込んで、一気に決める。

この機動力の要求される作戦には、現在、魔法少女ではなくなっている鋼矢は、事実上参加できない。どれだけチーム『オータム』の一員として活躍したい、リーダーを立てたい気持ちがあったところで、まず高知県までの随伴ができないのだ。

空力自転車『恋風号』も、チーム『スプリング』の魔法少女『デシメーション』の

『振動』によって砂塵と化したし――否、あの自転車が現存したところで、高知までの同行は不可能だろう。

もしも車が運転できれば、あるいは全員での襲撃も可能だったかもしれないが――つまり、現地までは飛行せず、六人乗りのボックスカーででも向かうというルート――先にそれとなく確認したところ、ドライビングのテクニックを持っている者はひとりもいなかった。仕方ない、魔法少女とはそういうものだ。

魔法を使う少女ではなく使えるのは魔法だけという少女――そこから脱したいのが鋼矢である。

いや、高知県まで随伴するだけならば、誰かに、あるいは代わりばんこで、背負って飛んでもらえればいいだけの話だが、その後の作戦には参加できない。ひとりだけ機動力が違う者がいれば、指揮が乱れてしまう。もしも全員が魔法を、魔法少女を放棄するという戦略を取っていたなら、鋼矢の参加も可能だったのだが――もっとも、だからと言って、この愛媛総本部でお留守番というのも、あまり気が進まなかった。

考える。

何かチームのためにできることはないかと――昨日までの彼女なら、まず考えたことのないことを、考える。

「……難しい顔してるわね、『パンプキン』。じゃなかった、鋼矢」

か？

と、そうこうしている内に、温泉から忘野阻が上がってきた——手には誰かのコスチュームを抱えている。思ったよりも早く、シャッフルの会議が終了したのだろうか？

しかしそれにしては後が続かない。上がってきたのは彼女だけである。

身体を備え付けのバスタオルで拭きながら、

「いや、私は割と、選ぶまでもなくって——と言うのも、ほら、『ロビー』……五里のコスチュームが、やや小さめだったじゃない？　じゃあ、それを着るのは、次に身体の小さい私がいいんじゃないかって話になって」

と説明した。

「……それじゃあ、だとすると五里も選ぶまでもなく、あなたのコスチュームを着ることになるんじゃないの？」

「そう思ったんだけれど、あの子の場合は『どうせ全部だぼだぼだし、どれを着ても同じ』だってさ。まあ、大きい分にはなんとでもなるというか、丈(たけ)はいくらでも詰められるしね」

身体を拭き終え、下着を着けてから、そのコスチューム——魔法少女『ロビー』のコスチュームの装着にかかる忘野。

元々五里が成長を見込んだコスチュームを着ていたということもあって、さして窮屈そうでもなく、彼女はそれを着こなした。

だったら別に、鋼矢が最初に思った通り、チーム内の誰でも（鋼矢以外なら）、魔法少女『ロビー』のコスチュームを着ることはできていただろうが……、たぶん、それは口実で、忘野はチームリーダーとして、皆に手本を示すように、『手早い決断』をしてみせたのだろう。

まったく。

行動のすべてが、いちいち鋼矢には真似できない――ほんの少し前までは、そういうキャラクター性を、冷笑的に見ていられたはずなのに。

「なんか馴染まないなあ、やっぱり」

と、新たなコスチュームを着て、姿見の前に立ち、首を傾げる忘野に、鋼矢は、

「まあ、馴染まないのが目的だからね――」

と言った。

似合う似合わないで言えば確かに似合わないのだが、そもそも鋼矢はコスチュームが似合う少女など存在しないと思っている。身体が小さめの五里が着てさえ、どこか、コスプレめいた印象は拭えないのだ。

「魔法少女なんてものは、所詮、魔法少女製造課にしてみれば、過程というか……、真の目標に向けての段階みたいなものなんでしょうね――駒と言うよりはマスコット

のようなもの……」

鋼矢は小さくそう呟く。

極めて自虐的に。

「科学技術が進歩すれば、その分人間が駄目になるなんて論調があるけれど、その理屈で言えば、科学を上回る技術である魔法なんてものを得ちゃったら、人間はどれだけ駄目になるんだろう――四国ゲーム以前に、私達は今、それを証明するための実験中なのかもしれない」

「ん？　何か言った？　鋼矢」

と、姿見の前から、忘野が移動してくる。

「暗い顔してたのと、何か関係が？」

「いえ別に。考えごと」

「考えごとって……、まだこの上、戦略を練ってくれてるわけ？」

「そうじゃなくって……まあ、自己嫌悪かしら。口先だけで、あなた達を激戦に追いやることになるんだから――そうね、やっぱり、一緒に戦えないまでも、現地までは同行したいわね。忘野、あなたの背中に私を乗せて行ってくれるかしら？」

「え？　それはいいけど……」

意外そうな顔をする忘野。

彼女としては、最初からそうする前提で考えていたのかもしれない――総力戦と言った以上は、チームメイトを一名残して戦地に赴くなんてまかりならない、と。役に立つとか立たないとかは、二の次だと。

「それでどうして自己嫌悪に？　あなたは私達に、希望をくれたんじゃない。春秋戦争の膠着を突破し、チーム『スプリング』に勝てるかもしれないという希望を」

「ただしそれでも、全員が生きて帰れるとは限らない――みんな、十分、そして重々わかっているとは思うけれど」

鋼矢は言う。

「勝機は保証できても、最悪、全滅まであることは、他の戦いかたと何も変わらない――もっと生存率を高める戦略を思いつけばよかったんだけど、生憎、知恵が足りなかったわ」

せめてもう少し時間があればね――と、鋼矢は言う。その時間が、本当はあったことを、彼女はまだ知らない。

「十分よ。あなたはベストを尽くしてくれたわ。私達としても踏ん切りがついたし――これ以上を望むのは贅沢ってものでしょう」

「そう言ってもらえると救われるんだけどねえ。……まあ、じゃあこれは、不愉快な話かもしれないけれど、聞いておいてくれるかしら、忘野」

できれば言わずに済ませようと思っていたことでもあったが、ここで考えを変え、鋼矢は言っておくことにした——なにせ、彼女も戦地に赴き、総力戦に参加することを決意した以上、彼女だって落命するリスクを背負ったということだ。

死人に口なし。

死んでからだと、何も伝えられない。

「総力戦の最中、もしも何かあったときには、自分の身を守ることを優先して——昨夜みたいに、仲間を守るために自分の身体を投げ出すようなことはしないで」

忘野の表情から笑顔が消える。

だが、怒っているわけではなさそうだ。

鋼矢は続ける。

「それがあなたのいいところだとわかってるし、そんなあなただからこそ、私は勝たせてあげたいって思う——四国ゲームをクリアして欲しいとさえ思う。だけど、さっきも話してみて思った。このチームはあなたを中心にまとまっている——あなたがいてこその結束力よ。もしもあなたが、総力戦の最中に……、極論、あなたが最初に落命した場合、その瞬間にチーム『オータム』の敗北が決定する」

「…………」

「あなたの仲間は、敗北したときに、自分だけ生き残ろうって仲間じゃないでしょう

——まあ、私は別だけれど」

しかしもしも忘野がチーム『スプリング』の魔法少女に敗北したなら、魔法少女『パンプキン』の『らしくない気まぐれ』は、そのとき終焉を迎えるだろうことを思えば、今の、この心理状態の杵槻鋼矢は死ぬようなものだ。

「だからあなたは、意地でも生き残らなきゃならない——最後のひとりになるまで戦わなきゃならない。みんなのために生き残らなきゃならない。あなたの死は、そのとき生き残っている仲間全員の死を意味するの。目の前の命を助けることで、他の命を見捨てるようなことはしないで欲しい」

「…………」

「恩知らずなことを言うようだけれど、昨夜だって、本当は私を庇うべきではなかった——もしもあれであなたが命を落としていたら、チーム『オータム』は崩壊していたかもしれないじゃない。そこまで考えた？」

「……言うことはわかる」

神妙な顔つきで頷く忘野。

しかしそれは、納得したから頷いたわけではなかったようで、

「だけど、私は考えて動いているわけじゃないから、言われた通りにできるかどうかはわからない——頭じゃわかっていても、身体が勝手に動くかもしれない。目の前の

仲間を見捨てることが、他の仲間を救うことになるとは、どうしても思えない。そんな風には繋がらない」

と、彼女は言った。

その言いかたからすると、忘野は、これまでそういう忠告を受けたことがないわけではないのだろう。そしてそれで失敗したことがないわけでもないのだろう――やはり言うまでもないことだったかと思う反面、しかしならばこそ、ここで言っておいてよかったとも思った。

言ってもわからない奴には、何回も言うしかないのだ。

根本的な性格を、出会ったばかりの鋼矢が修正できるとは思わない――ここで厳重に忘野の、言ってはなんだが軽はずみな行動を封じるくらいで、丁度いいくらいのバランスになるだろう。

もしも彼女のそういうスタンスに矯正を加えたいのならば、じっくりと時間をかけていくしかないだろう――そんな時間が、四国ゲームのあとにあれば、本当にいいのにと思った。

本当に。

あればいいのに。

「実際のところの勝算は、どれくらいなの？　鋼矢。そんなことを言うってことは

「……」

「勝算なんて、目安程度にしかならないわよ。さっきも言ったけれど、相手方の事情がわからないことだしね」

「そう、じゃあ、質問を変えるけれど」

あんな風に、リーダー然として、改めて開戦を宣言した忘野だったが、やはり心中に不安はあるのだろう、そんな風に質問を重ねてきた。

答えられることなんて、あまりないんだけれどな――でも気休めであろうと、それで気が休まるならいいのかな――なんて鋼矢は思っていたが、しかし忘野がここで重ねてきた質問は、予想外のものだった。

「鋼矢は魔女って知ってる？」

3

「……噂くらいは」

平静を装って答える――『それ』についての話を、少なくとも今は、彼女とするつもりはなかったのだが。

しかし、訊かれてしまえば知らないとは言い辛い――なぜなら、今後の展開次第では、『それ』は、決して無関係ではいられない単語だからだ。

単語と言うか――用語と言うか。

四国ゲームに対する上で、そして絶対平和リーグの魔法少女製造課に対する上では、不可避の単語だからである。

否。

もっと言えば、魔法少女であると言うだけで、本来的に魔女とは切っても切れない関係があるのだ――だが、それを知る魔法少女は、実のところ、実に少ない。

チーム『サマー』の魔法少女は、リーダー格の『パトス』でも知らないことだったし、チーム『ウインター』でも、『ジャイアントインパクト』が、鋼矢が教えたがゆえに知っていただけで、他の四人は知らなかった。激戦区である四国の左側であろうと、その事情はなんら変わらない――と思っていたのだが、さすがに、魔法少女『クリーンナップ』は、お飾りでリーダーを張っているわけではなかったらしい。

侮っていたつもりはないけれども――この分だと、チーム『スプリング』のほうも『魔女』についての知識は、持ち合わせているだろうか？

ならばもちろんチーム『白夜』のことは知っているんだろうなあ――と思いつつも、ここはいつも通り、とりあえず探りを入れるような切り出しかたをする鋼矢。

「聞いたことがあるわ――一応、事情通のつもりだし。何ていうか……、私達の原点であり、目指す先——みたいなものよね」

わざとぼかした言いかたをして、忘野の反応を窺う。

いや、窺っているつもりなのだが、しかしよくよく考えてみると、それ以上、それ以外、どんな言いかたが『それ』に相応しいのか、鋼矢にもよくわからなかった。

噂くらいしか聞いたことがないというのも、そういう意味では決して嘘ではない。

「そう。まあ、じゃあ、私と同じくらいしか知らないわけだ——あんまり人に言わないほうがいいよ。それを知ってるなんてことがバレたら、ゲームの成否にかかわらず、魔法少女製造課……、その残骸から、本気で始末されかねないから」

自分から話題を振ってきておいて、そんなことを言う忘野——どうやら探りを入れられたのは、鋼矢のほうらしい。

鋼矢は、

「そうね。深入りしないほうがいいと思っているわ」

と答えた。

本当は四国ゲームに行き詰って、その切り札を切ろうとしたこともあったのだが——その結果、彼女は同盟相手をひとり、失った（かもしれない）のだ。

魔女という切り札を使えば、四国ゲームという難局を乗り切ることなど、容易いだろう——と、それこそ安易に考えたわけだが、しかし、その考えは大きく空振りした。

空振りしてよかったのかもしれない、と――『魔女探し』を依頼した同盟相手の魔法少女『ジャイアントインパクト』、地濃鑿には悪いが――今となってはそんな風に思う――彼女も失敗していればいいのに、と思う。まあ、彼女はその辺、妙に運の強い魔法少女なので、生存説にも一定の信頼を置けるのだが……。

「……みんなも、知っているわけ？　チーム『オータム』の魔法少女達も、魔女について」

「いえ、知っているのは私だけ……だと思う。まあ、ひょっとすると『ロビー』……、五里あたりは……まあ、それはないかな。深読みかな」

温泉側に視線をやってから、声を潜めて、忘野は言う。

「あんまり大っぴらに言えることじゃないし――真偽も定かじゃないしね。ただし、もしも魔女なんてものが実在するとするのなら――確かに、究極魔法もまた、絵空事じゃあないと言える。春秋戦争どころか、対地球戦なんて、あっという間に終結する――だけど、それ以上の問題を巻き起こすことになるかもね。今度は、人類VS.魔女の戦争になるかも……」

みんなには言えないけれど、ひとりで抱えるには大き過ぎる問題だわ――と、忘野。

「だから、もしも鋼矢が知っているようだったら、話してみたいなと思ったの」

「ふうん……、でも、私も本当に大したことは知らないよ。すべてを引っ繰り返せず、それこそシャッフルのようにかき混ぜられる、ジョーカーだっていう認識しか、私はしていない——それに、もしも実在したとしても、この四国ゲームの煽りを食らって、死んでいるかもしれないし」

「え？　魔女って死ぬの？」

意外そうな反応を示す忘野——どうやら、当然と言えば当然だが、鋼矢の抱える魔女情報と、忘野の抱える魔女情報にも、ズレがあるらしい。

これは単純に鋼矢の抱える情報のほうが、真実に肉薄しているということにもなるまい——語り口を聞く限りは、忘野のほうが実像としての魔女を捉えていそうだし、また身も蓋もないことを言えば、抱えている情報が二人とも、デタラメということだってありえよう。

事情通ぶってる魔法少女とリーダー気取りの魔法少女が、総本部からの情報に踊らされているだけという線も大いにある。

「まあ、そういう話も結局は、春秋戦争を勝ち残ってからの話になるわけよね——魔女ならぬ魔法少女の身としては」

「そうね。そうだわ、あまり先のことを考えても仕方ないってことよ」

と、一応は忘野に同意してみせる鋼矢だったが、しかしこれはあまり気休めにもなっていない言葉だと、言ってから気付いた。つまり、春秋戦争をたとえ首尾よく勝ち抜けたところで、四国ゲームをクリアしたところで、その先になんら安楽が待ち構えているわけではないと、遠回しに言ってしまったようなものなのだから。

果たしてそれに気付いたのか、気付いていないのか、忘野阻は、

「は〜〜〜〜〜〜〜〜〜〜〜〜〜〜〜〜あ」

と、長い溜息をつく。

わざわざ大袈裟な動作も伴わせてついたということは、それほど本気の溜息だったわけでもないのだろうが、それでも溜息は溜息だ。

続けられた、

「春秋戦争に勝てたら、クリアは別にできなくてもいいなあ……」

なんて、本末転倒を通り越して、わけのわからないことを言い出す。

「うん。そうだ。いっそ春秋戦争に勝って、クリアは『アスファルト』にさせるというのはどうだろう——試合に負けて勝負に勝つ的な……」

「いや忘野、それは試合に勝って勝負に負けてることになるんじゃない？」

鋼矢ともあろう者が、普通に突っ込んでしまった。いや、忘野も別に本気で言っているわけではないだろうから、ここは突っ込んで正解なのだろうが——チーム同士の

軋轢も、そこまで行き着いてしまえば、いよいよ意味不明だ。

「…………」

チーム『スプリング』のリーダー格、魔法少女『アスファルト』のことは、当然ながら聞いている――魔女に対するようなあやふやな情報ではなく。武闘派のかのチームを取りまとめる知性派の彼女は、絶対平和リーグでは有名人だ――わざわざ調べるまでもなく、調査能力を発揮するまでもなく、その情報が入ってくるくらいに。

そのカリスマ性、そして聞く限りの性格から推察するに、確かに魔法少女『アスファルト』は、魔法少女『クリーンナップ』と折り合いが悪そうだけれど……、ゲームで競い合ったからと言って、その不仲がここまで亢進するものなのだろうか？

性格がたとえ正反対であれ――チーム同士の伝統的な対立や、カラーの違いはあれ――ゲーム、と言うより実験がこういう局面を迎えてしまった以上、一時的に協力し合うくらいの融通が、本当に利かないものなのだろうか？

もちろん、忘野だけの問題ではないし、一存で決められることでもないだろうけれど――タイムリミットを示したところで、『和解』、『融和』という案は、チーム『オータム』の他の魔法少女の、誰からも出てこなかった。

そういうものなのだろう、人間の感情はコントロールできるものではない――と思って、訊かずにスルーしてきたけれど、しかし実際のところはどうなのだろう？　チーム『スプリング』とチーム『オータム』の対立を、決定的にする出来事が、四国ゲームの最中に何かあったのではないか？

どちらかが破滅するしかなくなるような、決定的で、かつ致命的な出来事が——どうする？

それについて、今ここで訊くべきかな？

訊いたら教えてくれるだろうか——それとも誤魔化されるだろうか？　昨日今日知り合ったばかりの鋼矢には言えないような深い事情があるのなら、別に言えないは言えないでいいのだから、質問してみるだけ質問してみるか。

いや、そんな出来事があったということ自体、特に根拠のないあくまでも推察だし、そんな質問をして、チームリーダーの戦意を下げてしまっても申し訳ない——と言うか取り返しがつかない。

大体、仮にそんな出来事——きっかけのようなものがあったとしても、それは既に過去のことであって、タイムスリッパーではない鋼矢にはどうしようもない。

強引に考えれば、もしもそんな出来事があったなら、その出来事に始末をつけることで、両チームの対立を解消するという策もあるにはあるし、それはひょっとするともっとも望ましい、もっとも平和な解決案、救済案かもしれないのだが——仲間から犠牲をひとりも出したくないと望んでいる忘野にとっては、理想的なストーリーラインかもしれないのだが、しかしそれもこれも、どれもすべて、時間があればの話だ。

その時間が、ない（と、鋼矢は思っている）。

二日以内——否、一日以内、もっと言うなら半日以内に春秋戦争に決着をつけるためには、そんな悠長なことを言っている場合ではないのだ（と、鋼矢は思っている）。

「弱音を吐きたい気持ちはわかるけれど、あなたは試合にも勝負にも勝つしかないのよ」

だから鋼矢は、そんなありふれた、一般的な励ましをするしかなかった——それを受けて忘野は力なく、

「わかってるわよ。でもまあ、だからこそ、みんなが上がってくる前に、弱音を吐き出し切りたいってわけ——」

と言うのだった。

「……そう」

自分にだけ弱音を吐いてくれることに、どこか嬉しさを感じつつも、しかし一方で、他の四人のチームメイトに対する彼女の気遣いを羨ましくも思うのだから、鋼矢の心中は複雑だった。

これじゃあ、まるで恋だな。

と、馬鹿馬鹿しく思う。

馬鹿馬鹿しく思ったところで、タイミングよく、四人の魔法少女がそれぞれ、自分のものではないコスチュームを抱えて温泉から上がってきた――途端に忘野は、きりっと身を起こすのだから、リーダーというのも本当に楽ではない。

私こそ、もうちょっと『パトス』に気を遣ってあげればよかったかな――なんて、今更したからと言ってどうしようもない反省をしつつ、少女達がそれぞれ抱える魔法少女のコスチュームの色を、確認する。

それによると、魔法少女『ワイヤーストリッパー』のコスチュームを品切しめすが、魔法少女『カーテンレール』のコスチュームを五里恤が、魔法少女『カーテンコール』のコスチュームを竿沢芸来が、そして魔法少女『クリーンナップ』のコスチュームを品切ころもが着ることになったらしい。

ふむ。

どういう話し合いが行われたのか気になるところだ――高知まで同行することを決めた以上、それぞれの固有魔法も含めて、訊かなければ――もう出発しなければならない段取りなので、道中、空中で訊くことになるだろうが。

各々が仲間のコスチュームを、不慣れな風に着終えたところで、全員を集めて、忘野が言う。

「さあ、それじゃあみんな。帰ってくるために、出掛けよう」

4

一方——

杵槻鋼矢、魔法少女『パンプキン』が着々と、チーム『オータム』の面々と絆を深めて、チーム『オータム』に根を張りつつある一方、対照的に空々空は、まるで追い立てられるように、魔法少女『アスファルト』が指揮するチーム『スプリング』の根城である龍河洞から、出立していた。

何の絆も築けていないし、根無し草もいいところだ——いつも通りと言えばいつも通りだし、それを空々がどうこう思うということもない。

彼にしてみれば、こんなことになっても、計算通り、計画通りと言ってもいいくらいだ——もっとも、実際のところ、彼には通るような計算もなく、無計画もいいところなのだが。

チーム『オータム』の魔法少女を二人倒せば、仲間として認めて欲しい云々の申し出にしたって、そう深い思慮があったわけでもない——その点、誤解されることも多いけれど（まったく、空々空の人生は絶え間ない誤解の連続線だ）、彼は決して、策士でもなければ軍略家でもないのである――知性という面に関しては、人並みを越えることはない。一般的な中学生の平均から大きく外れない。

その点、杵槻鋼矢とは違う。

チーム『オータム』の、実質上の知恵袋として落ち着いた彼女とは違う――ならば空々が卓抜しているのは何かと言えば。

空々空の異常性。

地球撲滅軍においても評価され、またこき下ろされる対象でもある彼の知性ならぬ異常性が何かと言えば、それは現実への即応性だった。

どんな出来事にもすぐに対応でき、即応できる。

なんにでもすぐ慣れる。

何にもなれないが――何にでも慣れる。

嫌な言いかたをすれば、それは『自分を持っていない』ということになるのだけれど、もう少し正確を期すなら――あるいは、彼に贔屓をした言いかたをするなら、『心を持っていない』ということになるのかもしれない。

心がないがゆえの判断、即断即決は、時として生き残りには優位であり――だからこそ空々は、こうして四国でも五日間、もう六日目に入っているが――生き続けることができているのだった。

計算がないゆえの計算通り。

無計画がゆえの計画通り。

そんな通りを歩んでいる――とは言え、予定外のことが、龍河洞出立までに、ひとつもなかったわけではない。

相手だって人形ではないのだ、空々の即応性に、同じ速度ではなくとも、応じてくる――特にチーム『スプリング』のリーダー、魔法少女『アスファルト』は、高知県の魔法事情を一手に担う、責任ある立場だ。

空々の提案を呑むにしても、いくつか注文をつけてくるのは当然のことだった――と言っても、具体的に、

「ひょっとするとこの少年は、チーム『オータム』に攻めていくと見せかけて、合流するつもりかもしれない」

と思ったわけではない。

チーム『白夜』の魔法少女から言われてこちらに来たのであれば、あちらに合流する理由はないはずとか、そこまで理屈をつけて考えたわけでもないが、戦争において『こっちが駄目だからあっち』というような発想で動く人間がいるというのは、彼女の常識の外だったのだ――歴史を振り返れば、戦争の敵味方なんて実に曖昧で、流転するもので、『昨日の敵は今日の友』という諺がそのまま適用されるということくら

いわかろうものだが、生憎魔法少女『アスファルト』は、義務教育さえ受けていない。彼女が知る戦争は唯一、人類と地球との戦争だけであり、つまり彼女の責任ではないところで、歴史を振り返れるだけの下地がないのだった。

だがそれでも、わかる。

いや、わからないのだが、なんとなく。

なんとなく――としか、理由は説明できないのだが、『よくわからないけれど、空々空を自由にさせておくのは、なんとなくまずいんじゃないか』という直感めいたものがある。

だから、

「わかりました、約束しましょう。もしもあなたがチーム『オータム』の魔法少女を二人……、始末したなら、そのときは、私も今より胸襟を開いて、チーム『スプリング』の内情をお話しすると誓います」

という、取り返しのつかない約束を、誓約をしてしまったあとに、

「ただし」

と、付け加えたのはさすがだった。

「あなたの動きは逐一監視させてもらいますよ」

「監視？」

空々が問い返すと、「ええ」と頷いた彼女は、こちらにすいと手を伸ばしてきた──握手を求められるのかとも思ったが、そうではなく、彼女が手を伸ばしてきたのは、空々の顔だった。

いや、顔でもなかった。

耳だった──耳たぶだった。

魔法少女『アスファルト』は、空々空の左耳たぶを、親指と人さし指で、きゅっとつまむようにしたのだった。

「…………？」

何をされているのかわからない空々だったが、とりたてて害を加えられているわけでもないので、リアクションに困る──なんだろう、耳たぶの柔らかさでも確認して、これからパンでも捏ねるつもりなのだろうか？　パン生地の柔らかさは耳たぶと同じにするのがいいとか、そんな話を聞いたことがあったが……。

どうせならパンよりもうどんを捏ねて欲しいところだったが……、いや、さすがにうどん文化は、高知までは浸透していないのか？

「二人分、余っちゃいましたからね──ひとり分は予備として、もうひとり分はあなたに仕掛けるとしましょう」

そんな、謎めいた台詞を言う魔法少女の反対側の手には、魔法のステッキ──マルチステッキが、いつの間にか握られていた。

まさしく『いつの間にか』。

腕時計をステッキに変形させていた。

「…………」

空々は、魔法少女『アスファルト』からは見えない角度で、掌を立てて、背後の悲恋を制した——『上官』として認識している空々が、攻撃を受けていると判断すれば、彼女は問答無用で動くだろうから、それを先に封じておいた形だ。

まさかここで殺されはすまいという空々の読みは、幸いなことに当たった。特にそのまま、何もないまま、何も感じないままに——魔法少女『アスファルト』は、空々の耳たぶから手を離した。

「はい。これで終わりです」

「……何だったんですか？」

「魔法ですよ。魔法少女なんですから、魔法」

そう言ってマルチステッキを、腕時計型に収納する——よくよく思えば、そのギミックもどこか幼稚で、玩具っぽいと感じる。

絶対平和リーグから、魔法少女に対する悪意を感じる——『威厳を持たせない』という悪意を。あくまでも魔法少女を『可愛いマスコット』としてしか演出しないという悪意を——ただ、ここはそれを追及するような場所ではないし、場面でもない。

空々は訊いた。

「僕に何をしたんですか？」

「あら、なんです、怖いんですか？」

そりゃあ怖いに決まっている。

自分の身体に何かを仕掛けられ、しかも魔法という、人知を越えた何かを仕掛けられ、それで怖くないはずもない——そんな風に、馬鹿にされるように言われる覚えもない。感情がないとは言っても、空々は別に、恐怖を覚えないわけではないのだ。怖がりもすれば、恐れもする。

ただ、同様に空々にも一応見栄があるので、

「そういうわけじゃないですけれど、これから魔法少女と戦うにあたって、不確定要素があるのは、ちょっと受け入れにくいです。ひょっとして、今ので僕の身体に時限爆弾を仕掛けたとか、そういうことはないですよね？」

と、現実的な質問でそれに応じた。

「僕が向こうのチームと戦っている最中に、爆発させるつもりだとか——」

「あはは。ものすごい発想ですね——そんな残虐なことしませんよ。大体、爆弾なんて魔法があったら、もっと有効に使いますって」

「…………」

チーム『サマー』には、『爆弾』に極めて性質の近い魔法を使う魔法少女がいて、しかし彼女はそれを有効に使う前に死んでしまったことを不意に思い出して、空々はなんともいえない気持ちになった。

確かに、極めて強力なあの魔法を、彼女が有効に活用できていたら――と、そんなことを思わなくもない。

本当に惜しい。

空々が四国ゲームのルールを把握しない、初期段階で彼女と出会ってしまったがゆえに、みすみす彼女を死なせてしまったことを――そして、その魔法を失ってしまったことを――ん？

なんだ？

一瞬、何かが引っかかったような気がしたけれど――気のせいか？　いや……。

魔法少女『アスファルト』の言葉からの連想で、このとき、空々の頭に、ひとつの『気付き』が訪れようとしたが、しかし彼女は別に、空々に何かを気付かせるために喋っているわけでもないので、あくまでも自分の都合で、そのまま彼の思索が終わるのを待たずに、話を続ける。

「私の魔法は『伝令』

「！」

「それだけは教えてさしあげます――まあ、有名ですしね。あなただって、本当は私の固有魔法くらいは知っていたんじゃないですか？」

いきなり自身の固有魔法を教えられて、空々の思考はそこで停止した――いや、『伝令』と言われただけでは何もわからないけれど（『本当は知っている』なんてことも当然ない）、しかし空々の考えを中断させるだけの効果はそれで十分だった。

だから別段、彼女には空々を考えさせるつもりもなかったし、それと同様にその考えを妨げるつもりもなかったのだが、これは期せずしてそうなってしまった――運命の悪戯と言うには大袈裟だが、しかしもしこのとき空々が、魔法少女『アスファルト』の固有魔法のほうに興味を移さず、気付きかけたことを追求し続けていれば、この先の展開は――つまり、チーム『オータム』とチーム『スプリング』の繰り広げる春秋戦争の行く先は、かなり違った展開になっていただろうことは想像に難くない。

それが空々空の宿命であろうとは言え、つくづく、『あと一歩』が足りない少年である。今回の場合は、『あと半歩』と言っていいくらい、肉薄していたというのに。

「いえ、まったく知りませんでした――なにせ部外者なものですから。『伝令』というのは、なんですか？　どういう魔法――さっき、二人分とか一人分とか言っていましたよね？　それが何か関係あるんですか？」

「そう矢継ぎ早に質問しないでくださいよ――焦るのはわかりますけれど。……いえ、それほど焦っていないみたいですね、あなた」

「？」

魔法少女『アスファルト』からの、そんな知ったような返しに疑問を覚える空々――その疑問には、口に出すまでもなく、彼女が答えてくれた。

「私の魔法は、言うなら体調管理みたいなものですよ――魔法を仕掛けた対象の、血圧・脈拍・体温を把握できるんです。つまりバイタルを、どれだけ離れようとも知ることができる――」

「バイタル管理……」

言われて、連想したのは、エアロバイクやトレッドミルだった――空々の部屋にある、トレーニンググッズ。

耳たぶに装着するクリップからの情報で、血圧・脈拍・体温を表示する仕組み――言うならそれを、ワイヤレスで、器具も必要なく、できるということか？

「ああ……、だから、『デシメーション』さんが死んだらしいということが、こんなに早くわかったんですか」

それに、桂浜で空々が戦った魔法少女『ベリファイ』についてもそうだ――彼女が死んでから、『アスファルト』と『デシメーション』が桂浜までやってくるのも、思えば随分早かった。異変があったことが、すぐに伝わったからこその、その迅速な対応だったということなのか。生死不明ともいえる『ベリファイ』を、早い段階で『死亡者』扱いしていたのも、その『伝令』あってのことだったらしい——そう考えると、彼女のこれまでの言動には、得心いくところが多かった。

死ねば、脈拍や血圧はゼロになるし、体温も落ちていくだろうから——いや、死んだ時点で魔法はキャンセルされると考えたほうがいいか？

いずれにしても、チーム戦を戦う上では、かなり便利に使えそうな魔法ではある——仲間のコンディションを、かように把握できると言うのであれば……。

爆弾よりはよっぽどマシだが、そんな仕掛けを、自分の身体にされてしまったというのは、気持ちの悪いものがあった——つまりこれは、空々に勝手な動きをさせないための仕掛けなのだろうから。

龍河洞から離れ、自由行動を許したあとも、空々の状態を把握しておくための——ただ、それを不気味に思う一方で、若干の拍子抜け感があったことも否めない。

チーム『スプリング』のリーダーである魔法少女『アスファルト』の固有魔法が、『こんなものなのか？』という印象は拭えない。

それだったら空々が戦った魔法少女『ベリファイ』の『砂使い』のほうが、よっぽどわかりやすく魔法めいていた——『高度に発達した科学は魔法と区別がつかない』

という例の言に則るならば、魔法少女『アスファルト』の固有魔法『伝令』は、まだぎりぎり、科学技術で代用できそうな範囲内にも思えた。

すぐにエアロバイクやトレッドミルを連想できたこともある……ワイヤレスで、遠距離でも可能という点が『魔法』じみてもいるのだろうが、しかし、それだって地球撲滅軍の開発室に依頼すれば、一ヵ月くらいで作ってくれそうなシステムにも思える——極論、スマートフォンのアプリで似たようなものを作れるのでは？

ただ、それを面と向かって指摘するのは憚られた——『あなたの魔法、大したことがありませんね』と言われて、気分のいい魔法少女はいまい。

それに——これは、先程比較に出した魔法少女『ベリファイ』のときにも思ったことだが——使う魔法が『大したことがない』というのは、決して、軽侮すべきことではないのだ。

空々が取っている統計に基づけば、使う魔法が『大したことがない』ほどに、それを扱う魔法少女のポテンシャルは高いという法則があるのだから——しかしそれにしたって、たとえば魔法少女『パンプキン』の『自然体』と較べても、あまりにその『伝令』には、『売り』が少ないように思えた。

「……ふたり分、ひとり分という物言いからすると、その『伝令』で『管理』できる人数には限りがあるみたいですね」

とりあえず空々は、さっき矢継ぎ早に述べた質問のうち、ひとつを選んで改めて訊く。

「ええ。そうですよ――五人分が限度。まあ、これは魔法の限度じゃなくて、私の頭で一度に把握できる限界ってことなんですけれど……、なかなか聖徳太子みたいにはいかないってことですね」

無理をすれば六人、七人くらいまでならいけるかも――と、魔法少女『アスファルト』は答えたけれど、しかしその口振りからすると、五人という限度も、本当のところはキャパシティをオーバーしているんじゃないかと思われた。

処理能力を超えた人数のバイタルを把握できない――弱点というほどのものではないが、『大したことがない』魔法に、更に機能制限が加わった風にも思える。

まあ、人間の認識力に限りがあるのは、如何ともしがたいところだ――そればかりは、訓練で伸ばしていくしかないところで、たとえ五人、四人分であっても、複数人のバイタルを一度に管理できれば、大したものだと言えよう。

五人分。

五人分のバイタルの把握。

ふたり分余ったと言うのは、ややあやふやな言いかたをしてはいるけれど、当然、魔法少女『ベリファイ』と魔法少女『デシメーション』の分なのだろうから――今のところは、チームの人間のバイタルを、チェックしているということだろうか？　残る二人の魔法少女と、そして自分自身のバイタル……。

そう思って聞いたが、

「いえ、自分のバイタルは管理していないわ。それはあんまり意味がないから」

と、彼女は答えた――そして言う。

「チームメイト全員分を管理していたのは確かだけれど――」

「じゃあ、残る三つの使用枠のうち、二つは仲間の分だとして、残る一つはいったい誰に使っているんですか？」

「………………」

と、ここでは少し黙ったのちに、「まあいいでしょう、これくらいは、言っちゃっても」と、彼女は頷き、

「チーム『オータム』の魔法少女五名のうちの一名です」

と言った。

「それが誰かは、まだ教えてあげられませんけれど――それもあなたが帰還したのちに、教えてあげましょう」

「！」

敵側にも仕掛けているのか、と驚かされた。

それはかなり、戦局を有利に導けそうな仕掛けだ——当然、春秋戦争の初期段階で仕掛けたのだと思われるが、しかしその事実は、魔法少女『アスファルト』の非凡さを際立たせた。

耳たぶを数秒間つまむ、という以外にも、『伝令』を仕掛ける方法はあるのかもしれないが、しかしそれでも、敵側の人間にそれを仕掛ける難易度に、さほど変動があるとも思えない。

空々が今仕掛けられたのは、言うなら混乱に乗じて、どさくさに紛れてみたいなところがあるが、戦争の最中においては、そんな隙はなかなかなかっただろうに……。

空々は感心したつもりだったが、

「がっかりしてるんでしょう？」

と、むしろ魔法少女は、逆のことを言ってきた。

「チーム『スプリング』のリーダーの魔法が、思ったよりもショボくて」

「あ、いえ——」

今は感心していたところだったが、しかしほんの数分前まで、そんなことを考えていたのは事実である。事実であるがゆえに、反論できない。ただ、そんなことは言われなれているのだろう（空々は言っていないが）、彼女はむしろ勝ち気に笑って、

「まあ、でも、私に言わせれば魔法なんて『こんなもの』なんですよ、空々空くん

──部外者に、そして初心者に言わせれば、夢のエネルギーみたいに思えるかもしれませんけれど、所詮はこんなもの、『こんなもの』、便利に使うだけのものでしかありません」

と言った。

その発想は、空々にもわかりやすいものだった──なぜなら、彼が同盟を組んでいる魔法少女『パンプキン』の思想に、近いものだったからだ。

それはすさまじく強力な魔法、たとえば『ビーム砲』を使う魔法少女『ストローク』あたりには、ない思想であり、また発想なのだろうが──『大したことがない』魔法を使うがゆえに育つ考えかたなのだろうが、ならばどうして、彼女は考えないのだろう？

魔法が便利に使うだけのものなら。

魔法少女もまた、便利に使われるだけの存在なのかもしれないと──彼女くらいの頭脳があれば、それは思いつきそうなものなのに。

あるいは気付いていつつも、目を逸らしているのかもしれない──向き合いたくない現実に、向き合わねばならない理由なんて、実のところ、そんなにはないのだから。

現実と向き合わず、夢を見たまま──一生夢を見たまま生き続けることは、そう難しいことでもない。なぜなら、人は必ず死ぬのだから。

……むろん、そんな死生観を語っても始まらない。そもそも空々がこうして四国で、あっちこっちにふらふらしながら頑張っている理由は、『死にたくないから』なのだから——そんなことを語る資格は、彼にはない。

魔法少女の価値観に口を出す資格も、もちろん。

だから彼は、

「まあ、そうかもしれませんね」

と、迎合するようなことを言った。

心を込めず、心なく。

「問題は、今ある力、今ある技術で、どのように戦うのかってことでしょうからね——」

「そう。その通りです。それに」

まさか空々の、適当極まる迎合に気をよくしたわけでもあるまいが、魔法少女『アスファルト』はこう付け加えた。

「それに、私の『伝令』の機能は、ただそれだけというわけでもありませんしね——」

「…………？」

バイタルを計る以外に、他にも何か、機能があるということだろうか？　固有魔法『伝令』には——いや、考えてもみれば、まだまったく信用していない、そしてこれからも信用するつもりがないであろう空々を相手に、彼女が己の魔法のすべてを開示するとは考えにくい。何か隠し玉があると考えるのが妥当——血圧・脈拍・体温以外にも、何か『把握』できるものがあるということか？　とは言え、それを訊いても教えてはくれないだろうが……。

もしもそれが『内心を把握する』とか『思考を読む』とか、あるいは『行動を把握する』とか『会話を把握する』とか、つまりバイタル把握の更に上を行く機能だった場合は、今、それを仕掛けられたことは致命的だが……、しかし、魔法少女『ベリファイ』と魔法少女『デシメーション』に、それを仕掛けていたことは確実だろう。ならば、そこまで詳細な個人情報の把握が可能なら、かなり前の時点で、『伝令』を仕掛けるまでもなく空々の嘘に気付いていたはずなので、たぶん、そういうものではない……。

だが、どういうものなのかと言えば、今ある情報からでは、想像がつかない——類似の情報として、脳波や発汗を把握するのだろうか？　しかし、その程度ならば、もったいぶって隠す意味があるとも思えない。

案外、ただ、口ではあんなことを言いながら、『ショボい』と思われたくなくて、ハッタリを利かせたのかもしれない。

なんにしても仲間に仕掛けるようなものだ、そんな危険のあるものではなかろうと、空々は判断した。

ならばあまりここで動揺した素振りを見せるのもよくないだろう――しかし、だとしても、これからの行動を思うと、確認しておかなければならないことはあった。

「ひとつ、いいですか？『アスファルト』さん。チーム『オータム』のひとりにも、同じ仕掛けを打っているとのことでしたが……、そしてそれが誰なのかは、僕が結果を出してから教えてくれるとのことでしたが、だとすると、僕が倒す二人の魔法少女に、あなたの『伝令』が仕掛けられている可能性もあるんですよね？　それは、いいんですか？」

「いいですよ」

彼女の答はあっけなかった。

敵方の動きを把握しうるその仕掛けを、空々がある意味台無しにしてしまう可能性を、そんなあっさり受け入れるというのは予想外だったが、

「どの道、チーム『オータム』の魔法少女は全滅させる予定なんですから――順番の違いでしかありません。正直、仕掛けてはみたものの、あいつらのうちのひとりの生存がずっとわかり続けるというのは不快だから、できれば優先して倒して欲しいくら

いなのですよ」

私はチーム『オータム』の五人がこの世に生きていると思うだけで不愉快なの――そう言う彼女の口調からは、茶目っ気も誇張も感じられず、それ以上の質問を許さない空気があった。

シチュエーションはまったく違えど、杵槻鋼矢が魔法少女『クリーンナップ』に、春秋戦争勃発のきっかけとなる出来事があったのかなかったのか、質問さえできなかったと同じように、空々も、どうしてそこまで強硬に、魔法少女『アスファルト』がチーム『オータム』を嫌うのか、憎むのか、殺意さえ抱くのかを、質問さえできなかった。

空々の場合は、そんなに興味もなかったというのもあるけれど――ともかく空々は、魔法少女『アスファルト』に、『伝令』という首輪をつけられた上で、チーム『スプリング』からの『刺客』として、龍河洞を出立することになったのだった。

5

魔法少女『アスファルト』の固有魔法『伝令』に、人数制限があったことは、僥倖(ぎょうこう)という言いかたはできないにしても、不幸中の幸いだった――と、愛媛県に向けた車道を運転しながら、空々は思う。チーム『オータム』が根城にしているという愛媛総本部、道後温泉に向けての道程、今度はナビに従っているので、龍河洞までの道程に較べれば、いくらか余裕を持ってのドライビングだった。まだ日が昇っていないので夜道の運転、気をつけなければならないことに変わりはないが。

まあ、『伝令』に人数制限があるというのも、ひょっとすると嘘で、彼女がほのめかした『隠し玉』というのは、実はそちらに絡んでいるのかもしれないけれど——とにかく、『伝令』を仕掛けられたのが、空々ひとりだったことは幸運の部類だろう。

つまり、今空々の隣、助手席に座っている彼女——魔法少女『ニューフェイス』を名乗る地球撲滅軍の『新兵器』、悲恋の耳たぶに、魔法少女『アスファルト』の固有魔法『伝令』を仕掛けられなかったのは、人数制限があったからにしろ他の理由だったからにしろ、ラッキーだったと言える——なにせ、人造人間だ。

脈拍も血圧も体温もあったものではない。

もしも悲恋に『伝令』が仕掛けられていたら、即座に魔法少女『アスファルト』は異変に気付いて、空々がこれまで積み重ねてきた虚言の城砦(じょうさい)は瓦解していただろう。

だから、それはラッキーだった——逆に言うと空々本人に首輪がつけられてしまったことはアンラッキーだったが、しかしよくよく考えてみれば、これは大過ないとも言える。こちらの身体状態、言うなら体調が彼女に伝わるというだけならば、なんらそれは、空々の行動を制限するものではない。極論、空々が裏切ってチーム『オータム』側についたとしても、それを知ることはできないのだ。

死ねば——つまり、任務に失敗したときには、それが伝わることになるだろうが、そのときには空々は死んでいるのだ。ならば後顧の憂いなど、あるはずもない。

死人に口なし、不安なしだ——否。

そこまではさすがに言い難い——なぜなら、空々空の、展開に対する読み違いは、もうひとつあったからだ。

読み違い、と言うより、策士ならぬ空々の、考え足らずと言ったほうがいいかもしれない——うっかりミスだ。

というのは、空々の予定としては、当然、これから愛媛県に向けて出発するにあたっては、言うなら空々一派全員で向かうつもりだった——つまり、チーム『スプリング』のアジト・龍河洞からは完全に撤退するつもりだった。

空々空、悲恋、地濃鑿、酒々井かんづめ。

空々一派——と言うには、とりとめがないが。

なんにせよ、地濃とかんづめが目を覚ましたところで、四人一緒に高知を後にし、愛媛へと向かうつもりだった——しかし、悲恋と地濃はともかく、今の話だと、戦力外であるかんづめを一緒に連れて行く理由がないのだった。

理由と言うべきか、口実と言うべきか。

空々は、まだチーム『スプリング』と同盟を結んでいる状態なのだから、かんづめ一人を残していくのは不安だとは言い辛い――いや、別に言っても構わないのだが（言い辛いのは『かんづめをここに残していくと裏切り辛い』だ）、しかし、いざそう考えたとき、かんづめを龍河洞に残していくのと、一緒に連れて行くのと、どちらのほうがいいのかという問題に、空々は直面した。

普通に一緒に行くつもりでいたけれど――しかし、基本的な流れとしては、今から空々は、チーム『オータム』の魔法少女と戦うことになるのだ。そのとき、戦闘力を持たないかんづめは安全な場所にいたほうがいいのではないか？　チーム『スプリング』の根城である龍河洞が安全とは言い難いし、彼女の先見性を評価している空々からすれば、かんづめは戦闘力を持たないとは言い難いけれど――しかし、魔法少女『ベリファイ』との戦闘時のことを思い出してしまうと、幼児をバトルフィールドに連れ出すのは、あまりいいことではないかもしれない。

砂に飲まれて――もしも悲恋がいなければ、そのまま窒息死していただろうことは想像に難くない（まあ、悲恋があの場面に現れていなければ、魔法少女『ベリファイ』が空々達にちょっかいをかけてくることはなかっただろうが）。それに、吉野川大歩危峡のときだってそうだ――空々でさえ一時は命を落としたあの一級河川の氾濫からかんづめが生き延びたのは、ただの偶然だ。

激動の四国を、単身で生き抜いてきた彼女を、空々の采配ミスで死なせてしまうと言うのは、いくら感情なき少年といえども、心苦しいものがある——ならば、これから戦地に向かう身としては、酒々井かんづめ、六歳の幼女を、龍河洞に置いていくというのも選択肢だった。

それは言うなら人質を取られるようなもので、チーム『オータム』との戦闘が思うようにならず、向こう側へとポジションをチェンジする際の気がかりとなってしまうようにも思えるが——しかし、実際にその状況をシミュレートしてみると、案外、一緒に彼女を連れて行った場合と、それは大差がないようにも思えた。

なにせ、もしもチーム『オータム』に寝返った場合は、そのまま空々は、チーム『スプリング』に攻め入ることになるのだ——つまり、魔法少女を二人倒した場合も、寝返った場合も、龍河洞に戻って来るという点においては変わらない。前者ならば問題なくかんづめと合流できるし、後者ならば、チーム『オータム』と合同でチーム『スプリング』を倒し、そしてかんづめと合流すればいい。

連れて行った場合は、愛媛県道後温泉でのバトルにかんづめは同席することになり（寝返るケースでは戦闘にならない）、連れて行かなかった場合は、高知県龍河洞でのバトルにかんづめは同席することになる（寝返らなかったケースでは戦闘にならない)。

強いて言えば大人数が入り乱れての乱戦になりそうな後者のほうが、かんづめの身が危ういようにも思える――が、それは誤差の範囲内に収まりそうだ。それを言うなら、苦戦しそうなのは、前者のバトルのほうだろう。

そんな風にごちゃごちゃ考えた末、空々は結局、酒々井かんづめを龍河洞に残していく選択をした――どちらを選んでも大差がないチョイスでそちらを選んだのは、やはり、気持ちとして、大歩危峡と桂浜での失態が、尾を引いていたのだろう。

大歩危峡での氾濫は避けようがなかったとしても、桂浜での件は、空々の保護者としての失敗に含まれる。失敗した選択を繰り返さないというのが、彼の基本的なスタンスである――いや、正直なところを言うなら、ずっと偽っていた性別が地濃の迂闊な発言によってバレてしまったので、共に行動するのがちょっと気まずいという事情もあったと言うことも、明かしておかないわけにはいくまい。クールを気取っていても、他に類を見ない異常性を抱えていても、彼はまだ、十三歳の、自意識の強い少年である。

むろん、かんづめを残して行くという、そちらのルートを選ぶからには、その選択に付随するリスクの回避も、かんづめの保護者としての責任だった。

黒衣の魔法少女『スクラップ』から、『魔女』との単語を受けていなくとも、その責任は果たさなければなるまい——リスクとは、人質として残していくかんづめに、戦闘とは無関係に、チーム『スプリング』の魔法少女達から危害を加えられる可能性である。

『一般人の生き残り』という貴重な存在に、理由もなくそんなことはしないとは思うけれど、しかし、逆に言えば理由があればするという点においては、絶対平和リーグに疑いはない。

なにせ、理由があったら、四国を潰滅に追い込んでしまった組織なのだ——その構成員である魔法少女が、相手が一般人だからと言って、幼児だからと言って、加減をするとは思わない——加減を誤るとも思えない。

否、危害ではなくとも、空々が魔法少女『アスファルト』に『伝令』という首輪をつけられたように、空々の留守中、かんづめがチーム『スプリング』の『魔法』による何らかの仕掛けを受けるかもしれないという不安は、どうしても生じる。

いくら『魔法』はなんでもありだと、頭ではわかっていても、そういう、他人に紐をつけるような『魔法』の存在を実例として見せられてしまうと、『ここで危害を加えるような無目的なことはしないだろう』というイージーな判断はしづらい。

そもそも自分のような目的を持たない人間だって、生きている以上何らかの行動はするのだから、『目的のない行動はない』という考えかたをするのは、空々には無理がある——というわけで空々空は、酒々井かんづめが目覚める直前に、ひとつの決断をした。

厳密に言うと、酒々井かんづめと、地濃鑿が、ほぼ同時に目を覚ます直前にだ——決断の内容を思えば、ベストなタイミングではあった。

その決断とは、つまり、

「地濃さん。きみはここに残って、この子のボディガードを務めておいてくれるかな。僕が帰ってくるまで、面倒を見てやってくれ」

だった。

要するに空々は、大見得を切った任務を果たすにあたって、ただでさえ少ない自らの一派を、更に細かく切り分けたということだった——チーム『オータム』の魔法少女を倒しに向かうオフェンスサイドとして空々と悲恋を、龍河洞に残るディフェンスサイドとして地濃とかんづめを、配置したのだった。

はたから見ていれば何をしているのかわからない、総力戦を仕掛けようとしている鋼矢とは対極の、軍師ではない彼ならではの采配だったが、それでも、彼には彼なりの、軍師ではないなりの戦略が皆無というわけでもなかった。

というのも、『アスファルト』にも指摘を受けた通り、地濃の魔法『不死』は、戦闘そのものに向くものではないからだ——桂浜では、幼児と同じくらいの役割しか果たさなかった彼女を連れて行くメリットは、実のところ、そんなにないと思ったのだ。

もちろん、空々が既に一度恩恵を受けているように、『死んでも生き返れる』というのは、バトルにおいて大きなアドバンテージなのだが、今回、戦闘力として目されている『新兵器』悲恋は、そもそもが機械である。『不死』というなら最初から不死みたいなもので、『壊れる』という概念はあっても『死』という概念があるのかどうかは、はなはだ怪しい——心臓マッサージをしようにも、たぶん彼女の身体の中に心臓はない。

魔法を使う本人である地濃を生き返らせるのは、構造上難しい——空々が彼女のコスチュームを着て実行するという手があるにはあるが、そんなことをするくらいなら、最初から連れて行かなくとも同じである。

つまり地濃を連れて行くメリットは、突き詰めていけば、空々空の無限コンティニューに限られるということになる——ならば、そのメリットを放棄することで、かんづめの保護責任を全うできるというのであれば、そうするのは空々にとって、別段抵抗のあることではなかった。

死にたくない、生き続けたいと思い、その意思だけで自身を維持している空々空ではあるが、決して不老不死になりたいわけではない。

ども。

三対二の戦いのはずが、二対二の戦いになってしまったが、地濃がバトルフィールドから姿を消すというのは、有利になったのか不利になったのか、有識者に訊いたところでその判断はわかれるところだろう――有識者なんて、今の四国にはいないけれども。

なんにしても、地濃を龍河洞に残していくことで、背中に憂いがなくなると言うのであれば、そうするべきだろう――とは言え、話が進んでいる最中、ずっと意識を失っていた地濃にしてみれば、空々の言うことは寝耳に水ならぬ、寝起きに水みたいなものだった。

「え？ て言うか、ここどこです？ 空々さん。桂浜からここまで、瞬間移動でもしたんですか？ 瞬間移動の魔法少女でも現れたんですか？」

とまあ、パニック状態だった。

「私が、砂浜に飲まれていく空々さんを助けたところまでは憶えているんですが……」

「どんな記憶力だ」

そのまま放っておくと何を口走られるかわからなかったので、とりあえず彼女を黙らせ、チーム『スプリング』のいる龍河洞から離れたところで、空々一派は会議を行った。

かんづめはさすがに大したもので、寝起きであろうとパニックを起こさず、口をつぐんで様子を窺っていた——空々が言った、『ショックで口が利けなくなっている』という設定と矛盾しないその振る舞いは、空々にとっては助かるものだった。

この分ではかんづめの面倒を地濃に見てもらうというより、地濃の面倒をかんづめに見てもらうことにもなりかねないが……。

空々は、ここまでの流れを簡単に二人に説明し——複雑な流れなので、かなりたどたどしい説明になったが——、そしてこれからのスケジュール、二人に頼みたいことも告げた。

もっとも、すべてを説明すると支障が今度の行動に出るので、『いざというときには向こうに寝返る』なんてことは言わなかったし、『きみ達は人質だ』なんて、直截的なことは言わなかったが……、知らないほうがいいこともあるだろう。

「はあ。なるほど、私が休んでいる間によく頑張りましたね。空々さん」

砂に飲まれ、ただ寝てただけの奴に誉められてもと思ったが、地濃は続けてこうも言った。

「でも、いいんですか？　空々さん」

「ん？　何が」

「いえ、ですから、私にこの子――」

地濃はかんづめのほうを見る。

一瞬、彼女の名前を呼んで示そうと思ったようだが、いまだに名前を知らないことに思い至ったようで、構わずそのまま、

「――この子を任せてしまって」

と続けた。

「ん？　どういうこと？」

「いやだって、空々さんは人間不信だから、私のような無害で善良な女の子のことを信用していないんでしょう？　それなのに、ご自分の連れを私に任せるだなんて。責任は持てませんよ」

「責任は持てないのか……」

考え直したほうがいいだろうか、とも思ったが。

空々は、

「いったいいつの話をしているんだ」

そう言った。桂浜で流砂に沈んでいくとき、共に沈んでいくかんづめを気にして、飛行できなかった地濃に――そう言った。

空々を助けはしなかったが――かんづめを助けようとはした彼女に。

……まあ、もちろんそれだって、『ここでこの児童を見捨てて飛行したら、あとでお叱りを受けるんじゃないか』という、身勝手でエゴに満ちた考えかたに基づく気の取られかただったのだろうし、それをもって『助けようとしていた』は言い過ぎかもしれないけれど、そろそろ、空々空と地濃鑿の関係も、そういう段階に入っていると言ってもいいのかもしれなかった。

つまり、空々少年にとって信用と利用は概ね同じものではあるが、その概ねの外側に、魔法少女『ジャイアントインパクト』との関係性を持ち込んでもいいというような、そんなファジィな段階に入っていると言っても。

それは空々自身、魔法少女『アスファルト』を相手に言ったことでもある——自分の台詞が自分に返ってきている形だが、生きていこうと思えば、結局、どこかで誰かのことを信じなければならないのだ。

ここで何を信じるか。

チーム『スプリング』を信じられない、魔法少女『アスファルト』に生き残りの一般人・酒々井かんづめを任せられないのはある種の前提として、ならば空々空という自身を持たない己自身と、エゴイズムの塊であり化身、地濃鑿、どちらに信を置くかという話になったとき——遺憾ながら空々は、今回の件に関しては、あくまでも状況的条件を大幅に加味した上で言うなら、後者を選択するということだった。

苦肉の策、と言うか、苦渋の決断ではあるが……。

しかし。

今は今の話をするべきなのだ。

そういった経緯で地濃にかんづめを任せ、空々空は、『新兵器』悲恋と二人で、龍河洞から戦場へと出発したのだった──性別を偽っていた件、と言うより、ふりふりのコスチュームを着て、『おねえちゃん』としてかんづめと接していた件については、うやむやにしたまま。

とは言え、それについてのコメントがかんづめのほうからも一切なかったところを見ると、案外彼女は、既に──ひょっとすると最初から、それに気付いていたのではないかと思ったが、それはさすがに、酒々井かんづめの先見性に期待し過ぎというものかもしれない。

6

そんなわけで、空々空は、悲恋と二人での──正確にはひとりと一機でのドライブと相成ったわけだが、つまり空々にとっては久方ぶりに、地球撲滅軍オンリーでの行動となったわけだ。

まあ、これでようやく空々は、悲恋とじっくり話ができる機会に恵まれたわけだ——予想外に（『伝令』の魔法のためだったわけだが）チーム『スプリング』の到着が早かったため、桂浜では細かい話までは詰められなかったので、愛媛までの道中で、そのあたりを聞き出そうと、彼は目論んだのだった。

色々と予定は変わってしまったけれど、まあ、旅にトラブルはつきものだ——こんな状況でも、昨日までの切羽詰った状況に較べればまだマシなのだから、文句を言うべきではない。

空々はそんな風に思って、ここまでの旅程をまとめようとしたけれど、しかし、まだまとめるには早かった——あるいは足りなかった。

一歩、あるいは半歩。

足りなかった。

もちろん、わかるはずもない——春秋戦争の愛媛サイドに魔法少女『パンプキン』が所属してしまったことを知らないのだから、彼女の戦略提供によって、空々が戦おうと思っているチーム『オータム』の魔法少女五人、いや、六人が、総力戦を挑まんと、彼とは逆向きに、愛媛から高知へと向かっていることなど、わかるはずもない。

ただ、それは同時にチーム『オータム』側の計算外でもある——空々空側の、無計画ゆえの計算違いではなく、いわば正真正銘の計算違いだ。誤解されるのが何より得意な空々空に対する、誤解ならぬ誤算――大誤算とでも言うべきか。

丁度、愛媛県と高知県の、ちょうど県境辺りでのことである――すれ違った。

すれ違った。

高速道路状態の一般路をゆく空々空の運転するボックスカーと、もとより障害物のない空を行くチーム『オータム』魔法少女六人が、すれ違った。

せめて互いに気付かなければ、空々空が無人の愛媛に行く羽目になったという、ある種の笑い話で済んだのだが、間の悪いことに、気付いてしまった。

頭上に屋根のある空々は、当然ながら気付かなかったが――無人のはずの今の四国で、地面を動く物体に、気付いてしまった魔法少女がいた。

六人編隊のしんがりを飛んでいた、魔法少女『ロビー』――本名、五里恤である。

「ねえみんな。ちょっと待って？」

（第8話）

（終）

第9話「悲恋、本領発揮！大活躍の新兵器」

思い通りにならないなら、思わなければいい。

0

1

「愛媛県に入りました」

との音声を、自動車に備え付けのナビが発したのと、助手席の『新兵器』悲恋が発したのはまったく同時だった――ただ、同じ機械音声でも、悲恋のそれは、自然なイントネーションである。こうして見ると、ナビゲーションシステムに代表されるこの手の機械音声は、わざわざロボっぽく発音して『機械らしさ』を出しているのかもしれない。

対する助手席の悲恋には、その機械らしさが欠けている――そうだ。地球撲滅軍不明室開発の『新兵器』悲恋は、人間らしく作られているのではなく、兵器から、機械らしさを限界まで削っていると言ったほうが、真実に近そうだ。

機械らしさを排除した結果、たまたま人間みたいになってしまったという風に――そう考えると、『人間の振り』をずっとしてきた人間、空々空と、彼女に共通項が多いというのは、味わいがある。

その味わいは、随分苦い味わいだが。

「愛媛県か――高知県はなんだか、通り過ぎちゃった印象だな」

空々はそう答える。

改めて思えば、機械、しかも兵器を相手に、こんな風に普通に会話をするというのは、いわばテレビに語りかけているようなものなので、あまり見栄えのいいものではないのかもしれないとも思うが、しかしまあ、誰に見られているというわけでもない――と、空々は気にしないことにした。

テレビに話しかけるのが悪いわけでもない――人間はその気になれば植物ともコミュニケーションを取れるというし。

「ところで悲恋。バトルに入る前に、きみに確認しておきたいことがあるんだけれど――」

龍河洞から離れ、別の県に入ったところをタイミングとして、空々はそう切り出した。

「はい、空々空上官。なんでもお訊きください――制限はありません。ただし、昨日も申し上げましたが、私は機能し始めてまだ間もない身の上なので、把握していることが限られていますので、それを踏まえた上で質問をいただきたく存じます」

「……じゃあ、えっと」

確か、桂浜で聞いた話では、予定外に前倒しで投入された経緯は、まったく知らないとのことだった――一番気になるところではあるのだが、しかし知らないと言うのであれば、聞き出しようがない。無知は罪であり、最大の防御。まあ、そもそも『新兵器』のテスト投入という側面もあった『タイムリミット』だったので、向こうで何か、予定外のことがあったのだろうと推察するにとどめよう。

それは空々空の考えることにしては珍しく、概ね正解なのだが、しかしだとすれば皮肉なものである――『究極魔法』を求めた実験の失敗によって始まった四国ゲームの、火消しに投入されるはずだった『新兵器』の実験的投下もまた、失敗したというのだから――それを言うなら空々の四国調査も、うまく行きそうでうまく行かないし、まったく、世の中に何かうまく行くことはないのだろうか？

「これから戦闘に臨むにあたって、確認しておきたいのは、きみの機能なんだけれど――実際のところ、きみはどれくらい、戦える奴なの？」

「質問が曖昧なので、答に窮しますが」

と、例によって機械らしくない前置きを述べてから、

「どれくらいと言うのであれば、それはもう、すっげー戦えます」

と、更に機械らしくない答を口にした。

すっげーって。

「……もう少し、具体的に言ってもらってもいいかな」

「白兵戦なら誰にも負けません」

力強い断言だった。

「魔法少女とやらにも」

「そりゃ心強い……」

まっさらな状態で四国にやってきた彼女には、『魔法』に関する知識も『魔法少女』に関する知識も、もちろん『魔女』に関する知識もなかったわけだが、桂浜での魔法少女『ベリファイ』・黒衣の魔法少女『スクラップ』との接触、そしてチーム『スプリング』との接触によって、そのあたりの事情を、教えられるまでもなく学習しつつあるらしい。説明下手の空々としては、パートナーが自律的に学習してくれるのはありがたいことだ。

人間が言ったなら自信過剰としか取れない言葉だが、『兵器』が言うのなら、それ

は単なるスペックの説明である——仕様書である。実際彼女は、かの『砂使い』を、背後からひと突きで殺害しているという確固たる実績もある。

「白兵戦なら一億人相手にしても勝てます」

「…………」

そこまで行くとスペックの誤表記っぽくも思えるが……、しかし、地球撲滅軍の不明室が誇る『新兵器』なら、それくらいできなければ、相応しくないかもしれないと言えば、かもしれない……。

いやちょっと待て。

そもそも『新兵器』は、対地球用の軍備のはずだ——魔法少女であろうとそうでなかろうと、人間を相手に戦うことを前提にした白兵戦で強くてどうするのだ？　地球陣を相手にする分には、それでもいいのだろうが……。

「戦略次第では、たとえ全人類を敵に回したところで——」

「いや、具体的に言うのはもういいよ、ありがとう。……で、武器は？」

「武器、と言いますと？」

「いやだから……、ミサイルとか腕に仕込んでたり、足がドリルになってたりしないの？」

「…………」

よっぽど的外れなことを言ってしまったのか、悲恋は言葉に詰まった――いや、言葉に詰まるという機能を見せた。

「わたくしは人間を模して作られておりますので、そういう遊び心は施されておりません。上官の期待を裏切るのは心苦しいですが」

台詞の後半はフォローのようなものだろう――機械にフォローされるようでは、空々もいよいよだ。機械に心苦しいと言わせてしまうとは、とんだ上官もいたものである。

「武器が必要になることもあるでしょうが、基本的には現地調達で間に合うでしょう。この軍服のように」

と、悲恋は自分の着ている服を示した――昨日までは空々が着ていた、登澱證、魔法少女『メタファー』のコスチュームである。

軍服、ではまったくないのだろうが、魔法少女のユニフォームみたいなものだと考えるなら、当たらずといえども遠からずか。

「もっともこの軍服は、わたくしが着ても意味がないようですが」

「……みたいだね。だけどそのコスチュームが本来持つ固有魔法は、結構すごいものだったんだよ」

きみ風に言うなら『すっげー』ものだったんだ、と言おうとして、やめた――また言葉に詰まる機能を見せられても困る。

「あの魔法があれば、今回のミッションの難易度も、もうちょっと下がるんだろうけれどね――」

「上官。わたくしのほうからも質問がありますが、よろしいでしょうか」

と、助手席のほうから言われて、空々は少し面食らう――機械から質問を受けるというと、まるでアンケートのようだが、むろん拒否する理由もないので、「構わないよ」と答えた。

「わたくしにインプットされている任務は、四国地方の破壊なのですが、それはいつ、どのように実行する予定なのでしょうか、上官」

「…………」

そう言えば最初にそんなことを言っていたな。

まっさらな状態で四国まで泳いで来たというのを受けて、なんとなくスルーしていたけれど、そもそも不明室開発の『新兵器』は、四国を起きているらしい異変ごと破壊してしまおうという目的で、投下されるはずだったのだ。

前倒しで、と言うよりたぶん何らかの事故で四国にやってきた悲恋だが、その根本的な目的だけは、見失っていないらしい。

「空々上官の命令があれば、今、このときからでも開始いたしますが」

「……まあ、そう焦らないで」

それが至上命令として入力されているのなら、下手に否定するのもどうかと思って、空々はそんな曖昧なことを言う。

「なにせ大事な任務だからね。破壊を確実に執行するためには、慌てずにじっくり腰を据えて慎重にことを構えないと」

じっくり腰を据えて構えるというのは、空々にもっとも欠けている資質であり、逆にそうしなかったからこそ——即断即決の実行性だけでここまでやってきたところのある彼が言っても、まったく説得力がなかったが、しかしそう言って誤魔化すしかなかった。

だが、別に機械だからと言って人間の言うこと、コントロールを鵜呑みにするということさえないようで、悲恋は、

「何か誤魔化されているように感じますが、信じてもよろしいのでしょうか？」

と追って質問してきた。

予想外のリアクションだ——これなら黙っててくれたほうがいい。

ただ、本当に空々を『上官』と思っている人間ならば、遠慮が働いて、そんな露骨な質問はしてこないだろうから、その『追っての質問』は人造人間ゆえと言うこともできそうだ。

「そんなことはないよ、まさか。今だって、魔法少女二人を倒すためと言うより、四国を潰滅させるために、きみの機能を確認していたみたいなところもあるからさ——」

嘘が下手な空々だったが、誤魔化すのも下手だった。そんな彼がどうしてこんな、虚飾に塗れた冒険譚に身を窶さねばならないのか、彼自身も理解に苦しむところだった。理解できないし、正解があるとも思えない。

そもそも、地球撲滅軍で英雄扱いされていること自体、彼にしてみれば誤解もいいところなのだが——ともかく、この話題からは離れたほうがよさそうだと、空々は、

「きみを開発した、『不明室』について質問してもいいかな?」

と、別の質問に切り替える——正直、これは今訊いても仕方のないことでもあるのだが、話題を逸らす機会に訊いておいても、害があるわけでもあるまい。

「『不明室』。はい、どうぞ、よしなに」

そう頷く悲恋——開発者についての情報はブロックされているとか、パスコードが必要とか、そういうことはないらしい。と言うより、この開放性から考えると、『不明室』は悲恋の中に、都合の悪い情報は、最初からインプットしていないのかもしれない。

無知は罪であり——最大の防御。

そして制御。

とは言え空々にしたって、兵器開発に対して、専門知識を持ってはいないし、専門用語を知ってもいない——ゆえに専門的な質問は、したくてもできない。

地球撲滅軍入隊当初のやり取りがあったがゆえに、空々とは因縁の深い『不明室』だが、直接的な接点はこれまで、一度もない——何度かその機会に恵まれそうなときもないではなかったのだが、空々のほうから避けていた。いや、たぶん、向こうだって避けていたと思う。

だから専門的でない質問も、いざするとなると難しい——それでも、ひとつ、この機会に訊いてみたいことがあった。その情報も、思えば悲恋の中に入っているかどうかも怪しいが——

「じゃあ、悲恋」

空々は訊いた。満を持して。

「左右左危って、どんな人？」

2

空々空のギャンブルの師匠である左在存の名前を、皮肉にも魔法少女『ニューフェイス』の本名として設定した空々空。

決して長い付き合いだったとは言えないにしても、師匠の名前をそんな風に扱えてしまえる空々のセンスも随分と言えば随分なのだが、それを言うなら左右左危——不明室の長である左博士、左室長の、一人娘に対する扱いも随分だった。いや、『随分』という言葉の枠は完全に超えている——なにせ彼女は、己の一人娘を実験台にしたのだ。

不明室だけに、意味不明の実験の犠牲に。

空々から見れば、己の娘を実験台にしたというよりは、己の娘を台無しにしたと言ったほうが実際に近いようにも思えるくらい、酷い実験の。

むろん、左博士がそんな実験を、娘に対して施していなければ、空々が彼女に出会う機会はなかったという事情もあるのだが——そういう出会い論の前後は、この際（恣意的に）置いておくとして、だから空々にとっては、左右左危博士の名は、複雑なものとして響く。

そして、そんな彼女が開発した触れ込みを持つ、『新兵器』悲恋。

それもまた複雑なものとして響くのは当然のことだった——四国全土を破壊しうる、と言うより、対地球戦争の切り札として開発された『兵器』が、人間の形をしているというアイロニーについて、空々は意外ではあるけれど、不明室らしい、左右左危らしいと思うのだが、しかし本当のところ、そう思えるほどに空々は、左博士のことを知っているわけではない。

　知りたくもないという気持ちも強いけれど、しかし同様に、知りたいという気持ちも強い。会って話して、『どうして娘にあんなことをしたのか』と訊きたいわけではないが、娘にあんなことができる人間が、どんな人間なのかを知りたくないと言えば嘘になる。

　どんな人間も何も、『娘にあんなことができる人間』というのが、そのまま答だということで、この話は終わっているようにも思えるが——とは言え、そんな風に考えてしまうのは、空々が左在存、彼女の死に少なからず責任を感じているからなのかもしれない。

　左右左危は己の娘の人生を、確かに台無しにしたけれども、何も殺したわけじゃあない——もしも空々と出会っていなければ、左在存は賭けに出ることはなかっただろうし、そしてその結果死ぬこともなかったはずだ。

　殺されることはなかったはずだ。

　彼女を殺した人物——かつて第九機動室でもっとも危険な男と言われた『火達磨』こと氷上法被との決着は、空々がつけはしたけれど、しかしそもそも、氷上法被のあのときのターゲットは、左在存ではなく空々空だったはずだ。

ならば、空々が、『師匠を殺された』と言い、左右左危に好感を持てずにいるように、左右左危の側からだって、空々に対して言い分はあるのかもしれない――『よくも娘をあんな目に遭わせたな』と思っているかもしれないし、ひょっとすると『折角の実験を台無しにしやがったな』と思っているかもしれない。

なんにせよ、『娘の仇を討ってくれてありがとう』と思ってないだろうことは、ある筋からの情報で確かなのだが――しかしそういう事情もあって、左右左危博士に対する気持ちは、複雑さを増す一方である。

そんな風に気持ちがごちゃついて行くのは、結局のところ、左博士が『知らない人』だから、イメージばかりが膨らんでしまうから――と言うのが大きいだろう。

案外顔を合わせてしまえば、少なくとも空々のほうからはわだかまりがなくなってしまうという展開は十分考えられる――今回にしても、危うく殺されかけたところだったが、災いを転じて福と為すではないが、これをきっかけに彼女との距離を、もう少しだけ詰めてみるのも一興かもしれない。

一興と言うと、なんだか面白がっているようにも聞こえてしまうだろうが、まあ、確たる目的もない以上は、興味半分であることは否めまい。

左在存の母親がどんな人なのか。

そしてのちに伝え聞いたことではあるが、空々をこの道に導いた張本人である、あの『先生』が、一度は人生の伴侶に選んだ女性がどんな人なのか——危険を冒してでも、知りたいと思うのは。

「左博士は」

と。

果たして悲恋は、空々からの質問に答えた——応えた。そんな情報は持っていないんじゃないかという空々の予想は外れた形だ。

「非常に研究熱心なかたです——しかし、研究熱心が行き過ぎて、周囲と衝突を繰り返してばかりいます。彼女に作られたわたくしからの意見としましては、いざというときのためにも、もう少し部下と仲良くしておいたほうがよいと思います」

「……結構辛辣だね」

「大恩ある身として、博士のためを思って言っています」

さらりとそんなことを言ってのける人造人間。

温かみがあるようでいて血の通わぬ発言は最早恒例、いつものこととしても、しかしこの発言は実のところ的を射ていた。

悲恋が前倒しで四国に投入されるというアクシデントは、そもそも彼女が部下から起こされたクーデターに起因するものなのだから。そういう意味では、彼女の周囲との軋轢、諍いが、空々からタイムリミットを取り除いたという言いかたもできる。

「大恩ある身、ね——つまり悲恋は、ちゃんと左右左危室長を、自分の開発者として認識しているわけだ」

「はい。開発者名は刻まれております」

刻まれている——何にだろうか。

人間ならば心にと言うところだろうが……、機械だったらハードディスクか、メモリーか、CPUか？

「左博士の研究熱心を責めるようなことを申し上げましたが、しかしその熱心さがなければわたくしはこうして動いていなかったでしょう。時に博士のメンタルは狂気という言葉で表されることもありますけれど、だからこそわたくしという決戦兵器を開発しえたことは間違いありません」

「……まあ、それはそうだろうね」

娘をあんな扱いにするほどの狂気。

心なき少年、空々でさえ絶句するような実験の犠牲にした狂気——それほどの狂気がなければ、新たなる一歩は踏み出せないのかもしれない。

いつも『一歩足りない』空々に、だとしたら何も言う資格はないということになる……。

「ただし、左博士に言わせれば、わたくしはまだ未完成だったそうですが。わたくしにはまだ、まだまだ先があるとのことでした」

「？　ふうん……」

先がある、とはどういうことだろう。

悲恋のその発言からだけでは、空々はまさか、左右左危がむしろ悲恋の四国への投入を邪魔しようとしていたというところまでは察することができず、『未完成』という単語だけが頭に残った。

魔法少女をひと突きにし、一億人を相手にしたところで勝てるとまで豪語する人造人間に、これ以上どんな改良の余地があるのだろう……そんな風に思っただけだった。

なんにしても、初めて左博士に対する直接的なコメントを受けて、彼女に対する空々の見方は——そう、変わったような気もするし、変わらなかったような気もする。

話自体は思った通り、案の定という感を否めないにしても、語り口——『大恩』ある相手として左博士を語る悲恋を見ていると、まあ、左博士の人間性も、他の人間同様に、一口に言えるものではないのだと、そんな風に思えた。

「左博士についての話を、このまま続けましょうか？　空々室長」

「いや、もういいよ——悪かったね、変なことを訊いて。ありがとう。まあ、おかげで、生きて四国から地球撲滅軍に帰れたら、今度こそ怖気づかずに、左博士と話してみるのもいいかもしれないなって思えたよ──」

これを社交辞令で言ったのか、それとも本当に『話してみるのもいいかもしれない』と思ったのか、それは空々自身にもわからない。適当に打った相槌なのは確かだが、適当だったからと言って、嘘だったとも限るまい。それに、『話してみるのもいいかもしれない』と、口先だけでなく、本気でそう考えていたからこそ、空々は、悲恋から発せられた次の言葉に、大きな衝撃を受けたという推察は、十分に可能なはずである。

「空々上官。『地球撲滅軍に帰れたら』とか『今度こそ』とか、言わず、なんでしたら、今、この場でお話しになったら如何ですか？　わたくしが仲立ちいたしますので」

3

「……え？」

「ですから、わたくしが通信機能をもって仲立ちいたしますので、左博士とお話しになったら如何ですか？　もしも何か、上官と博士との間に行き違いがあるのでしたら、それは早めに、生きているうちに解消しておくべきです」

「…………」

生きているうちに解消しておくべきというのは、なかなか示唆に富んだと言うか、含蓄のある言葉ではあるが――通信機能？

そんなものが搭載されているのか、この人造人間には――いや、今時、家電にさえ通信機能は搭載されている。ならば決戦兵器にだって、搭載されていても驚くべきことではないのか――むしろ遠隔で機能する悲恋には、ある種必要不可欠な機能と言うべきなのかもしれない。

「悲恋。確認したいことがあるけれど」

「何なりと、上官」

「まさかその機能を使って、地球撲滅軍と通信していないよね？」

「そのような命令を受けていないので、していません」

そうか、とほっと胸を撫で下ろす――四国ゲームのルールの、代表的なひとつ、『外部との連絡の禁止』を、知らないところで悲恋が犯していたんじゃないかと、不安にかられたのだ。

まあ、もしも通信していたら、悲恋は無事では済んでいないわけで、わざわざ確認するまでもないことだったかもしれないが――ん、いや？

「ただし、命令していただければ、世界中のどことでも、通信をお繫ぎする所存ですが、どうしますか？　上官」

「いや、今のところは、どことも連絡は控えておきたい……、もちろん、左博士とも」

「そうですか」

結構強く促していた割に、撤退はあっさりしている——その、ぎりぎり人間らしさに届かない悲恋のパーソナリティはともかくとして。

この話はどうだろう、『悲恋が自動的に通信していたら危ないところだった』で、済ませていい話なのだろうか？　何か引っかかる——と言うより、望んでもいなかった有力なカードが、突然手に入ってしまったような違和感さえ覚える。

「…………」

それは。

それは試してみないことにはなんとも言えないことではあるけれど——もしも空々が、悲恋を通じて地球撲滅軍とコンタクトを取ろうとしたなら、四国上陸直後と同じことが起こるだろう。それはそうだと思う。

だがもしも、悲恋が自身の機能だけで、自律的に——自動的に、地球撲滅軍とコンタクトを取った場合は、どうだろう？　空々がそうなりかけたように、あるいは四国住民のほぼ全員がそうなったように、悲恋も『爆散』するのだろうか？

普通に考えればそうなる。

空々も、彼女に通信機能があると聞いた直後はそう考えた――そう危惧したが、だが、突き詰めてみれば、どうだ？

悲恋は人間ではなく、機械だ。

魔法少女のコスチュームを着ても、魔法を発動させることはできない――空を飛ぶことができないし、また、たとえステッキを振るったところで、固有魔法を使うことはできないだろうと予想される。

これは理屈としては、テレビやパソコンにコスチュームを着せても無意味だというようなものだろう――まあ、なんとなくわかる。そういうものなのだろうと、納得ができる話だ。

だったら、魔法に基づいてルールが設定されているであろうこの四国ゲームにおいては、悲恋は、四国の『内』にいながらにしてルールの『外』にいるという見方もできるのではないか？

あの、ルール違反に対するペナルティである『爆散』には、何らかの魔法的な力が働いていることは間違いないわけで――だが、もしもルール違反で罰せられるのが、生命体だけだとしたら？

悲恋が自分で、あくまでも機能として四国の現状を報告する分には、少なくとも『爆散』は起こらないのでは？

確か、監視カメラの映像は、外部からでも受信することができたはずだ――そんなことを言っていたような。その映像には、魔法少女『パンプキン』が言うところの『バリアー』、つまりジャミングがかけられていたようだが……それでも、『通信』自体は、一応、できていたという言いかたもできなくはなかろう。

ならば……いや、だが、『ものは試し』と実験するには、どう考えてもリスクが高過ぎる。なにせ『爆散』だ――確か、空々がその被害に遭ったときには、携帯電話が一番先に爆散した。変に実験めいたことをして、そのとき被害を受けるのは空々ではなく悲恋なのだ。

ならばおいそれと、そんな思いつきみたいな実験をするわけにはいかない――迂闊に試せることではない。ただ、その考えをまったく放棄してしまうのも、勿体ない話だ。

否、勿体ない、勿体あるという段階の話ではない。

外部と連絡が取れる可能性というのは、即ち、四国ゲームを根幹から引っ繰り返せる可能性なのだ――ならばその価値を検討しないというのは、あまりに愚かである。いくら空々が策士でなくとも、保留扱いにしておいていいことでもない。

『新兵器』悲恋が、携帯電話のように爆散する展開は、今後のことを思うと絶対に避けたいところではあるが――しかし、この『新兵器』というところがポイントである。

地球撲滅軍不明室が、秘中の秘として開発してきたこの人造人間の存在は、絶対平和リーグにとっては完全に未知の存在であるはずだ。

桂浜で魔法少女『ベリファイ』、そして黒衣の魔法少女『スクラップ』に目撃されるまでは、誰も知らなかったはず――即ち、四国ゲームの前提にはなっていない。

人造人間だからコスチュームを着ても魔法が使えないという、デメリットばかりに目が行っていたけれど、通信機能のことだけではなく、他の機能においても、思わぬところで絶対平和リーグ魔法少女製造課の、裏をかけるのではないか……？　だったら確かに、腕にミサイルが仕込まれているかどうかとか、そんな間抜けな質問をしている場合ではまったくない。

もちろん、危険な賭けには違いないが――左在存という偽名を与えた彼女をして、ギャンブルを避けさせるというのも締まらない話だ。

もしも、春秋戦争を終結させることに失敗した場合は、それを試してみるのも手かもしれない――むろん、もっと検討に検討を重ねてからだが。

そう、もしもそれをするならば、独りよがりで決めずに、できれば絶対平和リーグ側からのコメントも聞きたいところだ。

地濃鑿から……ではちょっと頼りないから、できれば、杵槻鋼矢から……彼女はまだ、健在だろうか？　と、久し振りに空々が、徳島上空で分断されて久しい同盟相手のことを思い出したときのことだった。

「上官」

と、助手席から、これまでとはトーンの違う声で、悲恋が言った。

「前方に誰かいます」

「え？」

言われて前を見るも――と言うより、運転中なのだから、前はずっと見ている――人影らしきものは見えない。

正確に言うと、その時点ではまだ見えなかった――車が前進するにつれ、現在走っている道路の、行く手に見えていた小さな豆粒が、人影だったのだとわかった。

この人造人間は、視力も人間とは桁違いのようだ――たぶん、暗闇でもわずかな光源だけで見通せたり、赤外線が見えたり、そういう機能もあるのだろうと予想される。

まったく、いったい何の用途で、不明室はそんな『白兵戦士』を作ったのだろう？　兵器と言うよりはまるで――機械としての機能を限界まで追求したというよりはまるで、人間を高機能にしたような――

「人影……誰かいるのかい？　愛媛県にも、一般人の生き残りが……？」

今の四国で、一般人の生き残りがいると考えるのはとても難しいことなのだが、しかし空々の場合は酒々井かんづめという先例を知っているので、まずはそんな風に考えた――しかし、その呟きは隣に座る機械生命によって否定される。

「違うと思います、上官。なぜなら彼女は、魔法少女のコスチュームを着ていますから」

まだ全然距離があるのに、そこまで――女性であることまで――含めて目視できるらしい。

「もっとも、わたくしと同じように、一般人がコスチュームを着て偽装しているという可能性も、薄いながら否定はできませんが」

「…………」

それも先例と言えば先例だが――偽装目的でこそなかったが、着るだけならば、空々も魔法少女のコスチュームを着ていた――しかし、悲恋の言う通り、相当に薄い可能性だろう。

悲恋に代わって機械風に言うならば、『五パーセント以下の可能性』と言ったところだ――魔法少女のコスチュームを着ているのならば、それは魔法少女だと断じてしまっていい。

いや、断じてしまうべきだ。

なぜならここはもう──敵地。

チーム『オータム』の領域なのだから。

「ここは下手にスピードを緩めないほうがいいだろうな──もちろん、Uターンなんてしないほうが……」

「はい。彼女はわたくし達を待ち構えているようです」

「待ち構えて……」

思わず舌を巻きたくなるような対応の早さだ──県境を越えた途端に、通せんぼをしてくるとは、チーム『白夜』の黒衣の魔法少女『スペース』さながらじゃあないか。

そう思って一応、

「コスチュームは黒い?」

と、悲恋に確認したが、

「いいえ──薄汚れているようですが、黒ではありません」

との答だった。

薄汚れている? えらく直接的な表現なのはともかくとして、どういうことだろう

――コスチュームが汚れるような戦闘は、ここ最近は行われていないはずだが？　それともチーム『スプリング』の魔法少女『デシメーション』との戦いの際の汚れだろうか？

いや、そんなことを考える時間はない――本当にない。黒衣でないというのなら、それでいい――まさかチーム『スプリング』の、まだ顔も知らない二名が先回りして空々を『通せんぼ』しているというようなことはあるまい。

立ちふさがるのはチーム『オータム』のひとりだと見て間違いない――愛媛総本部のある道後温泉まではまだまだ距離があると思っていたが、あにはからんや、早速、見つけてしまったということか。いや、見つかったのはこっちのようだが……。

「ひとりです」

「ひとり？」

「こっちに気付いている？」

「だから待ち構えているのかと」

「いや、じゃなくて――僕達が敵だと気付いている？」

「それは……」

言っている内に、空々の視力でも十分に相手が確認できる距離にまで、両者間は縮まった――ポニーテールの女の子だった。

勝気そうな表情で、こちらを見ていて、そして右手のマルチステッキをぐるぐると、頭の上で振り回している――まるで駐車場の誘導員のように。

空々はそれを受けて――

4

計画を緻密(ちみつ)に仕立て過ぎると、予定外のアクシデントが起こったときに対応できなくなる――ゆえに計画には遊びが必要である。

そんなことはもちろん鋼矢にはわかっていて、通常、彼女は行動するときには余裕を設け、またプランBを立てておくことを忘れないのだが――しかし、チーム『スプリング』に総力戦を仕掛ける途中に、その飛行中に、死地となったはずの道路を走る一台の車を発見してしまうというアクシデントに、対応する準備はできていなかった。

強いて言えば、杵槻鋼矢が思う、そのアクシデントに対するベターな対応は『無視する』だった――もしもこれが単独行動だったならば、それで構わなかっただろう。進路を変更することなく、そのままチーム『スプリング』の居城だという龍河洞へ、最短距離で向かったはずだ。

だが、チーム『オータム』のリーダー、魔法少女『クリーンナップ』はそうは考えなかった——チームメイトの魔法少女『ロビー』からの報告を受け、一旦、足を停めた。

空中なので足を停めたという表現は正確ではないが、とにかく、その場で振り向いて、その自動車を確認した。

彼女だけではない、チーム『オータム』全員が、無人の四国を行く一台のボックスカーを確認した——車が自動的に走る技術はまだ一般化されていないので、ああしてワインディングロードにも対応しながら走っているところを見れば、中に人間が乗っていると考えるのが妥当である。

「まずいな」

と、鋼矢が思う前に、今や自力では空を飛べない鋼矢が負ぶさっている魔法少女『クリーンナップ』——忘野阻が、

「ちょっと無視できないわね、あれは」

と言った。

鋼矢の見解とは逆である——まあ、絶対平和リーグへの帰属意識が鋼矢よりも高いであろう彼女なら、自分達が来た方向へと——つまり、絶対平和リーグ愛媛総本部跡の方向へと向かう車を、無視はできまい。

四国に一般人の生き残りがいるとは考えにくいし、ならば愛媛総本部跡に向かうのは、絶対平和リーグの味方か敵か——だ。

味方ならば出迎えなければならないし、敵でも、やはり出迎えなければなるまい——ああして車に乗っている以上、まず魔法少女ではないのだと思われるが、しかし自転車に乗って愛媛にやってきた鋼矢のような例もあるので、そこも断定できたものではない。

じっくり考え、精査する時間があれば、それでも忘野は『無視する』という結論に至ったかもしれないが、しかしそれは後からだったらそう思えることであって、リアルタイムでは、考えている間にどんどん、ボックスカーは彼女達から離れてしまう。飛行できる魔法少女が、それに追いつけないということもないのだが、しかし鳥瞰の視点から、目に見えて離れていくボックスカーに、彼女は即応してしまう。

「私が様子を見て来るわ。みんな、ここで待っててくれる?」

リーダーがそう提案すれば、拒む理由を持つものはいない——『無視する』を実行したかった鋼矢にしたって、今の四国で走る自動車というのが、ただ事ではないことは認めざるを得ないのだ。だからこそ無言のうちに無視したいというのもあったのだが……。

そんなものを見つけてしまった五里に、恨み言を言いたい気分にもなる。空気を読まない才能を、何もこんな出陣中に発揮しなくとも。

ただし、提案に反対はしなくとも、その提案に少し修正を加える者はいた――魔法少女『ワイヤーストリッパー』、即ち竿沢芸来である。

「いやいや、杵槻さんを背負ってるリーダーが行くことはないだろ――あたしがちょろっと行って見て来るから、みんなは先に行っといてくれよ。すぐに追いつくから」

「ん……そう？　じゃあお願いするわ」

と、忘野は頷く。

確かに竿沢の言う通り、鋼矢をおんぶして飛んでいる自分は、斥候役には相応しくないと思ったのだろう――それは鋼矢も同意するところだった。

だからここでのミスが何だったかと言うと、忘野が正体不明の車を探りに行くと言ったときと、竿沢が言ったときとでは、微妙にその文言が変わってしまったことである。

忘野は『ここで待ってて』と言い、竿沢は『先に行っといてくれ』と言った――そのことに違和感を持った者も、しかし、いなかった。単純に、部隊からリーダーが離れたときと、そうでない者が離れたときの、対応の違い程度にしか感じなかった。それが後の悲劇に繋がるなど、予想できるはずもなかった――かと言って、後になって『全員でボックスカーを追うべきだった』と思ったところで、手遅れだ。無人の四国を行く自動車は確かに看過できない異常事態だが、チーム『スプリング』との戦いの前には、どうしたってやはり大事の前の小事だとしか思えなかったのだから。

つまりは結局、ここでもチーム『スプリング』への敵愾心が最適な行動を妨げた形だが、ともあれ——かくして、忘野、品切姉妹、五里、鋼矢の五人はそのまま県境を越えて高知県龍河洞へと向かい、ただひとり、竿沢だけが、来た道を引き返す形で、ボックスカーを追ったのだった。

竿沢芸来。

魔法少女『ワイヤーストリッパー』。

空を飛んでのショートカットを繰り返し、彼女はあっさりとボックスカーの来る道に先回りすることに成功した。

道路に着地し、あとはここで車の到着を待ち構えるだけだ——減速したり、Uターンしたりするようなら、敵と見做(みな)していいだろう。

敵ならば倒せばいい。

味方だったら——絶対平和リーグの生き残りが、総本部跡を目指して走っているのだったら、最低限の情報交換をして、そのまま通せばいい。

竿沢の思考様式は、とてもシンプルだった——と言うより彼女の場合、ほとんど余計なことを考えない。与えられた力を、言われるがままに振るう——決められたことを決められたままにやる。

蓮っ葉で勝気な振る舞いとは裏腹に、案外、その本質はマニュアルに忠実である——ただの『力』であろうとする彼女のその姿勢は、そう思う者にとっては、もっとも魔法少女らしい魔法少女のそれなのかもしれない。

自分を持っていない、自主性に欠けるとも言えるけれど、しかしいいリーダーの下につけば、最大限のパフォーマンスを発揮するのが、彼女のようなタイプで——言うまでもなく今、竿沢はいいリーダーの下についている。

近付いてくる自動車に、マルチステッキを誘導灯代わりに振り回して、こちらの存在をアピールする——もう、ドライバーが目視できる距離だ。助手席にも誰か乗っているようだ……魔法少女？　コスチューム？

すわチーム『スプリング』の誰かかと身構えるが、しかし見覚えのない顔だった——ドライバーも知らない男だ。否、男と言うよりは男の子……。

ドライバーが少年だったから気が緩んだ、というわけではない。むしろ、助手席の彼女だ。コスチュームを着ていたから、一瞬、チーム『スプリング』の魔法少女だと思い、すぐに違うとわかったことが、緊張と、その後の緩和を生んだ。

その緩和に。

閑話休題とばかりに——突っ込んできた。

道路に立つ魔法少女『ワイヤーストリッパー』を目掛けて、ボックスカーが――

「!!」

冷静であれば、当然回避できただろう――なにせ彼女は飛べるのだ。しかし、まったく予想だにしない事態に対して、身体が硬直するのは魔法少女も同じであり、まして彼女はマニュアル人間ならぬマニュアル魔法少女だ――減速することはあっても、Uターンすることはあっても、まさか車が加速してくるとは思わなかった。

そんなことをしてくる人間がいるなんて、予想外を通り越して、実物を前にしても信じられなかった――信じられないままに、魔法少女『ワイヤーストリッパー』は、ボックスカーのバンパーに撥ね飛ばされたのである。

空中を錐揉み状に吹っ飛びながら、彼女は認識する――『敵』だ、と。

5

作戦なんて練って練らないような、行き当たりばったりな空々空の数少ない長所は、躊躇のない実行性――行動力である。彼は行く手にたちはだかる魔法少女を認めたとき、即座に臨戦態勢に入った。

その状況において。

ブレーキではなくアクセルを踏んだ。

もちろん事故を起こしたときのために、あらかじめシートベルトは装着してあった——わざわざ言わなくとも助手席の悲恋は対応するだろうと、歯を食い縛り、ハンドルから手を離して自分の身体を守るようにする。

普通の女の子を撥ね飛ばすのならともかく、魔法少女——鉄壁のコスチュームを撥ね飛ばすのだから、いわば道路に落ちている岩に激突するようなものだ。こちらも備えなければなるまい。『落石注意』の看板はここにはないが——案の定、目論見通りに『通せんぼ』をしていた魔法少女には、避けられることなく、ボックスカーが出しうる最高速度で衝突できたものの、それでも彼女が軽量級ゆえに吹っ飛んだのと同様に、空々が運転する自動車のフロント部はバンパーごとべっこりとへこみ、車体自体も道路上を横切るようにスピンして、道路脇に乗り上げる形で停止した。

ブレーキを踏むまでもなく。

最高速度の運動エネルギーを、女の子ひとり轢くのに使い果たした感じだった——衝突した時点でエアバッグが開き、空々はその後のスピンでも外傷は負わなかったのだが、さすがに直後は、平衡感覚を失った。

だが、しかし、その回復を待ってはいられない——コスチュームを着ている魔法少女を、あれで打倒できたとは思えない。第一手は成功したが、早く車から出なければ

──手探りで席から降りようとするが、しかし、シートベルトが外れなかった。事故の衝撃で、ロックが外れなくなってしまったらしい。まずいな、と思ったが、助手席から伸びてきた手がその問題を解決してくれた。

既に自分のシートベルトを引き千切っていた悲恋が、同じく空々のシートベルトも引き千切ったのだ──素手で、片手で。

「上官。戦闘ですね？」

「うん──白兵戦だ。さっきのスペックが誇張じゃないことを見せてくれ」

「了解しました、上官」

「ただしその前にあの子から話を聞きたいから、まず僕に話をさせて頂戴──どうしてこんなところにいたのか、探りを入れたい」

愛媛県に入った途端、こんな風に待ち構えられていたのは、さすがは敵地、いきなりか──と思ったけれど、しかし轢き飛ばしてみてから考えると、不自然にも思える。

不自然。

ならば、ただの偶然なのでは？

いや、ただのと言えば語弊があるが──県境という座標を思えば、相手は相手で何らかの作戦行動の最中で、それがこちらの作戦行動とぶつかってしまったというほうが、待ち伏せよりはありそうな話だ——なにせ、チーム『オータム』からしても、春秋戦争の均衡状態は崩れているのだから。

向こうはチーム『スプリング』の魔法少女『ベリファイ』の死は知らないとしても、自分達で倒した（と思われる）魔法少女『デシメーション』の死は知っている——空々達のチーム『スプリング』への加入（厳密にはまだ未加入）が伝わっていない限りは、人数で優位に立ったと思う彼女達が、積極的に動き出さないと考えるほうに無理がある。

その点では、空々空と魔法少女『アスファルト』との約束には、根本的な穴があった——相手の動きをまったく想定していないからだ。現実的な話をすれば、空々空は無人の愛媛県道後温泉に辿り着いていたという可能性が、彼の選んだルートではもっとも強かったのである——そうはならなかったが。

より酷い展開になったのだが。

ただ、空々自身はこの時点では己のミス、考え不足について自覚しておらず、ただ、『不自然で、よくわからない状況だから相手に話を聞こう』くらいのことしか思っていない——もちろん、聞き出せると、本気で思っているわけでもない。

自分のコミュニケーション能力のなさには、四国に来て以来、ほとほと嫌気が差している空々空だった。

だからと言って、問答無用で戦闘に入るほど、空々は乱暴にはなれない——出会いがしらに立ちふさがる女の子を撥ね飛ばしておいて、何が乱暴になれないだと言いたくなるところだが、その辺りは空々の中に、彼にしか見えない線引きがあるのだった——いや、その線は、彼にも見えない。あることがわかるだけだ。越えてから、あることに気付くだけだ。

フレームが変形して、ボックスカーとは言いがたいフォルムになってしまったボックスカーから這い出した、空々と悲恋——撥ね飛ばした魔法少女は、よっぽど遠くまで飛んでいったようで、辺りには見当たらない。

「あっちだよね？」

魔法少女の飛んでいった方向を、念のために悲恋に確認する。

「はい。……わたくしは引き続き、魔法少女『ニューフェイス』を演じたほうがいいですか？」

「え？　んー……」

それは考えていなかった。

これから戦う以上、演じ続ける必要はないようにも思えるけれど、ひょっとすると向こうに寝返る可能性がある以上、その嘘はつき続けたほうがいいのかもしれないと思う——車で轢いた相手と、まだ手を結べる可能性があると思える辺りが、空々空の真骨頂である。

「まあ、可能な限りは」

「どの辺りまでが可能でしょう」

「そこはきみの判断に任せるよ」

「わかりました」

上官からの曖昧な指令にあっさり頷いてくれるところがありがたい——そう思いながら、空々は道路を駆け足で進む。乗ってきた自動車が大破してしまったので、他の自動車をどこかで調達しなければならないが——こうも人里離れた道路では、なかなか難しそうだ。

そう思っているうちに。

二百メートルほど先の道路の中央分離帯に横たわる、魔法少女を発見した——あのポニーテールは、間違いなく先程撥ね飛ばした魔法少女だろう。

ぐったりして動く様子がない。

「近付いてはいけません」

と。

むしろ足を停めようとしていた空々の判断を、後押しするように悲恋は言った——その根拠も、続けて述べる。

「心拍の上昇から、いくらか興奮していると推察できますが、しかし健康を損なっているというほどではありません――総合的に判断して、あの横臥は狸寝入りです」

「……そう」

狸寝入り、というのは空々もそう思っていた――コスチュームを着ていたのだから、轢かれた衝撃も、着地の際の衝撃も、最小限以下、小数点以下にまで緩和されたはずである。しかしそうはいっても、コスチュームは全身を覆っているわけではないから、打ち所によっては致命的、もしくはそれに近いダメージを負うことだってありうる。ゆえに空々は、魔法少女の『ぐったり』は、『擬態の可能性が高いから』足を停めたのだが、しかし悲恋は、この遠距離で、『確実に』それを判断――判定したらしい。

心拍と言ったが……心臓の音を聞いたのか？

この間合いで？

それができるのであれば、いよいよ、チーム『スプリング』のリーダー、魔法少女『アスファルト』の使う『伝令』の値打ちが下がろうと言うものだが……いや、悲恋を構成する、『進歩し過ぎた』科学が、魔法に追いつきつつあるということかもしれない――ともかく、空々と悲恋は、十分な距離を保ったところで構えて、うつ伏せの魔法少女に声をかける。

「怪我がないことはわかってるよ。そんな卑怯なことをしていないで、早く起き上がれば？」

車で轢いておいて卑怯とはよく言ったものだが、これは挑発の意味も込めているので、卑怯で上等である——むしろ挑発ならば言い足りないくらいだが、残念ながら空々空は、そんなに口が悪いほうではない。語彙は多いほうだと自負する彼だが、しかし、悪口雑言（あっこうぞうごん）のレパートリーは、やや少なめなのだ。

「ちぇっ……駄目か。うまく行かないもんだなあ——」

そう呟きながら。

果たして魔法少女『ワイヤーストリッパー』は身体を起こす——悲恋の言う通り、確かに彼女は、ノーダメージだった。

どころか敵を目の前に、極めて意気軒昂（いきけんこう）である。

6

極めて意気軒昂な彼女は、マルチステッキ『ロングロングアゴー』の先端を、目前の二人に、突き刺すように向ける——慣れないマルチステッキの扱いゆえ、慎重である。

本来は魔法少女『カーテンコール』が持つべきマルチステッキ――だが、そのもの珍しさゆえ、触らしてもらったことがないわけでもない。

マルチステッキの構造やデザインは、どれも同じではないのだが、中でもこの『ロングロングアゴー』は風変わりだ――他のみんなが使っているものに較べて、長過ぎる。

長いのではなく――長過ぎる。

ステッキと言うよりは、まるで刀剣のようだ――そしてそのデザインが、そのまま固有魔法に通じていることは言うまでもない。

魔法少女『ワイヤーストリッパー』が知る限り、それは、もっとも攻撃的な魔法である――それゆえに使いどころが難しくもあるが、この状況。

敵が二名、自分に迫ってくるというこの状況こそ、まさしくその使いどころだった――欲を言えば、彼らが足を停めてしまったことが惜しい。

死んだ振りをして間近まで誘(おび)き寄せ、二人まとめて、固有魔法でやっつけるというのが、一番望ましいシナリオだったのだが……、聞いた話では、杵槻鋼矢が、彼女のリーダーをそういう風に嵌めたということだったが、やはりそれは、誰にでもできることではないらしい。

空々はともかく、心音を遠くからでも聞き取れる機能を持つ悲恋の前では、たとえ魔法少女『パンプキン』であっても、狸寝入りは見抜かれていただろうが、悲恋が人造人間だと見抜けない『ワイヤーストリッパー』は、その点、知るよしもない。

ただ、いきなり彼女達のストーリーラインに現れ、いきなり攻撃を仕掛けてきた彼らを、訝しく睨むだけである。

ひとりは——魔法少女。

さっき確認した通り、チーム『スプリング』の者ではない——もちろん、チーム『オータム』の者でもないので、つまりチーム『サマー』かチーム『ウインター』の魔法少女なのだろう、と彼女は判断する。

右側の魔法少女が左側のチーム事情に疎いよう、左側の魔法少女は右側のチーム事情に疎いので、チーム『サマー』にもチーム『ウインター』にも、こんな魔法少女はいないということに、『ワイヤーストリッパー』は気付けない。

そしてもうひとり——こちらが車を運転していて、つまりは彼女を轢き飛ばした実行犯ということになるが——なんというのか、観光客みたいな子供だった。闘犬のTシャツに坂本竜馬のパーカーを着ている——手に紙袋を持っていないのが不思議なくらいの、観光客ぶりだが、ただの観光客が魔法少女を轢くなんて、聞いたこともない。

あまりに唐突過ぎてパニックになりかけた魔法少女『ワイヤーストリッパー』だっ

たが、彼のファッションを手掛かりに、着想を得る——闘犬と坂本竜馬。どちらも高知にゆかりがある、高知のお土産ものだ——つまりこの男子は、チーム『スプリング』の関係者か？　車は高知から愛媛に向かっているようだったし——愛媛に帰ってくるところだったという見方もできるが——なにせ魔法少女『ワイヤーストリッパー』の脳は、『敵』と言えば、地球よりも先にチーム『スプリング』が出てくるところまで行き着いているので、そんな風に強引に、そして安易に、己を轢いた犯人と、にっくきチーム『スプリング』を結びつけた。

強引で安易でも、それが正解だったら結果オーライではあるのだが。

それでも一応彼女は。

「貴様は何者だ！」

と誰何した。

怒りから言葉回しがやや古めかしくなっている——いや、これは、マルチステッキを、剣豪よろしく構えていることからの影響かもしれない。チーム『スプリング』に総力戦を仕掛けるにあたって、高ぶっていたことももちろんあるだろう——だが、そんな彼女のテンションに合わせてくるつもりはないらしく、ドライバーの少年は、

「何者、と言うわけでもないんだけれど……」

と、煮え切らない返事をする。

「名前は空々空だ。きみに二、三訊きたいことがあるんだよ。その答次第で、僕の立場も僕の行動も変わってくると思うから、できれば正直に答えて欲しい」

「……？　はあ？」

理解に苦しむ相手の発言に、魔法少女の精神は更に高ぶる――向こうから仕掛けてくるのを待とうと考えていたが、こちらから仕掛けたい衝動に駆られる。

そうだ、早くこいつらをどうにかしないと、みんなに追いつけなくなってしまう――チーム『スプリング』に仕掛ける総力戦、戦力が一人欠けては効果も薄くなる。

ただし、もしもこの二人がチーム『スプリング』の、新メンバーだとしたら……。

チーム『オータム』の新入りにして魔法少女最年長の『パンプキン』こと杵槻鋼矢は、『チーム「スプリング」のメンバーが増えている可能性』については、温泉会議で言及していた――だからここで『ワイヤーストリッパー』は、そんな仮説を立てることができたのだが、しかし鋼矢はその際に『空々空』の名前を出していないので、彼女はそこからは、何も着想を得ることができなかった。

同じく地球撲滅軍の『新兵器』についても、鋼矢は簡略化して『爆弾』としか、新しいチームメイト達に告げていない――だから空々空と名乗った少年の隣に立つ、見覚えのない魔法少女が、まさしくその『爆弾』級の兵器だということにも、気付けるわけがなかった。

「何言ってんの――あたしがあんた達の言いなりになるとでも思うの？」

仮説どころか、ほとんど相手をチーム『スプリング』と決めてかかっての言い返しである――ただし、いきなり車で轢いてくるような奴は、たとえチーム『スプリング』の関係者でなくとも、これくらい言い返されて当たり前だ。

「そっちこそ、あたしの質問に答えてもらうよ――返答次第じゃあ、命だけは助けてあげる。車で撥ねられた分のお返しは、もちろんさせてもらうけれど……」

「車で？　ああ……」

まるでついさっきあった、その出来事を忘れていたかのような反応を示す少年、空々空――あれだけのことを仕出かしておいて、なんだその反省のない態度は？

まずごめんなさいじゃないのか？

そう思うも、そんな文句にすらもチーム『スプリング』への敵愾心が勝り、魔法少女『ワイヤーストリッパー』は、

「あんた達、何者なの？　チーム『スプリング』の仲間？」

と、今度は語調を和らげて、具体的に質問した。

「さて、どう答えたものかな――チーム『スプリング』を知らないというわけじゃあないんだけれど、仲間かと言えば……、向こうは僕達を仲間と思ってくれないところがあると言うか、仲間に入れてくれなかったと言うか、だから僕は今ここにいると言

うか……」

長々しい割に、意味が一向に伝わってこない説明だった——もったいぶって、思わせぶりにとぼけていると言うよりも、単に説明が下手なだけのようにも思える。

「よくわからないわね——チーム『スプリング』を追い出されたとか、そう言うこと？」

そう考えると、自分を轢いた相手だと言うのに、少しばかり寛容な気持ちになった——チーム『スプリング』と敵対していたというのなら、それは『敵の敵は味方』とまでは言わないにしても、好感が持てると言ってしまっていい。

だが、この推察に対し、空々空は首を振った。

「いや、僕がここに来たのは僕の意思だ」

「……そう」

途端、敵愾心が復活する——一度萎えかけた分、より大きな炎を伴って復活する。

「じゃあ、ごちゃごちゃ言ったけれど、要するにあんたはチーム『スプリング』の一員ってことでいいのね——何のために、どういう経緯でチーム『スプリング』に身を寄せたか知らないけれど、己の浅はかな選択を呪いなさい」

これで話は終わりだと、ステッキを改めて構える魔法少女に、空々空は、

「僕がここに来たのは僕の意思だけれど——きみがここに来たのは、誰の意思なのか

な？」

と訊いてきた。

「誰の意思って……」

「『何のために、どういう経緯で』と訊き直してもいいんだけれど……」

「……そりゃあ、あたしの意思よ。あんたを待ち伏せするために、空から回り込んで……」

「じゃなくって。ここで僕と会ったのは、偶然じゃないの？　別の目的があって、その行動中にたまたま僕を見つけて――ん？」

喋っている途中に何か思いついたようで、空々空は口を噤む――それから、

「ひょっとして、チーム『スプリング』に単身攻め込む途中だった……？」

と、半分正解なことを、疑問符つきで投げかけてきた。単身、というのは間違いだが、攻め込むつもりだったと言うのは極めて正しい――この県境周辺で、別の目的のために動いていた可能性だってあるのに、勘のいい奴だ。

いや、この場合は彼の勘の良さを褒めるよりも、そんな鎌かけのような質問に対する、自分の反応を反省すべきだろう――ここで黙ってしまうのは、つまり口ごもってしまうのは、それで正解だと返事をしてしまったようなものじゃないか。いや、だから正解なのはあくまでも半分なのだが……。

「どうも——おかしなことになっているみたいだね。予定外……なのはお互い様としても、ああ、そうなると、ちょっとまずいな……」

「な、何がまずいのよ」

まるでこちらのことなど忘れたかのように、ぶつぶつと呟く彼に、ずい、と一歩近寄りながら、魔法少女『ワイヤーストリッパー』は訊く——ここで焦りつつも、きっちり間合いを一歩詰めたのは、確かにチーム『オータム』の魔法少女だった。

「いや、何がと言うか……、高知に残してきた仲間を心配しているんだけど……、もしもここできみを止めたとしても、また別の魔法少女が攻め込むかもしれないわけで……」

「？　仲間？」

彼が何を言っているのか、一瞬、見失う——さっき、仲間には入れてもらえなかったというようなことを言っていたはずでは……？

ただし『また別の魔法少女が攻め込むかもしれない』という彼のその不安が、先行する形で今、起ころうとしていることを知っている彼女としては、彼が何を言っていようと、彼が何者であろうと、ここで始末をつけなければならないという義務感に駆られることになった。

今、魔法少女『ワイヤーストリッパー』も含むチーム『オータム』が仕掛けようとしている全員がかりの総力戦は、不意討ちだからこそ、最大限のパフォーマンスを発揮するわけであり——ここでチーム『オータム』の動きを知った彼が、何らかの手段でそれをチーム『スプリング』に伝達してしまえば、効果は半減どころでは済まない。

己の反応のまずさで、実行中の作戦に不具合を来しかねない事態を招いたと言う失敗が、逆に彼女を冷静にさせた——怒りと衝動に任せて目前の二人を倒すのではなく、冷静な判断と戦略をもって、倒さなければならないと、覚悟を決めた。

たとえリスクを背負ってでも……。

そう思い彼女はもう一歩、敵に対してにじり寄る。

今彼女が持つ固有魔法は、元々魔法少女『カーテンコール』のもので——その詳細な説明と講習を、もちろんコスチューム・シャッフルの際に本人から受けてはいるから、ここでそれを使うこと自体は、別にぶっつけ本番というわけでもない。

そしてその魔法が目論見通りに決まれば、この場を切り抜けることは容易い——それほどに、魔法少女『カーテンコール』の固有魔法は強力だ。

問題は、その間合い……。

『ロングロングアゴー』という、この風変わりなマルチステッキの長さの分しか、間合いがないというのが、元の持ち主も自覚していた、最大の弱点である——

だからこそ、『ワイヤーストリッパー』は最初は死んだ振りをして、間近にまで彼らを誘き寄せようとしたのだが——どうやら警戒してなのか、空々空と、初見の魔法少女は、それ以上近付いて来ようとしないので、こうなるとこちらのほうから寄っていかざるを得ない。

にじり寄り。

忍び寄らざるを得ない……。

しかもその動きを悟られないように、会話は続ける必要がある——魔法少女『ワイヤーストリッパー』、本名竿沢芸来は、既に何度も述べた通りのマニュアル魔法少女なので、コミュニケーションが苦手というわけではなく、むしろ気さくな性格ではあるが、その手のアドリブが必要なダイアローグは不得意だった。

それでもやるしかない。

仲間のために、勝利のために。

……思えば、コミュニケーションは図抜けて苦手だが、アドリブ力においては人類史上右に出る者がいないとすら言える空々空と、そんな彼女が向き合うのは、四国でもなかなか類を見ない好カードと言えそうだった——その勝負を見ているオーディエンスが機械生命一機だけだというのは、やや物足りない感もあるが。

「——ねえ、空々……くん。どうやら複雑な事情があるみたいだね。もっとちゃんと話してくれない？　あたしでよかったら、力になるよ」

「……それはどうも」

ありがとうございます、と。

言葉とは裏腹に、空々は不審そうに頷く――話を長引かせているうちに、さり気なく距離を詰めていこうという、シンプルな、しかし彼女にしてみれば必死で決死の作戦だったのだが、しかし、いきなりの融和的発言は、彼に不審の念を抱かせてしまったようだ。

「い――いきなりあたしを車で轢いて来たことにも、何か事情があるんじゃやない？ でないと、普通、あんなことはしないもんね――」

「まあ、僕は普通にするけど……」

物騒なことを言いながら、空々はむしろそこで、一歩後ろに下がった――これで彼女が、さっき詰めた分の距離が無効化された形だ。

魔法少女『ワイヤーストリッパー』からの不穏な空気を察したらしい――それとも、間合いを見抜かれているのだろうか？

反応、物言いからして、空々空は、彼女をチーム『オータム』の一員だとは思っていても、チーム『オータム』の誰なのかはわかっていない――具体的に、魔法少女『ワイヤーストリッパー』だと、わかっているわけではない。

と言うより、たぶん、『また別の魔法少女が……』なんて辺りの台詞から読み取る限り、チーム『オータム』の内情自体、把握していないようだ——構成員を把握していないということは、固有魔法も把握していないということになるだろう。

ならば、魔法少女『カーテンコール』の固有魔法についての知識も、マルチステッキ『ロングロングアゴー』に対する知識も、彼は持っていまい。

だから間合いの見抜きようは、ないという結論になる——後ろに下がったのは、単に警戒心の表れと見ていいだろう、現時点では。

それは大変結構なことなのだが、となるとつまり、杵槻鋼矢の考案したコスチューム・シャッフルの効果が、目前の少年にはまったく意味をなさないということになる——それに気付いて、魔法少女『ワイヤーストリッパー』は、いくらか苦々しい気持ちになった。

「……もしよかったら」

そんな感情を力ずくで抑え込んだ末、彼女は言った。

「空々くん。あたし達の仲間になれば？」

「…………」

無反応。

だが、それでいい——なんでもいい。

距離さえ詰められたらなんでもいい。

見え見えの嘘だろうと、不自然な文句だろうと、なんでもいいし、なんでもありだ——仲間のためにするのなら、リーダーのためにするのなら、すべてが許されるというのが、竿沢芸来の価値観だ。

「あんたが、どういう経緯でチーム『スプリング』に協力しているのかはわからないけれど、あんな奴らと手を組んでもいいことはないよ——嫌な奴ばっかだろ？」

ステッキを降ろす。

あくまで一旦、降ろす。

そして軽やかな足取りで、悠々と彼に近付いていく——もう緊迫した場面は終わったのだと言わんばかりに、笑顔さえ浮かべて。

「もしも目的があるって言うなら、協力してもいいよ——もちろん、あんたがあたし達に協力してくれるのなら、だけどさ」

「目的……なんてものはないけれど」

空々空は、彼女からの誘いに答える——警戒心は解けていないようだが、しかし、彼の空気もまた、緩んだように見受けられる。

作戦成功か、それともあっちも演技をしているのか——と、魔法少女『ワイヤーストリッパー』の中に疑念が生じるが、しかし今更、成功していようが失敗して逆手に取られていようが、作戦変更は不可能だ。

このまま押し切るしかない。

「目的なんてものはないけれど——それでもいいのであれば、つまり僕に見返りをくれないのであれば、仲間にして欲しいものだね——」

空々空は、そんな奇妙極まることを言った。

それに眉を顰めることもできず。

彼女はただ、歩み寄る——彼に向けて。

自分の間合いまで。

……ここで魔法少女『ワイヤーストリッパー』が取っている、通常ならば苦肉の策にもならないであろう『歩み寄り』は、実のところ、この場面においてはおよそベストな作戦だった。

なぜならば、空々空側からの説明開示がなければ、それはわかるはずもないことだが、彼は元々、チーム『スプリング』からチーム『オータム』に寝返る可能性も含んで、高知から愛媛に越境してきている。チーム『オータム』の魔法少女を二名倒すという任務と、チーム『オータム』の魔法少女と手を取り合うという青写真、どちらに転んでも大丈夫なように——と言えば聞こえはいいが（それでも悪いかもしれない）、要するにどっちつかずな心理で、今、ここにいる。

ならば、普通ならば、臨戦状態をとっくに通り越して、完全に戦闘中の現在、『仲間になれ』なんて言うのは、挑発・軽侮以外には受け取りようもない発言だったが、しかし空々空の『どっちつかず』の背を押すという観点から見て、そんな有効な勧誘はなかった。

更に彼には、地濃鑿と酒々井かんづめを、龍河洞に残して来たという事情もある――そこに問答無用に攻め入られては困るわけだ。いや、実際に彼がどの程度困るのかは定かではないけれど、チーム『オータム』の仲間になることで、その進撃にブレーキをかけられるのであれば、彼はそうしたかったのだ。

難を言うなら、そのファインプレイに彼女自身が気付いていないこと――そして『見返りをくれないのであれば』という、無欲なんだかなんだか、とにかく意味不明な空々の発言だった。

「……どういう意味？」

よせばいいのに、そんなことを訊いてしまう。

もちろん最低限、『歩み寄り』を止めずに、近寄りつつではあったが――そして、空々のほうも、魔法少女『ワイヤーストリッパー』に対して、さっき下がった一歩分、歩み寄って来たけれど。

「意味とは」

「見返りはいらないってこと？　つまり、一方的にあたし達に協力してくれるってこと？　あんたの言っていること、さっきから、よくわからないんだけれど……」

　よくわからないどころか、実際は全然わからない。

　空々空は、

「そういうことでいい。それであってる。ちゃんとわかってるよ、僕の言ってること」

「…………」

「強いて言うなら、いい意味でも悪い意味でも、僕達に関わらないで欲しいっていう、不可侵条約を結びたいってところかな――いやもう、正直なところ、うんざりしているんだよ。どこに行っても、どっちを向いてもうまくいかない、四国ゲームの難易度に――」

　うんざりしている。

　と言うのは、チームリーダー魔法少女『クリーンナップ』も言っていたことだが……、なんだか、彼が言うとまったくニュアンスが違っているように思える。

　あっているとかわかっているとか言われても、まったく実感はわいてこないけれど、それでも無理に解釈するのであれば、要は彼は『関係性』みたいなものを、チーム『オータム』と築きたくないという風に読むしかない。

　取引や駆け引きをしたくない――利害関係を一致させたくない。

　そう思わせるだけの経験を、冒険譚を、ここまで繰り広げてきたのでは――彼が何者かは、今もって正確にはわからないが、そう考えると同情の余地があるようにも思えた。ただ、迷い込んだ部外者だったとしても、奇跡的な一般人だったとしても、彼が一時的にであれ、どういういきさつであれ、チーム『スプリング』と同盟を締結した時点で、魔法少女『ワイヤーストリッパー』にとっては、その余地は塗り潰されたも同然だ。

一度でも、たとえ中途半端にでもチーム『スプリング』に属したことのある者を、仲間に引き入れるつもりなど彼女にはなかったし――心理的にと言うより物理的に、彼女にはできないことだった。

それはチーム『オータム』の誰にも不可能だろう。

どころか、チーム『スプリング』と口を利いたことがあるというだけの理由で、人を敵視してしまいかねない。たぶん向こうも同じだろう。今やそれほどに――彼女達は彼女達を、嫌っていた。

こんな勧誘はあくまで口だけ。

『歩み寄り』のための口実でしかない。

たとえ、彼がボックスカーで彼女を轢き飛ばしたという事実がなかったところで、最初から礼を尽くして『仲間になりたい』と申し出ていたところで、彼女はそれを拒否しただろう――チーム『スプリング』からやってきたというだけで。たとえチーム

『スプリング』の情報を持ってきたとしても、それを聞いた後で、始末をつけていただろう。

ただ、空々空が――たぶん自分よりも一つ二つ年下の少年が、そんな嘘にあっさり騙されているだろう様子を見ていると、その素朴さに、まったく罪悪感を覚えないわけでもなかった。

彼女はマニュアル魔法少女だが、しかし人間味に欠けるわけでも、人情が足りないわけでもないのだ――目前の少年と違って。

その少年は、自分のほうからも、更に前に出てきた――そして抜け抜けと、右手をこちらに差し出してくる。

右手を差し出す。

握手をしようという意思表示に他ならない。

「…………」

続けているお芝居のためには、その手を握るところまでやったほうがいいかもしれないが――そこまで間合いを詰めてしまったほうがいいかもしれないが、しかし本能的に、もしくは反射的に、彼女は『そうしたくない』と思った。

生理的嫌悪。

とでも言うのだろうか。

チーム『スプリング』と関わりのある者とは、演技であれ握手をしたくない——と思ったわけではない。むしろここでは握手をするべきだと、頭ではそう思ったのだが、しかし、生体反応がそれを許さなかった。

結局、それが明暗を分けた。

ここで握手しなかったことが、彼女の悪手だった。

結論から言えば——そういうことになる。

「まあ、その辺の話は置いておいて——えっと、きみの名前を聞かせてもらっていいかい？」

「……ええ、構わないわよ。あたしは——あたしの名前は魔法少女——」

握手はしない。

それでも十分、間合いだ。

マルチステッキ『ロングロングアゴー』の間合い——その射程範囲に、空々空は、もう這入っている。

「魔法少女『ワイヤーストリッパー』——チーム『オータム』の『ワイヤーストリッパー』。固有魔法は——『切断』！」

降ろしていたマルチステッキを、居合い抜きのように振るう——空々空の身体を、胴体を、下から上に向けて、斜め向きに一刀両断せんと。

固有魔法『切断』。

魔法少女『カーテンコール』が、元々付与されていたその固有魔法の効果は、そのまま読んで字のごとしである——どんな物質でも『切断』できるという、極めて鋭利にとんがった魔法だ。

マルチステッキを刀剣のように振るい、その『刀身』が当たったものは、どんなに硬かろうと——あるいはどんなに柔らかかろうと、例外なく真っ二つになる。

どんな防御も、どんな現象も、この魔法の前には無意味だ——弱点は射程範囲の短さ（ステッキの長さがそのまま射程範囲で、一メートルと少しくらい）だが、しかしそれだって、細かな作業が可能な精密性と捉えれば、利点でもある。

矛盾——という説話で紹介される『どんなものでも貫く矛』は、このマルチステッキのことなのではないかと、魔法少女『カーテンコール』を見ながら、彼女は思っていたものだ——もっとも固有魔法『切断』は、『どんな矛をも通さない盾』すら、真っ二つにしてしまうだろうが。

当然。

正体不明だろうが意味不明だろうが、人間であることは間違いのない空々空を真っ二つにすることくらい、造作もないことだった——彼が無用心にも、彼女の間合いに入って来た以上は、造作もないことだった。

魔法少女『ワイヤーストリッパー』にとって、重要なのはそこまでの準備であって、実戦は一瞬で終わる『素振り』と、何ら変わらない回転動作だった——そのはずだった。

「がふっ……!?」

と。

悲鳴を挙げる隙さえ、本当はなかった——自分ではそんなくぐもった声が聞こえたような気がしたけれど、それは気のせいだったかもしれない。自分の頭の中に響いただけの、声ではなく、音だったかもしれない。

けれど、それも違うだろう。

頭の中——と言っても。

その瞬間、彼女の頭は、突然飛来した拳に砕かれて、中身が全部飛び出してしまったのだから。

7

固有魔法『切断』は確かに問答無用で、『正体不明だろうが意味不明だろうが、人間であることは間違いのない空々空』を真っ二つにすることは、まったく造作のないことだったが——しかし、空々ばかりに意識を集中させていた『ワイヤーストリッパー』は、彼の背後に控える、『見覚えのない魔法少女』を、いつからか意識の外に置いてしまっていた。

それだけ空々の異常性が際立っていたということでもあるのだが——しかし、『正体不明で意味不明』なことにかけては、思えば彼女だって空々と大差があるわけではなかったのだから、魔法少女『ワイヤーストリッパー』は、彼女から目を切るべきではなかった。

なのに物体のように。

見逃してしまっていた。

もっとも、いくら見たところで、彼女——地球撲滅軍の『新兵器』悲恋が、『正体不明で意味不明』で、しかもその上、『人間じゃない』ことを、看破できはしなかったろうが。

ただし、魔法少女『カーテンコール』が絶対平和リーグから与えられた固有魔法『切断』の絶対性からすれば、相手が人造人間であろうとロボット兵器であろうと、関係なく一刀両断できたことも確かである——だがそれも、魔法発動の条件が整えば、という仮説の上に成り立つ話だった。

空々が間合いに這入り。

無用心にも間合いに這入り——そして魔法少女『ワイヤーストリッパー』が、射貫くように、居抜くように、マルチステッキ『ロングロングアゴー』を振るおうとした、その瞬間。

振るおうという命令が、脳から発せられ、腕、指先にまで伝わるまでのゼロコンマゼロ数秒くらいの、瞬間にも満たない瞬間に——決着はついた。

空々と違い、最初の立ち位置から一歩も動いていなかった——まさしく『後ろに控えていた』はずの彼女が、一足飛びどころか五足以上飛ばして、魔法少女『ワイヤーストリッパー』の顔面に拳を叩き込んだのだ。

振るおうとした、長剣のごときマルチステッキが——まったく微動だにする前に、すべては終了したのだった。

飛び散った自身の頭部の破片の上に。

命なき、魔法少女の身体が倒れ込む。

「……正直、科学兵器の力で魔法に対抗しうるのかって、疑っていたところもあったんだけれど」

空々は、差し出していた手を引っ込めて言う——さすがに手を握られる距離だったら、それでも間に合わなかったかもしれないな、と思いつつ。

「きみのその速度……、いや、反応速度があれば、確かに魔法少女が相手だろうと、白兵戦で負けはないね」

そう言えば桂浜で、『砂使い』の魔法少女『ベリファイ』が、流砂を起こしたとき――その流砂が起きる直前に、悲恋は空々を救出していた。その後、空々の言葉足らずな命令によって彼女自身は砂に飲まれていったが――

「コスチュームさえ貫けるパワーよりも、魔法が発動するよりも素早く攻撃できるそのスピードのほうが、よっぽど有効かもね。しかし……」

空々は、頭部を砕かれて絶命した魔法少女――『ワイヤーストリッパー』と名乗っていたか――を見下ろす。

彼が四国に来て初めて会った魔法少女『メタファー』――登澱證の死体に似た状態だが、頭部を爆破された彼女に比べて、拳で砕かれたこちらの魔法少女は、絵面がより、凄惨だった。

コスチュームではない部分を貫いたのは、悲恋の学習の結果なのだろうが……。

「どんな固有魔法だったんだろうね？　彼女が使おうとしていたのは。『切断』って言ってたけれど、それだけじゃあなあ」

「失礼しました、上官」

と、悲恋が言う――拳にこびりついた、髪とか肉とか、魔法少女の一部だったものを丁寧に剝ぎ取りながら。

「非常事態と判断し、勝手に動かせていただきました——お叱りはあとで頂戴いたします」

「いや、助かったよ——危うく騙されるところだった」

空々としては、本気で彼女達の仲間に寝返ろうと、九割がた思っていたところだったので、本当に助かったのだ——まさか、あれだけ危惧していた『新兵器』に、二度も命を救われることになろうとは。

ただ、欲を言えば、コスチュームは無傷で手に入ったものの、固有魔法の性質がわからないのでは、有難味も半減だ。『切断』という以上、たぶん何かを斬る魔法なのだとは思うが……。

いつも何かが足りない。

それは彼自身に何かが足りないからなのだろうか。

「仲間に誘う振りをして騙すだなんて……、あまりこういうことを言いたくはないけれど、本当に卑怯な女子だったな」

仲間になった振りをして騙す作戦を取ろうとした空々に言われたくもないだろうが、しかし、もう魔法少女『ワイヤーストリッパー』は、そんな不当な批難に反論することもできない。

ともあれ空々は、魔法少女を二人倒すと宣言した任務の、半分をこれで果たしたことになるのだが——だからと言ってここで、再び愛媛県に向けて出発するというわけにはいかなくなった。

チーム『オータム』がチーム『スプリング』のアジトに乗り込もうとしていることがわかった以上、彼女達にそれを伝えるために、一旦引き返さないと……、チーム『スプリング』がどうなろうと彼としては一向に構わないが、しかし置き去りにしてきた酒々井かんづめと地濃鑿のことがある。

ままならないものだ——ままならないと言えば、龍河洞に帰るにしたって、ここまで乗ってきたボックスカーは大破しているわけで。

空々は、再び、魔法少女『ワイヤーストリッパー』の死体へと目を向ける——正確には、彼女の着ている、無傷のコスチュームに。

「また女装少年か……」

憂鬱そうにそう呟いたところで、彼はふと気付く。魔法少女『ワイヤーストリッパー』——この子の着ているコスチューム、サイズが微妙に合ってないんじゃないか？

8

チームメイトの死を知るよしもなく、またそのチームメイトのコスチュームを着た地球撲滅軍の調査員が、人造人間を背負って引き返して来ることも知るよしもないチーム『オータム』の一行が、チーム『スプリング』の本拠地である龍河洞に到着したのは、二〇一三年十月三十日の夜明け前だった。

長かった春秋戦争は——無益で無意味な、春秋戦争の長らくの膠着は、幾人かの少女の命と共に、今、早くも、儚(はかな)くも終わろうとしている。

（第9話）

（終）

第10話「決着！おかえり、魔法少女『パンプキン』！」

0

均衡を崩すことは、崩壊を起こすことだ。

1

五分の一。

それが春秋戦争終結における、チーム『オータム』の確率である——しかもこれは勝率ではなく、負率だった。

つまり、均衡が崩れたところを狙って総力戦を仕掛けるという戦法がうまく運ぶ可能性は、八割もあったと言うことだ——しかし、通常の勝負における八割と、空々空が絡んだ勝負における八割とでは、持つ意味が、もっと言うなら価値が違う。

悲劇的な英雄・空々空がファクターとして絡んでしまえば、確率の『高い低い』

は、参考程度にしかならない——では、何が参考以上になるのかと言えば、もちろん、確率の『いい悪い』だ。

当然、リザルトに表れるのはもれなく『悪い確率』である。

五分の一。

チーム『オータム』の負率。

負率としては、それは決して悪い数字ではなかったけれども——しかし、それは悪い確率だった。

2

「……『ワイヤーストリッパー』。とうとう追いついて来なかったね、もう太陽も昇るのに」

龍河洞付近に潜むチーム『オータム』の会話である。本名で呼び合うという、鋼矢が提案したルールも忘れ、習慣でコードネームで呼びながら、県境で別れた仲間を心配するようなことを言ったのは、意外なことに五里恤だった。

結束力の高いチーム『オータム』の中では、相対的には彼女がもっとも、仲間意識が薄いと見ていた鋼矢にとって、それは意外だった——少なくとも、竿沢芸来と、龍河洞までに合流できなかったことよりも。

敵陣に入り、その潜伏地に近付くとなれば、空を飛びまわってはいられない——チーム『オータム』の、鋼矢を含む五人は、ある地点から低空飛行に入り、そして今は足を停めている。

竿沢の合流を待っているという体ではあるが——鋼矢は経験則から、他の四人は、これまで生死と青春を共にしてきた同志ゆえの直感なのか、なんとなく、もう彼女は間に合わないだろうと考え始めていた。

空気を読めない五里だけが、それを口にしたけれど——他の三人も、それは同じ気持ちだろうと鋼矢は思った。

問題なのは、互いがそう思っていることがわかってしまうほど、空気が澱んでしまったことだ——これから総力戦の全面戦争を仕掛けようという空気ではない。それは空気を読めない五里でさえ、わかるほどにあからさまだった。

一旦引いたほうがいいか——とさえ、鋼矢は思う。

なんにせよ竿沢は、なんらかのトラブルに巻き込まれた可能性が高い——助けに行くとしても、もう機会を逸してしまった感もあるけれど、しかしだからと言って、このテンションで敵の本拠地に乗り込むのは、自殺行為とも思える。

ただでさえ当初想定していたよりも、自陣の人数が減ってしまったのだ——ここは退却が賢明な選択ではないのか？

このまま、一人欠けたままの総力戦を実行し、無残な結果に終わった場合、もしも竿沢が何らかのトラブルを無事にクリアして、ここまでやってきたとき、見るのは仲間全員分の死体というようなケースだって考えられるのだ——それは避けたいと、誰だって思う。

撤退すれば、竿沢と合流できるかもしれないではないか——ただ、その場合退却してからのプランがない。プランBを練ろうにも、改めて出直そうにも、タイムリミットに間に合わなくなってしまうことが明白なのだから、練る意味も出直す意味もない——しかしそうであっても、引くべきところは引かねばならない。

そんなものはもうないのだが、しかしこの春秋戦争において、杵槻鋼矢の思考は最後まで、地球撲滅軍の『新兵器』投入までのタイムリミットに縛られていたということになる——いや、それは当然、彼女一人の問題には収まらない。

彼女からその話を、おぼろげながら聞いている、チーム『オータム』の面々——特に、チームリーダーの魔法少女『クリーンナップ』の判断力に、多大なる影響力を発揮する。

「これ以上は待てないわね——いいわ、もう私達だけで作戦を実行しましょう。竿沢にはあとで、自慢しようね。にっくきチーム『スプリング』を、私達だけでやっつけたよって」

魔法少女『クリーンナップ』——本名忘野阻は、反論を許さない強さで、しかし可能な限りの冗談まじりで、そう宣言した。

鋼矢を含めた全員が息を呑む。いや、一人、五里だけは、「でも……」と言いかけたが、しかしその言葉は呑み込んだようだ。空気は読めなくとも、リーダーの決意くらいは読めるのかもしれない。

五里が言おうとしたことは、たぶん、鋼矢が思っていたことと同じようなことだろう——しかし、鋼矢が言わないのは、五里と違って、忘野の気迫に圧されたからというわけではない。

引くべきところは引かねばならない。

そうでなければ、四国ゲームに限らず、世の中を生き抜くことなんてできない——だが、同じように、進むべきところを進まねば、やっぱり生きていくことはできない。

そんな考えかたは、鋼矢のそれとは少しズレるのだけれど——リーダーがそう考えるのであれば、それに従うまでだ。

あながち、間違っているわけでもない……悪い想像ばかりしてしまったが、たとえ一人欠けていようと、それでもまだ、チーム人数ではこちらが勝っているはずなのだから。

鋼矢はそう思ったが、実際問題として、この時点でのチーム『オータム』の人数は鋼矢を含めて五人。そしてチーム『スプリング』の、龍河洞にいる人数は、ここでは地濃とかんづめを含まないとして三人――彼女が想定している『五対四』よりも、優位なくらいである。

それを知ったところで、彼女の不安が解消されるわけではないが――本当のところ、彼女の不安は、まったく別のところに起因するものなのだから。それは、ここまでの道々に聞いた、チーム『スプリング』の魔法少女達の一人が持つ、とある固有魔法に起因するものだったのだが――しかし、その不安の具体的なヴィジョンまでは、つかめなかった。

そういう漠然とした不安に対する彼女の常套手段が『撤退』なのだが――さすがに漠然とした不安というだけでは、リーダーに申告できない。

「本当は夜の内に、寝込みを襲う形で特攻するほうがよかったとは思うけれど――夜討ちができなくとも、朝駆けでも同じくらいの効果は見込めるでしょう。ねえ、鋼矢？」

「ええ――そうね。むしろ太陽が昇りしなの今が、最後のタイミングかも……」

この状況で、リーダーが頼りないところを見せてはならないのと同様、作戦立案者も頼りないところを見せてはならない——鋼矢は余裕を残した態度で、そう答えた。

「私も——中に這入るわ」

本当に余裕を見せるなら『最後のタイミング』というのではなく『最高のタイミング』とまで、誇張して言ったほうがいいくらいだったが、そこまで図太くはなれなかった——ほんの一日二日で、自分も随分細くなったものだと、そんな風に思う。

「そう。ありがとう」

と、忘野は言い、改めて一同に、

「竿沢がいなくとも、手順は基本的には同じ——龍河洞内、基地内に乗り込んで、暴れまくる。そして生きて帰ってくる。それだけ——できる？」

と、問う。

「できる」と答える品切ころも。

「できるよ」と答える品切しめす。

「……大丈夫」と答える五里恤。

鋼矢は無言にて応じた——それを受けて忘野は、「ありがとう」と、もう一度、今度は全員に向けて礼を言った。

「じゃあ、あの子の分まで戦おう。あの子の分まで戦って、あの子の分まで勝って、あの子の分まで帰ってこよう——あの子の分まで精一杯生きよう。しめす」

そして激励の言葉をかけ、最後に品切しめすを指名した――魔法少女『ワイヤーストリッパー』のコスチュームを着た魔法少女『カーテンレール』を。

「特にあなた。チーム『スプリング』に、魔法少女『ワイヤーストリッパー』の魔法の恐ろしさを、見せてあげなさい」

「はい！」

力強い返事だった。

いかにも空回りしそうな――力強い返事だった。

3

龍河洞は天然の鍾乳洞であり、洞窟である――しかし、たとえばアメリカ合衆国の名所『マンモスケイヴ』などとは違い、その全容が解明されていない、迷宮めいた洞窟というわけではない。

あくまでも絶対平和リーグは、その洞窟をシンボルとして、高知本部扱いしていたに過ぎない――秘密の通路や無数の分岐点がある、要塞として機能するような場所では、本来はない。

だから、龍河洞内に這入ってしまえば、あとは中にいるチーム『スプリング』のところまで一直線——という予定だった。

その予定が変わっている、もしくは変更を余儀なくされていることに気付いたのは、洞窟に入ってすぐのことだった。

鋼矢を除く全員が愛媛県生まれのチーム『オータム』は、龍河洞に入ること自体が初めてだったのだが——初めてでも、『何かおかしい』と思える、洞窟内だった。

中が狭く、アップダウンが激しいのはともかくとして——別れ道が異様に多いのだ。最初は、なんとなく、観光客向けに舗装されている道筋を順路として歩んでいたが、すぐに行き詰った。足元の舗装もなくなった。

リーダーとして先頭を歩いていた忘野は、

「なんだか変……」

と呟くまで、そんなには時間はかからなかった。

『なんだか変』なことは鋼矢も同意見だったが、しかし、鋼矢もまた、龍河洞の内部構造までは把握していなかったから、具体的に何が変なのかまではわからなかった——強いて言うなら、こんな取りとめのない洞窟をアジトにしたら、不自由不便極まりないだろうということだ。

電灯設備も、入り口の辺りにあった程度で、奥に来るほど減っていった——節電でもしているのか？　高知本部として使っていたのなら、自家発電装置くらいはありそうなものだが——

鋼矢は周囲に気を配る。足元、壁、天井——どこの何が変なのかをつかもうとする。引き返したほうがいいのでは、という弱気の虫は、鋼矢の中で活発さを増すばかりだった——どこが弱気の虫なのかと思うほどに、強気に撤退を提案してくる。

「……ねえ、忘野。確か、チーム『スプリング』の魔法少女の中に、『融解』の固有魔法を使う子がいるって話だったわよね？」

精査した末、もっともありえない可能性について、リーダーとの議論を試みる鋼矢。いや、『ありえない』というのとは違う、思いついてしまえばそれは、現状と照らし合わせて、大いにありうる可能性だ——だから言うならそれは、『あってほしくない』可能性だった。

もしもそうだったなら。

鋼矢の考える作戦は、根本からズレることになる——しかし現実逃避をしている余裕が、こんな敵地の、しかも洞窟の中にあるはずがない。

「ええ……『融解』の魔法少女『フローズン』……、それがどうかした？」

「『なんでも溶かす』魔法少女——」

春秋戦争がかように、長期間に亘って膠着していた理由のひとつに、『互いの手の内を知り尽くしているから』というのがある——どの魔法少女がどんな固有魔法を使うかがわかっているから、その知識に縛られて、思い切った手が打てないというジレンマ。

そのジレンマに対して鋼矢が打った奇手が、コスチュームのシャッフルだったわけだが——しかし、固有魔法を知っているかどうかと、それに対応できるかどうかは、根本的に別問題だ。

手の内が読めることと頭の中が読めることは、違う。

兵器のスペックがわかったところで、兵器をどう使うかまでは、わかったものじゃない——相手のパーソナリティが読めればそれもできるのかもしれないが、しかしチーム『スプリング』とチーム『オータム』は相思相愛の逆を行く相憎相悪で、お互いの性格について冷静な判断ができていない。

だから。

『融解』というその魔法を、彼女達がどのように使うのかを、わかっていない——戦場で出会ったときならばまだしも、普段、どのように使っているかというようなことになると。

他の魔法少女の魔法を使うという点において、チーム『オータム』の初期メンバーよりも一日の長がある魔法少女『パンプキン』だからこそ、『物を溶かす』というその魔法を、『もしも自分が使えたら』、『もしも自分が使うなら』という観点で考えることができたのだが――だが、考えたその結果出された答は、まったく達成感のないものだった。

「その『融解』の魔法で――」

と、鋼矢は言う。意を決して。

「龍河洞を溶かして作り直した――とは考えられない？」

「！」

洞窟の形を変えた。

変形させた。

その意味するところを理解したのは、この場の四人の中で、忘野阻だけだった――むろん、可能だ。かなり大規模な工事となるが、しかし、魔法のエネルギーは基本的に無尽蔵なのだから。『振動』の魔法少女『デシメーション』が、市街をひとつ砂漠化したのに較べれば、まだしもスケールの小さな作業と言えるかもしれない。

何百年、何千年とかけ、自然の力で溶けた岩肌で形成される鍾乳洞でも――魔法の力にかかれば、同じことが即座にできる。

それ自体は、だから『考えられる』ことだ。

魔法少女『フローズン』が、龍河洞の内部構造を作り変えたとしても、それ自体は――問題は、『どうして彼女がそんなことをしたのか？』である。

動機だ。

自分達が潜むアジトの『通路』を、変形させて複雑化する——それだけ聞くと侵入者対策として真っ当な風にも聞こえるが、しかし別に彼女達は籠城していたわけではない。

春秋戦争の最中は、同時に四国ゲームの最中でもあるわけで——ならば洞窟の迷宮化など、すればそこに潜む自分達の生活が不便になるだけだ。

いつ訪れるかわからない敵チームを恐れ、穴熊作戦を取るような戦況ではなかった——観光客が、しばらくは来ないであろう龍河洞を、自分達に便利に作り変えるというのならばわからなくもないが（地球を敵と考える魔法少女達にとって、『自然破壊』は善行のうちだ）、その逆はありえない。

にもかかわらずこんな仕掛けを施しているということは——

「わ——私達の動きがバレてる!?」

いつ訪れるかわからない敵チームのためにこんな真似はしなくとも——確実に訪れる敵チームのためになら、しかねない！

魔法少女『アスファルト』なら！

「で、でもどうして、私達の侵入が——」

「！　忘野！」

叫んだ。鋼矢が叫んだ——らしくもなく。

いや、今や、らしく。

そんな絶叫と——あるいは悲鳴と、同時だった。

地震が起こった——わけでもないのに、洞窟全体が、揺れ始めた。違う、揺れ始めたのではなく、融け始めた。

ぐにゃぐにゃと、まるで洞窟がゴムホースか何かのように、揺れ、歪み、ねじれ——生物の消化器官にでも飲み込まれたがごとく、五人の魔法少女は、足場を見失う。

洞窟の蠕動運動に、されるがままとなる。

地面が。岩肌が。天井が。

周囲のすべてが、まるで彼女達に襲い掛からんとばかりに——

「み、みんな——」

チームリーダーの声が、定形を失った洞窟内に反響する——空しく反響する——

4

五分の一——だから、五分の一だった。

もちろん、厳密な確率計算をするのならば、単純に五分の一というわけでもない――あの場面で、愛媛県と高知県の県境で無人の道路を行くボックスカーを見かけたとき、その様子を見に行こうと名乗り出たのは、魔法少女『クリーンナップ』と彼女の二人だけだったのだから、二分の一という言いかたもできなくはない――何人が立候補しようと、最終的には彼女が行くことになっていたとするのなら、一分の一でもいい。人間の意思が、しかも複数人分、サイコロを振るのとはわけが違う。

いずれにしても、魔法少女『ワイヤーストリッパー』が空々空の運転する車を止めに、単身向かったという展開が、チーム『オータム』の奇襲作戦の失敗に繋がったのだった。

なぜなら、彼女には、チーム『スプリング』のリーダーが使う固有魔法が、これよりずっと前段階で仕掛けられていたからである――『伝令』。

血圧・脈拍・体温といった、人間のバイタル、もう少し言うなら健康状態を、ワイヤレスで、どんな長距離であろうと把握できる魔法――彼女の耳たぶには、それが仕掛けられていた。

空々空に対して、『チーム「オータム」のひとりに、この魔法を仕掛けている』と言ったのは、つまりハッタリではなかったのだ――ただし空々が予想したように、春秋戦争の初期段階で仕掛けたわけではない。

もしもそうだったなら、その自覚はあったはずだ——なにせ、チーム『オータム』には、魔法少女『アスファルト』の固有魔法が何かは、完全に知られているのだから。

だから彼女が仕掛けたのは——彼女が仕掛けられたのは、春秋戦争よりずっと以前、四国ゲームが始まるよりも更に以前のことだった。

まだ両チームの不仲がそこまで深刻ではなかった頃に、つまり緊迫感や警戒心が、敵意や害意が、互いの間を飛び交っていない頃に、それと気付かれないように、魔法少女『アスファルト』は魔法少女『ワイヤーストリッパー』の耳たぶにそっと触れたのだった。

以来ずっと。

魔法少女『ワイヤーストリッパー』のバイタルは、チーム『スプリング』に筒抜けだった——もっとも、そのことを魔法少女『アスファルト』は、戦争が始まるまで、チームメイトにさえ伏せていたが。

秘中の秘だったのだ。

まさかチーム『オータム』も——本人もチームリーダーも——そこまで長期間に亘って、個人のバイタルをチェックし続けている者がいるなんて、予想外だっただろうし、鋼矢も、『伝令』の魔法を聞かされても、その可能性には思い至らなかった。

『誰もそれを仕掛けられてはいないのよね？』と訊くには訊いたが、その答が『当たり前じゃない』だったときに、それを疑うことはなかった――疑う理由がなかった。

仮に、ボックスカーを追ったのが、魔法少女『ワイヤーストリッパー』以外の誰かだったなら、彼女が空々空と悲恋の、地球撲滅軍コンビに返り討ちにあったところで、被害はそれだけで済んだ。仲間の死は悲しむべきことだし、少女の若き命がまたひとつ散ったことは嘆くべきことだが、事態はそれ以上に発展はしなかった――悪化はしなかった。

だが、彼女は彼女だった。

その死が、仲間よりも先に敵に伝わるよう、仕組まれていた彼女だった――県境の道路で、悲恋の拳で頭部を破砕されたのと、ほぼ時を同じくして、龍河洞で仮眠――夜中であろうと、仮眠――を取っていた魔法少女『アスファルト』に、そのバイタルの乱れは『伝令』された。

バイタルの乱れ――否、消失。

即座に魔法少女『ワイヤーストリッパー』の死を理解して、チーム『スプリング』のリーダーの眠気は吹っ飛んだ。

さて、ここでもうひとつ、チーム『オータム』にとって不都合なファクターがあった――これは五分の一でも二分の一でもなく、どこからどう計算しても、一分の一、絶対に起きてしまう、避けられない事態というものだったのだが——当然のことながら、魔法少女『アスファルト』は、先頃この龍河洞を後にした空々空が、早速予告通りに、チーム『オータム』の魔法少女をまずはひとり——あるいはもう二人目かもしれないが——、始末したのかと思った。彼自身が危惧していたように、彼女が『伝令』を仕掛けていた魔法少女を、始末したのだと。

流れからしてそう考えるのが当たり前だし、それで正解だったのだが——だが、それにしては奇妙なことがあった。

空々空のほうに仕掛けた『伝令』である——そちらの数値に、大きな変化が見られなかったのだ。変化が見られない？　ここでもしも彼のバイタルもまた消えていたなら、別段動じず、『ああ、相打ちになったんですね。敵一名を道連れに厄介ごとの種もいなくなってくれて清々しました』くらいのことは思っていたかもしれないが——変化が見られないというのは、異様だった。

彼女の常識から判断して、それは、魔法少女『ワイヤーストリッパー』の脈拍を止めたのは、空々ではないということになる——魔法少女と戦闘になって、相手を殺すような戦いになって、バイタルに変化のない人間などいないというのが、魔法少女『アスファルト』の常識だ。

つまり彼女は知らなかったわけだ——人間は訓練次第で、顔色ひとつ変えずに命懸けの戦いに臨めるようになるし、特に訓練を受けていなくとも、顔色ひとつ変えずに魔法少女を轢き、その頭部が砕けるのを見詰めることのできる者もいるのだと。

そんな少年もいるのだと。

もしも空々空に『伝令』を仕掛けていなければ、魔法少女『ワイヤーストリッパー』の死を、彼と結びつけて終わりだったかもしれない——しかし、彼女にとっては確固たる事実として、『そうではない』と、『判明』してしまったのだ。

こうなるとチーム『オータム』の魔法少女の突然死は、まったく謎めいた不確定要素となる——よくいうところの『何かが起きていることは確かなのに、それが何かはわからない』という、混乱状況に陥ったのだ。

四国ゲームが始まった当初の、絶対平和リーグのことも魔法のことも知らない一般人の気持ちは、こんな感じだったのではないかと彼女は思った——だが、だからと言って、ただ混乱に身を任せる彼女ではない。

『伝令』の魔法は混乱するためにあるのではない——混乱に対処するためにあるのだ。

何が起きているのかわからないのであれば、最悪の事態を想定して動くべきだ——翻って、今の最悪とは何か？

この問いに対する答は、各々違うだろうが、彼女は『混乱の中、敵から襲撃を受けること』だと考えた——防御を固めようと考えた。

武闘派のチーム『スプリング』が抱く発想としては、もっとも保守的な発想ではあったが、その考えは即座に実行に移された——そして龍河洞の見張りをしていた魔法少女『フローズン』に、固有魔法『融解』で、龍河洞の突貫工事をさせたというわけだった。

『伝令』の魔法を使用しながら真実には辿り着けず、しかし結果として最適の行動を取ったチーム『スプリング』のリーダーを、どう評価するかは難しいところだけれども、ひとつ確かに言えることは、愛媛県と高知県の県境で、空々空とすれ違ってしまったことは——そしてそれを追いかけてしまったことは、チーム『オータム』にとっては取り返しのつかない過誤だったということだ。

折角の災厄が、勝手に無人の愛媛に向かってくれたのだから、放っておけばよかったのに——その意味では、黒衣の魔法少女『スクラップ』は、四国ゲームをかき回す、春秋戦争の膠着を打破するという己の任務を果たすにあたって、最適の代役を任命したということができるかもしれない。

いずれにしてもチーム『オータム』の奇襲作戦は失敗した——この場にいもしないひとりの少年の、メトロノームのような心臓のせいで、暗礁（あんしょう）に乗り上げた。

しかしながら彼女達は、失敗はすれど、まだ敗北を喫したわけではない。生き物さながらにうねる天然の洞窟・龍河洞の中で、動き始めた戦争は停まらずに継続中で――

5

奇襲作戦が失敗に終わったのはともかくとして、総力戦という予定も、戦略も、これでは放棄せざるを得ない画餅と化したようだと、チーム『オータム』のリーダー、魔法少女『クリーンナップ』は認めざるを得なかった。

龍河洞の蠕動が終わり、あれだけどろどろに『融解』していた岩場が、何事もなかったかのように、元通り落ち着いていた――元通り。

先ほどまでとは景色が一変していたし、また、彼女の周囲には、彼女の頼れる仲間が、ひとりもいなくなっていたことを除いては。

「……情けない」

ひとり、そう呟く忘野阻――仲間の前で見せる凜(りん)とした彼女の態度は、そこにはない。そこにはいない。そこにいるのは、悲しいまでに、ひとりの女の子だった――むろん、奇襲攻撃の失敗の責は彼女にはまったくないし、そもそもどうして奇襲がバレたのかは、さっぱりわからないのだが――しかし彼女としては責任を感じざるを得ない。

経緯はどうあれ、作戦の実行を許可したのは彼女なのだから——すべての責任はリーダーに帰すというのが、彼女の考えかただった。

リーダー？

「馬鹿馬鹿しい……何がリーダーだ……、何もできなかったじゃないか。どころか……」

どころか。

今、彼女の脳裏に焼きついて離れないのは、ずっと共に戦ってきた、生え抜き四人の魔法少女ではなく、昨日仲間になったばかりの、元チーム『サマー』の魔法少女だった。

杵槻鋼矢。

仲間になったばかりどころか、出会いがしらにナイフをつきつけてきた、思えばとんでもない奴だ——だが、この状況では、彼女に心を砕かずにはいられない。

もちろん、生え抜き四人のことを心配していないわけではない——追いついて来なかったからと言って、魔法少女『ワイヤーストリッパー』が、命を落としたなんて、忘野はちっとも思っていない。

そしてこんな岩盤の蠕動によって、同道していた『カーテンレール』『カーテンコール』『ロビー』が、落命したともまったく思っていない——彼女自身がこうして無事にあるように、彼女達もまた無事にあるはずだ。

魔法少女『ワイヤーストリッパー』――竿沢の生存を信じているのは無根拠なのだが、三人の生存については根拠があった。

伊達に――というのもおかしな話だが――チーム『オータム』とチーム『スプリング』は、伊達に均衡していたわけではないのだ。

このくらいの『融解』に対応できる固有魔法を、それぞれが有している――もとい、今は個々の固有魔法はシャッフルされているのだが、不慣れな魔法だったから岩に飲まれた、なんて間抜けは、自分のチームにはいないと確信している。

しかし、杵槻鋼矢はコスチュームを着ていなかった――つまり、固有魔法を使える状態ではなかった。『融解』の魔法に対応できる方法を持っていなかった――龍河洞の蠕動への、対抗策を持っていなかった。

否。

彼女ならば――あの機転の塊のような彼女ならば、魔法を使えなかったところで、魔法に対応しうるという事実は、忘野が我が身をもって体感している。たかが果物ナイフ一本で、杵槻鋼矢はチーム『オータム』のリーダーを制圧した。

同じように、今回だって切り抜けられたはず――そう思いたい気持ちはあったが、しかし、その通り、『切り抜けられたはず』なのだ。

私を——忘野阻を庇いさえしていなければ。

シャッフルしたコスチュームの中で、魔法少女『ロビー』の固有魔法を使うことになった忘野だけが唯一、この蠕動運動への対応に不向きだった。魔法少女『ロビー』が絶対平和リーグから付与されていた固有魔法は、とんでもなく凶悪で、とんでもなく獰猛で、とんでもなく際限がない——それゆえに、シャッフルの際、積極的に忘野が『引き取った』というのもあった。鋼矢に話した、コスチュームのサイズの問題ももちろん嘘ではないけれども、五里恤以外で、その魔法を使いうるのは——使っていいのは自分しかいないだろうという判断のほうが、実のところは強かった。

　こんな魔法を。

　品切姉妹や竿沢に使わせたく——否、使って欲しくなかったのだ。

　そんな固有魔法を、現状持つ忘野だったが——ある意味で、チーム『オータム』でもっとも恐ろしい魔法を、『絶対平和リーグが追求したひとつの形』とも言える魔法を持つ忘野だったが、しかしそれは、『洞窟のうねり』という現象の回避に向いているとは言いがたかった。

　用途があくまでも生物向きであり——岩や石のような無機物には、効果がまったくない魔法だったから。

　だからあの瞬間。

自分達はチーム『スプリング』に待ち受けられていたと気付いたことを見透かしたかのように揺れが起こったあの瞬間、三百六十度、全方向から迫ってくる岩肌に、挟まれそうになった――そしてその危機的状況に対するカウンターを、彼女は持ち合わせていなかった。

コスチュームの防御機能に賭けるだけだった。

はずの彼女の胸を突いたのが、杵槻鋼矢の手だった――彼女は手を伸ばして、忘野の身体を突き飛ばしたのだ。

忘野の身体を突き飛ばして――あたかも身代わりになるかのように、溶けた岩の流れに飲まれていった――コスチュームを着ておらず、即ち固有魔法を持たず、また防御機能も働いていない彼女は、本来は忘野が受けるはずだった被害をすべて、引き受けたのだった。

「……………！」

何もできなかった。

どころか――庇われた。守られた。

恩を恩で返された。

その点については怒りもある――あれだけ、念に念を押すかのようにあれだけ、忘野に『仲間を庇って命を落とすような真似をするな』と言っていた鋼矢こそが、仲間を庇うなんて。そりゃあ鋼矢が言っていたのは、『それでリーダーがいなくなればチームの結束が崩れ、士気が落ちるから』という意味であり、だからリーダーにのみ適用される禁止令だったのかもしれないけれど。

あれだけ賢い癖にわからなかったのだろうか？

あなたがいなくなったら。

私の士気が――こんなにも落ちることが。

「余所者気分で参加されても――困るのよ」

その怒りが唯一、彼女を再び奮い立たせた――いつまでもここでこうしてはいられないという気分にさせた。

敵の策略によってバラバラに分断されたが、まだ戦闘が終わったわけじゃない――鋼矢だって、あれで死んだとは限らない。仮に、溶けた岩に溺れたとしても、救助すればいいだけじゃないか――そして言いたいことを言ってやればいい。

馬鹿じゃないのか、とか。

なんであんなことをしたんだ、とか。

いい加減にしてよ、とか。

あとはまあ、ありがとう、とか――

「問題はどうして、『フローズン』が、洞窟の『融解』を途中で止めたのか、よね

——あのまますべてを溶かし尽くすという手もあったのに」

「それはね、私がそうしろと言ったからですよ、『クリーンナップ』」

疑問点が口から漏れたところで、それまで、ずっと忘野の様子を窺っていたらしい人影が、洞窟の奥から登場した——鼻持ちならない、わざとらしい演出をもって登場した。

言うまでもなく、聞くまでもなく、見るまでもなく——そこに現れたのはチーム『スプリング』のリーダー、魔法少女『アスファルト』だった。

「こうしてあなたと、話してみたかったんですもの——最後に。それに、どうせあなたを殺すなら、この手で……、ね」

「………………」

沈黙をもって答える。

チーム『オータム』とチーム『スプリング』の、両チームの対立から起こった春秋戦争——そしてついに今、双方のリーダーが、複雑に作り変えられた龍河洞の中、邂逅したのだった。

6

魔法少女『アスファルト』が、己のライバルに説明した『洞窟を溶かし尽くさなかった理由』は、まあ本音ではあるのだが、その他にも実際的な理由はあった。

つまりここは絶対平和リーグの基地なのだから、完全に、取り返しがつかないほどに破壊してしまうのには気が進まなかったというのが、案外、一番の理由かもしれないけれど——二番目以降の理由として、洞窟の中に、空々空の連れである地濃鑿と酒々井かんづめがいたから、というのもあった。

即ち『客人』がいる以上、あんまり無茶苦茶なことをして、その客人ごと敵を一網打尽にするという考えかたを、彼女はできなかったのだ——思いついて、却下したということではない。そもそも、『客人』が迷惑を被るような戦法は、彼女の頭にはなかった——空々は相当以上に警戒していたし、またその警戒が妥当だと言えるくらいには、彼に対してアタリの強かった魔法少女『アスファルト』だったが、少なくともそれに関して言うなら、彼女は倫理的だった。

空々が帰ってくるまでは——そのバイタルが通常の内は、彼女達を害するつもりはなかった。

だからこそ、チームメイトに命じた洞窟の『融解』は、最小限とは言わないまでも、範囲を限定して行ったところはある——単純に、すべてを溶かしていたらそれで勝負がついていたという話でもないのだが、しかしこのことは、当然ながらチーム

『オータム』にとっては救いとなる。

元はと言えば空々空がチーム『スプリング』と接点を持ったことで、洞窟内に二人の『部外者』が滞在することになっていたのだから、言うならばここで初めて、彼の存在がチーム『オータム』にプラスになったという言いかたもできるが——とは言え、バラバラに分断されたチーム『オータム』の面々が、それぞれ窮地に立たされたことは間違いない。

人数の上では、彼女達自身が思っている以上に、まだ勝っているのだが——しかしこうも分断されたのでは、総力戦を仕掛けた意味はなかった。チーム『スプリング』としては、バラバラになったチーム『オータム』を、ここから各個撃破していくつもりなのだろうと、予測できた。

ただし、『洞窟の蠕動』によってチームを分断するというやりかたは、いささか大雑把であり、五人の人間をかき回すには、いくらか確実性には欠けた——確かに半分以上のメンバーは孤立することになったのだが、二人。

魔法少女『カーテンレール』と魔法少女『カーテンコール』——品切しめすと品切ころも、双子の姉妹だけは、洞窟の激しい揺れにも離れることなく——と言っても、手を繋いでいたわけでも、抱き合っていたわけでもないのに——蠕動が収まったとき、同じ場所にいた。

偶然の結果であり、そこに双子の神秘性を見出すのは、いささかロマンチック過ぎるというものだろうが、この状況下において、孤立しなかった——仲間が、しかも血をわけた肉親がそばにいることの心強さと言ったらない。

ゆえに彼女達二人は、チームリーダーほどは、この状況に落ち込みも絶望もしなかった——むしろ敵陣のただ中で、『勝負はここからだ』くらいのことは思っている。

「大丈夫。こんなのハッタリみたいなものよ——みんな無事に決まってる」

「そうね。『フローズン』の『融解』に出来ることなんて、これくらいが限度——でも、またこんなことをされたら迷惑だから、早く見つけて、やっつけよう」

しめすところもは、そうやって今後の指針を話し合い、新たな形となった洞窟を奥へと進む——風が通っているところを見ると、どうやら閉じ込められてはいないらしい。

魔法少女『フローズン』の『融解』の限度というなら、これも限度だろう——別に、洞窟の形を変えることに特化した魔法ではなく、これはむしろ応用的な魔法の使いかたなのだから、しめすところもを分断し損ねたりもするし、また、溶かした岩で彼女達を閉じ込めたりもできない。

まあ、閉じ込められたところで、コスチュームをシャッフルした結果、リーダーと新入り以外は、対応可能なのだが……。

双子の姉妹が、魔法少女『フローズン』の『融解』に対して——既にこうして被害を受けているにもかかわらず——軽侮するようなことを言えるのは、別段ここが洞窟内だからというわけではない。互いの手の内を知り尽くしている彼女達は、当然、『融解』の魔法の限界をちゃんと知っている——愛媛で、それこそリーダーと新入りが倒したチーム『スプリング』の魔法使い、魔法少女『デシメーション』の『振動』がそうだったように、魔法少女『フローズン』の『融解』は、生物には効果がないのだ。

溶かせるのはあくまでも、岩やら鉄やらの、無機物だけである——その点、今、魔法少女『クリーンナップ』が持っている、元々は魔法少女『ロビー』が使っていた魔法とは、対極的であると言える——元々、チーム『スプリング』とチーム『オータム』は対照的なところが多いのだが、これはそのうちのひとつでもある。

つまり、いきなりの不意討ちに驚きはしたけれど——不意討ちを仕掛けに来て、不意をつかれていれば世話がない——、相手がこちらに気付いている、ということに気付いた以上は、もう二度目はない。『洞窟全体を溶かす』という、予想外の大規模な不意討ちも、二度目以降は単なるパターンだ。落ち着いてさえいれば、洞窟の蠕動など、遊園地のアトラクションみたいなものだ——それが双子の姉妹の見解だった。

二人がそこまで自信を持っていられるのは、コスチュームをシャッフルした結果、現在持っている固有魔法が、こういった洞窟内向きだというのもあるのかもしれなかった。

品切しめすが着用するコスチュームは、魔法少女『ワイヤーストリッパー』のもの――連動するマルチステッキが持ち主に与える固有魔法は、『消滅』である。

魔法の対象を、この世界から『消す』という魔法だ――理屈ではなく、誇張でもなく、本当に『消滅させる』。

消しゴムで字を消すがごとく――メールを削除するがごとく――ステッキを振るうことで、その存在を『消す』のだった。

別座標にテレポートさせるわけでも、別状態に変質させるわけでもない――まして透明化して不可視にする誤魔化しでもない。

掛け値なく、『消す』。

完全なる消滅。

不可逆の消滅。

それだけだった――たとえば洞窟に閉じ込められようと、周囲を囲む岩を順に『消滅』させていけば、今の彼女なら呆気なく外に出られるわけだ。

空しい仮定の話だけれども、もしも県境でボックスカーに立ちはだかったとき、魔法少女『ワイヤーストリッパー』の使う魔法が『切断』ではなく、使い慣れたこの

『消滅』だったならば、彼女はあんな最期は迎えなかったかもしれない——いや。

どんな魔法を使えるとしても、その魔法を発動させる前に攻撃を受けてしまえば、それまでだ——不意討ちの、最初の蠕動を、しめすがかわせなかったように。

だけれど、もう二度と同じ轍は踏まない。

最悪の場合は洞窟ごと、すべてを『消滅』させるという切り札を持つ彼女には、この場で弱気になる理由がなかった——そして双子の姉妹のもう一方も、『消滅』ほどに攻撃的ではないが、しかし今に即しているという意味では、もっとも即している固有魔法を、持ち合わせていた。

その固有魔法は『透過』である。

どんな壁も、どんな障害物も、まるで漫画に出てくる幽霊のように『すり抜けられる』、『通り抜けられる』という魔法だ——そんな彼女を閉じ込めるくらい、無意味なことはないだろう。

元々はチーム『オータム』のリーダー、魔法少女『クリーンナップ』が使用していた魔法だ——それだけに、ころもとしては今の彼女が心配でもあったが、しかしそこはリーダーに対する強い信頼がある。また、チームの中心である彼女の固有魔法を、今、自分が使うということで、心強さと共に、恥ずかしい戦いはできないという気持ちを引き締めた。

ゆえに彼女達の士気は、まったく下がっていなかった――奇襲は失敗し、戦力もバラけさせられたが、それでも戦意を喪失してはいなかった。

魔法少女『フローズン』の『融解』は、現状、もうおそるるに足らないとして――チーム『スプリング』のリーダー、魔法少女『アスファルト』の『伝令』は、長期戦においてはともかく、短期決戦、直接対決において、役に立つものだとは思いにくい。

そして『砂使い』の魔法少女『ベリファイ』は、砂がないこの洞窟内では完全に役立たずだ――もしも『振動』の魔法少女『デシメーション』がここにいたなら、岩石を振動破壊させて、砂を作り出すという、恐るべきコラボレーションが展開されていただろうが――このシチュエーションでは、土佐犬どころか、チワワ一匹作り上げられまい。

……もちろん、『砂使い』の魔法少女が既に、砂の中で絶命して、この世には肉片ひとつ残っていないことなど、彼女達姉妹が知るよしもないのだが、その情報は、あってもなくても同じである――どっち道、問題にしていないのだから。

だから固有魔法という観点から警戒すべきは、チーム『スプリング』においてはたった一人だけ――チーム『スプリング』最後の魔法少女だけが、今、危ぶむべき対象だった。

「行こうか、ころもちゃん」

「うん、しめすちゃん」

双子の姉妹でありながら、そんな風に名前で呼び合うのは本当に久し振りなことだった——それだけでも、新しい仲間の鋼矢に感謝したくなった。

姉妹が姉妹であるという難しいことを、実現してくれた彼女に。

忘野と同じように、コスチュームを着ていない彼女が今、無事なのかどうかは気になるところだったけれど——今は仲間を探すことより、敵を倒すことに、全力を傾けようと二人は決意した。『ロビー』……五里恤は、まあ、自分でなんとかしているだろうと思うが……。

そして二人は洞窟を奥に——どちらが奥なのかは、本当のところわからないのだが、気持ちとしては奥に——進むのだが、もしも二人が感謝するところの新入り、杵槻鋼矢がここにいたならば、奥に進むことには反対しなくとも、彼女達のその意識については、幾らかの改革を試みたかもしれない。

いや、最低限の手は既に打ってあるのだ。

コスチューム・シャッフルという手段で、鋼矢はチーム『オータム』の意識改革を試みている——魔法に頼り過ぎない、魔法に使われるのではなく魔法を使うスタンスで戦闘に臨む、そんな魔法少女になってもらうための、衣装交換だったのだから。

不慣れな魔法をそれぞれに持たせることで、緊張感を生む――慣れた魔法を馴れ馴れしく、悪く言うならなあなあで使う習慣から脱して欲しかったのだから。

経験則に基づく彼女のそんな教導が、このとき、双子の姉妹の中では、しかし鋼矢が期待していたほどには生きていなかった――それで言うなら、自己嫌悪に陥っていた忘野には、ある種効果的だったかもしれないけれど――この双子は、この状況下でも『魔法があるから大丈夫』だと、言うなら楽観していた。

戦意を喪失していないのは結構なことだったが、その根拠は仲間の固有魔法『消滅』と『透過』だった――この魔法があれば、岩石に取り囲まれても問題ないとわかっているからこその楽観であり、戦意であり――つまり魔法に頼っている。

これについては鋼矢の見込みが甘かった――これまで、どんな仲間を作ろうと、いつでも離脱できるように適度な距離を維持し、結びつきも緩めにしていた彼女には、チーム『オータム』の結束の固さが、本当の意味ではわかっていなかった。

シャッフルしたところで、新しい魔法はチームメイトの魔法なのだ――そりゃあ不慣れは不慣れだが、それに精通していないとは言えない。仲間がそれを使う様子をこれまでたっぷり、間近で見てきているのだから。

相手側に悲恋という、究極のジョーカーがいなければ――魔法発動前に攻撃されるようなことがなければ、魔法少女『ワイヤーストリッパー』だって、『切断』の魔法を、初めてとは思えないほどには使いこなせていたはずなのだ。

だから、結局、魔法に依存したところで、彼女達の思考は停まってしまった——『物体を解かすだけ』と軽んじていた『融解』の魔法を、あんなダイナミックに使われた直後だと言うのに、『相手が魔法をどんな風に使ってくるのか』についての考察を怠ってしまった。

たとえば『摩擦』の魔法少女。

魔法少女『ベリーロール』が、どんな手法で自分達を攻撃してくるのか、考えもしなかった——あるいはまだ、自分達は奇襲を仕掛けに来たという認識が抜け切っていなかったのかもしれない。奇襲が露見していた時点で、奇襲を仕掛けられるのは、むしろ自分達のほうだというのに——

「ころもちゃん。足元、滑りやすいから気をつけてね——」

そんな言葉が。

双子の姉妹を、何気なく慮(おもんぱか)るそんな言葉が。

品切しめす——魔法少女『カーテンレール』の、最後の言葉になった。

ずるっ——と。

そう言った彼女のほうが、変形しきって迷宮化した龍河洞を、更に奥に進もうと一歩を踏み出し——滑って転んで頭を打って死んだ。

7

魔法少女『ベリーロール』——チームメイトの『ベリファイ』と名前が甘かぶりしているが、彼女達の場合は別に双子というわけでも姉妹というわけでもない——の固有魔法『摩擦』は、物体の摩擦係数を操る魔法である。

摩擦係数を下げて、重い物体を滑らしたり、あるいは地面の上をスケートでもするように滑ったり、逆に摩擦係数を上げて、物体の動きを制動したり、固定したりすることができる——物理法則を捻じ曲げる、比較的強力な魔法ではあるが、端的に言うならば、『ただそれだけ』の魔法だ。

物体にしか作用しない魔法なのは、『振動』や『融解』と同じだ——そういう意味ではチーム『スプリング』の魔法は、武闘派の名に恥じないものであるのは確かだが、使い勝手や応用性という意味では、チーム『オータム』の後塵を拝することになる。

『砂使い』の『ベリファイ』を、最初に失ってしまった時点で、ならば春秋戦争の趨勢は決まっていたとさえ言えそうだが——だが、そんな極端から極端へ走るような戦力でずっと戦ってきたのがチーム『スプリング』であり、そこをまとめていたのが魔法少女『アスファルト』だ。

『伝令』という、使い勝手が悪いどころか、使い道がなさそうにさえ思えるその魔法で、チームリーダーに登りつめ、忘野阻とは違うやりかたで、チームを守り、信頼を得てきた少女——決してその法則に絶対性はないのだが、空々が『伝令』について聞いたとき、思ったことは、少なくとも彼女に関しては正しい。

優れた資質を持つ少女にこそ、一見用途の少ない魔法が付与される、という——使い勝手の限られた魔法の応用性を考えることにかけては、魔法少女『アスファルト』は突出していた。

『融解』の魔法で、洞窟の改築工事を行うというアイディアも彼女が出したものだし——振り返れば、『振動』の魔法を、共振による破壊や、『砂使い』との連動に使用するアイディアも、元を正せば彼女の発想だった。『砂使い』に、砂像を作らせるハッタリもまた彼女のアイディア、そして。

『摩擦』の魔法で、魔法少女『カーテンレール』を死に至らしめる仕掛けを打ったのも、やっぱり彼女、魔法少女『アスファルト』のアイディアだった。

通常、常識的に考えて——魔法を常識的に考えるという行為が、そもそも馬鹿げているが——、摩擦係数を操れる魔法を使用し得るとしたならば、『滑りにくいものを滑りやすくする』か、『滑りやすいものを滑りにくくする』かの二択だ。実際、魔法少女『ベリーロール』は、そもそも、そういう風に魔法を使っていた――しかし、彼女のリーダーの発想は違った。

鍾乳洞の中という、足場が悪く、ただでさえ滑りやすい足元を――もう少しだけ、滑りやすくした。正確に言うと、周囲よりもわずかに滑りやすい箇所を、洞窟内に散在させた。

魔法の使用がバレない程度の変化を、あちらこちらに起こした――当然、チーム『スプリング』の人間はそれを把握しているが、知らない者にとっては、あくまでも濡れた岩場、濡れた足場でしかない。魔法に払うような警戒心を、足場にまでは払わず――結果、魔法少女『カーテンレール』は、足を滑らせた。

不注意な人間が、足場の悪い場所で、普通に転ぶように、ただ転び――コスチュームに守られていない頭を出っ張った岩で打ち、そのまま意識を消失した。

それはチーム『スプリング』にとっては出来過ぎな成果ではあったが、しかし魔法少女『カーテンレール』の側にしてみても、下手に苦しまなかった分――直接的なバトルの中の死よりも、幸運だったという見方もできるかもしれない。

少なくとも、その後を追うように殺されることになる――彼女の双子の片割れよりは、いくらかラッキーだったかも。たとえ転倒が、骨折くらいの被害で済んでいても、その後、同じ方法で殺されていたに決まっているのだから。

「し――しめすちゃん！」

慌てて倒れた姉妹に駆け寄ろうとする――が、そこで品切ころもは、しめすから受けた最後の言葉を守った。

滑りやすいから気をつけて。

敵側の仕掛けをわかった上で発せられた忠告ではなかったにしても、それが彼女の反射的な駆け寄りを、ぎりぎりのところで止めた――もしもあのひと言がなければ、ここでころもはしめすの後を、二重の意味で追っていたかもしれない。

だが、双子の姉妹の転倒――ただでは済まないであろう派手な転倒、起こってしまえば魔法少女『ベリーロール』の仕掛けありきだと直感できるその転倒に、ころもが動揺したという事実にかわりはなかった。

そして動揺というその隙があれば、魔法を仕掛けられるには十分だった――『透過』という、彼女が持っているステッキが含有する魔法を、発動させることはできなかった。

遅かった。

発動させようとしたときには、もう遅かった――彼女はステッキを取り落とす。一瞬、それこそ『透過』の魔法で、自分の手がマルチステッキをすり抜けたのかと思ったが、そうではなかった――薄暗い洞窟の中、落としたステッキを拾い上げようとするも、それができなかった。つかもうとしてもつかめなかった——滑って。

まるで鰻でもつかもうとしているかのように、つかむ先から滑り、ころもの手の内から逃げてしまう——魔法少女『カーテンコール』は、四つん這いになって、手探りのようにステッキを追う。はたからみれば滑稽な図ではあったが、しかし彼女自身にとっては深刻だ。真剣だったし、深刻だった。マルチステッキを握れなければ、当然、固有魔法は使えない——使えなければ、この敵地、敵陣のど真ん中において、生き残ることはできない。今このとき、もう一度『融解』による蠕動が起こったなら、もうさっきみたいには助からない——その思いが彼女を焦らせ、焦りが更に滑らせる。

魔法に頼る気持ちが強かったからこそ——そのステッキに固執する。もしもこの場に杵槻鋼矢がいて、彼女にアドバイスができたなら、『そんなステッキのことはもう諦めろ』と言っただろう。そして『ここからは生身で対処しろ』と言っただろう——しかし事実として杵槻鋼矢はここにいなかった、ゆえにアドバイスのしようがなかった。

何もできなかった。

大体、アドバイスを受けていたとしても、ステッキを拾うことに躍起になっている品切ころもに、それが届いたかどうかは定かではない——余裕をなくしている彼女は、今警戒すべきは龍河洞の、再びとなる蠕動ではなく、彼女の双子の姉妹を転ばし、そして彼女のマルチステッキから摩擦係数を奪った魔法少女だということにさえ、まるで思い至らないのだから。

ただ、それをつかめばすべてが解決する、すべてが救われる、死んだ姉妹も生き返ると信じているかのように、転がり続ける、滑り続けるステッキへと手を伸ばし続け――その背後から忍び寄った人影には気付かなかったのだから。

「あ」

魔法少女『カーテンレール』のそれとは違って、魔法少女『カーテンコール』の今際の際の言葉は、そんな短い悲鳴だった。

あ。

そしてずしりと崩れ落ちる。

その身体は、大して滑りもしなかった――小振りな岩で、ステッキを追う彼女の後頭部を殴り、絶命せしめた三つ編みの少女こそ、チーム『スプリング』最後のひとり、『摩擦』の魔法少女『ベリーロール』だった。

8

魔法少女『ベリーロール』の風貌・雰囲気を客観的に描写すれば、ごく一般的な女子中学生ということになる――実際、彼女の性質は、ごく一般的な中学生そのものだった。

地球を敵とする教育を受けていることを除けば、魔法少女であることを除けば、魔法少女『ベリーロール』は、日本全国津々浦々に存在する女子中学生となんら変わらない。

だからこのとき――品切ころもと品切しめす、動かなくなった双子の姉妹を前にして彼女が取った行動も、極めて一般的なそれだったと言うことができる。

即ち、『本当に死んでいるかどうかが不安で、何度も何度も過剰に殺す』――である。死体を全身、数え切れないほどに滅多刺しにしたり、生き返らないようバラバラにしたりするのと同じ心理だ――少なくとも本人の自覚的には、初めての殺人に、大して鍛えられてもいない彼女のメンタルは、極めて真っ当な選択をしたわけである。

安定を求め。

手にした岩で、何度も、何度も、何度も、何度も、何度も、何度も、何度も、何度も、何度も、何度も、何度も、何度も、何度も、何度も、何度も、何度も、繰り返し彼女達の頭部を殴りつけ、彼女達を殺し続ける。

執拗なまでに、必要以上に。

殺して殺して殺し続ける。

チーム『スプリング』のリーダーは、彼女に、チーム『オータム』の奇襲に備えた策を与えていたが、しかし、策を実行する者へのストレスについて無頓着だったと、これは言わざるを得ない。彼女自身が強いメンタルの持ち主だから、仲間とは言え、他人のメンタルの弱さを、想像できなかったのかもしれない。

単身で二人の敵を倒したという点において、魔法少女『ベリーロール』は間違いなく大きな戦果を挙げたと言えるが――リーダーからの期待に応えたと言えるが、しかしながらその後の姿勢については、はなはだお粗末だったと言う他ない。

いや、あえて言うなら。

殺されることで敵に強いストレスを与えた、双子の姉妹の逆襲という言いかたもできるのか――ここは洞窟の中であり、ただでさえ、音も声も反響する。品切しめすの転倒や、品切ころもが受けた最初の一撃でさえ、大きく響いたのに――魔法少女『ベリーロール』は、その後もがんがんと、ごんごんと、死体の頭を殴り続けた。

まるでそれは、『自分はここにいるぞ』と、太鼓を鳴らして待っているようなものだった――変形した洞窟がどういう迷路になっていて、どこから誰がどういう風に来るのかわからない中で、そんなことをするリスクは、普段ならば、魔法少女『ベリーロール』にも理解できる高さである。だが今の彼女は普段通りではなかった――二人の敵を殺した彼女だった。

同じ組織に属す、本来ならば、仲間の二人を。

「なんでこんなことになったんだろう……？」

実のところ、チーム『オータム』の魔法少女もチーム『スプリング』の魔法少女も、誰もが全員思っていることを――思ってやまないことを代表するかのように、彼女は呟いた。

もちろん、彼女のそんな疑問に答えてくれる者はここにいない――死体は何も言ってくれないし、そして、

「………」

と、彼女が発する、ある意味で規則正しい音に導かれて、この修羅場にやってきた者も――何も言ってはくれまい。

とりたてて幸運というわけでも、不運というわけでもない魔法少女『ベリーロール』には、このとき、いいニュースと悪いニュースが、公平にひとつずつあった。

悪いニュースから言えば、それは音に導かれてやってきた者は、チーム『スプリング』の魔法少女ではなく憎きチーム『オータム』の魔法少女だったこと。

いいニュースは、その魔法少女は、彼女の背後からではなく、真正面からやってきたことだ――もしも後ろから来たなら、死体を殺し続けることに必死だった彼女は、

その接近に気付けなかっただろうから。

「あ……あっ……、うわああああああ!」

しかし、そんな新たなる登場人物の乱入に、過剰に取り乱してしまった彼女の取った行動は、幸運とも不運とも言えないし、正しいとも間違いとも言えない——タイミングが悪かったとも言えない。たぶん、これは普段の彼女でも、同じ行動を取っていただろうから。

なぜならば、このとき正面に現れた魔法少女『ロビー』の使う固有魔法は、彼女の知る限り、絶対平和リーグ史上もっとも危うい魔法だからだ。

危ういというより、怖いというべきか。

そんな魔法に、この距離で直面すれば大抵の者は恐慌状態に陥ること間違いなし——どうしてチーム『オータム』の魔法少女達は、こんな固有魔法を持つ奴を仲間にしているのかと、疑問に思うようなマルチステッキを、この最年少の魔法少女は絶対平和リーグから与えられている。

その魔法は、ずばり『絶命』。

いいいいい、触れた命を絶対に殺す魔法。

今、彼女が抱えている、『双子の姉妹をちゃんと殺せたかどうかわからない』なんて悩みを、魔法少女『ロビー』は持たない——与えられた固有魔法を使えば、触れるだけで敗北を――死を意味するということだ。

それは敵対する者からすれば、触れられた時点で、触れられただけで敗北を――死を意味するということだ。

問答無用で人間を生き返らせる、チーム『ウインター』所属の魔法少女『ジャイアントインパクト』が使う固有魔法『不死』の対極のような魔法と言える――対極であり、ある意味似てもいるけれど、しかしその危うさは段違いだ。

そんな奴が対面に現れて、冷静でいられるわけもない――取り乱さないほうがどうかしているとさえ言える。それでも魔法少女『ベリーロール』は、その時点でとりうる最適の行動を取った。少なくとも今の今まで、『死体を殺し続ける』という愚行を続けていた人物とは思えない程度には、とりうる最適の行動を。

それは即ち。

『手にしていた岩を、投げつける』である――これ以上間合いを詰められない内に、決着をつけるしかなかった。

あらゆる生物から命を奪う、死神のように絶対的な魔法の持ち主である彼女だが、しかし無機物を殺すことはできない――『投石』という原始的な攻撃は、極めて有効だった。

そしてここでも、魔法少女『ベリーロール』には、いいニュースと悪いニュースがあった。今度はいいニュースから言うと、それは投げた岩が、魔法少女『ロビー』の顔面に命中したということ。これは岩なんて、これまでの人生でひょっとしたら一度も投げたことがないかもしれない彼女にしてみれば、奇跡的だった。

そして悪いニュースは。

今の魔法少女『ロビー』は、コスチュームを仲間と交換していて、固有魔法『絶命』の使い手ではなくなっていたということだ——洞窟内が薄暗かろうと、コスチュームが薄汚れていようと、よく見れば気付けたはずなのだが、よく見るだけの余裕がなかった。

時間的余裕も、精神的余裕も。

皆無だった。

要は鋼矢の考えたコスチューム・シャッフルという作戦が活きたわけだ——では、このとき、魔法少女『ロビー』が持っていた魔法は？

それはそこで死んでいる、死んでからも殺され続けた魔法少女『カーテンレール』が、本来組織から付与されていた魔法——『反射』だった。

防御専門の魔法とでも言うのか——その身に受けた衝撃や魔法等々を、撥ね返す魔法である。

殴られれば殴られたダメージが加害者に返り、蹴られれば蹴られたダメージが加害者に返るという、呪い返しのような魔法。仮に鋼矢がたとえたよう、四国に爆弾を落とせば、彼女が受けるべきだったダメージ分だけは、爆弾を落とした実行犯の元へと返るというわけだ。

チーム『スプリング』がチーム『オータム』を攻めあぐんでいた理由の大きなひとつが、この『反射』の魔法だった——この魔法で防御を固められたら、『振動』であろうと『融解』であろうと、『砂』であろうと、打つ手がないからだ。

魔法少女『カーテンコール』の固有魔法『切断』と対になるような、魔法少女『カーテンレール』の固有魔法『反射』。

とにかく、今に限っては『絶命』ではなく『反射』を使う魔法少女『ロビー』に対し、魔法少女『ベリーロール』は、『投石』してしまったのだ——しかも、もう二度と同じ軌道では投げられないというような、完璧なコントロールで。

その結果、どうなるかと言えば——本来、五里恤が食らうはずだったダメージを、彼女の顔面が引き受けることになる。

死の瞬間、もしも自分の身に何が起きたかを理解する力があったならば——額になにかごつごつしたものが食い込む感覚が自分が投げた岩に起因するのだと察することができたならば、きっと彼女はこう思ったことだろう。

なんだ。

やっぱり一回で十分だったんだ——

9

不意討ちというわけでもなかったし、岩を投げてくるんじゃないかと予想することもできたので、魔法少女『ロビー』こと五里恤は、文字通り反射的に、固有魔法『反射』を発動させていた——そしてそれは間に合った。

けれどちっとも嬉しくなかった。

自分の身しか守れないのがこの魔法の最大の弱点だ——使い道によってはそうでもないのかもしれないけれど、五里には、そして元の持ち主である品切しめすにも、他の『使い道』なんて思いつかなかった。

ともかく、双子の魔法少女を殺した下手人は、五里が何をするまでもなく——本当に何をするまでもなく——死んだ。

自分の投げた岩で死んだのだから、ほとんど自殺みたいなものだ。少なくとも五里自身には、彼女を殺したという実感も、仲間の仇を討ったという実感もなかった。

ただ身を守ったというだけの気持ちで。

そんな気持ちに眩暈(めまい)がした。

自分の頭部に何のダメージも与えることなく落下した、足元の岩を拾い上げる――

「……あー」

殺意を持ってぶつけられた岩を。

なんで反射的に身を守ってしまったのだろう。

守らなくてもよかったのに。

コスチューム・シャッフルという鋼矢の作戦が、これまでのところ唯一ハマったとも言える彼女だが、その大きな理由は、最年少である彼女の、魔法少女としての彼女のキャリアの浅さだったのかもしれない。

固有魔法に頼る気持ち、あるいは固有魔法を当たり前だと思う気持ちが、他のメンバーに較べて薄かったから――だから鋼矢の意識改革が成功していたのかもしれない。

意識。

だが、魔法少女としての自覚が薄い最年少の彼女の意識にとって、仲間の死は、そして仲間の死体は、抱えきれない重さだった。

魔法少女『ベリーロール』が敵の死に耐えられなかったように――魔法少女『ロビー』は味方の死に耐えられなかった。

品切ころもが死んだ。

品切しめすも死んだ。

竿沢芸来も、きっと死んだのだろう。

コスチュームを着ていない杵槻鋼矢も。

今持っている固有魔法が、五里の『絶命』であり、つまり洞窟に閉じ込められたら

それでおしまいのリーダー、忘野阻だって、きっと——絶対死んだに違いない。

皆の生存をなんとかか細く信じていた、さっきまでの気持ちは、二つのリアルな死

体を前に——跡形もなく消え去った。

根拠もなく仲間を信じるためには、彼女の心はまだ幼かった——そして仲間がみん

な死んだのに、自分だけがまだ生きていることを、とても不自然だと思った。

自然になろうと思った。

「こんなもんかな、人生って」

拾った岩で、改めて彼女は自分の額を打った。マルチステッキは既に腕時計に戻し

ている——ゆえに『反射』は起こらない。

死因は、魔法少女としての教育不足。

いや——単純に精神が年齢相応に未成熟だっただけかもしれない。

最年少の魔法少女、五里恤。

何を考えているかわからないと、仲間から散々言われ続けた彼女が最後に考えてい

たのは、それまでと何も変わらず、仲間のことばかりだった。

10

魔法少女『フローズン』――チーム『スプリング』の魔法少女、『融解』の『フローズン』は龍河洞の外側にいた。外から固有魔法を使用し、鍾乳洞を恣意的に変形させていたわけで――『反射』の魔法によるリフレクトがありうるので、加減が難しかったが――役割の第一段階を終えた今、第二段階に移行していた。

第二段階――即ち『中から出てくる敵を迎え撃つ』という役割である。

内部で何が起こっているかは、彼女からはまったく把握のしようがないけれど、不安はなかった――心配もなかった。彼女は魔法少女『ロビー』と違い、仲間を根拠もなく信じられる性格だった。

ただし彼女は、リーダーの魔法少女『アスファルト』から、こうも言われていた。

『いざというときは、すべてを溶かして、あなたは逃げなさい』と――外側にいるあなたは、逃げられるはずだと。

『たとえ私と「ベリーロール」が敗北したとしても、あなたがひとりだけでも生き延びれば、チーム「スプリング」の全滅は免れます――誰か一人でも生き残れば、チーム「スプリング」の負けじゃあないんですから』

あなたの仕事に、もしも第三段階があるのだとすれば、それは逃げることです——そう言っていた、そういう命令を受けていた。

言うなら魔法少女『アスファルト』は、昨夜の段階で既に人数が減っていた仲間に、逃げ道を与えていたということである——いざというときに逃げられるよう、口実を設けておいた。

それはチーム『オータム』の魔法少女『クリーンナップ』が怠ったことでもある——もしも彼女が魔法少女『ロビー』に、同じような命令をしていたならば、彼女の部下は自害などしなかっただろう。

リーダーとしての資質の違い。

仲間の死を、自分の死まで計算に入れて考えられるチーム『スプリング』のリーダー、魔法少女『アスファルト』と、仲間の死をまったく計算できないチーム『オータム』のリーダー、魔法少女『クリーンナップ』との違いが、鮮明に出た形だ——これはどちらがいいとか、どちらが勝っているとか、そういう問題では本来ないのだけれど、こと春秋戦争の最終局面においては、チーム『スプリング』のほうに優位な目が出たということになる。

ただし、戦局を決定づけるほどではなかった——確かに魔法少女『クリーンナップ』は、仲間に、特に魔法少女『ロビー』に、生存を前提に考えるあまり、その生存を徹底することを怠ったけれど、しかし魔法少女『アスファルト』だって、何ひとつ怠らなかったわけではない。

奇襲に対応するにあたり、第三段階の命令を、怠らずに出したことは評価に値するが、しかし第二段階のほうに穴があった。

『中から出てくる敵を迎え撃つ』。

端的でよい命令ではあるが、魔法少女『フローズン』のように、無遠慮に、無思慮に仲間を信じるタイプの人間には、この命令には第二項を付け加えておくべきだった。

『ただし外からの敵にも用心すること』。

外から。

この場合は『上から』だった――真上から降ってきた攻撃に対し、彼女はまったくと言っていいほど対応できなかった。

悲鳴ひとつ、うめき声ひとつ挙げることもなく――最後までリーダーからの命令に忠実に、洞窟の出入り口を見張ったまま、魔法少女『フローズン』は押し潰された。

ぐしゃりと上半身が潰された。

真上から降ってきた――魔法少女のコスチュームを着ながらまったく飛行できない

機械生命の、重力加速度が加味された、落下式パンチを食らって。

「対象の死亡を確認しました——もう大丈夫です、空々上官」

上半身がひしゃげた魔法少女の上に、平然と怪我（損傷？）ひとつなく起き上がりつつ、自分が降ってきた方向——即ち真上を見上げて言う、地球撲滅軍の『新兵器』、悲恋。

彼女の視線の先には女装少年、もとい、魔法少女『ワイヤーストリッパー』が着用していた魔法少女『カーテンコール』のコスチュームを身にまとった、地球撲滅軍の英雄、空々空が浮いていた。

その位置から彼は、抱えて運んできた悲恋を『落とした』のである——『爆弾』の投下、でこそなかったが、チーム『オータム』の面々が鋼矢から聞いていたような、『新兵器』の使いかただった。

普通、人の形をしたものを、そんな上空から落とすのには不安が伴いそうなものだが……、もっと上空からの落下経験を持つ空々である、狙いを定めて手を離すまでに、迷いはなかった。

「そう。ではこれで、僕は宣言した通り、魔法少女を二人倒すことに成功したわけだけれど……」

言いながら降下してくる空々——悲恋のすぐそばに着地し、無残と言うだけではとても足りない、少女の死体を見遣る。

その目には、死体を見たときに人間の心に生じるであろう、どんな種類の感情も見受けられない――ただの単なる事務的な確認作業をしているだけの目だった。

「……まあでも、二人とも、直接倒したのは悲恋のパンチだし、そしてこの子はたぶん、チーム『スプリング』のほうの魔法少女だよね」

「どうしてそう思うのですか？　上官」

傷ひとつない悲恋だが、身体の汚れを気にしながら言う――県境でも、魔法少女『ワイヤーストリッパー』の破片がこぶしにこびりついたことを気にしていたようだし、この機械は奇麗好きなのかもしれないと、空々は思った。

「見てよ。上半身が潰れてるから少しわかりづらいけれど、下半身に注目してみれば、腰回り、コスチュームのサイズが自然だろう？　『ワイヤーストリッパー』と違って」

「そのようですね」

「つまりコスチュームのシャッフルを行っていない公算が高い――たぶんこの子は、チーム『スプリング』の見張り役だったんだろう」

「では、よかったのですか？　殺してしまって」

素朴な問いかけに、

「殺すしかなかったでしょ」

素朴に答える。

「龍河洞を、外から見ても一目瞭然なくらい、どろどろに『溶かす』のが彼女の魔法だったと仮定するなら――悲恋、中途半端な戦いかたをしていれば、きみの身体だって溶かされていたということなんだから。魔法を使われる前に、初撃で決めるしかなかった。『ワイヤーストリッパー』を相手にしたときと同じだよ」

「確かに。わたくしのボディにも、魔法は作用するでしょう。わたくしのボディには対魔法用の防御システムなど施されていません――しかし、上官。それはこの魔法少女と戦闘になることを前提にした話ではありませんか？　我々はチーム『スプリング』と同盟関係にあるのですから、その辺り、ちゃんと話せばよかっただけなのでは？」

自分のパンチで『この魔法少女』を潰しておきながら、顔色ひとつ変えずに、そんな疑問を呈する悲恋は、人間っぽくも機械っぽくもない、それこそ中途半端な存在だったが――それに答える空々もまた、人間っぽくも機械っぽくもなかった。

実際いいコンビだと、彼は思う――自虐的に。

「いいんだよ――って言うか、仕方ないんだ。先の同盟相手である魔法少女『パンプキン』……、鋼矢がどうやら、チーム『オータム』に味方しているっぽいんだから」

空々は言った。

「コスチューム・シャッフルなんてアイディアが、一般的な魔法少女から出てくるはずがない……、僕達に対しては不発だったけれど、あんなアイディアを春秋戦争に持ち込もうと考えた人物がいるんだとすれば、それはきっと鋼矢なんだ」

「はあ」

と、曖昧に頷く悲恋——『パンプキン』とか鋼矢とか言われても、彼女にとっては会ったこともデータもない人物なので、なんとも反応できないのだろう。もちろん、鋼矢にコスチュームの入れ替えという着想を与えたのが、元々空々であることも、知るよしもない。

「鋼矢がチーム『オータム』についているんだったら、僕もそっちにつかなきゃ——信義則に反することになるから」

抜け抜けとそんなことを言う空々だが、別段、ふざけているわけではなく、むしろ大真面目である——彼なりに筋を通しているつもりだし、実際、筋は通っている。

普通の人間だったら、魔法少女『ワイヤーストリッパー』を倒してしまった時点で、たとえ先に同盟を結んでいた相手がいたところで、『チーム「オータム」につく』なんて発想は抱けないというだけの話であって。

「だから悲恋、僕達はこれから洞窟の中に這入って、人質に置いてきた二人を救出しなくちゃいけないんだ」

魔法少女『ワイヤーストリッパー』を、単身龍河洞に乗り込む途上だと推理した空々だったが、その後、彼女のコスチューム・シャッフルに気付いたのちに、それをするのなら、総力戦の全面戦争を仕掛けるつもりだったのではないかと読んだ。龍河洞へ向かう途中、見かけた空々をひとりで偵察に来たのではと、ほぼ真実に近い読みをした——ならば先行したチーム『オータム』の本隊は、今、この変形した龍河洞の中で、チーム『スプリング』と戦闘になっている可能性が高い。

まさか魔法少女『ワイヤーストリッパー』に、自分と同じく『伝令』が仕掛けられていたことなど露知らず、つまり自分が鋼矢の作戦を台無しにする引き金を引いてしまったことなど露知らず、空々は「地濃が本当に鋼矢の同盟相手だったとするなら、ここで彼女が死ぬようなことがあったら、鋼矢に合わせる顔がないからね」と言った。

合わせる顔などとっくにない現状なのだが、本人はそれに気付いていない——おそらく一生、気付くことはない。

空々は死んでも治らない。

ただし行動だけは立派に、あたかも勇気に溢れる英雄像のように、『新兵器』悲恋を伴い、空々空は戦闘地帯である龍河洞の中へと踏み込んだのだった、遅ればせながら。

11

遅ればせながら――実際に遅かった。

空々空が龍河洞に踏み込んだときには、春秋戦争はほぼ終結していたと言っていい。両チームとも、あれだけ戦闘が停滞していたのが嘘のように、櫛の歯を挽くがように、次々と戦死者を出していった――互いのチームには、もう生え抜きのメンバーは、互いのリーダーしか残っていなかった。

魔法少女『アスファルト』。

魔法少女『クリーンナップ』。

龍河洞の奥深くで向き合う、因縁の二人の魔法少女がいるだけだった。

因縁……？

と、魔法少女『クリーンナップ』は思う。

しかし、いったい自分は、この目の前の、憎むべき敵に対して、どんな因縁があるというのだろう――どうしてここまで憎んでいるのか、憎み合っているのか、こうして顔を合わせてみると、まったくわからなくなってきたのだ。

本来ある因縁は。

手を取り合うべき因縁なのに。

どうしてこんなことになったのだろう。

魔法少女『ベリーロール』が呟いたそんな言葉を、彼女はより強く痛感する——その思いは、彼女と向き合う、チーム『スプリング』のリーダーも同じだったが、こちらの場合は少し事情が違う。

事情と言うか、持っている情報が違う。

『伝令』の魔法少女である彼女は、天敵と、宿敵と向き合っている最中に、仲間の死を知った——魔法少女『ベリーロール』と魔法少女『フローズン』の死を、立て続けに知った。

相変わらず、『新兵器』悲恋の投下にあたってバイタルに変化のなかった空々空なので、当然のことながら魔法少女『アスファルト』は、二人の仲間は、チーム『オータム』との戦闘の末に落命したのだと判断した。

ここで彼女が把握できるのは仲間のバイタルだけであり、品切ころも、品切しめす、五里恤の動向まではわからない——彼女達の生死までは察することができない。

常に最悪のケースを想定して動き、それゆえにチーム『オータム』の奇襲を回避できた彼女だったが、しかしここで想定する『最悪』は、洞窟の中、敵チームに四対一で囲まれるというものだった。

四対一。

表情には出さなくとも、心中で敗北を認めるのには十分な数字だった――いや、わかっている。チーム『オータム』が、チーム『スプリング』以上に、リーダーの求心力で成り立っているチームであることはわかっている。

だからここで彼女が、魔法少女『クリーンナップ』に勝利すれば、たとえ四対一でも、それで戦局が逆転するだろうことはわかっている――リーダーの死が、そのままチーム『オータム』の瓦解崩壊を意味することは、わかっている。

だが……。

魔法少女『アスファルト』は、ライバルの着ているコスチュームが、普段と『違う』ことを、鋭く察していた――その鋭さが我ながら、煩（わずら）わしく思えた。気付かなければもっと大胆に動けたのに――と。魔法少女『ロビー』の、『絶命』のコスチュームを、彼女が着ていることなんて――

「……ふう」

魔法少女『クリーンナップ』の元々の固有魔法『透過』には、一切の攻撃性がないゆえに、油断して、彼女の前に姿を現してしまったのは失策だった――コスチュームを交換するなんて、誰の発想だ？　殺された仲間も、その手に引っかかったんだろうか……。

ともかく、『触れられたら死ぬ』という魔法を、幼稚な魔法少女『ロビー』ならばともかく、老練な魔法少女『クリーンナップ』が使ってくるだなんて、想像したくもない。

今更逃げるのも馬鹿馬鹿しい――外で出入り口を見張らせている魔法少女『フローズン』にはいざというときは逃げろと命令を出していたチームリーダーだったが、それがどんなに無茶な命令だったか、自分がその立場になって初めてわかった。

ひとりになって逃げるのが無茶なのではなく。

仲間が死んで、一人きりになり。

仲間を殺した敵を相手に逃げるのが無茶なのである――ここでライバルに、背を向けるわけにはいかなかった。

チーム『スプリング』のリーダーとして。

チーム『スプリング』の最後のひとりとして。

心中で負けを認めても――認めざるを得なくとも、ただでは負けない、ただでは死なない。

……だけど、だからこそ、魔法少女『アスファルト』は、魔法少女『クリーンナップ』よりも強く思う。

「なんでこんなことになったんでしょうね……」

「さあ……それについて、話し合う？」

洩れた呟きに、敵が応じる。

もちろん、今更話し合いなどするわけもなかった——変に話して、こちらのチームメイトの死が伝わるようなことがあってはならない。時間をかけているうちに、相手チームの援軍が来るかもしれない——その前に、使うしかない。

彼女の固有魔法『伝令』の切り札を。

「あなたのことが本当に嫌いでした、阻」

「こちらこそよ、塞(ふさぎ)」

両者、動いた。

これはチーム『スプリング』のリーダー、忘野塞にとっては、敗北の決定した戦いだった——触れられることが死を意味する『絶命』の魔法は、こちらから触れたところで死を意味するのだ。

もしも『絶命』の魔法少女を相手取るなら、離れた場所からの遠隔攻撃しかない——この近距離で向き合ってしまった時点で負けなのだ。

だが、これは戦争。

競技ではない——自分の負けが、相手の勝ちを意味しない。

引き分けはなくとも――両方負けはありうる。

引き際があり――あるものなら無視できる。

そうだ。

ずっとそんな気持ちで戦ってきたじゃあないか――チーム『オータム』に対して、チーム『スプリング』は、ずっとそんな気持ちで戦ってきた。チーム『オータム』のほうだって、同じ気持ちで戦ってきたはずだ。

自分達が勝ちたい以上に。

相手に勝たせたくないという気持ち――果たして。

二人の魔法少女が交錯する中、相手の腕をかいくぐる形で、忘野塞の手が、忘野阻の耳たぶに触れた――耳たぶをつまんだ。

がくん、と。

その瞬間に、『絶命』の魔法の前に例外はなく、忘野塞は容赦なく死を迎え――その場にくずおれる。しかし、勝者としての達成感を、あるいは虚脱感を、忘野阻が得ることはなかった。

忘野塞の心臓が停止すると同時に、忘野阻の心臓も停止したからだ――連動するように、伝導するように、彼女もその場にくずおれたからだ。

何が起きたかわかるはずもなく、忘野阻は『絶命』した――二人の魔法少女は、洞窟の中、同じように倒れ伏した。

むろん、彼女の死と彼女の死は、同じではない——忘野塞の死は固有魔法『絶命』ゆえだったし、忘野阻の死は、固有魔法『伝令』ゆえだった。

『伝令』が、対象の血圧・脈拍・体温といった、バイタルを計測するための魔法だという、忘野塞が空々空にした説明は、嘘ではない——だが、付け加えた『それだけでもない』というのも、また嘘ではなかった。

誰にも言わなかった——信頼するチームメイトにも言わなかった切り札だ。それは『伝令』で繋がった相手のバイタルを、己のバイタルと揃えることができるという切り札——絶対平和リーグの魔法少女製造課さえ把握していなかった、固有魔法『伝令』の応用である。

おそらくはワイヤレスでバイタルを繋げることの副作用なのだろう——それを発見したときは、『仲間が動揺した際、心拍の上昇を抑えられる』とか『仲間の体調不良を治せる』とか言うような使い道を思いついたものだが、すぐにそれは無意味だと悟った——仲間が動揺しているときは自分も動揺しているときだし、体調不良を一時的に治したところで、効果は永遠ではないからだ。

むしろそれを中途半端に報告して、『伝令』の魔法を取り上げられるほうが怖かった——仲間と繋がっていられるこの魔法は、他人から見ればショボくみえるかもしれないけれど、彼女にとっては大切なものだった。

だからその切り札の使い道はひとつ。

自分が死ぬときに——自分の心拍と脈拍が停止し、体温が維持できなくなるときに敵を巻き添えにするという——もしもそんなオプションがあると知っていたら、それを仕掛けられた空々空は、さすがに冷静ではいられなかっただろうが、しかしもちろん、ここで彼女が巻き添えにしたかった相手が、どうでもいい部外者の少年なはずもない。

恋人のように憎んだ、天敵に決まっている。

血を分けた——双子の姉妹に決まっている。

春秋戦争。

絶対平和リーグの左側、エリート集団チーム『オータム』と武闘派チーム『スプリング』の、犬猿の仲による骨肉の争いは。

長らくの停滞の末、両陣営全員死亡という凄惨な結末で終戦を迎えた——空々少年が彼女達に関わった、わずかその翌日のことだった。

12

「……。…………。はっ！」

杵槻鋼矢は目を覚ました。

否、厳密に言うと——生き返った。

魔法少女『フローズン』の『融解』によって、どろどろに解け、蠕動を起こした龍河洞の中、チームリーダーの魔法少女『クリーンナップ』を庇った彼女は、迫る岩盤を躱しきれず——一時、仮死状態に陥った。

仮死状態というより、本当に死んだのだが——蘇生が間に合った。

魔法少女『ジャイアントインパクト』の固有魔法『不死』による蘇生が。

「よかった。気付かれたんですね、『パンプキン』」

そんな聞き覚えのある声——一時は死んだものと思っていた声に身を起こすと、そこにいたのは誰あろう、地濃鑿だった。

「なかなか起きないから、私の魔法が間に合わなかったんじゃないかと思って冷や冷やしましたよ——ところで、どうしてあなたがここに？」

ここ、と言うのが一瞬どこなのか、鋼矢はわからなかったが——どうやらまだ洞窟の中らしい。龍河洞の蠕動で、自分は幸運にも、地濃の近くまで流されてきたということだろうか——しかし、それを言うなら鋼矢のほうが訊きたい。

本当に生きていたのか——どうしてここに？

待ち合わせ場所の焼山寺からは、随分と遠い場所で、鉢合わせしてしまったようだが――

「『ジャイアントインパクト』。あなた――」

「じゃあじゃあ『パンプキン』、ちょっと待っててくださいね――すぐにこっちも生き返らせちゃいますから」

久しぶりに会った地濃は、しかしまったく成長の見られない――好意的に言うなら健在な――調子でそう受けて、本来ならば抱擁しあってもいいくらいの再会をあっさりスルーして、隣へと移動した。

隣？

地濃が『こっちも』と言ったそこに倒れているのは、こちらは懐かしむほど離れていたわけでもないが――しかし壮絶な分断をしたという意味では、地濃よりもよっぽど再会が難しかったであろう十三歳の少年。

空々空だった。

「そ――そらからくん？」

驚いた――のは、彼との再会もそうだが、その彼が、どうやら死んでいるらしいことだった。地濃の言によってもわかることだったし、仰向けに横たえられた彼の身からは、確かに生命反応が感じられなかった。

しかしそんなことは関係ない。

「マルチステッキ『リビングデッド』！」

地濃鑿――魔法少女『ジャイアントインパクト』は、ステッキを振りかぶって、彼の心臓めがけて叩き込む。

生命の息吹を吹き込む――と言えば詩的だが、事実としては死んだ命を無理矢理、摂理に反して生き返らせているだけだ。

「がふっ――」

と。

さっき鋼矢がそうされたように――空々空は、生き返った。

摂理を無視して。

「ああよかった、さすがに二回目なら慣れたものですね、生き返るのも――いや、大変だったんですよ、『パンプキン』。あなたの死体を抱えて空々さん、ここに来た途端に死んじゃったんですよ。絶死みたいな感じでした――私の顔を見て安心しちゃったんですかねえ」

「…………」

相変わらず馬鹿なことを言っている地濃を半ば無視しつつ、鋼矢は考える――絶死というそのキーワードから、それが元々魔法少女『ロビー』が使っていて、今はチーム『オータム』のリーダー、魔法少女『クリーンナップ』が持つ固有魔法『絶命』によるものだとあたりをつける。

そして空々が着ているコスチュームが、別れたときに着ていたチーム『サマー』の魔法少女『メタファー』のそれではなく、魔法少女『ワイヤーストリッパー』の……否、元をただせば魔法少女『カーテンコール』の、いずれにしてもチーム『オータム』の魔法少女のコスチュームであることに気付いた。

ならば。

ならば県境ですれ違った——『ワイヤーストリッパー』が追ったボックスカーを運転していたのは半ば危惧していたように、春秋戦争に関与していた空々空で、そして……？

その後どうなったのか。

魔法少女『フローズン』の『融解』による奇襲を受け、どうやら死んだか、瀕死の状態にあったらしい鋼矢は、溶けた岩に流されてきたのではなく、空々がここまでピックアップしてきてくれたようだが……。

しかし考えられたのはそこまでだった。

空々の脇に控えるように立っている、それこそ登澱證のコスチュームを着ている初見の少女の正体を、考えるところまで、彼女は辿着けなかった。

「ようやくあえたな」

と。

幼い声がしたのだ――見れば、そこには幼児がいた。

六歳かそこらくらいの女の子。

ただ、幼児とはとても思えない佇まいで――異様な雰囲気の目で、静かに鋼矢を見詰めている。

「このすがたではははじめましてやね――きねつきこうや」

「……この姿ではって」

まさか。

まったく期待していなかった、既に完全に諦めていた廃案が、生き返ったのか――地濃が、鋼矢からの依頼を果たしたというのか？

そう思って、動揺と共に鋼矢は地濃を見たのだが、当の地濃は、ただきょとんと首を傾げていた……どうなんだ。

そんなやり取りを無視するように、

「あんしんしい、しゅんじゅうせんそうならもうおわったけん。ちゃ、ちゃんと、おわったけん」

と言った。

「……そう」

その言葉だけで十分だった。

いや、他の者が言うのであれば、そんな言葉ではまったく足りなかっただろうが──しかしこの幼児が、鋼矢の思う通りの存在なのだとすれば、その言葉だけで十分だった。

ああ。

そうか、終わったんだ──と思った。

終わったんだと、わかった。

「？　どうしました？『パンプキン』──生き返ったばかりで、調子が悪いんですか？　私の『不死』じゃあ、怪我までは治せませんからね──それとも、死んでいる間に、何か嫌な夢でも見ましたか？」

地濃鑿からの、そんな懐かしい物言いに、鋼矢は薄く笑って答える。

いいえ、と。

「とてもいい夢を見ていたのよ。でも大丈夫、もう目は覚めたから」

（第10話）

（終）

四国事件調査報告書（下書き）

第九機動室室長
空々空

チーム　『サマー』

香川本部の魔法少女達。
どうやら変人が揃えられていたらしい。
現在、生存者は、3と5の2名。
ただし3は行方不明。

	名前	ふりがな	コードネーム	マルチステッキ	固有魔法
1	登澱證	のぼりおりしょう	メタファー	???	爆破
2	秘々木まばら	ひびきまばら	パトス	シネクドキ	ぴったり
3	手袋鵬喜	てぶくろほうき	ストローク	???	ビーム砲
4	???	???	コラーゲン	???	写し取り
5	杵槻鋼矢	きねつきこうや	パンプキン	???	自然体

チーム　『ウインター』

徳島本部の魔法少女達。
徳島到着時、ほぼ全滅状態だった。
1も死んでいると思われたが、生き残っていた。
他の4名はルール違反で死んだそうだ。

	名前	ふりがな	コードネーム	マルチステッキ	固有魔法
1	地濃鑿	ちのうのみ	ジャイアント インパクト	リビングデッド	不死
2	???	???	???	???	???
3	???	???	???	???	???
4	???	???	???	???	???
5	???	???	???	???	???

チーム　『スプリング』

高知本部の魔法少女達。
武闘派だったという。
物質に作用する魔法に偏っていたそうだ。

	名前	ふりがな	コードネーム	マルチステッキ	固有魔法
1	???	???	フローズン	???	融解
2	鈴賀井縁度	すずがいえんど	ベリファイ	マッドサンド	砂
3	???	???	ベリーロール	???	摩擦
4	???	???	デシメーション	コミッション	振動
5	忘野塞	わすれのふさぎ	アスファルト	???	伝令

チーム　『オータム』

愛媛総本部の魔法少女達。
伝統派を謳っていた。
生体に作用する魔法に偏っていたそうだ。
全滅時、コスチュームをシャッフルしていた。

	名前	ふりがな	コードネーム	マルチステッキ	固有魔法
1	五里恤	ごりじゅつ	ロビー	???	絶命
2	品切しめす	しなぎりしめす	カーテンレール	???	反射
3	品切ころも	しなぎりころも	カーテンコール	ロングロングアゴー	切断
4	竿沢芸来	さおざわげいらい	ワイヤーストリッパー	???	消滅
5	忘野阻	わすれのはばみ	クリーンナップ	????	透過

チーム 『白夜』

黒衣の魔法少女達。
魔法少女製造課の中枢に近い位置にいる、
四国ゲームの運営側。
2は既に死んでいるらしい。

	名前	ふりがな	コードネーム	マルチステッキ	固有魔法
1	???	???	スペース	???	風
2	???	???	シャトル	???	水
3	???	???	スクラップ	???	土
4	???	???	???	???	木
5	???	???	???	???	火

同盟リスト

名前	ふりがな	出会い	関係
地濃鑿	ちのうのみ	徳島県	同行
酒々井かんづめ	しすいかんづめ	徳島県	保護
杵槻鋼矢	きねつきこうや	香川県	同行
悲恋	ひれん	高知県	主従

三人の魔法少女がいる。

押し込められたような狭い部屋で椅子に座っている——部屋の中に椅子は五つあり、そのうち三つを埋めている。

重苦しい空気で黙りこくっている彼女達だが、しかし彼女達自身はその雰囲気を、特に重いとは感じていない——だからそれゆえに、誰もこの空気を変えようと、口を開くことはない。

三人は、三人とも黒衣のコスチュームを着ている。

絶対平和リーグ魔法少女製造課の直属である彼女達のコードネームは、右から順に『スパート』『スクラップ』『スペース』と言う——つまりこの三人は、まごうことなくチームメイトなわけだが、しかし、四国四県に配置されていた、四季の名がつけられた四つのチームに、どうあれあった『チーム感』のようなものは、彼女達の間には皆無だった。

「…………」

「…………」

「…………」

三人はそれぞれに思惑を持つように考えごとをしていて、互いの存在を気に留めてもいない——ここに自分しかいないかのように振る舞っている。

そのまま数時間があっさり経過。

空々空や杵槻鋼矢が一分一秒を惜しんで使っている時間を、あっさりと湯水のように消費する彼女達——ややあって、ようやく部屋の扉が開き、待っていた最後の人物が部屋に這入ってきたところで、その沈黙は打破された。

黒衣の魔法少女、最後のひとり。

働き者の魔法少女『スタンバイ』。

「お待たせー、ああみんな、ちゃんと揃ってるのな」

言いながら、椅子に座る彼女。

残っているひとつの空席は、既に故人である黒衣の魔法少女『シャトル』の分であって、その席はもう埋まることはない。

「じゃあ報告ー。春秋戦争、やっとこさ終わったよ。チーム『スプリング』、チーム『オータム』、双方全滅にて終戦ー」

先に来ていた三人に、大胆な遅刻を責めさせもせず、魔法少女『スタンバイ』は、そんな報告を、まったく重みを持たせずにする。計十人の魔法少女が落命した事実を、軽やかに述べる。

「全滅か……まあ、それぞれのチームが機能しなくなる程度の被害が出るのは覚悟していたけれど、しかし一人も残らないっていうのは、想定外かしらね」

と、『スペース』は言う。

杵槻鋼矢の行く手を遮ったとき、相当に奇異なる印象を彼女に与えた『スペース』だけれど、こうして黒衣の間に紛れてしまうと、一番まともなコメントをするようだった。

「やっぱりあなたがいけなかったんじゃない？『スクラップ』。よりにもよって地球撲滅軍の空々空くんに、戦争の調停を依頼するなんて」

「確かに、彼は想像以上によう働いてくれた——けんど、それをゆうたら、『スペース』。あんたのせいで空々空くんは、『魔女』と出会うたがやなかった？」

「私のせいでは——ないわよ」

にわかに緊迫した二人を遮るように、チーム『白夜』のリーダー、魔法少女『スパート』が、

「はいはい、喧嘩しない喧嘩しないー」

と、手を打った。

「いいじゃない、とにかくこれで、きみ達の失態は挽回されたんだから、さ」

「……失態、という言葉は強いわね」

そう言いつつ、苦々しい顔をする『スペース』。

「確かに——チーム『オータム』とチーム『スプリング』を、憎み合わせたのは、失敗だったけれどね。まさか『憎悪』の魔法が、あんなに強力にハマるとは——ゲームクリアに向けて、競い合わせるだけの目的だったのに」

「元々憎み合う下地があったってことだろ」

と、そんな終わったことは済んだことという風に、魔法少女『スタンバイ』は話を先に進めるのだった。

「まあ空々空くんは頑張ってくれたけれど、ゲームクリアまでをその子に任せるわけにはいかないからな。現在、存命中の魔法少女をリストアップしてみた——『パンプキン』『ジャイアントインパクト』『ストローク』。私達はこの三人の誰かに、ゲームをクリアしてもらわなきゃならないわけだ」

「その三人なら『パンプキン』しかおらん……」

と、呆れたように『スクラップ』。

「どうする？　こうなるともう放っておいてもクリアしそうな気もするけれど——そ

れでもあとちょっと関与しとく？」

「関与しておくべきだろうね——ただし、こちらからアプローチする必要はないと思う。放っておいたら、向こうからここに来るよ。だから私達は彼女を、丁重に出迎えればいい」

チームリーダー、しかしリーダーらしい振る舞いはまったく見せていない『スパート』は、のんびりした口調で言った。

とてもそれは、ゲストをもてなそうというホストの態度ではなかった——強いて言えば。

獲物が罠にかかるのを待っている態度だった。

「私達は待とう——魔法少女『パンプキン』の、絶対平和リーグ香川本部への到着を」

（悲業伝に続く）

本書は二〇一三年十一月、小社より講談社ノベルスとして刊行されました。

|著者| 西尾維新　1981年生まれ。2002年に『クビキリサイクル』で第23回メフィスト賞を受賞し、デビュー。同作に始まる「戯言シリーズ」、初のアニメ化作品となった『化物語』に始まる〈物語〉シリーズ、「美少年シリーズ」など、著書多数。

悲報伝(ひほうでん)
西尾維新(にしおいしん)

定価はカバーに
表示してあります

2023年５月16日第１刷発行

発行者——鈴木章一
発行所——株式会社　講談社
東京都文京区音羽2-12-21　〒112-8001
電話　出版（03）5395-3510
　　　販売（03）5395-5817
　　　業務（03）5395-3615
Printed in Japan

デザイン—菊地信義
本文データ制作—講談社デジタル製作
印刷———凸版印刷株式会社
製本———加藤製本株式会社

ISBN978-4-06-529630-1

講談社文庫刊行の辞

二十一世紀の到来を目睫に望みながら、われわれはいま、人類史上かつて例を見ない巨大な転換期をむかえようとしている。

世界も、日本も、激動の予兆に対する期待とおののきを内に蔵して、未知の時代に歩み入ろうとしている。このときにあたり、創業の人野間清治の「ナショナル・エデュケイター」への志を現代に甦らせようと意図して、われわれはここに古今の文芸作品はいうまでもなく、ひろく人文・社会・自然の諸科学から東西の名著を網羅する、新しい綜合文庫の発刊を決意した。

激動の転換期はまた断絶の時代である。われわれは戦後二十五年間の出版文化のありかたへの深い反省をこめて、この断絶の時代にあえて人間的な持続を求めようとする。いたずらに浮薄な商業主義のあだ花を追い求めることなく、長期にわたって良書に生命をあたえようとつとめるところにしか、今後の出版文化の真の繁栄はあり得ないと信じるからである。

同時にわれわれはこの綜合文庫の刊行を通じて、人文・社会・自然の諸科学が、結局人間の学にほかならないことを立証しようと願っている。かつて知識とは、「汝自身を知る」ことにつきていた。現代社会の瑣末な情報の氾濫のなかから、力強い知識の源泉を掘り起し、技術文明のただなかに、生きた人間の姿を復活させること。それこそわれわれの切なる希求である。

われわれは権威に盲従せず、俗流に媚びることなく、渾然一体となって日本の「草の根」をかたちづくる若く新しい世代の人々に、心をこめてこの新しい綜合文庫をおくり届けたい。それは知識の泉であるとともに感受性のふるさとであり、もっとも有機的に組織され、社会に開かれた万人のための大学をめざしている。大方の支援と協力を衷心より切望してやまない。

一九七一年七月

野間省一

講談社文芸文庫 

李良枝

石の聲 完全版

三十七歳で急逝した芥川賞作家の未完の大作「石の聲」(一〜三章)に編集者への手紙、実妹の回想他を併録する。没後三十余年を経て再注目を浴びる、文学の精華。

解説=李栄 年譜=編集部

い-3

978-4-06-531743-3

リービ英雄

日本語の勝利/アイデンティティーズ

青年期に習得した日本語での小説執筆を志した著者は、随筆や評論も数多く記してきた。日本語の内と外を往還して得た新たな視点で世界を捉えた初期エッセイ集。

解説=鴻巣友季子

りC3

978-4-06-530962-9

講談社文庫　目録

- 楡　周平　修羅の宴(上)(下)
- 楡　周平　バルス
- 楡　周平　サリエルの命題
- 西尾維新　クビキリサイクル〈青色サヴァンと戯言遣い〉
- 西尾維新　クビシメロマンチスト〈人間失格・零崎人識〉
- 西尾維新　クビツリハイスクール〈戯言遣いの弟子〉
- 西尾維新　サイコロジカル(上)〈兎吊木垓輔の戯言殺し〉(下)〈曳かれ者の小唄〉
- 西尾維新　ヒトクイマジカル〈殺戮奇術の匂宮兄妹〉
- 西尾維新　ネコソギラジカル(上)〈十三階段〉
- 西尾維新　ネコソギラジカル(中)〈赤き征裁vs.橙なる種〉
- 西尾維新　ネコソギラジカル(下)〈青色サヴァンと戯言遣い〉
- 西尾維新　ダブルダウン勘繰郎　トリプルプレイ助悪郎
- 西尾維新　零崎双識の人間試験
- 西尾維新　零崎軋識の人間ノック
- 西尾維新　零崎曲識の人間人間
- 西尾維新　零崎人識の人間関係　匂宮出夢との関係
- 西尾維新　零崎人識の人間関係　無桐伊織との関係
- 西尾維新　零崎人識の人間関係　零崎双識との関係
- 西尾維新　零崎人識の人間関係　戯言遣いとの関係
- 西尾維新　xxxHOLiC アナザーホリック　ランドルト環エアロゾル
- 西尾維新　難民探偵
- 西尾維新　少女不十分
- 西尾維新　本題〈西尾維新対談集〉
- 西尾維新　掟上今日子の備忘録
- 西尾維新　掟上今日子の推薦文
- 西尾維新　掟上今日子の挑戦状
- 西尾維新　掟上今日子の遺言書
- 西尾維新　掟上今日子の退職願
- 西尾維新　掟上今日子の婚姻届
- 西尾維新　掟上今日子の家計簿
- 西尾維新　掟上今日子の旅行記
- 西尾維新　新本格魔法少女りすか
- 西尾維新　新本格魔法少女りすか2
- 西尾維新　新本格魔法少女りすか3
- 西尾維新　新本格魔法少女りすか4
- 西尾維新　人類最強の初恋
- 西尾維新　人類最強の純愛
- 西尾維新　人類最強のときめき
- 西尾維新　人類最強のsweetheart
- 西尾維新　りぽぐら!
- 西尾維新　悲鳴伝
- 西尾維新　悲痛伝
- 西尾維新　悲惨伝
- 西村賢太　どうで死ぬ身の一踊り
- 西村賢太　夢魔去りぬ
- 西村賢太　藤澤清造追影
- 西村賢太　瓦礫の死角
- 西川善文　ザ・ラストバンカー〈西川善文回顧録〉
- 西川　司　向日葵のかっちゃん
- 西　加奈子　舞台
- 丹羽宇一郎　民主化する中国〈習近平がいま本当に考えていること〉
- 貫井徳郎　新装版　修羅の終わり(上)(下)
- 貫井徳郎　妖奇切断譜
- 額賀　澪　完パケ!
- A・ネルソン　「ネルソンさん、あなたは人を殺しましたか?」
- 法月綸太郎　法月綸太郎の冒険
- 法月綸太郎　新装版　密閉教室

2023年3月15日現在